江苏省社会科学基金重大委托项目
“江苏文化精髓与精神标识研究”（24ZDW002）成果

江苏省社会科学基金重大委托项目
“江苏文脉工程精华编研究”（16WTD001）成果

江苏省“十四五”时期重点出版物出版专项规划项目

本卷编写人员

主　编：徐雁平

评　注：何　振　胡　钰　李沙珂
张德懿　丁思露

江蘇歷代文選

主编 徐兴无 曾学文

家训嘉言卷

分卷主编 徐雁平

广陵书社

图书在版编目（CIP）数据

江苏历代文选. 家训嘉言卷 / 徐兴无, 曾学文主编 ; 徐雁平分卷主编 ; 何振等评注. -- 扬州 : 广陵书社, 2025. 6. -- ISBN 978-7-5554-2285-3

Ⅰ. I218.53; B823.1

中国国家版本馆CIP数据核字第2025JP1962号

书　　名　江苏历代文选：家训嘉言卷
主　　编　徐兴无　曾学文
分卷主编　徐雁平
评　　注　何　振　胡　钰　李沙珂　张德懿　丁思露
责任编辑　王浩宇
出 版 人　刘　栋

出版发行　广陵书社
扬州市四望亭路 2-4 号　邮编　225001
（0514）85228081（总编办）　85228088（发行部）
http://www.yzglpub.com　E-mail:yzglss@163.com
印　　刷　江苏凤凰扬州鑫华印刷有限公司

开　　本　720 毫米 × 1020 毫米　1/16
印　　张　22.25
字　　数　395 千字
版　　次　2025 年 6 月第 1 版
印　　次　2025 年 6 月第 1 次印刷
标准书号　ISBN 978-7-5554-2285-3
定　　价　90.00 元

总 序

江苏有着悠久的历史和卓越的文化。江河湖海,皆是鱼米之乡;锦绣江南,誉为人间天堂。中国大运河发祥于此,沟通南北,连接中外,遂成华夏首出之地,递为东南都会中心。于是山川焕绮,性灵所钟。骚人咏歌,蔚为诗国。文章经世,俨然大邦。

江苏文脉开启于春秋时期。吴公子季札聘鲁观乐,叹为观止;言偃在孔子之侧,闻知大道。而江苏文学之兴则肇始于战国。《汉书·地理志》称吴、楚之地“文辞并发,故世传楚辞”。西汉吴、楚、淮南诸国,招纳词客;武、宣二帝,喜好文学,枚乘、枚皋、严忌、朱买臣、刘安、刘向等吴、楚之士皆长于辞赋,雅善议论。三国魏晋,吴有陆机、陆云兄弟,少有异才,文章冠世。东晋南朝,山水、玄言、声律之诗相继兴起;《文选》《诗品》《文心雕龙》等总集、论著并世而出;《抱朴子》《世说新语》《后汉书》等诸子、史传别开生面;文学与儒学、史学、玄学并列于国学,形成了江苏历史上第一个文学高峰时代。隋唐统一,扬州和江南成为诗家留连之地。孟浩然、李白、高适、杜甫、白居易、刘禹锡、杜牧、李商隐等大诗人于此或游或宦,留下千古佳句;而扬州诗人张若虚的《春江花月夜》,孤篇横绝,竟为大家。南唐君臣沉浸小令,吟风咏月,却感慨深沉。宋代文坛领袖欧阳修、王安石、苏轼、辛弃疾、陆游等在江苏皆有佳作,平山堂、半山园、放鹤亭、北固楼、瓜洲渡,风流宛在,脍炙人口。宋词境界开阔,范仲淹、秦观、叶梦得、范成大等江苏名家代不乏人,各领风骚。宋诗始开宗派,彭城陈师道被尊为江西诗派“三宗”之一;无锡尤袤、吴中范成大名列“中兴诗人”。明清两代,江苏经济发达,文教昌盛,城市文化与家族文化得到进一步发展，文学进入了第二个高峰时代。明代文坛如“前后七子”“唐宋派”，有徐祯卿、王世贞、唐顺之、归有光等江苏士人；明清易代，有顾炎武、归庄、吴嘉纪、吴伟业等抒发遗民情思；钱谦益、沈德潜、黄景仁、赵翼等诗作和诗论，均在清代诗坛独树一帜。阳羡词派、常州词派为清词大宗，或雄浑悲慨，或兴寄深闳。清代江苏骈文成就斐然，袁枚、汪中、洪亮吉等皆是大家；阳湖文派骈散结合，与安徽桐城古文分庭抗礼。江苏也是明清通俗小说、戏曲、说唱文学的沃土，冯梦龙《三言》、施耐庵《水浒传》、吴承恩《西游记》、梁辰鱼《浣纱记》、李玉《清忠谱》等，经典名著，层出不穷。江苏的女性作家众多，中国古代有著作可考的女作家中，江苏超过三分之一，尤以明清时期为盛，她们的创作为江苏古代文学增添了靓丽的风景。江苏的园林楼台，甲冠天下，吸引了历代名家争相书联题额，撰记作文，为江山增色，形成了情景交融的文学景观。

编纂地方文学文献，是江苏古代优秀学术传统。西汉目录学家、汉室宗亲、沛人刘向编纂的《楚辞》，上承《诗经》风雅篇什之意，下启中国地域文学编纂之绪。唐代丹阳人殷璠编选其当代诗集《荆扬挺秀集》和《丹阳集》，虽仅存书目或残篇，却是唐人编选唐代地方诗歌的开端。其中《丹阳集》选录开元天宝时代润州籍十八位诗人的作品，推崇建安风骨，展示了“时迁推变，俗异风革，信乎人文化成天下”的盛唐气象。宋代以后继有编纂，有北宋曾旼《润州类集》、马希孟《扬州集》，南宋郑虎臣《吴都文粹》等编。秦观曾经为《扬州集》作序，“推表废兴迁徙之迹”。明清两代是中国地方文学文献编纂的鼎盛时期，据《历代地方诗文总集汇编·前言》（国家图书馆出版社 2016 年版）统计，存世超过千种。在数量众多的江苏文学文献中，丹徒文士王豫编纂的《江苏诗征》一百八十三卷，收录清初至嘉庆间五千多位诗人的诗作，堪称中国古代部帙最大的以行政省命名的地方断代诗歌总集，表现出“江苏文教甲天下”的文化自信。这部巨帙的赞助者和审定者，清代大学者、仪征阮元又编有江苏扬州与南通州诗集《淮海英灵集》,又命阮亨与王豫编纂《续集》,皆是江苏地方文学文献的经典。

公元六世纪初,刘勰在南齐的都城建康完成了中国历史上第一部文学批评巨著《文心雕龙》。他在其中指出,文学的情思往往来自于自然和文化空间的启发,所谓"能洞监风骚之情者,抑亦江山之助乎";而文学的变革兴衰往往受制于世道和时代的演进,所谓"文变染乎世情,兴废系乎时序"。唯有在更为广阔悠久的文化空间和历史长河之中,文学作品才能超越个人的情感与生命,突破具体的语境,并在后世不断的阐释之中,获得愈加丰赡的意义。古代学人对地方文学文献的编纂,正是这种文化意识的体现。他们通过收集整理乡邦文献,传承文化记忆,梳理文化脉络,考察历史变迁,为我们留下了宝贵的文化遗产。

正是本着对江苏古代文学成就及其学术传统的敬意,进而对江苏古代文学和文化做出我们的当代诠释,我们编纂了这套《江苏历代文选》。从经、史、子、集、方志以及名人信札、家族文献、文物碑刻等文献资料中遴选历代反映江苏历史、书写江苏社会、描绘江苏风光、刻画江苏人物、体现江苏智慧的韵文和散文,其中既有江苏人的作品,又有关涉江苏的篇章,按照文体或内容编为十五卷,每卷一册,包括诗歌、词曲、辞赋骈文、戏曲、楹联、论说文、书信、史传、碑志、序跋、杂记小品、楼台园记、家训嘉言、笔记小说、女性诗文等。当然,本书并不是江苏历代文学的文献总集,而是一部面向大众的普及读物,对所选作品略作解题,简明注释,点评作品的内容与价值,以期通过江苏历代文学的选本,为读者提供一条浏览江苏文脉、了解中华文化的方便途径。

2016年,江苏省启动了"江苏文脉整理研究与传播工程",编纂包括书目、文献、精华、方志、史料、研究六编的《江苏文库》,系统梳理江苏文脉,彰显江苏对中国文化的历史贡献,总结江苏文化的发展规律,为江苏的文化创新提供学术资源,是江苏历史上规模最大的典籍整理与文化研究工程。南京大学文学院的古代文学和古典文献专业承担着《江苏文库》“文献编”与“精华编”的整理与研究工作，也是与广陵书社合作编纂这套书的主要团队。编纂工作得到江苏省社会科学基金重大委托项目“江苏文脉工程精华编研究”和“江苏文化精髓与精神标识研究”的支持。这套书的编纂，尝试以“文选”响应“文库”，为传播江苏文化，讲好江苏故事，增强文化自信做一点文化普及工作。

由于江苏文学源远流长，名家辈出，佳作如林，典籍浩繁，且文体众多，地域不均，各卷的选编标准和文字表达难以整齐划一，尽管我们努力精选，但一定会有遗珠之憾，学术错误亦在所难免，希望读者们批评指正，帮助我们修订完善。

徐兴无　曾学文

2025 年 3 月

前　言

“世上几百年旧家无非积德，天下第一件好事还是读书。”这副对联在江南不少世家宅院中可见，也为人津津乐道。这一名联目前可查考到有年款标识的，是武进张惠言乾隆五十九年（1794）书写的一副，现藏于上海博物馆。对联虽是张惠言所书，然并不意味着一定是他创作的，说不定就是一副流传已久的老对联，近似“忠厚传家远，诗书继世长”之类。这类对联还可列举不少，整体看它们的结构，基本是上联谈积德，下联说读书。“积德—读书”式对联，就是在家中重要空间展示的浓缩版家训。有学者说，宋代以后中国人的理想生活图景是“耕读传家”。若将这一图景与上述对联中包涵的实践与期盼结合，便有了积德、耕作、读书、传家四个关键词，它们基本上就是传统社会中人与家的生存、发展纲领了。

修身、治家的纲领，无论是在江苏，还是全国，不会有本质的差异；然稍显笼统的纲领如何落实到家庭成员的日常生活中，并且能传诸后世、持续践行？这种近似“立法”的重任，常由家长或家族中有权威者承担。他们将共知的大纲领分解成若干条目，形成一套略具自家特色的人伦礼仪规则。如此设立条目、说明指导，便形成了“家训”。家训名称多样，有家诫、家规、家范、家箴、家法、世范、宗训、族规等，然以“家训”这一名目最为通行。“训”字在《说文解字》中有“说教”之意。《辞海》中“家训”一词的两个解释与之相近：一是“父母对子女的训导”，二是“父祖为子孙写的训导之辞”。然家训也不全是居高临下式的教导，还有顺其理、顺其意加以解释的意思。

江苏家训发展史的脉络，可与朱明勋《中国家训史论稿》(2008)所勾勒的先秦到近现代五个发展时期相对照，这样能显示江苏家训在中国家训大架构中的地位；还可就近借用陈延斌等著《江苏家训史》(2020)，来进一步凸显江苏家训的自身特色：南北朝隋唐是江苏家训史的定型期，宋元是拓展期，明清是繁荣期，晚清至民国为转型期。本书所选家训，从汉代刘邦延展到近代的张謇，在历史脉络层面与中国家训史、江苏家训史所显示的框架总体吻合。这些入选家训，虽然数量有限，然有家训发展史的格局；还能对重点有所突出，如《颜氏家训》《菜根谭》《朱子治家格言》等得到充分展示和解说；同时又兼顾地域上的平衡，尽力呈现江苏家训的"各地风光"。时间与空间的交织，闪耀的传世名篇与众多诚朴之作的融合，形成了这本内涵丰富的"江苏家训嘉言选"。

家训有长有短，通常列于家谱卷首；也有单独成书的，如本书中选录的《颜氏家训》《朱子治家格言》；也有以书信、诗、文、格言等形式表现的，如周顺昌的家书。家训的内容一般比较丰富，如庄元臣《治家条约》、常州盛氏家训所示，应属常规体量，而繁复的家训则有近百个条目，以实用论观之，则过犹不及了。各家家训，虽然条目数量有差异，然大致有修身、治家、治生、处世、训子、婚姻、择业、仕宦等内容。因为家训基于儒家的人伦，而儒家的理想社会又是"乡田同井，出入相友，守望相助，疾病相扶持"(《孟子·滕文公上》)，所以这种共同的出发点和追求目标，造成家训在内容表述方面，或有相同的条目，或有近似的文字，还时常出现对此前知名家训的转引、改编。如果从头到尾翻阅这本江苏家训选，诸如行善、节俭、勿欠赋税、戒赌博、勤读书、居安思危等条目频频出现，也能明确地感受到家训的"重复性"或"相似性"特点。不过，家训中这种看似"成问题"的重复与相似自有其文化意义，有利于文化传统以及相关日常实践的绵延不绝。钱穆《中国文化精神》有一论说："传统必有'持续'，如手上拿一东西没有掉，继续拿在手，是持也是续。"家训世世代代讲，家家户户传承，既是持，也是续，在这一过程中形成了相对稳定的共同价值观。这种价值观，在某种程度上也是四书五经的日常生活化。由此可见，家训不是秘笈，是知易行难的寻常语。

家训不只是文字层面上的记录，更是家庭、社会生活中的实践。家训以礼与仁为主导，通过简明的条目呈现，便于家庭成员遵守实行，或事后对照反省。家训的落实，似乎有以上管下的趋向，但实际上家训对家长有更强的约束。言传与身教并行，身教中已融入家训精华，日常生活中有"润物细无声"的家训。制定家训、立家法者，多是家族中的权威，如本书中所选范仲淹、高攀龙、周顺昌、冯班、焦循等，皆是"志在圣贤，勉学成人"的榜样。司马光《居家杂仪》中有语云"凡为家长，必谨守礼法，以御群子弟及家众"，如此律己，才能在传承中让后人信服追随。《孟子·离娄下》说"天下之本在国，国之本在家"，家训中有琐细的人伦日用，更关联家与国的和谐与长久。

家训是一套家族规范或人生指南，其主旨是修身、齐家，在强调"人人相守，世世相传"（华悰韡语）时，难免有约束之意，正如《颜氏家训》"吾家风教，素为整密"一句中的"整密"所显示的感觉。然家训的最终目的不是说教、束缚，而是成人。家训或家训赖以生存的家庭、家族，也有亲切、活泼的成分，否则不值得留恋。即便是"整密"的《颜氏家训》，也有舒展的叙写："夫学者犹种树也，春玩其华，秋登其实。讲论文章，春华也；修身利行，秋实也。"做学问做人，自具自然生长之道，内有宽严相济之理。树木与树人，这一对经典的比喻，在《菜根谭》中也有回响："学者有段兢业的心思，又要有段潇洒的趣味。若一味敛束清苦，是有秋杀无春生，何以发育万物？"修齐治平，是由内及外的理想发展轨迹，然起点在于己。认识自己并非易事，故可观眼前树木之生长，感发体悟：扎根大地，顺其自然，沐浴阳光雨露，积极向上，转化“整密”风教的同时，还需拥有自己的生长节奏与发展空间，如此，家训及其所代表的优秀传统文化方能焕发出“发育万物”的力量。

徐雁平

2025 年 3 月

目　录

刘 邦

刘邦(前256？—前195),字季,沛丰邑中阳里(今江苏徐州)人,西汉建立者,秦末汉初军事家、政治家。秦朝建立后,任沛县泗水亭长。秦二世元年(前209)响应陈胜起义,自称沛公,后为诸侯之一,在楚汉大战中击败项羽,建立汉朝。在位期间,制定汉律,轻徭薄赋,恢复社会经济,重视儒生。在位十二年,后因伤驾崩。《汉书·艺文志》载《高祖传》十三篇,根据班固注释,内容为高祖与大臣述古语及诏策等。

手敕太子[1]

吾遭乱世,当秦禁学[2],自喜,谓读书无益。洎践祚以来[3],时方省书[4],乃使人知作者之意。追思昔所行,多不是[5]。

尧舜不以天子与子而与他人,此非为不惜天下,但子不中立耳[6]。人有好牛马尚惜,况天下耶。吾以尔是元子[7],早有立意,群臣咸称汝友四皓[8],吾所不能致,而为汝来,为可任大事也,今定汝为嗣[9]。

吾生不学书,但读书问字而遂知耳[10]。以此故不大工,然亦足自辞解[11]。今视汝书,犹不如吾。汝可勤学习,每上疏宜自书[12],勿使人也。

汝见萧、曹、张、陈诸公侯[13],吾同时人,倍年于汝者,皆拜。并语于汝诸弟。

吾得疾遂困[14],以如意母子相累[15]。其余诸儿皆自足立,哀此儿犹小也。

【注释】

〔1〕选自《全上古三代秦汉三国六朝文·全汉文》卷一。敕(chì):帝王的诏书。

〔2〕禁学:指秦始皇焚书坑儒。

〔3〕洎(jì):自从。践祚:登基。

〔4〕省(xǐng)书:看书。

〔5〕是:正确。

〔6〕中(zhòng):符合。

〔7〕元子:长子。

〔8〕四皓:即商山四皓,指秦末汉初隐居商山的隐士东园公、绮里季、夏黄公、甪里先生。四人须眉皆白,故称四皓。高祖召,不应。后高祖欲废太子,吕后、张良迎四皓,使辅太子,高祖乃消除改立太子之意。见《史记·留侯世家》《汉书·张良传》。

〔9〕嗣:君位的继承人。

〔10〕问字:向人请教。

〔11〕自辞解:用言辞解释自己的意思。

〔12〕疏:奏章。

〔13〕萧、曹、张、陈:萧何、曹参、张良、陈平。

〔14〕困:陷入困境。

〔15〕累:劳烦,托付。

【评析】

本文为刘邦对太子刘盈的嘱托,告诫太子勤奋读书、任人唯贤、习字作文、敬重老臣等。首先,刘邦反省自己年轻时"读书无益"的看法,希冀刘盈勤于读书。其次,以尧舜禅让为例引出任人唯贤的道理,还特别说明,之所以定刘盈为太子,不仅因为他是嫡长子,也因为他能招致贤才"商山四皓"。再次,刘邦嘱咐刘盈勤于学业,敬重萧何、曹参、张良、陈平等功臣,并将刘如意母子托付于刘盈。全文包含了刘邦作为君主与父亲的两种口吻,既有读书等修养心性、提升品行的内容,也有尊重长辈、教导子弟、善待亲人等家事,更有任用人才、礼贤下士等治国道理。在讲道理的过程中,刘邦既结合亲身经历,又称引古代贤君,语气温和,语言质朴,层次分明。

萧 何

萧何(？—前193),沛县(今江苏徐州)人,汉朝丞相、政治家,汉初三杰之一。初为沛主吏掾,曾多次护佑刘邦。刘邦为沛公,至咸阳,萧何收秦丞相御史律令图书,知天下关塞险要、郡县户口。刘邦为汉王,以萧何为丞相。后留守巴蜀,使其供给军食。楚汉之战时,守关中,侍太子,治栎阳(今陕西西安)。刘邦称帝,以何功最盛,封酂侯,后封相国。高祖死后,事惠帝,谥文终侯。有《九章律》,今佚。

萧何家训[1]

令后世贤,师吾俭[2];不贤,毋为势家所夺[3]。

【注释】

〔1〕选自《汉书》卷三十九。标题为编者所拟。

〔2〕师:效法,学习。

〔3〕夺:强取。

【评析】

萧何是西汉开国功臣,食邑八千户,后益封两千户、五千户。刘邦讨伐英布时,数次使人询问萧何的作为,此时距离陈豨、韩信等功臣被诛不久,而萧何安抚百姓,深得人心。为打消高祖疑心,有人建议萧何"多买田地,贱贳貣(shì tè,借贷)以自污",萧何从之,高祖果然大喜。但萧何购置田产,一定在荒凉、偏僻的地方,也很少修筑围墙和房屋,为此,他解释道:"如果我的后世贤能,他们会师法我的节俭;如果我的后世不贤能,田产也不会被世家大族夺取。"王维诗"僻处留田宅,仍才十顷余"即描写此事。身为人臣的萧何不仅忠诚,也有谨小慎微的自保之策。作为家长的萧何不仅深谋远虑,更能培植勤俭节约的家风。战国时期楚国相国孙叔敖也告诫子孙,只有薄田恶土才能累世相传,可见古贤居安思危、未雨绸缪。

张　纮

张纮(hóng,152—211),字子纲,广陵(今江苏扬州)人,三国东吴政治家、学者。少时游学于洛阳,举茂才,拒绝应召,后避难江东。初依孙策,官至都尉。后被孙权擢为长史,随军征讨合肥。孙权率轻骑准备突击,张纮两次谏止。为孙权定计移都秣陵(今江苏南京),孙权从之,令张纮还吴郡接家眷,张纮于道中病卒。临终授予其子张靖留笺,孙权读此篇,为之流涕。著有诗、赋、铭、诔十余篇,陈琳叹服其诗文。今存《瑰材枕赋》《瑰材枕箴》等。

临困授子靖留笺〔1〕

自古有国有家者,咸欲修德政以比隆盛世〔2〕,至于其治,多不馨香〔3〕。非无忠臣贤佐,闇于治体也〔4〕,由主不胜其情〔5〕,弗能用耳。夫人情惮难而趋易〔6〕,好同而恶异,与治道相反。《传》曰“从善如登,从恶如崩”〔7〕,言善之难也。人君承奕世之基〔8〕,据自然之势,操八柄之威〔9〕,甘易同之欢〔10〕,无假取于人;而忠臣挟难进之术〔11〕,吐逆耳之言,其不合也,不亦宜乎!离则有衅〔12〕,巧辩缘间〔13〕,眩于小忠〔14〕,恋于恩爱〔15〕,贤愚杂错,长幼失叙,其所由来,情乱之也。故明君悟之〔16〕,求贤如饥渴,受谏而不厌〔17〕,抑情损欲〔18〕,以义割恩〔19〕,上无偏谬之授〔20〕,下无希冀之望。宜加三思,含垢藏疾〔21〕,以成仁覆之大。

【注释】

〔1〕选自《三国志》卷五十三。留笺:大臣临终时给君主的奏章,即遗表。

〔2〕比隆:同等兴盛。

〔3〕馨香：散播得很远的香气，比喻可以流传后代的德行、名声。《国语·周语上》："其德足以昭其馨香，其惠足以同其民人。"

〔4〕治体：治国的要领。

〔5〕不胜：无法承担，承受不了。

〔6〕惮：畏惧。趋：追求。

〔7〕从善如登，从恶如崩：比喻做好事很难，变坏却很容易。《国语·周语下》："谚曰：'从善如登，从恶如崩。'"

〔8〕奕世：累世，代代。

〔9〕八柄：指君主驾驭群臣的方法。《周礼·天官·大宰》："以八柄召王驭群臣。一曰爵，以驭其贵；二曰禄，以驭其富；三曰予，以驭其幸；四曰置，以驭其行；五曰生，以驭其福；六曰夺，以驭其贫；七曰废，以驭其罪；八曰诛，以驭其过。"

〔10〕甘：爱好。

〔11〕难进：难以推行。

〔12〕有衅：有缺失，有嫌隙。

〔13〕缘间：乘隙，乘机。

〔14〕眩：迷惑，迷乱。

〔15〕恋：贪恋，不忍舍弃。

〔16〕悟：醒悟，明白。

〔17〕厌：满足。

〔18〕损：减少。

〔19〕割恩：弃绝私恩。

〔20〕偏谬：偏颇。

〔21〕含垢藏疾：包容污秽，隐藏恶物，形容宽宏大度。《左传·宣公十五年》："谚曰：'高下在心。'川泽纳污，山薮藏疾，瑾瑜匿瑕，国君含垢，天之道也。君其待之！"

【评析】

本文不仅是贤臣谏言，也有留示子孙之意。文章主要讲述了君主治国、良臣辅政之道，认为人性避难就易，忠言逆耳，故忠臣多与君主产生嫌隙，小人则有可乘之机；君主不能辨别贤愚，沉溺于巧言令色，这就是国政混乱的开始。《出师表》亦云:“亲贤臣,远小人,此先汉所以兴隆也;亲小人,远贤臣,此后汉所以倾颓也。”可见张纮所说是古代贤臣普遍认同的为政之道。“宜加三思,含垢藏疾”大有深意,不仅是对孙权的谏言,也是对作为辅臣的张靖的教诲。同时,“惮难而趋易,好同而恶异”“从善如登,从恶如崩”的道理也提醒人们虚心接纳他人意见,积善成德。全文语言典雅质实,隽洁流畅,称引《国语》《周礼》《左传》等经典,反映出张纮的博学多思。

颜之推

颜之推(531—591),字介,祖籍琅邪郡临沂(今山东临沂),南朝梁至隋朝官员。颜氏先祖从晋室东渡,世居建康(今江苏南京),有《周官》《左传》家学。十二岁时,于湘东王萧绎门下学习老、庄。梁武帝太清三年(549)任萧绎右常侍,加镇西墨曹参军,驻江陵(今湖北荆州)。侯景之乱中被俘,因人相救未被杀害,囚送建康,后获释还江陵。萧绎在江陵自立,颜之推为散骑侍郎,奏舍人事,奉命校书。西魏攻陷江陵,再次被俘。北齐天保七年(556),在北齐任官,开始撰写《颜氏家训》。北周大象二年(580),为御史上士。隋开皇间,太子杨勇召为学士,寻病终。著有《颜氏家训》《还冤志》《观我生赋》等。颜之推虽祖籍临沂、历仕北朝,然而生于建康(一说生于江陵),曾为官南朝,深受南朝文化的影响。侯景之乱中颜之推被囚送建康,有"经长干以掩抑,展白下以流连。深燕雀之余思,感桑梓之遗虔"的感慨。因此,本书收录《颜氏家训》,选注时有删节。

颜氏家训(节选)〔1〕

教子

上智不教而成,下愚虽教无益,中庸之人〔2〕,不教不知也。古者,圣王有胎教之法:怀子三月,出居别宫,目不邪视,耳不妄听,音声滋味,以礼节之〔3〕。书之玉版,藏诸金匮。〔4〕生子咳嗁〔5〕,师保固明孝仁礼义〔6〕,导习之矣。凡庶纵不能尔,当及婴稚,识人颜色,知人喜怒,便加教诲,使为则为,使止则止。比及数岁,可省笞罚。父母威严而有慈,则子女畏慎而生孝矣。吾见世间,无教而有爱,每不能然;饮食运为〔7〕,恣其所欲,宜诫翻奖,应诃反笑[8],至有识知,谓法当尔。骄慢已习,方复制之,捶挞至死而无威,忿怒日隆而增怨,逮于成长,终为败德。孔子云“少成若天性,习惯如自然”是也[9]。俗谚曰:“教妇初来,教儿婴孩。”诚哉斯语!

【注释】

〔1〕选自《颜氏家训集解》。

〔2〕中庸:中等,平常。《后汉书·杨终传》:“上智下愚,谓之不移;中庸之流,要在教化。”

〔3〕节:限制。

〔4〕古者……藏诸金匮:此段对应上古太子的胎教方法。《大戴礼记·保傅》:“胎教之道,书之玉板,藏之金匮,置之宗庙,以为后世戒。青史氏之记曰:古者胎教,王后腹之七月而就宴室,太师持铜而御户左,太宰持升而御户右。比及三月者,王后所求声音非礼乐,则太师缊瑟而称不习。所求滋味者非正味,则太宰倚升而言曰:‘不敢以待王太子。’太子生而泣,太师吹铜曰:‘声中某律。’太宰曰:‘滋味上某。’”

〔5〕咳嗁:小儿嗁笑。

〔6〕师保:“师”与“保”为古代任教导王室子弟的父师官员。

〔7〕运为:作为。

〔8〕诃:同“呵”,呵斥。

〔9〕孔子云“少成若天性,习惯如自然”:见《汉书·贾谊传》,意为年少时养成的习惯,就如同天生一样。

治家

孔子曰:“奢则不孙,俭则固;与其不孙也,宁固。”[1]又云:“如有周公[2]之才之美,使骄且吝,其余不足观也已。”[3]然则可俭而不可吝已。俭者,省约为礼之谓也;吝者,穷急不恤之谓也[4]。今有施则奢[5],俭则吝;如能施而不奢,俭而不吝,可矣。

生民之本,要当稼穑而食,桑麻以衣[6]。蔬果之畜,园场之所产;鸡豚之善[7],埘圈之所生[8]。爰及栋宇器械[9],樵苏脂烛[10],莫非种殖之物也[11]。至能守其业者,闭门而为生之具以足,但家无盐井耳。今北土风俗,率能躬俭节用[12],以赡衣食[13];江南奢侈,多不逮焉[14]。

【注释】

〔1〕奢则不孙,俭则固;与其不孙也,宁固:出自《论语·述而》。孙,通“逊”,谦让,恭顺。固,愚陋,寒伧。意为奢侈就显得骄傲,朴素就显得寒伧,与其不谦让,宁愿愚陋。

〔2〕周公:西周初政治家。姓姬,名旦,武王弟。武王崩,成王年幼,周公摄政。

〔3〕如有周公之才之美,使骄且吝,其余不足观也已:出自《论语·泰伯》。意为如果有人具有周公一样的才能和品德,假使他骄傲与吝啬,余下的那些也就不值一看了。

〔4〕不恤:不忧悯。

〔5〕施:布施。

〔6〕稼穑(sè):耕种和收获,泛指农业劳动。桑麻:种植桑树(饲蚕取茧)与麻,亦泛指农事。

〔7〕善:通“膳”,膳食。

〔8〕埘(shí):凿墙做的鸡窝。圈(juàn):圈养家畜的棚栏。

〔9〕爰及:至于。

〔10〕樵苏:柴草。脂烛:古人以麻蕡(fén,即麻籽)为烛,灌入油脂燃烧照明,称为脂烛。

〔11〕种殖:栽种养殖。

〔12〕率:大概。躬俭:躬行节俭。

〔13〕赡:供给。

〔14〕不逮:不及。

婚姻素对[1],靖侯成规[2]。近世嫁娶,遂有卖女纳财,买妇输绢[3],比量父祖,计较锱铢,责多还少[4],市井无异[5]。或猥婿在门,或傲妇擅室[6],贪荣求利,反招羞耻,可不慎欤!

借人典籍,皆须爱护,先有缺坏,就为补治[7],此亦士大夫百行之一也[8]。济阳江禄,读书未竟[9],虽有急速,必待卷束整齐,然后得起,故无损败,人不厌其求假焉。或有狼藉几案,分散部帙[10],多为童幼婢妾之所点污[11],风雨虫鼠之所毁伤,实为累德。吾每读圣人之书,未尝不肃敬对之;其故纸有《五经》词义[12]及贤达姓名,不敢秽用也。

【注释】

〔1〕素对:清白的配偶。

〔2〕靖侯:指颜之推九世祖颜含,字宏都,琅琊人,因讨伐苏峻有功,封西平县侯,拜侍中,谥靖侯。

〔3〕输绢:赠送财货。

〔4〕责多还少:索取得多,归还得少。责,索取。

〔5〕市井:买卖货物的地方,引申为商贾。

〔6〕擅室:独揽家事。

〔7〕就:依照现有情况,趁着当前的便利。

〔8〕百行:君子的各种品行,嵇康《与山巨源绝交书》:“故君子百行,殊途而同致。”一说士大夫订立的立身之道,共有百条。

〔9〕竟:完。

〔10〕部帙:书籍的部次卷帙。

〔11〕点污:污损。

〔12〕《五经》:指《诗》《书》《易》《礼》《春秋》。

风操

凡避讳者[1],皆须得其同训以代换之[2]:桓公名白,博有五皓之称[3];厉王名长[4],琴有修短之目。不闻谓布帛为布皓,呼肾肠为肾修也。梁武小名阿练[5],子孙皆呼练为绢;乃谓销炼物为销绢物,恐乖其义。或有讳“云”者,呼纷纭为纷烟;有讳“桐”者,呼梧桐树为白铁树,便似戏笑耳。

【注释】

〔1〕避讳：古代对于君主和尊长的名字，避免直接说出、写出。

〔2〕同训：同义词。

〔3〕博有五皓之称：五白为古代博戏的采名，因避齐桓公讳，改称为五皓。

〔4〕厉王名长：西汉淮南厉王刘长，汉高祖刘邦之子，汉惠帝刘盈弟。

〔5〕梁武小名阿练：梁武帝萧衍，字叔达，小字练儿。

昔司马长卿慕蔺相如，故名相如〔1〕，顾元叹慕蔡邕〔2〕，故名雍〔3〕，而后汉有朱伥字孙卿〔4〕，许暹字颜回，梁世有庾晏婴、祖孙登，连古人姓为名字，亦鄙事也。

【注释】

〔1〕昔司马长卿慕蔺相如，故名相如：《史记·司马相如列传》："相如既学，慕蔺相如之为人，更名相如。"

〔2〕蔡邕（yōng）：字伯喈，东汉文学家、书法家。

〔3〕顾元叹慕蔡邕，故名雍：《三国志·吴书·顾雍传》："顾雍字元叹，吴郡吴人也。蔡伯喈从朔方还，尝避怨于吴，雍从学琴书。"注引《江表传》："雍从伯喈学，专一清静，敏而易教。伯喈贵异之，谓曰：'卿必成致，今以吾名与卿。'故雍与伯喈同名，由此也。"

〔4〕朱伥：东汉顺帝时官员。

凡与人言，称彼祖父母、世父母、父母及长姑，皆加尊字，自叔父母以下，则加贤字，尊卑之差也。王羲之书，称彼之母与自称己母同，不云尊字，今所非也。

南人冬至岁首，不诣丧家；若不修书，则过节束带以申慰〔1〕。北人至岁之日，重行吊礼；礼无明文，则吾不取。南人宾至不迎，相见捧手而不揖,送客下席而已;北人迎送并至门,相见则揖,皆古之道也,吾善其迎揖。

【注释】

〔1〕则过节束带以申慰:就在冬至、岁首过后整肃衣冠以示慰问。

江南凡遭重丧,若相知者同在城邑,三日不吊则绝之。除丧,虽相遇则避之,怨其不己悯也。有故及道遥者,致书可也,无书亦如之。北俗则不尔。江南凡吊者,主人之外,不识者不执手〔1〕。识轻服而不识主人〔2〕,则不于会所而吊〔3〕,他日修名诣其家〔4〕。

【注释】

〔1〕主人之外,不识者不执手:据刘盼遂注,凭吊者应与相识的主人握手,主人则无论相识与否,皆应握手。

〔2〕轻服:轻丧之服。

〔3〕会所:约定会见的处所。

〔4〕名:名帖。

江南风俗,儿生一期,为制新衣,盥浴装饰〔1〕,男则用弓矢纸笔,女则刀尺针缕,并加饮食之物,及珍宝服玩,置之儿前,观其发意所取〔2〕,以验贪廉愚智,名之为试儿。亲表聚集,致宴享焉。自兹以后,二亲若在,每至此日,常有酒食之事耳。无教之徒,虽已孤露〔3〕,其日皆为供顿〔4〕,酣畅声乐,不知有所感伤。梁孝元年少之时〔5〕,每八月六日载诞之辰,尝设斋讲。自阮修容薨后,此事亦绝。

【注释】

〔1〕盥(guàn)浴:盥洗沐浴。

〔2〕发意:起意。

〔3〕孤露：孤单无所荫庇，指丧父、丧母。

〔4〕供顿：设宴待客。

〔5〕梁孝元：即梁元帝萧绎，梁武帝萧衍第七子，生母阮修容，谥“孝元皇帝”。

昔者，周公一沐三握发，一饭三吐餐[1]，以接白屋之士[2]，一日所见者七十余人。晋文公以沐辞竖头须，致有图反之诮。[3]门不停宾，古所贵也。失教之家，阍寺无礼[4]，或以主君寝食嗔怒，拒客未通，江南深以为耻。黄门侍郎裴之礼[5]，号善为士大夫，有如此辈，对宾杖之。其门生僮仆，接于他人，折旋俯仰[6]，辞色应对，莫不肃敬，与主无别也。

【注释】

〔1〕周公一沐三握发，一饭三吐餐：《史记·鲁周公世家》：“我一沐三捉发，一饭三吐哺，起以待士，犹恐失天下之贤人。”意为在洗头时三次捉起头发，吃饭时三次吐出口中的食物，匆忙起身礼贤下士，还怕错过了天下贤才。

〔2〕白屋之士：贫寒的士人。

〔3〕晋文公……图反之诮：《国语·晋语四》：“文公之出也，竖头须，守藏者也，不从。公入，乃求见，公辞焉以沐。谓谒者曰：‘沐则心覆，心覆则图反，宜吾不得见也。从者为羁绁之仆，居者为社稷之守，何必罪居者！国君而仇匹夫，惧者众矣。’谒者以告，公遽见之。”图，思虑，谋划。竖头须所说“心倒过来，想法就会反过来，所以我不能被接见”是对晋文公不接见自己的讽刺。

〔4〕阍（hūn）寺：阍人和寺人是古代宫中掌管门禁的官员，后世指豪门贵族的守门人。

〔5〕黄门侍郎：秦汉给事于黄门的郎官称黄门侍郎，东汉后设为专官，传达诏命。

〔6〕折旋：曲行，一种行礼的动作。

慕贤

古人云：“千载一圣，犹旦暮也；五百年一贤，犹比髆也[1]。”言圣贤之难得，疏阔如此[2]。倘遭不世明达君子[3]，安可不攀附景仰之乎？吾生于乱世，长于戎马，流离播越，闻见已多，所值名贤，未尝不心醉魂迷向慕之也。人在少年，神情未定，所与款狎[4]，熏渍陶染[5]，言笑举动，无心于学，潜移暗化，自然似之，何况操履艺能[6]，较明易习者也？是以与善人居，如入芝兰之室，久而自芳也；与恶人居，如入鲍鱼之肆，久而自臭也。墨子悲于染丝[7]，是之谓矣。君子必慎交游焉。孔子曰："无友不如己者。"[8]颜、闵之徒[9]，何可世得！但优于我，便足贵之。

世人多蔽，贵耳贱目，重遥轻近。少长周旋，如有贤哲，每相狎侮[10]，不加礼敬；他乡异县，微藉风声[11]，延颈企踵[12]，甚于饥渴。校其长短，核其精粗，或彼不能如此矣。所以鲁人谓孔子为东家丘[13]。昔虞国宫之奇，少长于君，君狎之，不纳其谏，以至亡国，不可不留心也。[14]

用其言，弃其身，古人所耻。凡有一言一行取于人者，皆显称之，不可窃人之美，以为己力，虽轻虽贱者，必归功焉。窃人之财，刑辟之所处[15]；窃人之美，鬼神之所责。

【注释】

〔1〕比髆（bó）：比肩。

〔2〕疏阔：久隔。

〔3〕倘：倘若。不世：世所罕有。

〔4〕款狎：亲近。

〔5〕熏渍：熏陶浸渍。

〔6〕操履：操守。

〔7〕墨子悲于染丝：《吕氏春秋·当染》："墨子见染素丝者而叹曰：'染于苍则苍，染于黄则黄，所以入者变，其色亦变，五入而以为五色矣。故染不可不慎也。'"

〔8〕无友不如己者：见《论语·学而》。

〔9〕颜、闵：孔子弟子颜回和闵损的并称。颜回，字子渊，孔子弟子，聪敏好学，为弟子中最贤。闵损，孔子弟子。

〔10〕狎侮：轻慢侮弄。

〔11〕藉：凭借。

〔12〕延颈企踵：伸长头颈，踮起脚跟。形容仰慕或企望。

〔13〕东家丘：《文选》六臣注："鲁人不识孔丘圣人，乃云：'我东家丘者，吾知之矣。'"孔子的西邻不知孔子，称其为"东家丘"。

〔14〕昔虞国宫之奇……以至亡国：《左传·僖公二年》："晋荀息请以屈产之乘，与垂棘之璧，假道于虞以伐虢。……虞公许之，且请先伐虢。宫之奇谏，不听，遂起师。"《左传·僖公五年》："晋侯复假道于虞以伐虢。宫之奇谏曰：'虢，虞之表也。虢亡，虞必从之。晋不可启，寇不可玩。一之谓甚，其可再乎？谚所谓'辅车相依，唇亡齿寒'者，其虞虢之谓也。'……弗听，许晋使。宫之奇以其族行，曰：'虞不腊矣。在此行也，晋不更举矣。'……冬十二月丙子朔，晋灭虢，虢公丑奔京师。师还，馆于虞。遂袭虞，灭之。"晋侯向虞国借路，以便攻打虢国，宫之奇劝阻，虞公不听从，后晋国袭击虞国，致使虞国灭国。

〔15〕刑辟（bì）：刑法。

勉学

自古明王圣帝，犹须勤学，况凡庶乎！此事遍于经史，吾亦不能郑重[1]，聊举近世切要，以启寤汝耳[2]。士大夫子弟，数岁已上，莫不被教，多者或至《礼》《传》[3]，少者不失《诗》《论》[4]。及至冠婚[5]，体性稍定[6]；因此天机，倍须训诱。有志尚者，遂能磨砺，以就素业[7]；无履立者[8]，自兹堕慢[9]，便为凡人。人生在世，会当有业：农民则计量耕稼，商贾则讨论货贿，工巧则致精器用，伎艺则沉思法术[10]，武夫则惯习弓马，文士则讲议经书。多见士大夫耻涉农商，差务工伎，射则不能穿札[11]，笔则才记姓名，饱食醉酒，忽忽无事，以此销日，以此终年。或因家世余绪[12]，得一阶半级，便自为足，全忘修学；及有吉凶大事，议论得失，蒙然张口，如坐云雾；公私宴集，谈古赋诗，塞默低头[13]，欠伸而已[14]。有识旁观，代其入地。何惜数年勤学，长受一生愧辱哉！

【注释】

〔1〕郑重：频繁，反复多次。

〔2〕寤：通“悟”，使觉悟，使知晓。

〔3〕《礼》《传》：指《礼经》与《春秋》三《传》，即《左传》《公羊传》《穀梁传》。

〔4〕《诗》《论》：指《诗经》与《论语》。

〔5〕冠婚：即冠礼与婚礼，古代男子二十成年时行加冠礼。

〔6〕体性：身体与心性。

〔7〕素业：清素之业，古代指世守的儒业。

〔8〕履立：操守。

〔9〕堕：同“惰”。

〔10〕伎艺：手艺等艺术表演，此处指有技艺的人。法术：方法和技术。

〔11〕札：甲叶，甲札，铠甲上的叶片。

〔12〕家世余绪：家族流传后世的部分，即家族余荫。

〔13〕蹇默：默不作声。

〔14〕欠伸：打呵欠，伸懒腰。

夫明六经之指〔1〕，涉百家之书，纵不能增益德行，敦厉风俗，犹为一艺，得以自资。父兄不可常依，乡国不可常保，一旦流离，无人庇荫，当自求诸身耳。谚曰：“积财千万，不如薄伎在身〔2〕。”伎之易习而可贵者，无过读书也。世人不问愚智，皆欲识人之多，见事之广，而不肯读书，是犹求饱而懒营馔〔3〕，欲暖而惰裁衣也。夫读书之人，自羲、农已来〔4〕，宇宙之下，凡识几人，凡见几事，生民之成败好恶，固不足论，天地所不能藏，鬼神所不能隐也。

【注释】

〔1〕六经：指《诗》《书》《乐》《易》《礼》《春秋》。

〔2〕伎：技艺。

〔3〕营馔（zhuàn）：置办膳食。

〔4〕羲、农：伏羲、神农。

夫学者所以求益耳[1]。见人读数十卷书,便自高大,凌忽长者[2],轻慢同列;人疾之如仇敌,恶之如鸱枭[3]。如此以学自损,不如无学也。

古之学者为己,以补不足也;今之学者为人,但能说之也。[4]古之学者为人,行道以利世也;今之学者为己,修身以求进也。夫学者犹种树也,春玩其华,秋登其实;讲论文章,春华也,修身利行,秋实也。

人生小幼,精神专利[5],长成已后,思虑散逸,固须早教,勿失机也。吾七岁时,诵《灵光殿赋》[6],至于今日,十年一理,犹不遗忘;二十之外,所诵经书,一月废置,便至荒芜矣。然人有坎壈[7],失于盛年,犹当晚学,不可自弃。孔子云:"五十以学《易》,可以无大过矣。"[8]魏武、袁遗,老而弥笃[9],此皆少学而至老不倦也。曾子七十乃学,名闻天下;荀卿五十,始来游学,犹为硕儒;公孙弘四十余方读《春秋》[10],以此遂登丞相;朱云亦四十始学《易》《论语》[11];皇甫谧二十始受《孝经》《论语》[12],皆终成大儒,此并早迷而晚寤也。世人婚冠未学,便称迟暮,因循面墙[13],亦为愚耳。幼而学者,如日出之光,老而学者,如秉烛夜行,犹贤乎瞑目而无见者也。

夫学者贵能博闻也。郡国山川,官位姓族,衣服饮食,器皿制度,皆欲根寻,得其原本;至于文字,忽不经怀[14],已身姓名,或多乖舛[15],纵得不误,亦未知所由。

【注释】

〔1〕求益:即追求长进,与之相对的是"欲速成"。《论语·宪问》:"吾见其居于位也,见其与先生并行也,非求益者也,欲速成者也。""居于位"与"与先生并行"说明不知礼让,即坐在席座、与长辈并肩而行(不守礼节),不是追求上进,而是急于求成。

〔2〕凌忽:轻慢。

〔3〕鸱枭(chī xiāo):猫头鹰一类的鸟,声音凶恶。

〔4〕古之学者为己……但能说之也:《论语·宪问》:"古之学者为己,今之学者

为人。”孔安国注曰:“为己,履而行之;为人,徒能言之。”大意为,古代学者修养自身学问与德行,现在的学者装饰自己给他人看。

〔5〕专利:专注敏锐。

〔6〕《灵光殿赋》:即东汉王延寿所作《鲁灵光殿赋》。

〔7〕坎壈(lǎn):困穷,不得志。

〔8〕五十以学《易》,可以无大过矣:出自《论语·述而》。

〔9〕魏武、袁遗,老而弥笃:魏武即曹操,《三国志·魏志·武帝纪》:“(太祖)御军三十余年,手不舍书……(袁)遗,字伯业,(袁)绍从兄,为长安令……太祖称:‘长大而能勤学者,惟吾与袁伯业耳。’”

〔10〕公孙弘:菑川薛县人,西汉武帝元朔中为丞相,封平津侯。

〔11〕朱云:字游,年四十从博士白子友学《易》,从萧望之学《论语》。

〔12〕皇甫谧:西晋学者,字士安。

〔13〕因循:沿袭守旧。面墙:出自《尚书·周官》“不学墙面,莅事惟烦”,意为不学无术,一无所知。

〔14〕经怀:经心。

〔15〕乖舛(chuǎn):谬误,差错。

【评析】

《颜氏家训》是颜之推结合自身家庭教育与经验所作,不仅是“古今家训之祖”,也被明代袁衷称为“家法最正,相传最远”。《颜氏家训》共20篇,此处删选其中5篇:《教子》是关于子女教育的观念;《治家》提出持家勤俭、婚姻清白等理念;《风操》谈论礼节与风尚,讲解了避讳、节日、婚丧、待客等礼仪;《慕贤》表明审慎择友、礼敬贤才的观点;《勉学》劝人勤奋读书、修养德行。全文多四言句,典雅工整,比喻贴切,说理晓畅。由于南北朝复杂的历史环境与作者自身经历,《颜氏家训》具有丰富的内容与思想,其中勤学养德、俭朴务实等主张仍值得学习,名实、礼仪、文章、制度等内容则展现出当时的思想、艺术、文学与社会风尚。其余15篇为《序致》《兄弟》《后娶》《文章》《名实》《涉务》《省事》《止足》《诫兵》《养生》《归心》《书证》《音辞》《杂艺》《终制》。

刘义隆

刘义隆(407—453),小字车儿,南朝宋武帝第三子,生于京口(今江苏镇江),谥文。东晋安帝时封彭城县公,历任徐州刺史等。永初元年(420),封宜都王。景平二年(424),由百官奉迎即位。在位期间整顿吏治、发展经济、重视学术文化,史称“元嘉之治”。因北伐兵败,国力衰落。设立四学,使文学、儒学、史学、玄学并列。文集已佚,今存《元嘉七年以滑台战守弥时遂至陷没乃作诗》《北伐》《登景阳楼》诗3首,《全晋文》辑有文2卷。

诫江夏王义恭书〔1〕

汝以弱冠〔2〕,便亲方任〔3〕。天下艰难,家国事重,虽曰守成〔4〕,实亦未易。隆替安危〔5〕,在吾曹耳〔6〕,岂可不感寻王业〔7〕,大惧负荷。今既分张〔8〕,言集无日,无由复得动相规诲,宜深自砥砺〔9〕,思而后行。开布诚心,厝怀平当〔10〕,亲礼国士〔11〕,友接佳流〔12〕,识别贤愚,鉴察邪正,然后能尽君子之心,收小人之力。

【注释】

〔1〕选自《宋书》卷六十一。标题为编者所拟。

〔2〕弱冠:古代男子二十成年时行加冠礼,表示成年。因未及壮年,故称“弱冠”。

〔3〕亲:亲自,躬亲。方任:一方重任。

〔4〕守成:保持前人已成的事业。

〔5〕隆替:兴衰。

〔6〕吾曹：我辈。

〔7〕感寻：感念和追寻。

〔8〕分张：分离。

〔9〕砥砺：勉励。

〔10〕厝(cuò)怀：关心，注意。平当：公平允当。

〔11〕亲礼：亲近礼遇。

〔12〕友接：像朋友一样交接、对待。

汝神意爽悟〔1〕，有日新之美〔2〕，而进德修业，未有可称〔3〕，吾所以恨之而不能已已者也〔4〕。汝性褊急〔5〕，袁太妃亦说如此〔6〕。性之所滞，其欲必行，意所不在，从物回改〔7〕，此最弊事。宜应慨然立志，念自裁抑〔8〕。何至丈夫方欲赞世成名而无断者哉〔9〕。今粗疏十数事，汝别时可省也〔10〕。远大者岂可具言，细碎复非笔可尽。

【注释】

〔1〕爽悟：清爽明悟。

〔2〕日新：出自《大学》“苟日新，日日新，又日新”，指人逐日进步。

〔3〕称：称道。

〔4〕已已：制止。《世说新语·伤逝》：“庾文康亡，何扬州临葬云：‘埋玉树箸土中，使人情何能已已。’”

〔5〕褊(biǎn)急：器量小，性格急躁。

〔6〕袁太妃：刘义恭生母。

〔7〕性之所滞，其欲必行，意所不在，从物回改：本性有滞碍，欲望就一定会放纵。意志不置于此，就会随着事情而改变。滞，滞碍。

〔8〕裁抑：抑制，遏止。

〔9〕赞世：辅佐治理天下。无断：处事没有决断。

〔10〕省(xǐng)：自省。

礼贤下士，圣人垂训；骄侈矜尚〔1〕，先哲所去。豁达大度，汉祖之德；

猜忌褊急，魏武之累。《汉书》称卫青云："大将军遇士大夫以礼，与小人有恩。"[2] 西门、安于，矫性齐美[3]；关羽、张飞，任偏同弊[4]。行己举事，深宜鉴此。

【注释】

〔1〕矜尚：骄矜自大。

〔2〕大将军遇士大夫以礼，与小人有恩：出自《汉书·伍被传》，伍被引黄义言"大将军遇士大夫以礼，与士卒有恩，众皆乐为用"。遇，对待。小人，地位低的人。

〔3〕西门、安于，矫性齐美：《韩非子·观行》："西门豹之性急，故佩韦以缓己；董安于之心缓，故佩弦以自急。"西门豹性情急躁，因而佩戴皮带提醒自己缓和；董安于行事缓慢，故携带弓弦提醒自己迅速，二人都善于矫正自己性格的弱点。

〔4〕任偏：放任偏执。

若事异今日，嗣子幼蒙[1]，司徒便当周公之事[2]，汝不可不尽祗顺之理[3]。苟有所怀，密自书陈。若形迹之间，深宜慎护[4]。至于尔时安危，天下决汝二人耳，勿忘吾言。

【注释】

〔1〕嗣子幼蒙：继位的皇子年幼。

〔2〕司徒：指刘义康。周公之事：即武王崩逝，成王年幼，武王弟周公摄政之事。

〔3〕祗（zhī）顺：敬顺。

〔4〕慎护：谨慎地养护。

今既进袁太妃供给[1]，计足充诸用，此外一不须复有求取，近亦具白此意[2]。唯脱应大饷致[3]，而当时遇有所乏，汝自可少多供奉耳[4]。汝一月日自用不可过三十万，若能省此，益美。

【注释】

〔1〕进：增加。

〔2〕具白：详细说明。

〔3〕脱：如果。应：应付。饷：供给。

〔4〕少：稍微。

西楚殷旷〔1〕，常宜早起，接对宾侣〔2〕，勿使留滞。判急务讫〔3〕，然后可入问讯〔4〕。既睹颜色，审起居，便应即出，不须久停，以废庶事也〔5〕。下日及夜，自有余闲。

【注释】

〔1〕殷旷：地域辽阔。

〔2〕接对：接待应对。宾侣：宾客。

〔3〕判：裁决。急务：紧要的事务。讫：完毕。

〔4〕入问讯：入宫问候。

〔5〕庶事：日常政务。

府舍住止〔1〕，园池堂观，略所谙究〔2〕，计当无须改作。司徒亦云尔。若脱于左右之宜，须小小回易〔3〕，当以始至一治为限〔4〕，不烦纷纭〔5〕，日求新异。

【注释】

〔1〕住止：住宅。

〔2〕谙究：熟悉。

〔3〕回易：改换。

〔4〕治：修治。

〔5〕纷纭：多，杂乱。

凡讯狱多决[1]，当时难可逆虑[2]，此实为难，汝复不习[3]，殊当未有次第[4]。讯前一二日，取讯簿密与刘湛辈共详[5]，大不同也。至讯日，虚怀博尽[6]，慎无以喜怒加人。能择善者而从之，美自归己。不可专意自决[7]，以矜独断之明也[8]。万一如此，必有大吝[9]，非唯讯狱，君子用心，自不应尔。刑狱不可拥滞，一月可再讯。

【注释】

〔1〕讯狱：问案治狱。

〔2〕逆虑：预料。

〔3〕习：熟悉。

〔4〕殊：很。次第：次序，头绪。

〔5〕刘湛：字弘仁，初为刘裕太尉行参军，入宋为刘义康长史。详：清楚说明。

〔6〕虚怀博尽：即虚心宽厚，广泛察纳。虚怀，胸怀宽大。博，广泛。尽，全部。

〔7〕自决：自行决断。

〔8〕矜：夸耀。

〔9〕大吝：大悔。

凡事皆应慎密，亦宜豫敕左右[1]，人有至诚，所陈不可漏泄，以负忠信之款也[2]。古人言“君不密则失臣，臣不密则失身”[3]。或相谗构[4]，勿轻信受，每有此事，当善察之。

【注释】

〔1〕豫敕：预先告令。

〔2〕款：诚意。

〔3〕君不密则失臣，臣不密则失身：出自《周易·系辞上》。大意为，君主不守秘密，则臣受损；臣泄漏言语，则自身受损。

〔4〕谗构：进谗言构陷。

名器深宜慎惜[1]，不可妄以假人。昵近爵赐[2]，尤应裁量。吾于左右虽为少恩，如闻外论[3]，不以为非也。

【注释】

〔1〕名器：爵号与车服仪制。

〔2〕昵近：亲近。

〔3〕外论：外界的议论。

以贵陵物物不服[1]，以威加人人不厌[2]，此易达事耳。

【注释】

〔1〕陵：欺凌。

〔2〕厌：通“餍”，满意。

声乐嬉游，不宜令过，蒱酒渔猎[1]，一切勿为。供用奉身，皆有节度[2]，奇服异器，不宜兴长。汝嫔侍左右，已有数人，既始至西，未可匆匆复有所纳。

【注释】

〔1〕蒱（pú）酒：樗（chū）蒱和饮酒。樗蒱，古代的一种博戏。

〔2〕节度：节制，约束。

宜数引见佐史[1]，非唯臣主自应相见，不数则彼我不亲，不亲则无因得尽人，人不尽，复何由知其众事。广引视听[2]，既益开博[3]，于言事者，又差有地也[4]。

【注释】

〔1〕数：屡次，经常。佐史：一作“佐吏”，即藩府中的参佐、属吏。

〔2〕视听：见闻。

〔3〕开博：广博。

〔4〕差：略微，稍可。地：场所。

【评析】

《诫江夏王义恭书》是宋文帝刘义隆写给弟弟江夏王刘义恭的书信。刘义隆即位后，见幼弟学业未进，骄侈急躁，故写下家书劝诫。书中主要说明知人善用、俭朴节制、勤于政务、慎于刑赏、广开言路等道理，包括修身养德、家事国事的各个方面。作为皇室成员，刘义隆教导义恭对待长辈、晚辈、臣民的方式：对袁太妃要合理供养、依礼问安；若将来嗣君年幼，应审慎养护；对臣民，需礼贤下士、知人善任。刘义隆还指出为人处事的节制之道，如饮食、居住、游乐不应奢侈，接待宾客、问讯长者不宜久滞，为君、为臣应保守机密，刑狱和赏赐须慎重等，由此可见刘义隆为人审慎、注意细节。全篇文辞朴实，娓娓道来，说理晓畅，情感诚恳，既可见君王忧心家国的深谋远虑，也可见兄长与幼弟的手足情深。

萧 衍

萧衍(464—549),字叔达,小字练儿,南兰陵(今江苏常州西北)人,生于秣陵(今江苏南京),南朝齐宗室,南朝梁开国皇帝,谥武。历官参军、太子庶子、给事黄门侍郎等。南齐建武四年(497),为辅国将军、雍州刺史。南齐永元二年(500),萧衍得知兄长萧懿被害,密谋起事。南齐中兴二年(502),齐帝禅位于梁王萧衍。萧衍称帝后,重儒兴学,改善弊政,主持整理经史文献。信奉佛教,多次舍身同泰寺。侯景之乱爆发后,绝食而亡。通晓儒学,曾撰《制旨孝经义》《周易讲疏》《毛诗答问》《春秋答问》《尚书大义》等。擅长佛教经典,撰《涅槃》《大品》《净名》《三慧》等经义记。也长于文学、音律、书法等,早年为“竟陵八友”之一。

答皇太子请御讲敕〔1〕

省启〔2〕。欲须吾讲,具汝等意〔3〕。《书》云:“一日二日,惟日万机。”〔4〕今复过之,年耆根熟〔5〕,气力衰耗,荷此黼扆〔6〕,有逾重负〔7〕。日中或得一食,或不得食。周旦吐握〔8〕,未足为劳;楚君旰食〔9〕,方今非切〔10〕。未明求衣,聿来弗休〔11〕;昼劳夜思,精华已竭。数术多事〔12〕,未获垂拱〔13〕;兼国务靡寄〔14〕,岂得坐谈?须道行民安,乃当议耳。越敕。

【注释】

〔1〕选自《全上古三代秦汉三国六朝文·全梁文》卷五。

〔2〕省启:省,察看。启,启奏。意为“(你们的)启奏已览”。

〔3〕具:同“俱”。

〔4〕一日二日,惟日万机:《尚书·皋陶谟》:“兢兢业业,一日二日万几。”“几”

一作“机”,万几即“万端”。

〔5〕耆(qí):年老。根熟:根性圆熟。

〔6〕黼扆(fǔ yǐ):本义为帝王座位后屏上的花纹,引申为帝位。

〔7〕逾:超过。

〔8〕周旦吐握:见《颜氏家训·风操》“周公一沐三握发,一饭三吐餐”注。

〔9〕楚君旰(gàn)食:《左传·昭公二十年》:“奢闻员不来,曰:‘楚君大夫其旰食乎!’”杜预注:“将有吴忧,不得早食。”

〔10〕切:急迫。

〔11〕聿:助词,无实义,用于句首。

〔12〕数术:历法、占卜等事。

〔13〕垂拱:即垂衣拱手、无为而治。《书·武成》:“惇信明义,崇德报功,垂拱而天下治。”孔颖达疏:“谓所任得人,人皆称职,手无所营,下垂其拱。”

〔14〕寄:托付。

省重启。犹欲须吾讲说,具汝等所怀,亦不异前答。缘边未入〔1〕,国度多乏〔2〕,如是等事,恒须经计。其余繁碎,非可具言。率土未宁〔3〕,菜食者众。兼款附相继〔4〕,赏与未周。怨望者多〔5〕,怀音者少〔6〕。汉世浑并,贾谊亦且流恸〔7〕;魏室无虞,杨阜犹云可悲〔8〕。况今爪牙腹心不贰之臣,又论道帷幄之士,四聪不开〔9〕,八达路拥〔10〕。王侯虽多,维城靡寄。昼厉夕惕〔11〕,如履霜刃,以朽索驭六马〔12〕,岂足为喻。《诗》不云乎:“知我者,谓我心忧;不知我者,谓我何求。”〔13〕方今信非谈日,汝等必欲尔者,自可令诸僧于重云中讲道义也〔14〕。越敕。

【注释】

〔1〕缘边:边境。

〔2〕国度:国家的用度。

〔3〕率土:境域之内。《诗经·小雅·北山》:“率土之滨,莫非王臣。”

〔4〕款附:诚心归附。

〔5〕怨望：不满。

〔6〕怀音：感恩。

〔7〕贾谊亦且流恸（tòng）：汉文帝时，贾谊上《治安策》云："臣窃惟事势，可为痛哭者一，可为流涕者二，可为长太息者六。"见《汉书·贾谊传》。

〔8〕杨阜犹云可悲：魏明帝修筑宫殿、充实后宫、游猎玩乐，杨阜多次直言劝谏，以为"不夙夜敬止，允恭恤民，而乃自暇自逸，惟宫台是侈是饰，必有颠覆危亡之祸"，见《三国志·魏书·杨阜传》。

〔9〕四聪：能远闻四方的听觉。《书·舜典》："明四目，达四聪。"

〔10〕八达：相通的道路。

〔11〕厉：勉励。

〔12〕朽索：朽腐的绳索。

〔13〕知我者，谓我心忧；不知我者，谓我何求：出自《诗经·王风·黍离》。

〔14〕重云：指重云寺，在长洲县（今江苏苏州）西北二里，故传是梁陆僧瓒故宅，因见祥云重重覆盖家宅，便请求舍宅为重云寺。

省汝等启。复具所怀，汝等未达稼穑之艰难〔1〕，安知天下负重。庸主少君，所以继踵颠覆〔2〕，皆由安不思危，况复未安者邪。殷鉴不远，在于前代。〔3〕吾今所行，虽异曩日〔4〕，但知讲说，不忧国事，则与彼人异术同亡〔5〕。《易》言"其亡，系于苞桑"〔6〕，斯则乾乾夕惕〔7〕，谨而后免，汝等思之。一二具如前敕。越敕。

【注释】

〔1〕达：通晓。

〔2〕继踵：接踵，前后接连不断。颠覆：倾覆灭亡。

〔3〕殷鉴不远，在于前代：《诗经·大雅·荡》："殷鉴不远，在夏后之世。"殷鉴在夏，为文王叹商纣之辞，原意为殷人应以夏亡为鉴，后泛指可以借鉴的前事。

〔4〕曩（nǎng）日：往日。

〔5〕异术：不同方法。

〔6〕其亡，系于苞（bāo）桑：《周易·否》："其亡其亡，系于苞桑。"意为如能自

警“将要灭亡”，就像系于桑树之本一样牢固，指君王能居安思危。

〔7〕乾乾夕惕：《周易·乾》：“君子终日乾乾，夕惕若厉，无咎。”形容终日勤勉警惕。

【评析】

梁武帝萧衍晚年沉溺佛教，太子萧纲等人曾多次奏请萧衍讲说佛法，《答皇太子请御讲敕》是萧衍的回复。第一篇敕文称自己精力不济、国事繁重，不能坐而论道。第二篇敕文详细解释了内忧外患的各个方面，如边境、用度、赏罚等，并用汉魏贾谊、杨阜之文与《诗经》说明治国者朝乾夕惕、无暇讲说。第三篇敕文仍用《诗经》与《周易》说明天下负重、前车可鉴。作为公文，本文基本用四言写成，语言典雅庄重，既引儒家经典说理，又有直接、严肃的谆谆教诲。敕文表现出萧衍追求佛法，同时难以摆脱国家事务的复杂心理。萧纲等人多次启奏，是对梁武帝内心的迎合，因此梁武帝的拒绝也存在仪式性、表演性与套语。然而，敕文在客观上教导子弟常怀忧患之心，知晓稼穑之艰等，反映出萧衍对国家事务和历史经验的认识。

萧 纲

萧纲(503—551),字世缵,小字六通,梁武帝第三子,昭明太子萧统胞弟,谥简文。梁武帝时初封为晋安王,任南兖州刺史、丹阳尹、荆州刺史、南徐州刺史、扬州刺史等。中大通三年(531),萧统病故,继立为太子。侯景叛乱,次年梁武帝逝世,萧纲即位。大宝二年(551),为侯景所杀。博观群书,雅好诗赋,引纳文士,与徐擒、庾肩吾等人作诗,时称"宫体"。撰有《五经讲疏》《礼大义》《昭明太子传》《诸王传》《老子义》《庄子义》《长春义记》《法宝连璧》等。

诫当阳公大心书〔1〕

汝年时尚幼〔2〕,所阙者学〔3〕。可久可大〔4〕,其唯学欤。所以孔丘言:"吾尝终日不食,终夜不寝,以思,无益,不如学也。"〔5〕若使墙面而立〔6〕,沐猴而冠〔7〕,吾所不取。立身之道,与文章异,立身先须谨重〔8〕,文章且须放荡〔9〕。

【注释】

〔1〕选自《全上古三代秦汉三国六朝文·全梁文》卷十一。标题为编者所拟。

〔2〕时:现在,当下。

〔3〕阙:同"缺"。

〔4〕可久可大:《周易·系辞上》:"易则易知,简则易从。易知则有亲,易从则有功。有亲则可久,有功则可大。可久则贤人之德,可大则贤人之业。"大意为,性情简省、容易明了,与人、与物和亲,处世可以长久,事业可以渐积扩大。

〔5〕吾尝终日不食……不如学也:语出《论语·卫灵公》。孔子又云:"学而不思则罔,思而不学则殆。"(《论语·为政》)

〔6〕墙面而立:《尚书·周官》:“不学墙面。”孔传:“人而不学,其犹正墙面而立。”《论语·阳货》:“人而不为《周南》《召南》,其犹正墙面而立也与?”意为人不学习,就像面对墙壁站立,目无所见。

〔7〕沐猴而冠(guàn):出自《史记·项羽本纪》:“人言楚人沐猴而冠耳,果然。”比喻外表装得像样,本质没有改变。

〔8〕谨重:谨慎稳重。

〔9〕放荡:不受约束。

【评析】

《诫当阳公大心书》是南朝梁简文帝萧纲为次子萧大心所作家书,主要告诫儿子要趁年幼时勤于学习,才能立身长久、功业宏大。此书言辞典重,引经据典。“立身先须谨重,文章且须放荡”是本篇名句,魏晋南北朝文人多放诞任性,萧纲则从儒家传统观念出发,认为文章之士也应谨守德行。该句既是为人处事的箴言,也是属词缀文的妙论,反映出萧纲的道德标准与文学观念。萧纲等人创作的宫体诗多放逸、轻靡的内容,也正是因为萧纲本人认为文学创作应该“放荡”,客观上是一种较为自由的文学观念。

萧 绎

萧绎(508—555),字世诚,小字七符,梁武帝第七子,谥孝元帝。梁武帝天监十三年(514)封湘东王,任会稽太守、丹阳尹、荆州刺史等。承圣元年(552),萧绎即帝位于江陵。后与西魏战败,承圣三年十二月为西魏所杀。萧绎善于读书作文,与裴子野、刘显、萧子云等人交往。好藏书,自称"聚书来四十年,得书八万卷"(《金楼子·聚书》),然于江陵焚书十四万卷。著述颇多,有《周易讲疏》《注汉书》《荆南志》《江州记》《老子讲疏》等,今存《金楼子》及文集辑本。

戒 子〔1〕

东方生戒其子以上容〔2〕:"首阳为拙,柱下为工。饱食安步,以仕易农。依隐玩世,诡时不逢。"〔3〕详其为谈,异乎今之世也。方今尧舜在上,千载一朝,人思自勉〔4〕,吾不欲使汝曹为之也。

【注释】

〔1〕选自《金楼子》卷二。

〔2〕东方生:即东方朔(前154—前93),字曼倩,西汉武帝时官至常侍郎、太中大夫、给事中。擅长谏言,工辞赋,以滑稽幸于武帝,撰有《七谏》《答客难》等。

〔3〕首阳为拙……诡时不逢:大意为:伯夷、叔齐不食周粟,饿死首阳山是愚拙;老子任柱下史,终身无患是工巧。吃饱了饭散步,用做官的俸禄换取农民的作物,依违于政事和隐居之间;不以严肃的态度对待生活,不遇富贵也不逢灾祸。

〔4〕自勉:自己勉励自己。

后稷庙堂金人,铭曰:“戒之哉!无多言,多言多败;无多事,多事多患。勿谓何伤,其祸将长;勿谓何害,其祸将大。”〔1〕崔子玉《座右铭》曰〔2〕:“无道人之短,无说己之长。施人慎勿念,受恩慎勿忘。”凡此两铭,并可习诵〔3〕。

【注释】

〔1〕后稷庙堂金人……其祸将大:见《说苑·敬慎》,铭文教人谨言慎行,否则会招致灾祸。

〔2〕崔子玉:即崔瑗(78—143),字子玉,崔骃之子,擅长书法与文学,著有《座右铭》《草书势》等。据《文选》五臣注,崔瑗以此铭自戒,置于座右,故称“座右铭”。

〔3〕习诵:学习诵读。

杜恕《家戒》曰〔1〕:“张子台〔2〕,视之似鄙朴人〔3〕,然其心中不知天地间何者为美,何者为恶,敦然与阴阳合德〔4〕。作人如此,自可不富贵,祸害何因而生?”

【注释】

〔1〕杜恕(?—175):字务伯,官至御史中丞、幽州刺史。

〔2〕张子台:即张阁,字子台,以简朴闻名。

〔3〕鄙朴:粗俗质朴。

〔4〕敦然:淳厚。阴阳合德:与天道同德。《易·乾》:“夫大人者,与天地合其德,与日月合其明。”“与天地合其德”即道德像天地一样覆载万物。

马文渊曰〔1〕:“闻人之过失,如闻亲之名,亲之名可闻,而口不可得言也。好论人长短,忘其善恶者,宁死不愿闻也。龙伯高敦厚周慎〔2〕,谦约节俭〔3〕,吾爱之重之,愿汝曹效之。杜季良忧人之忧〔4〕,乐人之乐。有丧致客〔5〕,数郡毕至,吾爱之重之,不愿汝曹效之。效伯高不得,犹为谨敕之士[6],所谓刻鹄不成尚类鹜者也[7]。效季良不得,所谓画虎不成反类狗者也。”[8]裴松之以为“援此戒,可谓切至之言[9],不刊之训[10]。若乃行事,得失已暴于世[11],因其善恶,即以为戒”云。然戒龙伯高之美言,杜季良之恶行,吾谓托古人以见意,斯为善也。

【注释】

〔1〕马文渊:即马援(前16—49),字文渊,官至陇西太守、伏波将军。

〔2〕龙伯高:龙述,字伯高,京兆人,官山都长、零陵太守。周慎:周密谨慎。

〔3〕谦约:谦和严谨,检束言行。

〔4〕杜季良:杜保,字季良,京兆人,为越骑司马。

〔5〕致:招引。

〔6〕谨敕:谨慎。

〔7〕刻鹄不成尚类鹜:鹄,天鹅。鹜,鸭。

〔8〕画虎不成反类狗:画老虎不成,反而像狗。即模仿得不伦不类。

〔9〕裴松之(372—451):字世期,累官至中书侍郎、永嘉太守、通直散骑常侍、南琅琊太守等,后拜中散大夫、领国子博士、太中大夫。注陈寿《三国志》,著有《晋纪》等。切至:切直尽理。

〔10〕不刊:不容更改,不可磨灭。

〔11〕暴:显露。

王文舒曰[1]:“孝敬仁义,百行之首,而立身之本也。孝敬则宗族安之,仁义则乡党重之[2],行成于内,名著于外者矣[3]。未有干名要利[4],欲而不厌[5],而能保于世,永全福禄者也。欲使汝曹立身行己,遵儒者之教,履道家之言。故以玄默冲虚为名[6],欲使顾名思义,不敢违越也。古者盘盂有铭,几杖有戒[7],俯仰察焉。夫物速成而疾亡,晚就而善终[8]。朝华之草,戒旦零落[9];松柏之茂,隆冬不衰。是以大雅君子,恶速成,戒阙党也[10]。夫人有善,鲜不自伐;有能,寡不自矜。伐则掩人[11],矜则陵人[12]。掩人者人亦掩之,陵人者人亦陵之也。”

【注释】

〔1〕王文舒：王昶（？—259），字文舒，历官散骑侍郎、兖州刺史、扬烈将军、征南大将军、骠骑将军、司空，封关内侯、京陵侯。著有《兵书》。

〔2〕乡党：乡里，同乡之人。

〔3〕行成于内，名著于外：即在家中养成美好品德，在外也会有美好的名声。《孝经·广扬名章》："行成于内，而名立于后世。"

〔4〕干名要利：求取名声，追逐利益。

〔5〕厌：满足。

〔6〕玄默：清静无为。冲虚：淡泊虚静。《三国志·王昶传》："其为兄子及子作名字，皆依谦实，以见其意，故兄子默字处静，沈字处道，其子浑字玄冲，深字道冲。"

〔7〕盘盂：盛放饮食的器皿。几杖：坐几和手杖，起居的用具。

〔8〕晚就：晚成。

〔9〕戒旦：本义为报晓警睡，引申为黎明。

〔10〕阙党：指"欲速成"之人。《论语·宪问》："阙党童子将命。或问之曰：'益者与？'子曰：'吾见其居于位也，见其与先生并行也，非求益者也，欲速成者也。'"

〔11〕掩人：掩盖他人的优点。

〔12〕陵人：欺压他人。

陶渊明言曰：天地赋命〔1〕，有生必终。自古圣贤，谁能独免？但恨邻靡二仲〔2〕，室无莱妇〔3〕，抱兹苦心，良独惘惘〔4〕。汝辈既稚小，虽不同生，当思四海皆为兄弟之义。鲍叔、敬仲，分财无猜〔5〕；归生、伍举，班荆道旧〔6〕。遂能以败为成，因丧立功〔7〕。他人尚尔，况共父之人哉！颍川韩元长〔8〕，汉末名士，身处卿佐，八十而终，兄弟同居，至于没齿。济北氾稚春〔9〕，晋时积行人也〔10〕，七世同财，家人无怨色。《诗》云："高山仰止，景行行止。"〔11〕汝其慎哉〔12〕！

【注释】

〔1〕赋命：给予生命。

〔2〕二仲：指汉羊仲、裘仲。唐徐坚《初学记》卷十八引汉赵岐《三辅决录》：

“蒋诩，字元卿，舍中三径，唯羊仲、裘仲从之游。二仲皆推廉逃名。”用以形容隐退之士。

〔3〕莱妇：老莱子妻。《列女传》卷二记载其劝说夫君拒绝楚王赐官。后以“莱妻”作为贤妇代称。

〔4〕惘惘：失意，一说无所适从。

〔5〕鲍叔、敬仲，分财无猜：即鲍叔与管仲同时经商，分财无所猜忌。事见《史记·管晏列传》。

〔6〕归生、伍举，班荆道旧：即归生（声子）与伍举，于道边铺荆，共叙旧情。《左传·襄公二十六年》：“初，楚伍参与蔡太师子朝友，其子伍举与声子相善也。……伍举奔郑，将遂奔晋，声子将如晋，遇之于郑郊，班荆相与食，而言复故。”

〔7〕以败为成，因丧立功：即上述鲍叔与管仲、归生（声子）与伍举皆能建立功业。《史记·管晏列传》：“管仲既用，任政于齐，齐桓公以霸，九合诸侯，一匡天下，管仲之谋也。”又《左传·昭公元年》：“冬，楚公子围将聘于郑。伍举为介，未出竟，闻王有疾而还，伍举遂聘。”

〔8〕韩元长：韩韶，字元长，能辩理而不为章句之学，极具声名，五府并辟。

〔9〕氾稚春：氾毓，字稚春，以素业儒学、敦睦亲族闻名。

〔10〕积行：积累善行。

〔11〕高山仰止，景行行止：出自《诗经·小雅·车舝（xiá）》，形容德行高尚，值得效法。

〔12〕以上文出自《陶渊明集》卷之七《与子俨等疏》。

颜延年云〔1〕：“喜怒者，性所不能无，常起于褊量〔2〕，而止于宏识。然喜过则不重，怒过则不威。能以恬漠为体〔3〕，宽裕为器〔4〕，善矣。大喜荡心，微抑则定；甚怒倾性，小忍则歇。故动无响容，举无失度，则为善也。欲求子孝，必先为慈；将责弟悌，务念为友。虽孝不待慈，而慈固植孝；悌非期友，而友亦立悌。夫和之不备，或应以不和，犹信不足焉，必有不信。倘知恩意相生，情理相出，可以使家有参、柴〔5〕，人皆由、损。枚叔有言〔6〕：‘欲人不闻，莫若不言。欲人不知，莫若勿为。御寒莫如重裘，止谤莫若自修。'《论语》云：'内省不疚，夫何忧何惧！'"[7]

【注释】

〔1〕颜延年：颜延之（384—456），字延年，历官太子舍人，始安、永嘉太守，中书侍郎，御史中丞等，封光禄大夫。今存诗集辑本。

〔2〕褊量：褊狭的器量。

〔3〕恬漠：恬静淡泊。

〔4〕宽裕：一作"宽愉"，宽容。

〔5〕参、柴：即曾参、高柴，孔子弟子。曾参（前505—前436），字子舆，《史记·仲尼弟子列传》："孔子以为能通孝道，故授之业。"高柴，字子羔。二人俱以孝道称。

〔6〕枚叔：即枚乘（？—前140），字叔，汉景帝时为吴王濞郎中，召为弘农都尉。善辞赋，著有《七发》。

〔7〕内省不疚，夫何忧何惧：语出《论语·颜渊》，大意为：问心无愧，又有什么担忧和恐惧的呢？

单襄公曰[1]："君子不自称也[2]，必以让也，恶其盖人也[3]。"吾弱年重之[4]。中朝名士[5]，抑扬于诗酒之际[6]，吟咏于啸傲之间，自得如山，忽人如草[7]，好为辞费[8]，颇事抑扬。末甚悔之，以为深戒。

【注释】

〔1〕单襄公：名朝，春秋时周臣。

〔2〕自称：自我称扬。

〔3〕盖：掩。

〔4〕弱年：年少。

〔5〕中朝：指西晋。

〔6〕抑扬：褒贬，评论他人。

〔7〕自得如山，忽人如草：《三国志·王昶传》："颍川郭伯益，好尚通达，敏而有知。其为人弘旷不足，轻责有余。得其人重之如山，不得其人忽之如草。"其中"得

其人重之如山，不得其人忽之如草”意为：合心意的人看得像山一样重，不合心意的人看得像草一样轻。此处“自得如山，忽人如草”指自视甚高，忽视他人。

〔8〕辞费：无意义的言辞。

向朗遗言戒子曰〔1〕：“贫非人患，以和为贵。汝其勉之，以为深戒。酒酌之设，可乐而不可嗜；声乐之会，可简而不可违〔2〕。淫华怪饰，奇服丽食，慎毋为也。”〔3〕

【注释】

〔1〕向朗（？—247）：字巨达，三国时蜀汉大臣，历官巴西太守、步兵校尉等。

〔2〕违：违越。

〔3〕贫非人患……慎毋为也：许逸民援引《宋书·颜延之传》载《庭诰》，以为此段应为颜延之《庭诰》之文。

曾子曰：“狎甚则相简〔1〕，庄甚则不亲。是故君子之狎足以交欢，其庄足以成礼也。”〔2〕

【注释】

〔1〕狎：亲昵。简．怠慢。

〔2〕狎甚则相简……其庄足以成礼也：见《孔子家语·好生》。

子夏曰〔1〕：“与人以实，虽疏必密；与人以虚，虽戚必疏〔2〕。”帅人以正，谁敢不正？敬人以礼，孰敢不礼？使人必须先劳后逸，先功后赏。“戒慎乎其所不睹，恐惧乎其所不闻。莫见乎隐，莫显乎微，故君子慎其独也。”〔3〕必使“长者安之，幼者爱之，朋友信之”〔4〕，是以“君子居其室，出其言善，则千里之外应之；出其言不善，则千里之外违之。况其迩者乎？言出乎身，加乎民；行发乎近，至于远也。言行，君子之枢机。枢机之发，荣辱之主，可不慎乎！”〔5〕

【注释】

〔1〕子夏：卜商（前507—？），字子夏，春秋末卫国人，一说晋国温人，孔子弟子，以文学称。相传作《诗序》。

〔2〕戚：亲近。

〔3〕戒慎乎其所不睹，恐惧乎其所不闻……故君子慎其独：出自《礼记·中庸》，大意为：在独居时也能警惕慎重、谨言慎行。

〔4〕长者安之，幼者爱之，朋友信之：《论语·公冶长》："老者安之，朋友信之，少者怀之。"意思是，老者让他安享晚年，朋友让他信任我，年轻人使他怀念我。

〔5〕君子居其室……可不慎乎：出自《周易·系辞上》，意为：君子居于家中，他的善言即使是千里之外的人也会相应，他的恶言即使是千里之外的人也会违背，何况是近处？言语出于自身，施加给百姓，行为发端于近处，到达远处。言行是君子的关键，主宰着荣辱，怎能不慎重！

"处广厦之下，细毡之上，明师居前，劝诵在后"〔1〕，岂与夫驰骋原兽同日而语哉〔2〕？凡读书必以《五经》为本，所谓非圣人之书勿读。"读之百遍，其义自见。"〔3〕此外众书，自可泛观耳。正史既见得失成败，此经国之所急。《五经》之外，宜以正史为先。谱牒所以别贵贱，明是非，尤宜留意。或复中表亲疏〔4〕，或复通塞升降，百世衣冠〔5〕，不可不悉。

【注释】

〔1〕处广厦之下……劝诵在后：语出《汉书·王吉传》。

〔2〕原兽：野兽。

〔3〕读之百遍，其义自见：语出《三国志·魏书·王肃传》。

〔4〕中表：内外。

〔5〕衣冠：缙绅。

任彦升云〔1〕："人皆有荣进之心，政复有多少耳。然口不及，迹不营〔2〕，居当为胜。"王文舒曰："人或毁己，当退而求之于身。若己有可毁之行，则彼言当矣；若己无可毁之行，则彼言妄矣〔3〕。当则无怨于彼，妄则无害于身,又何反报焉?且闻人毁己而忿者,恶丑声之加己,反报者滋甚[4],不如默而自修也。”[5]颜延年言:“流言谤议,有道所不免,况在阙薄[6],难用算防。应之之方,必先本己。或信不素积,嫌闲所为[7];或性不和物,尤怨所聚[8]。有一于此,何处逃之?日省吾躬,月料吾志,斯道必存,何恤人言。”任嘏“每献忠言,辄手书怀草,自在禁省,归书不封”[9],何其美乎!入仕之后,此其勖哉[10]!昔孔光,有人问温室之树,笑而不答[11],诚有以也[12]。

【注释】

〔1〕任彦升:任昉(460—508),字彦升,初为南朝宋主簿,南齐拜太学博士,梁代为御史中丞等。以诗文名,今存诗集辑本。

〔2〕营:营求。

〔3〕妄:荒诞不实。

〔4〕滋:加多。

〔5〕人或毁己……不如默而自修也:语出《三国志·魏书·王昶传》。大意为,对于他人的毁谤,有则改之,无则加勉,不宜报复他人,应修养自身德行。

〔6〕阙薄:欠缺,浅薄。

〔7〕嫌闲:猜疑。

〔8〕尤怨:埋怨。

〔9〕任嘏(gǔ):字昭先,乐安博昌(今山东博兴)人。禁省:皇宫。

〔10〕勖(xù):勉励。

〔11〕“昔孔光”句:孔光,字子夏,孔子十四世孙。《汉书·孔光传》:“凡典枢机十余年,守法度,修故事……沐日归休,兄弟妻子燕语,终不及朝省政事。或问光:‘温室省中树皆何木也?’光嘿不应,更答以他语,其不泄如是。”

〔12〕有以:有道理。

高季羔为卫之士师[1],刖人之足[2]。俄而卫有蒯聩之乱[3],刖者守门焉,谓季羔曰:“于此有室。”季羔入焉。既追者罢,季羔将去,问刖者曰："今吾在难，此正子报怨之时，而子逃我何？"曰："曩君治臣以法[4]，臣知之。狱决罪定，临当论刑，君愀然不乐[5]，见于颜色，臣又知之。君岂私于臣哉？天生君子，其道固然。此臣之所以待君子。"孔子闻之，曰："善哉！为吏，其用法一也。"[6]

【注释】

〔1〕高季羔：高柴，字子羔，又称季羔，孔子弟子。

〔2〕刖：砍脚。

〔3〕蒯聩（kuǎi kuì）之乱：蒯聩为卫灵公的庶子。继位后，行为荒唐，后为人所杀，史称卫后庄公。

〔4〕曩（nǎng）：从前。

〔5〕愀（qiǎo）然：忧愁貌。

〔6〕高季羔为卫之士师……其用法一也：语出《孔子家语·致思》。意为高季羔作官施用律法时，对人采用同样的标准。《家语》又云"思仁恕则树德，加严暴则树怨"。

归义隐蕃，为豪杰所善。潘承明子翥与之善[1]，承明问曰："何故与轻薄通，使人心震面热？"广陵阳竺，幼而有声，陆逊谓之必败，令其兄子穆与其别族。[2]李丰，年十五，宾客填门，乃曰神童，而遂无周身之防，果见诛夷。[3]相国掾魏讽，有盛名，同郡任览与讽善。郑袤谓讽奸雄，必以祸终，子宜绝之。讽果败焉。[4]王仲回加子以槚楚，朱公叔寄言以《绝交》[5]，此有深意，最宜思之。

【注释】

〔1〕归义隐蕃……潘承明子翥（zhù）与之善：隐蕃，《三国志·吴书·胡综传》："青州人隐蕃归吴。"裴松之注引《吴书》："归义隐蕃，以口辩为豪杰所善，濬子翥亦与周旋，馈饷之。濬闻大怒，疏责翥曰：'吾受国厚恩，志报以命，尔辈在都，当念恭顺，亲贤慕善，何故与降虏交，以粮饷之？在远闻此，心震面热，惆怅累旬。疏到，

急就往使受杖一百,促责所饷。'当时人咸怪濬,而蕃果图叛诛夷,众乃归服。"

〔2〕广陵阳竺……令其兄子穆与其别族:《三国志·吴书·陆逊传》:"广陵杨竺少获声名,而逊谓之终败,劝竺兄穆令与别族。其先睹如此。"

〔3〕李丰……果见诛夷:《三国志·魏书·夏侯玄传》裴注引《魏略》:"丰字安国,故卫尉李义子也。黄初中,以父任召随军。始为白衣时,年十七八,在邺下名为清白,识别人物,海内翕然,莫不注意。"又《三国志·魏书·夏侯玄传》:"中书令李丰虽宿为大将军司马景王所亲待,然私心在玄,遂结皇后父光禄大夫张缉,谋欲以玄辅政……丰、玄、缉、敦、贤等皆夷三族,其余亲属徙乐浪郡。"

〔4〕相国掾魏讽……讽果败焉:《晋书·郑袤传》:"郑袤字林叔,荥阳开封人……性清正。时济阴魏讽为相国掾,名重当世,袤同郡任览与结交。袤以讽奸雄,终必为祸,劝览远之。及讽败,论者称焉。"

〔5〕王仲回加子以檟(jiǎ)楚,朱公叔寄言以《绝交》:王丹,字仲回,官太子太傅。朱穆(99—163),字公叔,官至冀州刺史,有《绝交论》,见《后汉书·朱穆传》。

【评析】

《金楼子·戒子》集中体现了萧绎的教育思想,开篇告诫子孙处世避害之道,其具体要求是淡泊检束、谨言慎行,尤其是不能随意褒贬、欺压他人。立身方面,萧绎认为仁义孝敬是立身之本,特别强调"慎独"与"自省",例如,面临毁谤的应对之法是修身。同时,修身也是齐家的基础,文中说明了只有仁慈、友爱,才能招致孝敬、和睦。在治学读书方面,萧绎认为应以《五经》为本、正史为先。在交友方面,则应以礼待人,慎重选择。本文虽为《金楼子》的一篇,实则引用大量前人事例、经典中的警句,这不仅是萧绎广泛藏书、读书的结果,也是行文、说理或教育的方式。通过前人故事,萧绎可以更直观、警策地说明人生道路,也使全文娓娓道来、意味深长。

范仲淹

范仲淹(989—1052),字希文,北宋吴县(今江苏苏州)人。中国古代杰出的政治家、思想家、文学家、教育家、军事家。自幼勤奋读书。大中祥符八年(1015)进士,任广德军司理参军。天禧五年(1021)至天圣四年(1026),在泰州地区任职,并主持修筑捍海堰——范公堤。后曾掌应天府学,任太常博士、陈州通判及睦州、苏州、饶州、润州、越州知州等职。康定元年(1040),任陕西经略安抚招讨副使。宋仁宗时,有效阻挡了西夏的侵扰。庆历三年(1043),授枢密副使,后拜参知政事。与欧阳修、富弼等发起"庆历新政",推行改革。四年,出任河东、陕西宣抚使。之后又担任过邠州、邓州、杭州、颍州等地知州。去世后,赠兵部尚书,追封楚国公、魏国公,谥文正,世称范文正公。工诗词,善文章。他在《岳阳楼记》中所提倡的"先天下之忧而忧,后天下之乐而乐",广为流传。著有《范文正公集》等。

义庄规矩(皇祐二年十月)[1]

一、逐房计口给米[2],每口一升,并支白米[3];如支糙米[4],即临时加折[5]。(支糙米每斗折白八升[6],逐月实支每口白米三斗。)

一、男女五岁以上入数。

一、女使有儿女在家及十五年,年五十岁以上,听给米[7]。

一、冬衣每口一匹,十岁以下、五岁以上各半匹。

一、每房许给奴婢米一口,即不支衣。

一、有吉凶增减口数,画时上簿[8]。

一、逐房各置请米历子一道[9],每月末于掌管人处批请[10],不得预先隔跨月分支请。掌管人亦置簿拘辖[11]，簿头录诸房口数为额。掌管人自行破用或探支与人[12]，许诸房觉察，勒陪填[13]。

一、嫁女支钱三十贯，（七十七陌[14]，下并准此。）再嫁二十贯。

一、娶妇支钱二十贯，再娶不支。

一、子弟出官人[15]，每还家待阙、守选、丁忧[16]，或任川、广、福建官留家乡里者，并依诸房例给米、绢并吉凶钱数[17]。虽近官，实有故留家者，亦依此例支给。

一、逐房丧葬：尊长有丧，先支一十贯，至葬事又支一十五贯。次长五贯，葬事支十贯。卑幼十九岁以下丧葬通支七贯；十五岁以下支三贯；十岁以下支二贯；七岁以下及婢仆皆不支。

一、乡里、外姻亲戚，如贫窘中非次急难[18]，或遇年饥不能度日[19]，诸房同共相度诣实[20]，即于义田米内量行济助[21]。

一、所管逐年米斛[22]，自皇祐二年十月支给逐月糇粮并冬衣绢[23]。约自皇祐三年以后，每一年丰熟[24]，桩留二年之粮[25]。若遇凶荒，除给糇粮外，一切不支。或二年外粮有余，却先支丧葬，次及嫁娶。如更有余，方支冬衣。或所余不多，即吉凶等事众议分数均匀支给。或又不给，即先凶后吉；或凶事同时，即先尊口后卑口；如尊卑又同，即以所亡、所葬先后支给。如支上件糇粮吉凶事外，更有余羡数目[26]，不得粜货，桩充三年以上粮储[27]。或虑陈损[28]，即至秋成日方得粜货[29]，回换新米桩管。

右，仰诸房院依此同共遵守[30]。皇祐二年十月日，资政殿学士、尚书礼部侍郎、知杭州事范押[31]。

【注释】

〔1〕选自《范文正公集》（明翻元天历本）。

〔2〕房：家族的一支。计口：按人头。

〔3〕白米：碾净去糠的米。

〔4〕糙米：脱壳后尚未碾白或碾得不精的米。

〔5〕加折（shé）：贴补亏损的部分。

〔6〕折（zhé）：折合。

〔7〕听：听从。

〔8〕画时上簿：立即登记到花名册上。

〔9〕历子：类似于凭据、簿册。

〔10〕批：批示。

〔11〕拘辖：管束。

〔12〕破用：花费。探支：预支。

〔13〕勒陪填：勒令赔偿、垫补。

〔14〕陌：同“佰”，一百文。

〔15〕出官：离开京城到外地做官。

〔16〕待阙：等待补缺任命。守选：等候选用。丁忧：因父母丧事而回籍守孝。

〔17〕吉凶：喜事和丧事。

〔18〕贫窘（jiǒng）：贫困窘迫。非次急难：意外的危急患难。

〔19〕饥：庄稼歉收或没有收成。

〔20〕度（duó）：衡量。诣（yì）实：核查是否属实。

〔21〕量（liàng）行：此处指根据实际情况做某事。

〔22〕斛（hú）：量谷物的容器。

〔23〕糇（hóu）粮：干粮。

〔24〕丰熟：丰收。

〔25〕桩留：储备。

〔26〕余羡：盈余。

〔27〕桩充：与下文“桩管”同义，储存保管。

〔28〕陈损：陈旧耗损。

〔29〕粜（tiào）：卖出。

〔30〕仰：仰仗。

〔31〕押：签字表示认可。

【评析】

《义庄规矩》是范仲淹于北宋仁宗皇祐二年(1050)十月为范氏义庄订立的条规。所谓义庄,是指古代家族设立的赡养救济族人的福利机构,一般认为始于范仲淹创立的范氏义庄。作者在苏州吴县、长洲两县置办田地十余顷,所收租米即为义庄的经费。义庄的善举,主要是发放粮食、衣物,为族人嫁娶、丧葬提供一定的经济补贴。这些支出,通常由专人负责监管实行,制定花名册和账簿,有所依凭。在支出时,作者特别强调共同商议决定,讲究公平,如“逐房各置请米历子一道”“许诸房觉察,勒陪填”“诸房同共相度诣实”“众议分数均匀支给”。这种通常以“房”为单位的处理事务,无疑有利于团结家族,不至有失偏颇。这篇家训,规定详细,如发给白米、糙米的数量以及它们如何折合,嫁女、娶妇、丧葬所补贴的钱数等,都有利于了解宋代百姓的日常生活情况。义庄周济的不仅是范氏族人,当乡邻、亲戚确实遇到急难时,通族商定后也会酌情救济。由于有些族人不遵守规矩,义庄难以为继,范仲淹次子范纯仁、五世孙范之柔等曾先后修订补充,重新确立范氏义庄规矩。

叶梦得

叶梦得(1077—1148),字少蕴,号石林居士,原籍苏州吴县(今江苏苏州),生于湖州乌程(今浙江湖州)。宋代著名文学家、藏书家。绍圣四年(1097)进士,调丹徒尉。累迁翰林学士,后曾知蔡州、颍昌、应天、杭州等地,任户部尚书。建炎三年(1129),迁尚书左丞,十四天而被罢,归湖州,撰《石林燕语》《石林家训》。绍兴中,两任江东安抚大使,兼知建康府。后知福州兼福建安抚使,官至崇庆军节度使。绍兴十七年(1147)冬,十万多卷藏书被烧。去世后,赠检校少保。著述多达五十余种数百卷,有《石林诗话》《避暑录话》《建康集》《石林词》等。至于《石林家训》,有《说郛》本、《石林遗书》本、《郎园先生全书》本等行世。

石林家训(节选)〔1〕

修身要略以戒诸子

"君子贫穷而志广〔2〕,隆仁也〔3〕;富贵而体恭〔4〕,杀势也〔5〕;安燕而气血不惰〔6〕,循理也〔7〕;劳倦而容貌不枯〔8〕,好交也〔9〕;怒不过夺〔10〕,喜不过与〔11〕,法胜私也〔12〕。"〔13〕此数者,修身之切要也〔14〕。汝曹以吾言书诸绅而铭之心〔15〕,以修身焉。虽非至善,而亦不失于不善,汝曹其无怠诸〔16〕。

【注释】

〔1〕选自《石林家训》(清宣统三年叶德辉观古堂刻《石林遗书》本)。

〔2〕志广:志向广大。

〔3〕隆仁:使仁隆,推崇仁爱。

〔4〕体恭：行为恭敬。

〔5〕杀势：减弱威势。

〔6〕安燕而气血不惰：安燕，安逸。气血，精神。

〔7〕循理：遵循规律。

〔8〕枯：憔悴。

〔9〕好交：注重礼仪。

〔10〕夺：惩罚。

〔11〕与：奖赏。

〔12〕法胜私：相比私情，更看重法度。

〔13〕君子贫穷而志广……法胜私也：出自《荀子·修身》。

〔14〕切要：要领。

〔15〕绅：古代士大夫的大腰带。

〔16〕诸："之乎"的合音，句末语气词。

性善说喻子弟

"夫性之于人也，可得而知之，不可得而言也。遇物而后形，应物而后动[1]。方其无物也[2]，性也；及其有物也，则物之报也。惟其与物相遇而物不能夺[3]，则行其所安而废其所不安，则谓之善。若夫与物相遇而物夺之，则置其所可而从其所不可，则谓之恶。皆非性也。"[4]汝等以孟氏性善之说及吾言心体而力行之[5]，勿外之可也。

【注释】

〔1〕应：顺应。

〔2〕方：正当。

〔3〕夺：胜过。

〔4〕夫性之于人也……皆非性也：出自苏辙《孟子解》。

〔5〕孟氏性善之说：《孟子·告子上》："人性之善也，犹水之就下也。人无有不善，水无有不下。"心体而力行之：在心中思考，并努力实践。

不贰过说喻诸子

“夫圣人抱诚明之正性[1]，根中庸之至德[2]。苟发诸中、形诸外者，不惟思虑，莫匪规矩[3]，不善之心无自入焉，可择之行无自加焉，故惟圣人无过。所谓过者，非为发于行、彰于言[4]，人皆谓之过而后为过也，生于其心则为过矣，故颜子之过[5]，此类也。不贰者[6]，盖能止之于始萌[7]，绝之于未形[8]，不贰之于言行也。”[9]汝曹当以不贰为鉴，而心[10]颜子之心，学颜子之学，是吾之素望矣[11]，汝曹勖之哉[12]！

【注释】

〔1〕诚明之正性:《礼记·中庸》:“自诚明谓之性，自明诚谓之教。诚则明矣，明则诚矣。”诚明，至诚的心性、完美的品行。

〔2〕根：以……为根本。中庸之至德:《论语·雍也》:“子曰：‘中庸之为德也，其至矣乎。’”

〔3〕匪：不。

〔4〕彰：显露。

〔5〕颜子之过：指颜回不会犯同样的过失。《论语·雍也》:“哀公问：‘弟子孰为好学？’孔子对曰：‘有颜回者好学，不迁怒，不贰过。不幸短命死矣，今也则亡，未闻好学者也。’”

〔6〕不贰：此处指不犯同样的过失。

〔7〕萌：开始发生。

〔8〕绝：断绝。

〔9〕夫圣人抱诚明之正性……不贰之于言行也：出自韩愈《省试颜子不贰过论》。

〔10〕心：领会。

〔11〕素望：一向的愿望。

〔12〕勖(xù)：勉励。

尽忠实录以遗子孙

“天下尽忠，淳化行也[1]。君子尽忠则尽其心，小人尽忠则尽其力。

尽力者则止其身[2]，尽心者则洪于远[3]。故明王之治也务在任贤[4]，臣尽忠则君德广矣[5]，政教以之而美[6]，刑罚以之而清，仁惠以之而布[7]，四海之内有太平之音。嘉祥既成[8]，告于上下，是故播于雅颂[9]，传于无穷。”[10]

吾叨第进士[11]，自卑职即能抗言直议[12]，以励劲节[13]。屡历清要而两入翰林[14]，时注《忠经要义》一册，修纂《名贤宗德论》一册，修陈《匡君十要策》十道，纂陈《忠义录》十卷、《劝民务本论》二卷。转职户部[15]，专司国课[16]，而天下无田不税，无农不耕，遂请削陈恕置营田[17]，而贡敛有则[18]，费出有经[19]，上下宁有不足者乎？于是转职吏部，专司铨选[20]，或以言扬[21]，或以事举[22]，度德擢任[23]，量才授职[24]，进退人才[25]，合三科之法[26]，守《虞书》之训[27]，绝无散主不一、更革不常、沽名求进、报冤市恩者[28]，而于是铨选之法定矣。法者，一定而不可易者也。神而明之，存乎其人焉耳。故又得加爵左丞[29]，遂引例致仕[30]。自初任逮致仕，兢兢以尽忠自持[31]。凡吾宗族昆弟子孙穷经出仕者[32]，当以尽忠报国，而冀名纪于史[33]，彰昭于无穷也[34]。

【注释】

〔1〕淳化：纯正平和的社会风气。

〔2〕止其身：此处指仅限于本人。

〔3〕洪于远：此处指影响范围很广。

〔4〕明王：圣明的君主。任贤：任用贤臣。

〔5〕广：此处指得到推广。

〔6〕政教：政治和教化。

〔7〕仁惠：仁慈和惠爱。布：布施。

〔8〕嘉祥：吉祥的征兆。

〔9〕雅颂：此处指盛世之乐、庙堂之乐。

〔10〕天下尽忠……传于无穷：出自马融《忠经·尽忠章》。

〔11〕叨（tāo）第：有幸考中。叨，谦辞。叶梦得北宋绍圣四年（1097）中进士。

〔12〕抗言直议：高声地秉公直言。

〔13〕励劲节：振作坚贞的节操。

〔14〕屡历清要：屡屡担任地位显贵、职司重要而政务不繁的官职。两入翰林：指叶梦得于北宋大观二年(1108)、南宋建炎二年(1128)两度为翰林学士。

〔15〕转职：调任。

〔16〕国课：国家的赋税。

〔17〕陈恕：字仲言，宋初名臣，历官至参知政事。置营田：即屯田，指公家聚集兵士或流民来种田，以供应军饷。《宋史·陈恕传》："驿召(恕)为河北东路营田制置使。太宗谕以农战之旨，恕对曰：'古者兵出于民，无寇则耕，寇至则战。今之戎士皆以募致，衣食仰给县官，若使之冬持兵御寇，春执耒服田，万一生变，悔无及矣。'太宗曰：'卿第行，朕思之。'恕行数日，果有诏，止令修完城堡、通导沟渎而已，营田之议遂寝。"

〔18〕贡敛：进贡、征收。则：原则。

〔19〕经：标准、准则。

〔20〕铨选：考察选拔任用官员。

〔21〕扬：表扬。

〔22〕举：推举。

〔23〕度(duó)德擢任：衡量品德，加以提拔任用。

〔24〕量(liàng)才授职：衡量才能，授予职务。

〔25〕进退：任用和罢黜。

〔26〕三科之法：即科举考试中的明经科、进士科和制科。

〔27〕《虞书》：《尚书》的一部分，包括《尧典》《舜典》《大禹谟》《皋陶谟》《益稷》五篇。

〔28〕散(sǎn)主不一：此处指授予闲职、要职不公正。更(gēng)革不常：此处指随意地调任、黜革。沽名：使用某种手段来谋求名誉。市恩：报恩。

〔29〕加爵左丞：叶梦得于南宋建炎三年(1129)升任尚书左丞，仅任职十四天而被罢免。

〔30〕引例致仕：按照成例辞官。

〔31〕自持：自守。

〔32〕昆弟：兄弟。穷经出仕：极力钻研经籍而出来做官。

〔33〕冀(jì):希望。

〔34〕彰昭:即“昭彰”,显扬、光耀。无穷:此处指时间没有终结,永远。

戒诸子侄以保孝行

“夫孝者,天之经也[1],地之义也。”[2]故孝“必贵于忠[3]。忠敬不存,所率皆非其道[4]。是以忠不及而失其守[5],非惟危身,而辱必及其亲也。故君子行其孝,必先以忠,竭其忠则禄至矣[6]。故得尽爱敬之心以养其亲,施及于人[7]。《诗》云:‘孝子不匮,永锡尔类。’[8]”[9]汝等读书,独不观圣人之言,浑是教人一个孝悌忠信[10]?且只是一个“孝”字,无处不到,故曰:“求忠臣必于孝子之门。”[11]汝等能孝于亲,然后能忠于君,忠孝不失,庶克尽臣子之职矣[12]。

【注释】

〔1〕经:永恒不变的道理。

〔2〕夫孝者,天之经也,地之义也:出自《孝经·三才章》。

〔3〕贵于忠:以忠为贵。

〔4〕所率:所遵循的。

〔5〕忠不及:即“不及忠”,不能做到尽忠。守:此处指根本。

〔6〕禄:官职俸禄,此处指福分。

〔7〕施:延及。

〔8〕孝子不匮,永锡尔类:出自《诗经·大雅·既醉》,大意是:孝子为孝,没有竭尽的时候,所以能将此孝道延及其族类。

〔9〕必贵于忠……永锡尔类:出自马融《忠经·保孝行章》。

〔10〕浑是:全是。

〔11〕求忠臣必于孝子之门:出自《孝经纬》。《后汉书·韦彪传》引:“孔子曰:‘事亲孝故忠可移于君,是以求忠臣必于孝子之门。’”

〔12〕庶克尽:庶,或许。克尽,尽到,竭尽。

因仲子程模出仕以忠谏之义谕其行

甚哉！“臣之事君也，莫先于谏[1]。下能言之，上能听之，则王道光矣[2]。谏于未形者，上也；谏于已彰者[3]，次也；谏于既行者，下也。违而不谏[4]，则非忠矣。夫谏始于顺辞[5]，中于抗议[6]，终于死节[7]，以成君休，以安社稷。《书》云：‘木从绳则正，后从谏则圣。’[8]”[9]今吾子勿以出仕为悦而以谏君为悦，勿以谏君为悦而以忠谏为悦，庶免素餐怠事之殃[10]。且程也径情直行而病于委曲[11]，模也有劲节而无要略[12]，汝曹各宜勉励，毋忘临行告诫之训[13]。

【注释】

〔1〕莫先于：首要的是。

〔2〕光：光大。

〔3〕已彰者：此处指初步出现的事情或过失。

〔4〕违：犯错。

〔5〕顺辞：逊顺的、对方能接受的言辞。

〔6〕抗议：此处指激烈的言行。

〔7〕死节：此处指死谏，以死明志。

〔8〕木从绳则正，后从谏则圣：出自《尚书·说命上》。

〔9〕臣之事君也……后从谏则圣：出自马融《忠经·忠谏章》。

〔10〕庶免素餐怠事之殃：素餐，即“尸位素餐”，指占着职位不做事，白吃饭。怠事，懒于治事。殃，祸害。

〔11〕径情直行而病于委曲：径情，任性。病于委曲，缺点是不能迁就，不会委曲求全。

〔12〕有劲节而无要略：劲节，坚贞的节操。要略，谋略。

〔13〕训：教诲。

勉幼子力学解

“盖人之资性[1]，得之天也；学问，得之人也。资性，由内出者也；

学问，由外入者也。自诚明，性也；自明诚，学也[2]。”[3]颜子不迁怒、不贰过者[4]，皆情也，非性也。不至于性命，不足以谓之好学。“若夫自满者，则止也。故禹不自满，假所以为圣。”[5]吾观汝天性岐嶷[6]，而不加恒懋、时敏之功[7]，先有干禄之念[8]。噫！“学而优则仕[9]，仕而优则学。”[10]将见有时而仕，无时而不学[11]。虽仲尼天纵[12]，而韦编三绝[13]；周公上圣[14]，而日读百篇[15]。汝当常若不足[16]，不可临深以为高也[17]。更不观汝兄学至而始仕，汝何不笃志以希贤圣[18]，自相期负而置功名于度外[19]？自今而后，当以吾言修省而造就大成[20]，以慰吾之望乎[21]。

【注释】

〔1〕资性：天资品性。

〔2〕学：后天学习。

〔3〕盖人之资性……自明诚，学也：出自邵雍《皇极经世书·观物外篇》。

〔4〕颜子不迁怒、不贰过者：《论语·雍也》：“哀公问：‘弟子孰为好学？’孔子对曰：‘有颜回者好学，不迁怒，不贰过。不幸短命死矣，今也则亡，未闻好学者也。’”迁怒，拿别人出气。

〔5〕若夫自满者，则止也。故禹不自满，假所以为圣：此句和下文“汝当常若不足，不可临深以为高也”出自邵雍《皇极经世书·观物外篇》：“人患乎自满，满则止也。故禹不自满，假所以为贤。虽学，亦当常若不足，不可临深以为高也。”

〔6〕岐嶷（qí yí）：幼年聪慧。

〔7〕恒懋（mào）：勤奋不懈。

〔8〕干禄：求官职，得俸禄。

〔9〕学而优则仕：大意指学习而有余力便去做官。

〔10〕学而优则仕，仕而优则学：《论语·子张》：“子夏曰：‘仕而优则学，学而优则仕。’”

〔11〕将见有时而仕，无时而不学：大意是，时间主要用在学习上，间或用来做官。

〔12〕仲尼天纵：仲尼，孔子的字。天纵，此处指上天令他成为圣人。

〔13〕韦编三绝：形容读书勤奋。《史记·孔子世家》："孔子晚而喜《易》，序《彖（tuàn）》《系》《象》《说卦》《文言》。读《易》，韦编三绝。曰：'假我数年，若是，我于《易》则彬彬矣。'"韦，穿连竹简的皮条。

〔14〕上圣：圣人。

〔15〕日读百篇：《墨子·贵义》："子墨子曰：'昔者周公旦朝读书百篇，夕见漆十士。'"

〔16〕常若不足：此处指永远保持虚心的态度。

〔17〕临深以为高：此处指自高自大，不肯虚心求学。

〔18〕笃志：专心致志。希贤圣：此处指向圣贤看齐、学习。

〔19〕自相期负：此处指期待和要求自己。置功名于度外：不把功名利禄放在心上。

〔20〕修省（xǐng）：修身自省。造就大成：取得很大的成就。

〔21〕慰吾之望：满足我的期望。

避难缙云以乐自况

大哉！"君子之修行也〔1〕，其未得位也〔2〕，则乐其意〔3〕；既得之，又乐其治〔4〕。是以有终身之乐，无一日之忧。小人则不然，其未得也，患弗得之；既得之，犹恐失之。是以有终身之忧，无一朝之乐也。"〔5〕予虽不敢以君子自居〔6〕，而亦不以小人之忧为忧也。自读书至出仕，心与道同〔7〕，道与行偕〔8〕，而无悖礼之忧〔9〕。蒙皇上赐圭田三百亩、敕山八百亩〔10〕，永蠲赋税〔11〕，优养老身而泽及子孙〔12〕。何期金兵自平江至太湖〔13〕，焚掠湖城，而避难至此，日与祖宗伯叔、昆弟子侄诗酒之乐，虽吾嫡子孙各散处他方〔14〕，而亦无纤芥之忧介于心胸〔15〕。在危而无忧，处困而必亨〔16〕，敢自以为有终身之乐，偶笔以自况耳〔17〕。

【注释】

〔1〕修行：修身实践。

〔2〕未得位：此处指做事还没有成功。

〔3〕其意：此处指自己做事的意愿。

〔4〕其治：此处指自己做事做成功。

〔5〕君子之修行也……无一朝之乐也：出自《孔子家语·在厄》。

〔6〕以君子自居：自认为自己是君子。

〔7〕道：此处类似理想。

〔8〕偕：同。

〔9〕悖礼：违背礼法。

〔10〕圭田：古代卿大夫的祭田。

〔11〕蠲（juān）：免除。

〔12〕优养：厚待。泽及：惠及。

〔13〕何期：怎料。平江：今江苏苏州。

〔14〕嫡（dí）：亲的。

〔15〕纤芥（xiān jiè），细微的。介：居间，处于二者之间。

〔16〕亨：顺利，有助于成功。

〔17〕笔：记录。自况：拿其他人或事物来自比。

【评析】

《石林家训》主要包括叶梦得平常教育子女的言论、对祖先美德的论说以及古往今来值得学习、自省的事情。该家训是在作者罢官后完成的，大约因此，其中多是告诉子女如何更好地为人处世、读书做事。作者首先强调的修身，需要做到“贫穷而志广”“富贵而体恭”，保持积极的生活状态，学会控制自己的情绪，同时希望后辈能够秉持孟子的“性善说”而身体力行，像颜回那样不犯相同的错误，尽忠报国，孝敬长辈，笃志于学，乐观豁达，以求留名青史、有所成就。此外，作者常常举出古人的例子，分享自己的行为和经验，以便于后辈较好地领悟实践。这篇家训能做到因材施教，比如指出叶桯、叶模性格的不同和不足，“桯也径情直行而病于委曲，模也有劲节而无要略”。需要说明的是，除以上所录正文外，作者又补充四条家训，具体教导如何读书，如何说话和处理人情，如何孝事长辈、友爱同辈，如何成人之美。此四条补充家训、《石林家训》的序跋、引言，以及作者的《石林治生家训要略》，不在本书的选注之列。

华悰韡

华悰韡(1341—1397),字公恺,号贞固处士,元末明初无锡(今属江苏)人。自幼刻苦读书,嗜好《易》学,博览诸家传注。元末兵乱,奉事父母往来于苏州、松江之间,努力做到让他们满意。入明后,奉父华幼武命,迁回无锡延祥里,耕读传家。他希望能够以诗书礼义来维持宗族,使子孙能够“躬耕食力,毋玷志辱先”,所以斟酌古礼,谨慎择选出可以通行的条款,汇纂为《虑得集》一书,书名大约是取“千虑一得”的意思。该书共四卷,卷一为《家劝》,卷二为《祭礼习目》,卷三为《冠婚仪略》,卷四为《治丧记要》,主要为方便祭祀、婚丧而编写,今有明嘉靖十一年(1532)华从智刻本、明万历四十二年(1614)华继祥刻本、清同治十一年(1872)华翼纶诒榖堂刻本等行世。此外,他乐善好施,通医术,常常备药周济乡里,在东南地区颇有声名。

家　劝[1]

一

伏念祖宗性皆慈善,观其所行,一本于忠厚,是以传世长久。今以三一承事为第一代[2],四二承事为第二代,五八承事为第三代,千三承事为第四代,十一将仕为第五代,庆五监税为第六代,通四总管为第七代,淳二都事为第八代,栖碧处士为第九代,一气而生,相传孝弟忠信,务农济物[3],并无不良者。历代贤德,炳炳著闻[4],迨今可考。族中或有不由善道者,遄遭咎患[5],其验甚明,不可不鉴也。先公以此训我矣。

至我为第十代,不幸蚤罹兵火[6],产业荒废。然而自度盛衰之理[7],岂有积而不散者乎?固宜顺之于数而已[8]。是以甘于贫贱,不复希望于富侈[9]。设使赡足[10],尤用俭约,必弗过为幸。遇时康[11],复居故里,勉强成立,其贤厚济物之德,愧未能企及祖宗[12],而慈善之念、俭素之行[13],起敬起慕[14],未尝敢违忘[15]。犹虑不善之萌或生[16],恐伤根本,况在培养之时,每用战兢惕若[17],惟恐负祖宗之所传授。是以居常切切劝告于汝等[18]。

汝兴仁兄弟为第十一代,源长兄弟为第十二代,窃冀此后[19],尚或多而且久也[20]。我愿汝等继承上世一气所生慈善之性、纯良之德、务农济物之道[21],修之于躬[22]。复用劝告于子子孙孙,俾人人相守[23],世世相传,笃信而力行之[24],则根本坚固,枝叶自然长茂,而可守其嗣祀矣[25]。勉之! 勉之!

【注释】

〔1〕选自《虑得集》卷一(嘉靖十一年华从智刻本)。

〔2〕承事:即“承事郎”。

〔3〕济物:救助他人。

〔4〕炳炳著闻:光彩耀人,声名显赫。

〔5〕遄(chuán):迅速,频繁。

〔6〕蚤:同“早”。罹(lí):遭遇。

〔7〕度(duó):推测。

〔8〕固:本来。数(shù):天命。

〔9〕富侈(chǐ):财产极多。

〔10〕设使:即使。赡(shàn)足:富足。

〔11〕时康:时世太平。

〔12〕企及:希望赶上。

〔13〕俭素:节俭朴素。

〔14〕起敬起慕:产生恭敬之心,更加敬慕。

〔15〕违忘:违背忘记。

〔16〕虑:担忧。萌:开始发生。

〔17〕用：因此。战兢（jīng）：即“战战兢兢”，形容小心谨慎的样子。惕（tì）若，即“夕惕若厉”，指朝夕警惕，如临危境，不敢懈怠。

〔18〕居常：日常。切切：深切地。

〔19〕窃：谦辞，表示私下。冀（jì）：希望。

〔20〕尚或：应该。

〔21〕纯良：纯正善良。

〔22〕躬：自身。

〔23〕俾（bǐ）：使。

〔24〕笃信：忠实地相信。力行：努力实践。

〔25〕嗣祀：延续祖先的祭祀。

愚见祖宗为子孙虑者，极深远也。既积德，又积财，田庐产殖〔1〕，亦不为少矣。自兵火之后，赀业所存者几何〔2〕？而宗族之子孙，贤者愚者尚有，虽各分散，则均是子孙也。是知财不足为后世计，德则可致后世绵远也〔3〕。子孙诚能慎守而培固之〔4〕，吾宗之嗣有未易量〔5〕。此吾所以不忧子孙之乏财，惟忧子孙之不德尔。噫！设或不贤〔6〕，虽赀货充积，亦弗能有〔7〕，适足为累身之具〔8〕。使其果贤〔9〕，则能景行前哲〔10〕，以义为利，衣食自当裕然〔11〕，岂可不以积德为重哉？

【注释】

〔1〕产殖：生产养殖之物。

〔2〕赀（zī）业：财产产业。几何：多少。

〔3〕致：实现。绵远：延续很长。

〔4〕慎守：谨慎地保住。培固：培育巩固。

〔5〕嗣：子孙。

〔6〕设或：假如。

〔7〕赀货：资财货物。充积：充足。

〔8〕适：恰好。累（lěi）身：牵连自身。

〔9〕果：果真。

〔10〕景行（xíng）前哲：景仰、效法先贤。

〔11〕裕然：丰裕。

我华氏自宋南渡[1]，方著姓于乡中[2]，世以农田为业。自隆亭至堠阳[3]，丘陇相连[4]，虽更荒废[5]，遗址尚存，传来久矣。惜乎上世谱牒未得其详[6]，今特以三一承事为第一代而始耳。其间有仕宋者，不显[7]。高祖于元初为微官，即休归[8]。曾祖尤退让不仕。祖为都功德使司都事，不满秩而病卒[9]。祖母守节，殊不喜言仕也[10]。考故布衣终身[11]，不慕荣达也[12]。自念上世出处既如此[13]，敢不自量乎[14]？惟愿子孙勤耕纳赋[15]，守分养亲[16]，力行德义，以尽庶人之道耳[17]。如果有才德，能忠君爱民，而忝禄命，显祖流芳者[18]，亦何不可哉？

【注释】

〔1〕宋南渡：指南宋建立。

〔2〕方：才。著姓：使族姓著名。

〔3〕隆亭、堠阳：地名，今皆属江苏无锡。

〔4〕丘陇（lǒng）：田园。

〔5〕更（gēng）：经历。

〔6〕谱牒：记载氏族或宗族世系的书籍。

〔7〕仕宋：在宋朝为官。

〔8〕即休归：随即就退休。

〔9〕不满秩：任期还未结束。

〔10〕殊：很。

〔11〕考：父亲。布衣：平民。

〔12〕荣达：位高显达。

〔13〕出处（chǔ）：出仕和隐退。

〔14〕敢：岂敢。自量（liàng）：估计自己的能力。

〔15〕纳赋：缴纳赋税。

〔16〕守分(fèn)养亲：安守本分，奉养父母。

〔17〕庶人：平民百姓。

〔18〕能忠君爱民，而忝禄命，显祖流芳者：忝(tiǎn)，谦辞，指侥幸拥有。禄命，为官之命。显祖，显扬祖先的声名。流芳，流传美名。

吾平生之志，亦不在乎温饱也。成童时，读《小学》《大学》〔1〕，日知其味，有契于心〔2〕。弱冠，侍膝下〔3〕，周旋仰成〔4〕，常亦多过，虽弗惮改〔5〕，深愧不贰之戒〔6〕。近乎立年〔7〕，则志乎诚正修齐之学〔8〕，见贤则思齐〔9〕，见善则企及，故蒙先公特垂爱焉〔10〕。忆昔少时习学〔11〕，偶有一善之可称，先公则喜见于色〔12〕，赏我文房之具〔13〕，虽珍藏者弗惜，循循然惟欲诱我进于善也〔14〕。乌乎！物虽不存，而谆谆之意终身不敢忘也〔15〕，故力学冀于成人〔16〕。

窃揆如是〔17〕，达则忠君济物〔18〕，穷则以淑其身〔19〕。奈何才疏识卑〔20〕，时命蹇剥〔21〕，加之痼疾〔22〕，乃无一遂〔23〕，亦由禀质柔弱〔24〕，过乎畏慎而然〔25〕。深省所敝〔26〕，凡临事之所当为者，即奋励自强〔27〕，期以必克〔28〕。及乎进也，辄得其咎〔29〕，退也虽悔而无尤〔30〕，比比若是〔31〕，屡试屡验，至今亦然。尚不敢自弃自暴〔32〕，罔敢忘乎先训也〔33〕。抑自知己之不逮于人、不偶于事也如此〔34〕，盖得夫《节》之初九之象也审矣〔35〕，碌碌而无闻也〔36〕，尚何言哉！

【注释】

〔1〕《小学》：传统蒙学读物，由南宋朱熹及其弟子刘清之编写，内篇有《立教》《明伦》《敬身》《稽古》四篇，外篇有《嘉言》《善行》两篇。《大学》：原为《礼记》中的一篇，相传为曾子所撰，朱熹把它和《论语》《孟子》《中庸》合称为“四书”。

〔2〕契：契合。

〔3〕弱冠(guàn)：泛指男子二十岁左右的年纪。侍：侍候奉养。膝下：父母身边。

〔4〕周旋仰成：交际应酬，依赖别人取得成功。

〔5〕惮：畏惧。

〔6〕不贰：即“不贰过”，指不重复犯同样的过错。

〔7〕立年：即“而立之年”，三十岁。

〔8〕诚正：心意真诚，思想端正。修齐：修身齐家。

〔9〕见贤则思齐：《论语·里仁》：“见贤思齐焉，见不贤而内自省也。”

〔10〕先公：死去的父亲。特：尤其。垂爱：敬辞，指长辈或上级对自己的爱护。

〔11〕昔：过去。

〔12〕喜见于色：高兴表现在脸上。

〔13〕文房之具：书房中使用的文具。

〔14〕循循然：有步骤的样子。

〔15〕谆(zhūn)谆：形容恳切教导。

〔16〕冀(jì)：希望。成人：成才。

〔17〕揆(kuí)：推测揣度。如是：像这样。

〔18〕达：显达。

〔19〕穷：穷困。淑：使……善。

〔20〕识卑：见识卑下。

〔21〕时命蹇(jiǎn)剥：时运不济。

〔22〕痼(gù)疾：经久难治愈的病。

〔23〕遂：成功。

〔24〕禀质：体质。

〔25〕畏慎：戒惕谨慎。

〔26〕省(xǐng)：明白。所敝：失败的地方。

〔27〕奋励：奋发振作。

〔28〕克：战胜。

〔29〕辄(zhé)：就。咎：责备或处分。

〔30〕尤：怨恨。

〔31〕比比若是：到处都像这样。

〔32〕自弃自暴：即“自暴自弃”，指自己甘心落后，不求上进。

〔33〕罔：没有。先训：先辈的教诲。

〔34〕抑：而且。逮(dài)：到，及。偶：投合。

〔35〕盖得夫《节》之初九之象也审矣：《节》，节卦，《易经》六十四卦之一。初九之象，《易经·节》："初九：不出户庭，无咎。"审，确切。

〔36〕碌碌：形容事务繁杂、辛辛苦苦的样子。无闻：没有成名。

二

我自丙午、丁未间[1]，户役之扰[2]，房赀罄尽[3]，飘泊异乡[4]，贫困殆甚[5]。幸遇时平，遂谋筑居之所[6]。先公语我曰[7]："无锡故乡，坟墓所在，宗祀属汝[8]，宜还延祥而居，以图活计[9]。幸能有成，吾殁亦瞑目[10]。但虑旧庄毁久，仅存荒墓，旁无已田可耕，生理为之若何[11]？"我拱手即对曰[12]："敬依尊命[13]，无虑艰难[14]。倘藉祖宗余荫[15]，终当遂愿也[16]。"于是径造无锡[17]，适例报籍[18]，遂定居于此焉。回覆先公，为之大喜，执手抚我曰："吾愿毕矣[19]！仰事俯育之计[20]，嗣祀保家之道[21]，汝其勉之[22]！"洪武三年三月也。

是秋始克构茅屋两间[23]，垦田数亩[24]。明年免粮[25]，生计尚疏[26]。又明年，垦田颇加，乡亲见念者许售别田[27]，互易为业[28]。七年冬，收颇丰，生计粗立[29]。时先公有疾未甚[30]，窃欲预备送终之具[31]，储米而未行。来春，则先公遂弃世矣[32]。乌乎！力不及养，抱恨终天也[33]。所储之赀，适完棺殡之用[34]，夫岂偶然哉？

【注释】

〔1〕丙午、丁未：元至正二十六年(1366)、二十七年。

〔2〕户役之扰：户役，按户派分的差役。

〔3〕罄(qìng)尽：全尽无余。

〔4〕漂泊：流落在外。

〔5〕殆(dài)：危险。

〔6〕筑居：居住、定居。

〔7〕先公：先父。

〔8〕宗祀：香火。

〔9〕活计：生计。

〔10〕殁（mò）：去世。

〔11〕生理：生计。

〔12〕拱手：两手相抱于胸前，表示恭敬。

〔13〕尊：敬辞，用于称和对方有关的人或事物。

〔14〕无虑：不顾虑。

〔15〕余荫（yìn）：留给子孙的德泽。

〔16〕遂愿：如愿。

〔17〕径造：直接到。

〔18〕适例报籍：按例申报户口。

〔19〕毕：完成。

〔20〕仰事俯育：侍养父母，养活妻儿。

〔21〕嗣祀保家：延续祭祀，保住家族。

〔22〕勉：勉励。

〔23〕是秋始克构茅屋：今年秋天才能够建造草屋。

〔24〕垦（kěn）：开垦。

〔25〕免粮：免交赋税。

〔26〕生计：生活用度。

〔27〕见念：惦念我。

〔28〕易：交换。

〔29〕粗：略微。

〔30〕甚：严重。

〔31〕具：器物。

〔32〕来春：第二年春天。弃世：去世。

〔33〕抱恨终天：因父母去世而悲痛终生。

〔34〕适：恰好。棺殡：棺椁殡葬。

自是以来，治田为生，或歉或给〔1〕。迨乎尔辈稍长〔2〕，尔母躬勤纫绩[3],数年之间,渐成家业。虽无赢余,而衣食则未尝缺乏[4]。十五年,始营祠堂及修葺所居之茅屋[5],兢兢自守[6],养生淡泊[7],罔敢过为,惟恐有忘先训[8],甘心下民之分所当然也[9]。

是后,岂期厄病相寻[10],无有宁岁[11]。所最恨者[12],奉母未能丰赡[13],祀先未能遂意[14],每不安耳。尔辈常宜体此而加胜之[15],是吾志也。我弗足慕,自当寻向上去,下学而上达可也[16]。

【注释】

〔1〕或歉或给(jǐ):有时收成不好,有时丰收。

〔2〕迨(dài):等到。

〔3〕躬勤纫绩:此处指勤劳于纺线织布。

〔4〕赢余:剩余的财物。

〔5〕营:营造。修葺(qì):修缮。

〔6〕兢(jīng)兢:谨慎地、勤勉地。

〔7〕养生:维持生计。淡泊:恬淡,不追逐名利。

〔8〕先训:先祖的训诫。

〔9〕甘心:满足。下民:百姓。

〔10〕期:此处指预料。厄病相寻:此处指灾难疾病接连不断。

〔11〕宁岁:安宁的岁月。

〔12〕恨:遗憾。

〔13〕奉:奉养。

〔14〕遂意:满意。

〔15〕胜:超过。

〔16〕下学而上达:指学习平常的知识,领悟深刻的道理。《论语·宪问》:"子曰:'不怨天,不尤人,下学而上达。'"

凡斯之言,诚知浅近,盖为之自我者,不过如此,而亦书之于册者,无得而为美观也。欲使尔曹知之念之[1],而有兴感于心焉耳[2]。今虽异爨[3],而心不可异也。其各愈勤所务,为兄为弟,为子为孙,宜思孝弟忠信[4]，力行礼义，以和顺之，则福祉备膺矣[5]。故曰："孝弟通神明，积善来百祥。"此之谓也。

【注释】

〔1〕尔曹：你们。

〔2〕兴感：起兴感悟。

〔3〕异爨（cuàn）：分家。

〔4〕弟：同"悌（tì）"，敬爱兄长。

〔5〕福祉（zhǐ）：福气。膺（yīng）：承当。

兹令汝曹异爨者，因家用颇繁[1]，我老且病，不能顾赡，听各力为营计[2]。且使知成立之所以难[3]，稼穑之所以艰[4]，念吾之所以不易得，赖祖宗之所以裕庇也[5]。自兹以往，共生和气，共隆恩爱[6]，共习礼让，毋怀私背公，毋听谗尚诈[7]。苟笃于义，何嫌乎爨之不同也？《常棣》《斯干》等诗[8]，别书以示之，将切己事情详条于后，用为规劝。其审听之[9]，其切记之，其勿怠而勉励之，吾亦因斯而自省焉[10]！

【注释】

〔1〕家用：家庭中的生活费用。

〔2〕听：任凭。

〔3〕成立：自立。

〔4〕稼穑（jià sè）：农业劳动。

〔5〕裕庇（bì）：造福庇佑。

〔6〕隆：增长。

〔7〕听谗（chán）尚诈：听信谗言，崇尚狡诈。

〔8〕《常棣》《斯干》：《诗经·小雅》中的两首诗，前者讲兄弟情谊，后者是祭祀时使用的诗歌。

〔9〕审听：细听。

〔10〕自省（xǐng）：自我反思。

税粮，公家正赋，民人所当效力者，宜择上等精粹子粒[1]，至诚加敬，依期供纳，不得计利较力，拖延规避。倘有留难倍征[2]，亦须顺受完办，慎勿形于词色。设若迟欠，或致破家危身，比见多矣[3]，尤宜慎之！及舟车脚力、工食钞米[4]，即须随例而与之[5]，勿得靠损于人[6]。该当差役[7]，听受趋赴[8]，毋吝毋忽！

【注释】

〔1〕子粒：泛指粮食。

〔2〕留难（nàn）：故意刁难。

〔3〕比：近来。

〔4〕工食：工钱。

〔5〕随例：按照惯例。

〔6〕靠损：亏待损害。

〔7〕该当：应该承担的。

〔8〕趋赴：前往。

田地户管，该科税粮[1]，须是从实。如有推收，及时明白过割[2]，给凭存照[3]。要在时常检理之，及交易价物，即当彼此完成。倘有稽误[4]，非阴骘也[5]。立契却须明白[6]！

【注释】

〔1〕科：征税。

〔2〕过割：此处指完成手续。

〔3〕给凭存照：此处指发给凭据，留存档案。

〔4〕稽误：讹误。

〔5〕阴骘：默默行善的德行。

〔6〕契：契约。

凡遇事务，须要明白参问[1]，具陈情实，精思详虑，熟议可否[2]，择善而行。勿执己见，勿恃己能[3]，勿遂己欲[4]。

【注释】

〔1〕参问：询问。

〔2〕熟议：仔细计议。

〔3〕恃（shì）：依仗。

〔4〕遂：满足。

凡闻间言是非[1]，先究何所从来[2]，即时明白面问，不得藏疑[3]，恐成积怨[4]。大抵间言不入于耳，便无彼我之私，而亲谊自厚。即是共爨，要在常加省察。苟能责己恕人[5]，不介胸中[6]，尤为盛德也。

【注释】

〔1〕间言：即“闲言”。

〔2〕究：仔细推求。

〔3〕藏疑：留有疑问。

〔4〕积怨：蓄积已久的怨恨。

〔5〕责己：严格要求自己。

〔6〕不介胸中：不放在心里。

所种田地，虽云分受[1]，其间如有彼此得便省力者，能相交让而不较[2]，则和气自然日厚，其或贪利而伤义者，则不可。

【注释】

〔1〕分（fèn）受：本人应得。

〔2〕较：计较。

增拓田产，置买诸物，宜使兄弟通知，辏合收售[1]，无力愿让，方可独为。切不可彼此瞒昧而务营私[2]，惟恐兄弟知而见分。殊不思失其亲亲之懿[3],纵多潜有[4],无乃太惭乎!最是此等之际,操心极要端正明白,专以骨肉为重,勿被旁言所移[5]。《诗》云:“刑于寡妻,至于兄弟,以御于家邦。”[6]亦此谓也。念兹在兹,式相于好[7],毋相学为不善也。设若私欲一萌[8],后必有害。试略言之。夫得失往复[9],物理之常[10]。今日兄能瞒弟,它日弟亦瞒兄,虽欲禁之,末由也已[11],在贤者所当深思而自省也。及眼妒彼有,心愤己无,因思所以阴损之[12],天道昭昭[13],其害尤甚!我少时尝闻有故家兄弟不睦[14],初则竞收夺买,后则争赀致讼,财产不为己用,而为它人之利,终弗觉悟,可悲也夫!此须克己改之为贵[15]。

【注释】

〔1〕辏(còu)合:凑合。

〔2〕瞒昧:欺瞒哄骗。

〔3〕懿(yì):美德。

〔4〕潜有:秘密地拥有。

〔5〕移:改变。

〔6〕刑于寡妻,至于兄弟,以御于家邦:出自《诗·大雅·思齐》,大意是:仪法达于正妻、同宗兄弟,继而推广到邦国各地。

〔7〕式相于好:相互间友爱和睦。

〔8〕萌:开始发生。

〔9〕往复:循环、反复。

〔10〕物理:事物的道理。

〔11〕末由:无由。

〔12〕阴损:背后害人。

〔13〕昭昭:很明显的样子。

〔14〕故家:世家大族。

〔15〕克己:克制和约束自己。

一切家务,互相照管。察其不备[1],毋得坐视[2]。

取与之际,常存阴骘。以济物为心[3],种德于子孙[4]。

处事接物,宁人负我,毋我负人。"己所不欲,勿施于人。"[5]

慈善之心,忠孝之道,吾家历代循守[6]。

伤人之财,害人之事,吾家积祖不为[7]。

"居处恭,执事敬,与人忠。"[8]是吾徒之所当然者,乃日用常行之道也。

【注释】

〔1〕不备:不完备,疏漏。

〔2〕坐视:故意不管,漠不关心。

〔3〕济物:济人。

〔4〕种德:积德。

〔5〕己所不欲,勿施于人:出自《论语·颜渊》,大意是:自己不喜欢的事物,不要强加给别人。

〔6〕循守:恪守。

〔7〕积祖:世代。

〔8〕居处恭,执事敬,与人忠:出自《论语·子路》,大意是:平常态度端正,做事严肃认真,为他人真心诚意。

冠婚丧祭[1],粗有成式[2],盖是遵今考古[3],量事度力而为之简易者[4],惟取寒家之所宜耳[5]。如更略之,则古礼将不能复矣,守之可也。

【注释】

〔1〕冠婚丧祭:成人之礼、婚礼、丧礼、祭祀。

〔2〕成式:一定的程式。

〔3〕考古:此处指推求古代的礼仪。

〔4〕量事度力:估计事情和自己的能力。

〔5〕寒家:寒微的家庭。

凡妇怀孕，必加保护，胎教有训，然亦不宜过于安逸，可令习劳以活其气血为是。太用力又不可，量其禀受强弱而节之〔1〕。至于产育，尤宜慎养，切不可以生多而损弃也。至戒，至嘱！

【注释】

〔1〕禀受：体性或气质。

凡屋舍、床帐、器用、首饰、衣衾等物〔1〕，苟完而已，勿为多制，必尚朴素，以图坚久。其侈靡违禁者，并不许制留，永以为鉴。

【注释】

〔1〕衾（qīn）：被子。

祠堂神主世次〔1〕，初焉钦遵祭礼〔2〕，庶民祭三代，故自曾祖考妣、祖考妣、考妣及弟妹之无后者附焉。近年钦颁《教民榜》内《祀先祝文》云"告于高曾祖考之灵"〔3〕，则是庶民亦许祭四代矣。后俟世次满，乃递迁之〔4〕。亲尽之主递迁，则祭告而藏于墓。

【注释】

〔1〕神主：牌位。世次：世代次序。

〔2〕钦遵：恭敬地遵奉。

〔3〕《教民榜》：明太祖朱元璋颁布的《教民榜文》，内容主要是劝导百姓遵纪守法。

〔4〕递迁：顺次迁出。

凡祀先节式祝文〔1〕，具载《祭礼习目》〔2〕，惟迁主藏墓，则更效古礼。

【注释】

〔1〕节式：礼节仪式。

〔2〕《祭礼习目》：指作者所撰《虑得集》卷二。

省墓一节〔1〕，世俗多以年代深远者，亲尽而不祭，于是置之度外〔2〕，可谓忘本。夫亲尽而不祭者，乃祠堂之制，限以世代，不得不递而迁之，仍用岁祭于墓也。墓则无亲尽不祭之说，盖皆吾祖宗体魄之所藏也〔3〕。当念我身从何而有，父也，祖也，曾、高也，推而上之，皆是一气，而下及我，诚为亲切，岂可以年深而遂忘诸〔4〕？且祠堂既迁之矣，至于墓祭，焉可略也〔5〕？是故吾家历代祖宗之有墓者，必用周遍祭之〔6〕。先从隆亭之报亲及大坟，次及堠阳之厚本、冷村之善庆、罗村之寿山〔7〕（是皆昔者之庵名，今以名墓尔），次第而祭之〔8〕。春秋二祭〔9〕，四分轮当，间岁一度〔10〕。吾心以为久旷而弗安〔11〕，凡遇春祭，我宜年年自备预为办完，一一诣墓而祭之〔12〕，勿望于它，必须力行，毋吝毋后！

【注释】

〔1〕省（xǐng）墓：祭扫坟墓。

〔2〕置之度外：放在考虑之外。

〔3〕体魄：遗体。

〔4〕遂：完全。

〔5〕焉：怎么。

〔6〕用：需要。周遍：全部。

〔7〕堠（hòu）阳：地名，在今江苏无锡。

〔8〕次第：按顺序。

〔9〕春秋二祭：春祭和秋祭。

〔10〕间岁一度：隔一年举行一次。

〔11〕旷：荒废。

〔12〕诣（yì）：到。

祭物肴馔，称家有无[1]，必用均壹[2]。物器俱要洁净，不可苟且，勿被人先食及虫畜所污。荤则俱荤，素则俱素，多则俱多，少则俱少，毋使远者薄而近者厚，务要一体[3]，是乃尽诚之道也。俗又有甚非者，祭其父则丰，祭其祖则简，或祭妻与子则尤加丰厚，此何心而何颜哉？设祭我以盛馔[4]，祭我父祖则菲薄[5]，我如何安享其祭乎？以是推之，理极明白，子孙其永体之[6]。祭墓须用素服，盖非吉祭，古者拜墓则哀泣耳。

【注释】

〔1〕称（chèn）家有无：符合家庭的经济情况。

〔2〕均壹：公允均一。

〔3〕一体：一样。

〔4〕盛馔（shèng zhuàn）：丰盛的食物。

〔5〕菲薄（fěi bó）：此处指简陋的食物。

〔6〕体：体会、思考。

古有祭后土氏之礼[1]，今皆不讲，我欲行而未遂[2]。汝曹办祭坟时，可兼设米食、面食各一楪[3]，有果尤佳，酒行一献[4]，以祭告之，每坟皆然。其祝文载于《祭礼习目》，苟能行之，亦为慰我之心。

【注释】

〔1〕后土氏：土地神。

〔2〕遂：成功。

〔3〕楪（dié）：同“碟”，碟子。

〔4〕献：指行酒一次。

本宗祖坟，自报亲之上，先代之墓不知在何处，深可叹也。戴墅之南，尚有华墓一所，旁居有姓华者在，其势仿佛似我家所为。昔者未能明为何代，故弗之认，吾常以此为怅怏而不能忘耳[1]。

【注释】

〔1〕怅怏(chàng yàng):惆怅不乐。

三

人家成败,必有其由,为善则成,为恶则败,理之必然而无疑者。凡合理者谓之善,悖理者谓之恶[1],又何难见也?固不可以废兴归之于数[2],而怠为善之心。知命者则不立于岩墙之下[3],勿囿于数,斯可矣。吾所以再三喋喋者[4],诚以成立甚难,覆坠甚易故也[5]。果能闻善必从,知过速改,见义勇为,则何善之不能行?亦何恶之不能去哉?斯其成败之所由也,在人之所学习而已。书传所载甚多[6],而今目见者亦不为少。勉之,勉之,勿以吾言为迂[7]!

子孙宜力田治生,不得充营吏卒,及为僧道、屠侩、干仆之类[8]。

凡当军者,必用读书习艺,忠勤所事,不得虏掠妄杀及一切不善之为[9],须以仁恕忠勤为本。

赌博、饮酗[10]、荒佚之类[11],吾见汝等不作,宜始终一致也。

今之田产,粗可以为衣食岁供之资[12]。苟能勤俭,守而弗失,亦可以遗之子孙,更不宜多求,或贪而致悔也。且富者众怨之所归也,家计苟完,则足矣,逾分则甚非也。慕虚名而取实祸,切以为戒。如遇歉岁,而吾稍赢,则克己而推以济人。斯吾之素愿也,汝曹其念之!

凡此乃家居之常事[13],至于孝弟忠信、礼义道德,贤人君子之所体用者,在乎经书之中,不可不读,不可不习。若能习与性成[14],则贤人君子之所同归[15],使后世称为良善之家子孙,不亦美乎!不亦美乎!

【注释】

〔1〕悖(bèi):违背。

〔2〕数(shù):天命。

〔3〕知命者则不立于岩墙之下:《孟子·尽心上》:“孟子曰:‘莫非命也,顺受其

正；是故知命者不立乎严墙之下。尽其道而死者，正命也；桎梏死者，非正命也。'" 岩墙，有倾倒危险的高墙。

〔4〕喋喋(dié dié)：重复地说。

〔5〕覆坠：倾覆坠落，此处指失败。

〔6〕书传(zhuàn)：典籍。

〔7〕迂：迂腐。

〔8〕充营吏卒：担任胥吏和衙役。屠侩(kuài)：屠夫、市侩。干仆：能干的仆役。

〔9〕虏掠：掳夺。

〔10〕饮酗(xù)：没有节制地饮酒。

〔11〕荒佚：荒废事务，怠堕放荡。

〔12〕粗：大约。

〔13〕家居：此处指日常。

〔14〕性成：养成习惯。

〔15〕同归：同样的结果。

【评析】

《家劝》一共三篇，在第一篇中，华悰韡记述家族历史，从承事郎华三一至自己已有十世，至华兴仁等为十一世，华源长等为十二世。在作者看来，华氏家族绵延的主要原因是祖先能行善道，以慈善忠厚为本，所以希望子孙能有"慈善之念、俭素之行"，坚守"务农济物之道"。在第二篇中，作者回顾自己于明初重返无锡后如何安家置田、创业守成——洪武三年(1370)秋天才建成两间茅屋，开垦数亩田地，十五年已有余力营建祠堂，重修茅屋。为了能使子孙生活得更好，作者反而要求分家，让他们各自维持生计，友善相处，并提醒他们积极交税服役，注意相关手续，做事实事求是，与人为善，重视祭祀婚丧仪礼。在第三篇中，作者总结人家兴衰的规律是"为善则成，为恶则败"，善恶的区别在于是否与"理"相合，所以一再要求子孙"闻善必从，知过速改，见义勇为"，此外还强调后辈不能从事吏卒、僧道、屠侩、干仆等行业；从军时则要以读书、忠勤为重，不可作恶；至于赌博、酗酒等恶习，更加不能涉足。

赣榆王氏家族

赣榆王氏的始迁祖王元，山东沂州(今山东临沂)人，在东海(今属江苏连云港)任千夫长，元末避兵乱，由东海迁居赣榆(今属江苏连云港)，入赘蔡氏，其后代改姓蔡。明嘉靖中，他的六世孙蔡存仁将孙辈改回王姓，又令一小宗继续姓蔡，以求两全其美。《王氏家训》选自《王氏宗谱》卷一，作者蔡存仁，字希尧，号乐山，嘉靖十七年(1538)岁贡，任山东胶州儒学训导。嘉靖二十二年，存仁纂修家谱，《家训》应撰于此时。今存《王氏宗谱》为民国石印本，由第十六世王化理等纂修，共六卷，卷一收序言、凡例、家训、《复姓辩》、《世系总纲(一世至五世)》等，卷二至卷五为世表，卷六收墓表、寿序、行状、墓志、祭田、"近海别墅八景"、碑记、家传等。

王氏家训[1]

存仁曰：古今名族，必有家训以示子孙。古训不能尽录，吾且师古法，参以己见，弁简端以警将来[2]。为子孙者，能敬而守之，毋俾废坠[3]，则庶不失为孝子贤孙。所有训辞，开列于后。

【注释】

〔1〕选自《王氏宗谱》卷一(民国石印本)。

〔2〕弁(biàn)简端：放在文章的开头。

〔3〕毋俾(bǐ)：不使。废坠：荒废。

一、为人子，必以孝弟为先，以谦逊是尚[1]，不可桀骜不驯[2]，贻笑于人〔3〕。果如此,里党长幼之间自有乐处〔4〕。迩来见族中人不以祖宗为法〔5〕,不以和顺存心,不以忍耐为主,以故致同室相斗、乡里相殴者,叠见层出〔6〕。是不惟祸罹身家〔7〕,抑且有辱我祖,切宜慎之!

【注释】

〔1〕以谦逊是尚:即“尚谦逊”,推崇谦虚恭谨。

〔2〕桀骜(jié ào)不驯:性情倔强,不驯顺。

〔3〕贻笑于人:被人取笑。

〔4〕里党:邻里乡党。

〔5〕迩(ěr)来:近来。

〔6〕同室:一家、自己人。叠见(xiàn)层出:屡次出现。

〔7〕罹(lí):遭受。身家:本人和家庭。

一、耕读为古人立身养家之本,吾家累世相传〔1〕,赖此而已。子孙之资质但有可进,须及时择师,以图上进。为父兄者,不可坐视〔2〕,而招不贤之诮〔3〕。若资质庸钝、不能前进者〔4〕,亦必令其识字,于学书记姓名之后,旋即务农〔5〕,当亦不失为良民也。

【注释】

〔1〕累(lěi)世:世代。

〔2〕坐视:即“坐视不管”。

〔3〕诮(qiào):讥讽。

〔4〕庸钝:平庸愚钝。

〔5〕旋即:随即。

一、吾家自先太高祖迁赣〔1〕,递传至先曾祖,尤多行善事。粤稽平时〔2〕,未尝读多经传〔3〕,行事却暗与古人相合。自髫龄失怙恃〔4〕,恨未获报罔极之恩于万一〔5〕,因择牛眠地改葬〔6〕,立华表、墓志〔7〕,以示不忘。他若恤患难[8]，睦亲族，敬贤教子，至老不倦。诸善端[9]，俱(仁)所目睹者，子孙辈宜常念之以为法。

【注释】

〔1〕赣：今江苏连云港市赣榆区。

〔2〕粤稽：粤，助词，一般用于句首或句中。稽，考察。

〔3〕经传(zhuàn)：儒家经典。

〔4〕髫(tiáo)龄失怙恃(hù shì)：幼年失去父母。

〔5〕罔(wǎng)极：无穷尽。

〔6〕牛眠地：风水宝地。

〔7〕华表：坟墓前的大柱。墓志：埋在墓中介绍墓主生平的石刻。

〔8〕恤(xù)：救济。

〔9〕善端：善事。

一、男女当分内外，古人云："男女七岁不同席。"[1]又曰："男不言内，女不言外。"[2]盖内外有限也。此理最好，当确守之，以远言语之嫌。

【注释】

〔1〕男女七岁不同席：《礼记·内则》："七年，男女不同席，不共食。"

〔2〕男不言内，女不言外：出自《礼记·内则》，大意是：男人主外，不过问家中之事；女人主内，不过问家外之事。

一、近来吾族幼男乳名，有与先人讳相犯者[1]。此谱作后，亟宜改正之[2]，以警将来。

【注释】

〔1〕讳：尊长的名字。

〔2〕亟(jí)：急切。

一、吾邑[1],小邑也。凡死葬者,多不循礼[2],动则用僧道,甚有火化者。不惟愚民犯此,虽士大夫家,亦常有之。吾先父卒后,诸事戒慎省察[3],俱遵《家礼》《仪礼》行之[4]。小节姑不俱举,如葬之一事,用内棺外椁[5],外加以如法灰格[6],二十年后葬吾母时,灰坚如石,虽利器不能入[7]。后凡人家遇葬,欲灰格坚硬者,皆视此为法。市谣曰:"葬不用僧道而用灰格者,自蔡子始。"

【注释】

〔1〕邑(yì):县的别称。

〔2〕循礼:遵循礼法。

〔3〕戒慎省(xǐng)察:警惕而审慎地检查自己的思想行为。

〔4〕《家礼》:南宋朱熹的礼学著作,内容分为通礼、冠礼、昏礼、丧礼、祭礼五部分。《仪礼》:儒家经典十三经之一,主要论述冠、婚、射、丧、饮、祭等礼的仪式和礼节。

〔5〕椁(guǒ):套在棺材外面的大棺材。

〔6〕灰格:即"灰隔",埋葬的仪式之一,朱熹《家礼·丧礼·治葬》有详细记载。

〔7〕利器:锋利的器具。

一、吾家自国初以来,从无充重差者[1]。近以逃亡太多,差烦赋重,一不逊让[2],每因辩而讼之官府。今后当先立一德行户长,凡遇差来,量力分派[3]。如悍吏毫不依从[4],讼官未为晚也[5]。

【注释】

〔1〕充重差:担负沉重的差役。

〔2〕一不逊让:全不谦让。

〔3〕量(liàng)力:衡量大家的力量。

〔4〕悍吏:凶暴的官吏。

〔5〕讼官:到官府打官司。

一、祭扫不论茔之远近[1]，醵出祭品[2]，轮流收买。凡遇清明、十月初一，赴茔中祭后，同享祭余[3]，是亦笃亲亲之义也[4]。其余二节外，至于各人遇各祖父母、父母忌日，及七月十五日、冬至、年节，任自行之，不在此二大祭内。

【注释】

〔1〕茔（yíng）：坟墓、坟地。

〔2〕醵（jù）：大家凑钱。祭品：用来祭祀的物品。

〔3〕祭余：祭祀后剩余的物品。

〔4〕笃亲亲：加深亲人之间的情感。

一、吾邑恶俗，莫甚于博奕[1]。尝见人家子孙之败坏，多由于此。为吾子孙者，务深以为戒，先劳而后逸，量入以为出[2]，庶家无不足[3]，能谨守先人之业也[4]。

【注释】

〔1〕博奕：即"博弈"，赌博。

〔2〕量（liàng）入以为出：即"量入为出"，根据收入来确定支出。

〔3〕庶：但愿。

〔4〕谨守：谨慎守护。

一、已上家训数条，言虽浅近，颇足为法。为吾族子孙者，当恐惧修省[1]，恪遵勿违[2]。若能念先人立门户之辛苦[3]，创基业之艰难[4]，自不至觍不知耻[5]，黯然莫振[6]，令先人抱憾于九原也[7]。勉旃[8]！

【注释】

〔1〕恐惧：敬畏。修省（xǐng）：修身反省。

〔2〕恪（kè）遵：谨慎遵守。

〔3〕立门户：当家。

〔4〕基业：产业。

〔5〕觍（tiǎn）：不知羞愧。

〔6〕黯然：情绪低落的样子。振：振作。

〔7〕抱憾：心中存有遗憾的事。九原：黄泉。

〔8〕旃（zhān）：助词，“之焉”的合音。

【评析】

《王氏家训》，除通常强调的孝悌谦逊、与人为善外，还特别重视读书，因而指出父兄有必要寻找良师。对于不善读书者，蔡存仁认为同样有必要识字，只是在会记姓名后宜随即务农，从事生产。作者还介绍自己遵循《家礼》《仪礼》，革新葬礼，甚至在当地形成一定的风气，出现这样的熟语：“葬不用僧道而用灰格者，自蔡子始。”面对繁重的官府赋税差役，族人不免设法逃避，因此作者主张设立“一德行户长”居中调停，“量力分派”。家训提到，除清明、十月初一是重要的祭祖日期外，七月十五日、冬至、年节也需祭祀，这有利于了解明中叶的民间祭祖情况。作者最后强调，本地最恶劣的风气莫过于赌博，许多人家因此败落，所以在家训中特别告诫族人“务深以为戒，先劳而后逸，量入以为出”。

王 樵

王樵(1521—1599),字明逸(一作明远),号方麓,金坛(今属江苏常州)人。嘉靖二十六年(1547)进士,授行人,官至刑部侍郎,改南京都察院右都御史。元、明以来,金坛王氏家风醇厚、乐善好施,五世祖王荂、高祖王政、曾祖王镇皆有赈饥之举,被旌为"义门"。受此氛围影响,王樵为人耿介,不汲汲于仕途,曾因违逆张居正而遭贬谪,焦竑称其"操履深醇,学有根柢,平生仕者什三,处者什七"(明焦竑《澹园集》卷三三)。归里后,专心学术,尤精旧学。著有《周易私录》《尚书日记》《春秋辑传》《书帷别记》《诗考》《读律私笺》《紫薇堂札记》《方麓居士集》等。王方麓家书未有单行本。本书所录选自《方麓居士集》卷九,原有《与从子塱书(15则)》《与再从子尧封书(37则)》《与长男启疆书(22则)》《与仲男肯堂书(35则)》。是书有明万历刻本、清抄本、《四库全书》本等。

与仲男肯堂书(节选)[1]

今之人,会试则望中会元,廷试则望中一甲。一甲不预,则望馆选[2]。馆选美矣,及解馆之时,又有说焉。留在翰林者为上,出为科道者次之,且科道官自外官行取者视为极选[3],而又有不满于此者。种种差别,皆起于人之欲望无涯也。不知一中进士,内则居省曹[4],出则寄民社[5],何官非美,何地不可上达,亦顾人之做处何如耳。古之豪杰,顶天立地,轰轰烈烈做一个真金百炼纯钢汉子,亦何所倚借于外哉?状元及第,三年有一人焉。曹含斋非会元、榜眼乎[6]?汝今得脱了举业羁绊[7],从此可以毕平生之志。何书不可读,何事业不可进,真所谓"大海从鱼跃,长空任鸟飞”。谁能限汝之所到哉？吾一生为口耳文字所误，老而始知悔，虽晚犹幸矣。敬焚香告天，为汝恳切言之。读书人，一个身子尚无着落处，反要人照管，成何等人？譬如行脚僧[8]，深山独坐，豺虎为邻，岂得不由我做主？饥饱劳佚自斟酌，喜怒七情自解遣，四壁风吹、雨雪打面自消受。养德在此，养身亦在此。达观上人非汝之所敬礼者乎[9]？道虽不同，要炼得此心一也。常提起，在念不忘，则随事可以进德。勉之勉之。吾近有悟，亦只于经书中得之，人事感遇上实做。虽老，不做一个终迷汉也。

【注释】

〔1〕选自《方麓居士集》卷九（明万历刻本）。

〔2〕馆选：明代从新科二甲进士中选出有才学者数人进入翰林院学习，这一制度称为“馆选”。庶吉士在翰林院学习三年后，再次参加考试，合格者，二甲授翰林院编修，三甲授翰林院检讨，不合格者授六科给事中、御史或委派至州县，谓之“散馆”或“解馆”。

〔3〕行取：明制，地方州县官员，在一定任期之后，经上级保举调入京城，通过考试可补授科道或部吏。

〔4〕省曹：在宫内的官署称省，分科办事的官署称曹，这里以“省曹”指在京中办事的官职。

〔5〕民社：与“省曹”相对，指民间。

〔6〕曹含斋：曹大章（1521—1575），字一呈，号含斋，明金坛人。嘉靖二十五年（1546）应天府乡试第三十三名举人。嘉靖三十二年癸丑科（1553）会试第一名，殿试一甲第二名。授翰林院编修，起复补编修。

〔7〕羁绊：束缚。

〔8〕行脚僧：四处云游、步行参禅的僧人。

〔9〕达观上人：紫柏真可（1543—1603），俗姓沈，字达观，明代高僧。

“心在焉，谓之敬”，此胡子语也。“事至理明随理应，动常有静在其中”,此魏庄渠公语也[1]。古人虽居朝廷,服官政,亦是为仁之地,做我自己工夫,所谓“事其大夫之贤者,友其士之仁者”是也。与仁贤者处,如以利器自攻治[2],不觉去了多少病痛,长了多少德器[3]。今人但知事其贵者,友其相亲厚者,茫然不知仁贤之所在,则仕途只为汩没之地[4],可叹也,可戒也!

【注释】

〔1〕魏庄渠公:魏校(1483—1543),本姓李,字子才,号庄渠,明昆山人。与胡世宁、李承勋、余祐善并称“南都四君子”,上文“胡子”或即指胡世宁。

〔2〕攻治:医治。

〔3〕德器:德行与胸怀。

〔4〕汩(gǔ)没:沦落、埋没。

六月二十八日,于完白人行,曾附书二纸,次日得馆选之报,老怀慰藉,真是不浅。吾非为此选清华[1],将来要地可到而喜也[2],为汝出身之后[3],更得读书进学,可以不负国家作养之意[4]。天若有以大成汝也,惟吾知汝,惟汝能酬吾之愿,未易为时人语也。书忌泛读,须从经学世务上紧切用工。大抵学只有身心、世务两事,理会得此两事,则何事不了矣。以义理涵养只从旧学中从新做起,盖旧为应举障碍,今才欲身心上有受用处也。天命之性,率性之道,修道之教,[5]只在“喜怒哀乐”四字上,惩忿窒欲[6],迁善改过,便是入圣路头[7]。其他谈玄说妙,皆是自诳诳人,不足信也。焦从,吾久闻其名,恐于心性上必已得力,可亲近之,只性情上切磋琢磨,便是良师友也。

既居此地,老先生处不但不可缺礼,亦不宜少情。盖古君子之待知己,亦自以厚为主。所谓厚者,以道义相成,未有势利而能厚者也。择言而发,相宜而施,诚意胜于事文之外。忌心人人有之,能先觉而善处可矣。时时防之,处处防之。首甲三人既定之后,人自甘心推先。馆元[8],人以为必留。及定留之时，又通较前后考次之上下。人于是有竞心焉[9]，则馆元而又累考，居前者反欲逊待其下，不如首甲三人之素定也[10]。汝材素超轶[11]，但虑以下人一节为吃紧耳。《玉海》等书，似不必苦留意。诗赋，古今名家有数，亦不专在用事之富、铺叙之华[12]。奏疏有数等：西汉人、陆宣公及欧、苏诸公为一等[13]，程伊川、朱文公为一等[14]，其余为一等，今代者又为一等，我皆曾批点评骘，俟从容抄出寄汝也。余体随物赋形[15]，汝自能办之。要之，本根只在经学世务上，以医道出名，屡书所虑尽矣，又思切不可为中人所知。

【注释】

〔1〕清华：职位清高、显要。

〔2〕要地：显赫的地位。

〔3〕出身：此处指馆选通过，进入翰林院。

〔4〕作养：培养。

〔5〕天命之性，率性之道，修道之教：《中庸》："天命之谓性，率性之谓道，修道之谓教。"意思是：上天赋予人的自然禀赋叫做"性"，依从本性行事叫做"道"，依照"道"的原则修养品行叫做"教"。

〔6〕惩忿窒欲：谓节制愤怒和欲望。《易·损》："《象》曰：山下有泽，君子以惩忿窒欲。"

〔7〕路头：门路。

〔8〕馆元：入翰林院学习三年后散馆，考中第一名者称"馆元"。

〔9〕竞心：竞争之心。

〔10〕素定：犹宿定，预先确定。

〔11〕超轶：远超他人。

〔12〕用事：引用典故。

〔13〕陆宣公：陆贽（754—805），字敬舆，唐德宗时任宰相，谥宣，人称陆宣公。欧、苏：北宋欧阳修（1007—1072）、苏轼（1037—1101）。

〔14〕程伊川：程颐（1033—1107），北宋洛阳伊川人，世称伊川先生。朱文公：朱熹（1130—1200），南宋理学家，谥文，后世称朱文公。

〔15〕随物赋形:针对事物本身的形态变化,给予不同事物以不同的描述。此处指根据不同文体,写作相应文章。

附寄《春秋》五册、《周礼》四册,皆已脱稿[1],可细阅之。中有讹字、缺字,就校正之,有疑处及发明未尽处[2],别行札记,并汝所自得者,俱当下记了,勿忽,勿忘。此便是一遍工夫也。《周易》《律解》,亦已脱稿,俟下次寄来。当朝典故,且以《会典》为主,参以时论[3],而熟讲究之。此项工夫,不可看做第二义。

【注释】

〔1〕脱稿:完稿。

〔2〕发明:阐述、阐发。

〔3〕时论:有关时事的评论。

此月内姜宅人送汝书来,乃以家眷未行,言欲焦劳成疾。何至如此?何至如此?

汝在三甲,上而官府,下而亲眷乡族,皆有侮心[1]。一闻翰选[2],便又改容易貌。世态日陋一日,正可付之一笑。然吾老矣,一生含耻忍辱,今甫欲借汝一伸眉[3],放怀酣歌长啸,作矍铄之状[4],以示俗眼,切勿复使前性,令我恹恹无气也[5]。寄书不必太多,不免劳神。家书虽与自家人,亦须择其紧要,恐笔下惯了,一时写与他人,词气或有冲突也。腊月十二日手书。

【注释】

〔1〕侮心:轻慢、欺侮之意。

〔2〕翰选:即“馆选”。

〔3〕伸眉:眉头舒展,志得意满的样子。

〔4〕矍(jué)铄:形容老者目光炯炯有神,精神状态很好。

〔5〕恹（yān）恹：精神萎靡不振的样子。

书来云劳则呕而怒则满。见呕何不节劳？觉满何不戒怒？必云劳非不欲节，有不得已者；怒非不欲戒，有不可堪者。此在他人，则无可说，汝既通佛、通医，到此全不得力，是止能医人而不能自医，止能敬佛而不能即心是佛〔1〕。即心是佛者无他，炼心而已矣。所闻于达观大师者之谓何，所学于先圣先师者之谓何？吾昔初入仕途，一味任性，不善处人，又不善驭下〔2〕，亦受过百般苦恼。里衣带断，皆是自缀，大同不离一炕，冻屡欲僵。至于寒凉世态，众侮群欺，尤莫甚于癸丑、丁巳之年〔3〕，未尝动心〔4〕。今汝所居地位，胜我多矣，随事可以磨炼，随地可以进德，千万努力。常以远者大者在念，则精神奋发，胸怀开展矣。凡事要精神对副〔5〕，饮食劳健、风寒暑湿中皆有工夫，则病不能入。粗者尚然，况精者乎？何谓精者，事不累心，心不累事。此等境界虽难到，然小做小益，大做大益。

【注释】

〔1〕即心是佛：佛教用语，意思是不必向外探求佛理，自心即是佛。

〔2〕驭下：领导下属。

〔3〕癸丑、丁巳之年：嘉靖三十二年（1553）、三十六年。

〔4〕未尝动心：《孟子·公孙丑上》：“公孙丑问曰：‘夫子加齐之卿相，得行道焉，虽由此霸王不异矣。如此，则动心否乎？’孟子曰：‘否。我四十不动心。’”“不动心”指思想、情感不受外界的影响。

〔5〕对副：犹对付，落实。

书来言馆中工课及屡试名次，吾素不知工课作何事，今汝书中又不详及，今后可将所业并试题与文写来知之。汝三试，一次第七，一次第三，一次第二，不为不高，但不专在此第一，蕴藉涵养为要〔1〕。馆元文便中亦寄来。

【注释】

〔1〕蕴藉涵养:食而不露,修身养性。

书来言所须书籍似乎太多,京中买书甚是非计,专用心于要切之处,令有统贯处[1]。

【注释】

〔1〕统贯:条贯。

任性任直,愿汝深戒;养德养身,愿汝勉励勉励。人非天性之亲,不宜望之太重。人非心同义合,不可与深言。有父子而不相知者,况恩不如父子者乎?"爱人知人"[1],吾晚觉得此四字力。爱人而不知人,虽父子不能全其爱。知人则随其人而处之有道,处之各以其分而不失吾爱之之心,斯两得之。若知之而不能容,则吾亦不善处矣,岂不两伤多乎?寄来馆课,细览一过,文皆雅醇,而命意正大,有识诣[2]。汝虽自谓未尽所长,然循此以往,如阁师所批,将来断入曾、王之室者[3],端非无试之誉矣。船上寄吾手批欧、苏二文忠公集合一部[4],《通志略》二十本,祖父文集一部,《绍闻编》八本。《书记》因见素嫁女忙,不曾印得,待后印完,附景素或府基船上寄达。

【注释】

〔1〕爱人知人:《论语·颜渊》:"樊迟问仁,子曰:'爱人。'问知,子曰:'知人。'"

〔2〕识诣:见地。

〔3〕曾、王:曾巩(1019—1083)、王安石(1021—1086)。

〔4〕欧、苏:欧阳修、苏轼,二人谥号皆为"文忠"。

杜诗云"可怜怀抱向人尽"[1],最忌、最忌。金坛人好接之而少与言，吾前日所云，乃平日趋炎第一人〔2〕，吾仍好接之，不说破。若说破，则吾父子亦无味矣。余皆黄头竖子之言〔3〕，何足听也。西榭之迟来，为亲弟之不中，此亦情也，与失望于新结之好而杜门不出者殊科〔4〕。至于聪侄，到家一味自谦，而推服汝之宜中〔5〕，亦难得也。曾、王二集，今次未寄者，欲俟吾批点完整，同杜诗、韩集同寄耳。杜、韩与牧之集旧皆批过，仍当细批以寄。吾尝谓老杜之诗乃散文中之先秦两汉也，今学诗者宗唐，宗唐者宗其丽，而不知此一步杜诗，首首是大家。聊漫举之，如五言律中《晴》一首〔6〕、《闻雁》一首〔7〕、《除架》一首〔8〕，皆非摩诘诸人语也〔9〕。有言杜诗之自沉着中来，为非初学诗之利者，与今论时文之病，正同一辙。不知文若欲发意而主于理胜，则自然不容不沉着；沉着而意果达，理果胜，则沉着岂是板语、重语乎？杜诗首首都是实事，都是实情。当时所遇人情事理、世变艰难，一一铺叙得真、发挥得畅，而中间比兴、讽喻、直陈，各得其体。故吾谓乃散文中之先秦两汉者，非偶见之轻谈也，熟读当自知之。此吾泛论文耳。馆阁中一时所尚，未能知。观前辈应制之作〔10〕，亦皆另有一体，此在熟后则如珠走盘矣。大哥今次书来，说上科曾取在备卷〔11〕，布政司发下朱墨卷〔12〕，三场俱有批点，因此又有再走一科之心，望得相应地方教谕，以便应举，不知可得否？今已是该升之期，但闻近日事体，此等小官，无人关照，难得自升者，未委虚的〔13〕。吾前为无人送汝家眷，对凤老曾说，愿升得一武学职事，使汝兄弟得在一处。今则不拘何处矣，有可为之地者，汝可从容审处之。二月二十八日书。庚寅。〔14〕

【注释】

〔1〕可怜怀抱向人尽：出自杜甫《所思》。诗云："苦忆荆州醉司马，谪官樽酒定常开。九江日落醒何处，一柱观头眠几回。可怜怀抱向人尽，欲问平安无使来。故凭锦水将双泪，好过瞿塘滟滪堆。"意思是可怜你把心事全部告诉别人。

〔2〕趋炎：靠近火焰，比喻攀附权贵。

〔3〕黄头竖子："黄头"与"竖子"同义，皆指小孩。

〔4〕殊科：不同。

〔5〕推服：推许佩服。

〔6〕《晴》：杜甫《晴》共两首，其一："久雨巫山暗，新晴锦绣文。碧知湖外草，红见海东云。竟日莺相和，摩霄鹤数群。野花干更落，风处急纷纷。"其二："啼乌争引子，鸣鹤不归林。下食遭泥去，高飞恨久阴。雨声冲塞尽，日气射江深。回首周南客，驱驰魏阙心。"

〔7〕《闻雁》：此或为《归雁》之误，诗云："闻道今春雁，南归自广州。见花辞涨海，避雪到罗浮。是物关兵气，何时免客愁。年年霜露隔，不过五湖秋。"

〔8〕《除架》：诗云："束薪已零落，瓠叶转萧疏。幸结白花了，宁辞青蔓除。秋虫声不去，暮雀意何如。寒事今牢落，人生亦有初。"

〔9〕摩诘：王维（701—761），字摩诘，号摩诘居士。唐代著名诗人，被称为"诗佛"。

〔10〕应制：受皇帝之命写作诗文。

〔11〕备卷：科考放榜后，若考官发现仍有较优秀的答卷，则留作备卷。当中举者中有人后来被发现问题，则用备卷补换，故又称"备中"或"堂备"。

〔12〕朱墨卷：科举考试答卷分朱、墨两色，考生临场答卷用墨笔，称"墨卷"；交卷封名后交书手用朱笔誊录，并交考官阅判，称"朱卷"。

〔13〕未委虚的：指不知此事真伪。未委，不清楚。虚的，虚实。

〔14〕庚寅：万历十八年（1590）。

《春秋》《周官》二稿，闲中亦曾细阅一过，而别有所补订者乎？他日将赖汝以传，愿汝之留意也。《绍闻编》已写完，但刊则力不能赡，亦俟汝见而徐议之。《周易》依古经传十二篇次第，先卦爻本旨，次列诸家之说之有补于经者，以畅尽其蕴，而间附一得之见。其思也，若或启之，恐亦难泯灭。稿六巨册见在，俱谨收，以俟汝。不以付余子，恐其尚有举业之绊，不能不致散失也。古人年七十，则家事已传付子孙，况外事乎？今我不但周旋外事，虽身事不了，奈贫无可为。只葬地与周身之木、栖灵之堂，皆已当有定所矣。近日薛古庵言九曜寺后地可另作一坟。后巷屋宜向

东,既身坐厚处,而背后靠倚高处,为得其宜。此皆不可不从者也。因便说与汝知之。十九年二月二十三日手书。辛卯。〔1〕

【注释】

〔1〕辛卯:万历十九年(1591)。

【评析】

万历十七年(1589),王樵次子王肯堂登己丑科同进士,选为翰林院庶吉士,并于万历十九年八月散馆授翰林院检讨。本卷所选家书,即写于王肯堂在翰林院学习的三年。王樵的家书涉及诸多方面。在得知王肯堂馆选之讯时,王樵的欣慰之情溢于言表,以为"一生含耻忍辱,今甫欲借汝一伸眉,放怀酣歌长啸,作矍铄之状,以示俗眼",因此叮嘱儿子"切勿复使前性,令我恹恹无气也",并时时留意其在馆的工课、名次。然而,在施以压力的同时,王樵亦对儿子生活的种种流露出细致的关怀,如肯堂初入翰林院时,王樵为其安排可靠的师友,并叮嘱他与同窗及老师交往的礼节;得知儿子生病后,王樵去信令其"节劳"。王樵认为读书最忌泛读,他对儿子的阅读亦时有指点,如不主张肯堂在《玉海》等类书上下功夫;以为诗文之优劣并不取决于作者用典的能力。此外,王樵与王肯堂亦时常将自己的著述及评点寄给对方,形成一个父子互相审阅的学术系统。这些家书为我们提供了明代士人父子关系的生动实录。

庄元臣

庄元臣(1560—1609),字忠甫,号方壶,吴江(今江苏苏州)人。万历三十二年(1604)进士,授中书舍人。三十六年,吴中发大水,他上陈的救灾措施被官方采纳施行。元臣好学博览,喜欢谈论济世安民的事情。关于阅读,他常说:“读旧书如遇新知,读新书如逢旧识。”为写好古文词,他遍读先秦两汉的史籍、诸子和唐宋元明的文章,获得感悟后,撰写出文论十篇,指明诸家得失。著有《庄忠甫杂著》《三才考略》《曼衍斋文集》等。《杂著》包括《昭代事始》《朝纲变例》《叔苴子》《庄子达言》《古诗猎隽》《唐诗摘句》《韩吕弋腴》《二术编》《水程日记》《涉古记事》《锦盘奇势》《论学须知》《行文须知》《文诀》等二三十种,《治家条约》便是其中之一,有清初永言斋抄本。他的兄长庄宪臣同样博雅多识,能写诗文,两人并称为“庄氏二杰”。

治家条约(己酉春日置付)[1]

一、严内外

治家之道,莫先于辨正外内[2]。今吾家屋宇狭窄,堂室不能隔远,尤要严限体统[3],谨闭中门[4],使内声不出于外,外声不闻于内,男仆不许入外厨,女奴不许出内厨。夜间明灯于面台上,凡男仆吃夜饭毕,即令各入房舍,不许坐食台边,闲作语言。夫妇不得于厨下私哄等伴[5],男女不许私相殴骂。但有此等,各重责三十板,然后再分别是非。

内人无故不得出厅堂观玩[6]。

凡卖婆、道婆及相面、算命、面生妇人[7],切不许令进厨内门。有放入者，责男、妇三十。

【注释】

〔1〕选自《庄忠甫杂著》(清初永言斋抄本)。

〔2〕辨正：辨明是非。

〔3〕严限体统：严格限定合乎身份地位的行为举止。

〔4〕谨闭：严格关闭。中门：内室、外室之间的门。

〔5〕私哄(hòng)等伴：和同伴私下吵闹、开玩笑。

〔6〕内人：此处指住在内室的人。

〔7〕卖婆：出入人家买卖物品的老年妇女。道婆：尼姑庵中的女仆。面生：陌生。

一、谨盗贼

凡夜间，须分付家人早闭各巷门[1]，及锁水栅、锁东西墙门、锁闭厅门[2]。各仆房舍俱分枪棍一件、锣一面，有警急，各执器械，鸣锣集众，以相追捕。有怠惰不出房舍者[3]，查出，重责三十板，仍除其冬夏衣银[4]。

一、日间东巷门须常闭，以防白撞[5]。

一、舡三只[6]，各分委[7]一奴看管，凡舡上器物有失，责令赔偿。舡上器物须立簿一扇[8]，登记明白，以便查阅。

【注释】

〔1〕分付：即“吩咐”。

〔2〕水栅(zhà)：水下的栅栏。

〔3〕怠惰：怠慢懒惰。

〔4〕仍：继而。

〔5〕白撞：即“白日撞”，白天闯入人家作案的盗贼。

〔6〕舡(chuán)：同“船”。

〔7〕分委：分派。

〔8〕一扇：即“一册”。

一、慎火烛

火烛一事,极为不测可畏,尤当加意提防。每夜须叮嘱小丫头辈,毋得点灯杂照[1],凡绵花、柴草之处,更宜谨护[2]。灶下每夜须分付扫开乱叶,使灶陉清净[3]。各奴房舍,不许点灯,及用火缸、火箱[4]。有违者,重责三十,缸、箱没入公用[5]。至于风起之夕,尤宜勤嘱巡察,毋得懈玩[6]!

【注释】

〔1〕杂照:胡乱照。

〔2〕谨护:严格看护。

〔3〕灶陉(xíng):灶边突出的部分。

〔4〕火缸、火箱:火缸,取暖用的烘笼。火箱,方形薰笼。

〔5〕没入:没收。

〔6〕懈玩:懈怠,不认真对待。

一、勤作业

凡奴仆在家,务使各勤其事,男使之耕,女使之织。时时综核[1],有惰不事事者,轻则除其荤酒,重则鞭朴之[2],或除其衣银。所以然者,一则生息产业[3],不至坐食耗财;一则手足拮据[4],不使游闲长恶[5]。凡女子小人之过,多生于饱暖无事。故为主者,常役使率作[6],使力疲于奔走而不暇[7],此最御下之善法也[8]。

凡责奴仆,必使当罪而心服[9]。若罚不当罪,则强者面违[10],弱者背怨,难以得其心而尽其力。善用罚者,惩一可以戒百,威不亵而畏有余[11]。

【注释】

〔1〕综核:聚总察核。

〔2〕朴：同“扑”，打。

〔3〕生息：积蓄发展。

〔4〕拮据（jié jū）：辛劳操持。

〔5〕游闲：即“游手好闲”。

〔6〕役使：驱使。率作：全部劳作。

〔7〕奔走：忙碌。

〔8〕御下：管理仆人。

〔9〕当（dāng）罪：与罪过相当。

〔10〕面：当面。

〔11〕亵（xiè）：遭到轻慢。

一、节财费

“俭”乃治家之宝，不论贫富贵贱之家，皆不可无“俭”字。况吾家产薄官清，自分文以上，皆假贷于他人。更值此凶祲之年〔1〕，有牛后之出，无鸡口之入〔2〕，不痛加节省，当何以支？如食肉每日省半斤，一年便可省肉一百八十斤也；食腐一日省二块〔3〕，一年便可省腐七百二十块也。推此以往，凡毫厘之省〔4〕，莫不有益。其耳目之玩，口体之适，可已之筵席〔5〕，可罢之交际，一切皆从节省。如贫秀才家行径〔6〕，方可勉强支吾〔7〕。不然，吾既远出，纵怀内顾〔8〕，不能营济〔9〕。汝辈在家，借贷无所〔10〕，田产又寡，不可鬻卖〔11〕，大是费力，不可不思也！

【注释】

〔1〕凶祲（jìn）：灾害。

〔2〕有牛后之出，无鸡口之入：指收入少，支出多。《战国策·韩策一》：“苏秦为楚合从说韩王曰：‘……臣闻鄙语曰：“宁为鸡口，无为牛后。”今大王西面交臂而臣事秦，何以异于“牛后”乎？夫以大王之贤，挟强韩之兵，而有“牛后”之名，臣窃为大王羞之。’”

〔3〕腐：豆腐。

〔4〕毫厘：形容极少的数量。

〔5〕已：停办、取消。

〔6〕行径：行为。

〔7〕支吾：支撑。

〔8〕内顾：顾念家事。

〔9〕营济：救助。

〔10〕借贷无所：无处借贷。

〔11〕鬻(yù)：卖。

一、修交际

凡亲友馈遗，及馈遗亲友〔1〕，当各置一簿开写年月日〔2〕，登记仪物数目于上〔3〕，一则便于检阅报施〔4〕，一则吾归来，知平日往来之厚薄耳。

亲族之丧，决不可不吊〔5〕。惟婚礼，酌有往来者贺之，疏者不贺亦可也。

县父母及各衙〔6〕，岁时亦可修候一二番〔7〕。若京中有书来，可自往亲递，照仪状所开〔8〕，备礼送之，当以吾出名。若节礼，只用自名可也。

其官府送来之礼与送官府之礼，可另置二簿登记，亦要书写年月。

【注释】

〔1〕馈遗(wèi)：赠送。

〔2〕开：写出。

〔3〕仪物：礼物。

〔4〕报施：报答施与。

〔5〕吊：吊唁。

〔6〕县父母：知县。各衙：各位官吏。

〔7〕修候：修书问候。

〔8〕仪状：礼单。

一、清官税

凡每年粮米，正粮外，每石加赠二斗，折银每两加赠二分。粮米俱要清楚，不得拖欠。折银止要完九限[1]，八限半亦可。

每年官府约送军储行粮存留等项[2]，总二百石，其例每一石省赠头加三，又一石止放九斗，大约每石省四斗，二百石约有八十石便宜可扣除[3]。自家本户粮米外有余，可除算官银。此已成定规，不烦话说也。

折银先要除算优免之数，纳至九限而止，不得过多。大约每亩纳银乙钱便可足数矣[4]。若今岁灾荒恩蠲[5]，则连银连米，共每亩乙钱尽在其中矣。

优免数大约有贰两柒捌钱左右，讨票看可知[6]。纳过官银，须要索票作证，又要登记年月在簿。

【注释】

〔1〕九限：九成。

〔2〕军储：军需物资。行粮：发给出征兵士的粮食。

〔3〕便（biàn）宜：自行决断处理。

〔4〕乙钱：一钱。

〔5〕蠲（juān）：免除。

〔6〕票：票据。

一、检奴仆

凡奴仆在家无事，便思出外为非，或倚气凌人[1]，或饮酒博赌，或贩卖私盐，或暮出窃盗。凡此等事，宦家往往有之，皆由主不检察所致。直待事露送官[2]，有伤体面，悔之何及！汝等在家，务要用心防检。庄上雇工人，尤宜分付管庄人体察，毋得忽略！

凡自家人生事，有外人来告诉，切不可护短拒绝，须唤进细加访问根由[3]。如家人理曲，即时重责。有强抢什物[4]，当时责令偿还，重者送官处究[5]。

【注释】

〔1〕倚气：任性使气。

〔2〕露：败露。

〔3〕根由：缘故。

〔4〕什（shí）物：物品器具。

〔5〕处究：究治。

一、查租课

凡租佃之田，须总算某圩共田若干[1]，某圩共租若干。既结总账，然后细算租户田数及米数，以合总账。若多少不等，即是弊窦[2]。自留底账一本，付讨租人账一本，俟租米盘斛过[3]，即于账上亲写月日收记。两本合同，然后人不得作弊。又须密差人往各租户处一查，防有暗收注欠之情也[4]。

【注释】

〔1〕圩（wéi）：有圩子围住的地方。

〔2〕弊窦：产生弊端的漏洞。

〔3〕盘斛（hú）：用斛衡量。斛，量器。

〔4〕注：登记。

一、防假冒

亲友中真诚者固多，险诈者亦有。或递假书假帖以欺官府[1]，或假托名姓以愒乡民[2]，利归于人，怨归于我。凡此等事，最宜访察提防。如有之，即时告官，分理明白[3]，毋得徇情隐忍[4]，以生他害！

【注释】

〔1〕假书假帖：假的文书、书札等。

〔2〕愒（hè）：恫吓。

〔3〕分理：分说。

〔4〕徇情隐忍：为了私利而隐瞒。

一、绝外事

自我出门之后，汝等各宜杜门屏迹[1]，读书治家，不得干预外事。凡有以不明田地来贱售者，切不可贪其便宜，苟且纳受[2]，后日将大费唇舌，悔之何及！又或县衙、巡司中事[3]，人或来干求书帖者[4]，须一概谢绝，不得轻为写柬[5]，亦不可与人作处分和事之主[6]。一味闭门静守[7]，便是吾家贤子孙也。

至如移巡司附近[8]，但为肃清地方赌盗耳[9]，切不可以琐屑细事，便欲他施行，致起傍人议论[10]，尤为紧要叮咛也[11]。

【注释】

〔1〕杜门屏（bǐng）迹：闭门不出，近于隐居。

〔2〕苟且纳受：随便接受。

〔3〕巡司：即“巡检司”，县以下职掌地方治安的机构。

〔4〕干求书帖：请求书写简帖。

〔5〕柬（jiǎn）：帖子等文书。

〔6〕处分和事：处置、调解纷争。

〔7〕一味：一直。

〔8〕移巡司附近：此处指前往官衙。

〔9〕肃清：完全清除。

〔10〕傍人：即“旁人”。

〔11〕紧要叮咛：紧要，重要。叮咛，叮嘱、告诫。

一、修祭祀

明则有人,幽则有神,所从来尚矣[1]。家堂有家神[2],祠堂有祖宗,其精灵陟降左右[3],薰蒿凄怆[4]。不可以视不见,听不闻,便谓荒忽无有[5],而生慢心。每遇岁时伏腊,当洁诚躬祭[6],使神灵欣悦临飨[7],自当降祥受咒也[8]。清明每岁祭扫,宜独任之,不必派分他家。福物即于庄内破消[9],以请同上坟者。远枝不必请,在面前留之可也。

【注释】

〔1〕尚:久远。

〔2〕家堂:家中奉祀祖先的地方。

〔3〕其精灵陟(zhì)降左右:指祖宗神灵暗中保佑。精灵,神灵。陟降,升降。

〔4〕薰蒿(hāo)凄怆(chuàng):蒸腾、萧森的样子。

〔5〕荒忽:虚妄。

〔6〕洁诚:态度真诚。躬:亲自。

〔7〕临飨(xiǎng):前来享用。

〔8〕降祥受咒:降下吉祥,接受祷告。

〔9〕福物:祭祀用的食物。破消:支出。

一、立庄规

凡桑地二十亩,每年雇长工三人,每人工银贰两贰钱,共银六两六钱。每人算饭米贰升,每月该饭米乙石八斗。逐月支放[1],不得预支。每季发银贰两,以定下用,四季共该发银八两[2]。其叶或梢或卖[3],俱听本宅。发放收银,管庄人不得私自作主,亦不许庄上私自看蚕。如沈澳要讨租田,照例石七还租。

其载下用,须发竹筹与沈澳。每一载来交一筹,计一季收筹几根,以验载数多寡,仍发自家一人眼同去载,以报浅满虚实,则无由作弊矣。

欲种菱,可量发菱种银三钱,不得过多。其桑条二叶,俱归本宅,管庄人不得有分。其看叶人，量与酒银四钱，以赏其劳。有失，即责令赔偿不贷[4]。

【注释】

〔1〕支放：发放。

〔2〕该：折合。

〔3〕梢：砍伐枝叶。

〔4〕不贷：不宽免。

一、定家用

每年用度，虽多寡不齐，然截长补短，亦可约计大率如下：

饭米一百石。

柴三万斤。（价约十八两。）

肉七百斤。（银十二两。）

鱼七百斤。（约七两。）

腐一千二百桶。（约五两。）

束脩十两[1]。

官银除优免外，九限约十三两。

茶菜银四两。

家人衣服银三两。

酱、面、盐、曲银六两[2]。

油银三两。

绵花、苎麻银三两[3]。

修舡、盖屋银三两。

酒米十五石。

杂用十五两。

庄上工银六两六钱。

下用银八两。

庄上饭米三十石。(庄上银米俱叶价抵当[4]。)

约银一百十六两,米一百五十石。

【注释】

〔1〕束脩(xiū):给塾师的报酬。

〔2〕曲(qū):酿酒或制酱、酱油时引起发酵的东西。

〔3〕苎(zhù)麻:可以用来织布。

〔4〕抵当:抵充。

一、定脩仪

脩仪每年八两[1]。节仪五次:清明、端午、重阳、冬至、年节,以上每次四钱。(计二两。)其脩仪按节二两送,至冬至而毕。若庆郎出读书,初年加一两。第二、三年加一两,至十二两而止。节仪如旧。

供给昼饭二品荤;夜饭酒一壶,二荤一素。

【注释】

〔1〕脩仪:给塾师的报酬和礼金。

一、查官馈

凡浙直巡抚、巡按、巡盐,与湖州守、道[1],新到必有节仪,去任必有别敬。知县、太守到任、去任亦然。有不送者,必礼房欺隐匿克[2],可发人查之。巡漕有相识者送,非相识者不送。府县年终例有节仪壹两,浙直皆然。历书不在内。吴江各县有烛炭、练兵厅有流星爆仗送[3]。苏州府中亦送炭、历。南直兵道、学道、都院、巡按,浙江分守道及布、按两司,俱送历。

自巡司衙官至府县正官、两司正官、代巡巡盐、巡江、巡茶、巡漕,俱

“治生”，同年则写“治年弟”。巡抚及操江都院，则写“治下晚生”。关上主事及盐兑主事、恤刑主事，俱写“侍生”。吴江教官及湖州府教官，写“通家侍生”。练兵百户亦“侍生”。本府、本县同年，写“年眷弟”。

【注释】

〔1〕浙直：浙江、南直隶（范围大致为今江苏、安徽、上海）。

〔2〕匿克：藏匿克扣。

〔3〕爆仗：爆竹。

一、清支欠

凡亲友偶然支零星银米及用物，即时纪簿，须于一月内还清。若久则遗忘，彼又不便讨索〔1〕，多致竟忘还者。此虽细事，极要检点。

【注释】

〔1〕讨索：讨要索还。

一、明簿账

每年置入簿一扇，出簿一扇，零星碎小出簿又一扇，租簿一扇，官银粮米簿一扇，交际入簿一扇，交际出簿一扇，馈送官府礼簿一扇，官府馈送礼簿一扇，店簿二扇，庄上支消银米簿一扇，梢叶簿一扇，卖叶簿一扇，起荡鱼簿一扇，（记每年几次得鱼若干。）每年屋上推收簿一扇，置产田根簿一扇。

右各簿俱于岁首置讫〔1〕，藏于一箧中〔2〕。每事即时登记毕，用锁锁之，防他人私有增减也。逐年簿须累藏〔3〕，以便我归来考验〔4〕。至切，至切！

【注释】

〔1〕讫(qì):完结。

〔2〕箧(qiè):箱子。

〔3〕累(lěi):连续。

〔4〕考验:稽核检验。

一、察漏孔

千斛之水,日漏一滴,终岁必竭。土卮无底[1],江河注之,终不满盈。故作家先塞漏孔。所谓漏孔者有二:华衣美食,耗费不节,是为阳漏;不检奴仆,鼠窃狗偷,是为阴漏。阳漏之患大而易见,阴漏之患微而难知。米盐醯酱[2],潜运而出[3],党与和同[4],众手掩目,日积月累,如火销膏,欲弗匮[5],得乎?汝等在家,须时时体察此弊。倘有觉知,大加罚治,惩一儆百[6],勿事姑息,是治家吃紧一事也[7]。

【注释】

〔1〕卮(zhī):盛酒的器皿。

〔2〕醯(xī):醋。

〔3〕潜运:偷运。

〔4〕党与和同:同党协作。

〔5〕匮(kuì):缺乏,尽。

〔6〕儆(jǐng):警告。

〔7〕吃紧:紧要。

一、慎出放

什一取息[1],子母相生[2],亦是作家之道。然切须择人而与,不可滥放。贫无产者不可与,狡而诈者不可与[3],花而荡者不可与[4],地窎远者不可与[5],关体面者不可与,中人欺险者不可与[6],重利相就者不可与[7],抵借而无四至、兼有重交者不可与[8]。凡此数者,不择而与之,不惟有失本之患，兼有争讼之虞[9]。是求益反损，何利之有哉？汝等切记吾言，勿为憸人所诳诱也[10]。

【注释】

〔1〕什(shí)一：十分之一。

〔2〕子母：利息和本钱。

〔3〕狡而诈：狡猾、奸诈。

〔4〕花而荡：风流、浪荡。

〔5〕窎(diào)远：距离遥远。窎，深远。

〔6〕中人：伤害他人。欺险：奸诈阴险。

〔7〕相就：主动靠近。

〔8〕四至：田地、住宅等四周的界限。

〔9〕虞：忧虑。

〔10〕憸(xiān)：奸邪。诳(kuáng)：欺骗。

一、慎置买

凡置买田地及什物，必有公平之价，有物重价轻者，非投献[1]，即盗卖。若贪其贱而轻与成交，异日必致启争涉[2]，大费唇舌。此时欲退，则伤体面，欲胜则耗心力，且名又不雅，最为害事。吾尝见乡宦人家，父兄在朝作官，其子弟往往招权纳献[3]，以致构怨腾谤[4]，玷坏官箴者[5]。此大不肖之子弟，他日必不能守其先业。势衰炎冷[6]，一败涂地，必有日矣。可不戒哉！

【注释】

〔1〕投献：进献财物。

〔2〕争涉：争执交涉。

〔3〕招权纳献：弄权受贿。

〔4〕构怨：结怨。腾谤：大肆诽谤。

〔5〕官箴(zhēn)：做官的戒规。

〔6〕炎冷：炎凉。

一、慎收雇

凡人来投靠者，须要细审来由。多有叛主背逃，或窃物求匿，或花荡无行，或负罪求庇[1]。若此等人，纵带田地屋宇来靠者，亦断不可收之。他日事发，护之则坏法，听之则非体。与其悔之于事后，孰若拒之于事先。不但今日产薄食少，不当妄增人口，即他日势足广收，亦切须慎访此辈也。

庄上雇工人，亦须查实。愿朴有根蒂之人[2]，方可雇唤。常有不良之人，日则倚名庄佣，夜则潜为非盗，寄顿赃物于庄舍[3]，捕人不敢诘问[4]，以致官府招考起赃、大失体面者[5]，汝等不可不知此弊也。

【注释】

〔1〕庇(bì)：保护。

〔2〕愿朴：朴实敦厚。

〔3〕寄顿：寄存。

〔4〕诘(jié)问：追问。

〔5〕考：同“拷”，拷打。起赃：搜取赃物。

一、慎筵燕

一凡朋友招酌[1]，大都可辞即辞之，不可滥赴。扰人而不答，则为失礼，一一答之，能无多费？且豕酒生祸，干糇以愆[2]，醉饱之余，不免有语言仪节之失。孰若闭门自守，莫往莫来。虽无丽泽之益[3]，亦无匪人之伤。无咎无誉，犹为彼善于此耳。

【注释】

〔1〕酌：饮酒宴会。

〔2〕干糇(hóu)：干粮，此处泛指食物。愆(qiān)：罪过。

〔3〕丽泽：恩泽。

一、戒银会

银会虽名为义会，其后伤情破义，恒必由之。有始有卒者，什无一二[1]。故凡以会来约者，须一概谢绝，不可为甘言软词所劝[2]，强入其中。我出之年，犹如索债追逋[3]；我收之岁，犹如捕风捉影[4]。拉我之时如绵，赖我之时如铁。索之无味，弃之可惜。何如一刀截断，无挂无欠哉？

【注释】

〔1〕什：同“十”。

〔2〕甘言：好听的话。

〔3〕逋（bū）：拖欠。

〔4〕捕风捉影：此处指什么都收不回。

一、禁巫卜

疾病但可延医调治，决不可走巫问卜，祷祀鬼神[1]。盖明神尊鬼，决不肯作祟求食[2]。若邪神贱鬼，亦不能加祸福于正人。即使祭之，终不获福，况信鬼之家多病，何也？譬如不信布施之人，缁黄之徒[3]过门不止，若一有斋僧作福之心[4]，则诵经持钵者相继坐守其门[5]，无虚日矣。鬼神亦然，知其家素有家法，不为巫祝所摇动[6]，则不思尝其享祭[7]，不敢瞰其堂室[8]，故无病。若香火绵连，牲楮不绝[9]，则饿鬼与邪巫相依，作祟邀食，理所必至，故多病。明此理者，然后可以绝巫祝而禁淫祀耳[10]。

【注释】

〔1〕祷祀：祈祷祭祀。

〔2〕作祟（suì）：害人、捣乱。

〔3〕缁黄之徒:僧人、道士。

〔4〕斋僧:以斋饭施给僧人。作福:做善事。

〔5〕钵(bō):僧人食具。

〔6〕巫祝:从事占卜祭祀的人。

〔7〕享祭:祭祀。

〔8〕瞰(kàn):窥视。

〔9〕牲楮(chǔ):祭品、纸钱。

〔10〕淫祀:不合礼制规定的祭祀。

一、派租米

庄上田租,大房田十三亩,二房田廿亩。每亩除粮银五斗在大家户上办外[1],每房收乙石二斗租一亩,大房该收十五石六斗,二房该收廿四石。其余各房私田,各自收租,各自办粮,大家不管。

【注释】

〔1〕大家:全家。

一、分衣银

每家仆大妇二人,夏衣分银二钱,在五月初给;冬衣分银四钱,在十月初给;其单头则半之。久归不来者,不给。童男女以成衣与之,不给银。

已上诸条,都是治家切务[1]。目前固可举行[2],久远亦可遵守。汝等但依吾言[3],谨守勿失,则在汝无意外之患,在我无内顾之忧[4],便是克家令子[5]。若谓卑之无甚高论,訑訑予已知之[6],忽而不观,废而不行,他日有事,汝等自支之[7],勿复来相告也。

作家条件,我已详哉[8]其言,皆汝可按簿而举行者。惟读书一事,其勤在志,其巧在心,其进在力。我不可举法而告,汝不可循句而求[9]。

故并无一言相及，直付之无可奈故耳，幸勿谓我语下而遗上、舍精而言粗也。

【注释】

〔1〕切务：要务。

〔2〕固：一定。

〔3〕但：只。

〔4〕内顾：关心顾虑家事。

〔5〕克家：承担家事，继承家业。令子：贤子。

〔6〕訑訑（yí yí）：自满自足的样子。

〔7〕自支：自己应对。

〔8〕详：清楚。

〔9〕循句：根据具体的文字。

附癸卯北上留付家规

一、祭祀，家之大事。吾出后，凡遇岁时伏腊及阿爹忌日，俱要虔诚作享〔1〕。世俊、世乂依祝文祝毕〔2〕，四拜，焚纸而彻〔3〕。不可视为虚文〔4〕，苟且而已〔5〕。清明如无人上坟，吾家可独举之。

一、吾出行后，娘娘可不时接至家中供待〔6〕，并接六叔婆同来更好。务要小心看待，饮食须要甘好，有疾病当为请医吃药。如在黄庄，当时时差人去问讯〔7〕。果食之类，宜寄须去。要银子用，宜处些付去，只要上账。

一、夏秋之间，湖州县中，有上司批送卷资银两〔8〕，约有二十五金，可求复吾家人代为领取使用。吴江县中，亦有卷资银三两，或四两，亦托复吾领之，庶不误事。又有坐班、水手银〔9〕，有二十四两，须三处衙门递呈子，可托位苍到杭州去干之〔10〕。

一、吾行后，孙袁谷、吴沧华、庄复吾、沈降凡俱要陆续起行。可差人访的行期[11],便附家信与之带来。

一、写家书之法,须要先几日细思,何件何项要写去报知者。起了草稿,然后誊真[12]。先要说娘娘、母亲、弟妹安否何如,次及家人好否顺逆何如,次及黄庄诸伯叔行藏何如[13],次及亲戚朋友、族人乡里,及天时水旱、米价贵贱、凡县中官长新闻,俱要一一写报。词不厌详[14],事不厌悉[15]。古人谓“一纸家书抵万金”,岂可只草草几句,如平时而已?末要开写年月及寄于何人带来,里面封了,外又用护封,票签上要写“庄二房寄平安家信”。如吾京中曾有书寄回,汝要写“某月某日,曾于某人处得父亲某日手书已到”。此写家书之法,须依之记之!

一、京中书信寄回,须先验封记不拆动否[16]。其书须吾亲笔所写,及有平日图书印记[17],方可信真。不然,恐防有小人伪造哄骗之弊。但有此等,须留其人,细审来由。

一、家书寄回者,不可轻与外人看,亦不可放出几案上,为人所私窥。须藏在家中匣笥内[18]。记之,记之!

一、京中未有书信寄回,偶或他人口传口报,皆讹妄[19],决不可轻信,须静以镇之[20]。

一、吾宅中无后门,万一有警急须避者,可且于厅屋脊前后躲闪。虽为过虑,亦宜知之。

【注释】

〔1〕作享:祭祀。

〔2〕祝文:祭祀时祷告的文辞。

〔3〕彻:结束。

〔4〕虚文:没有意义的礼节。

〔5〕苟且:敷衍。

〔6〕娘娘:祖母。

〔7〕问讯:问候,慰问。

〔8〕批：批示。

〔9〕坐班：军队。坐，驻扎本地的军队。班，班军，轮班调防京师、边境等地的军队。

〔10〕干(gān)：求。

〔11〕访的(dí)：询问确实。

〔12〕誊(téng)真：用正楷誊写清楚。

〔13〕行藏(cáng)：行迹，动向。

〔14〕厌：厌烦。

〔15〕悉：详细。

〔16〕封记：密封标记。

〔17〕图书印记：图章。

〔18〕匣笥(sì)：匣子、竹箱。

〔19〕讹妄：错误荒谬。

〔20〕静以镇之：即"镇静"。

又

中后事体〔1〕，须要一一依此行事。

一、吾中进士，决不出三十名之内。初三、四日当有捷音到，写赏票三次，不得过实银壹伯〔2〕两。若写贰伯两，用五成银色，写乙百五十两，用七成半银色，只写乙伯两，用好银色。切不可滥写多出！

一、报廷试〔3〕，在一甲内〔4〕，赏银乙百两；二甲，赏银五两；三甲，赏银一两。

一、报后家中使费〔5〕，可央外公于秦、屠两家，各掇银伍拾两〔6〕，凑乙百两应用。然后于浙直官府领牌坊、旗扁礼银〔7〕，约有三百余两，足可陆续支持。不可多借，恐还时费力。

一、归安、吴江两县尊，俱要来送扁〔8〕。可探听了日子，先期两日，请邹健庵到作主人。一应酒席款式，俱与健庵商议而行。其器用什物，可于张、马、孙三家借之。若学官来送扁，请附近沈耀愚陪之亦可，自家大伯、四叔俱要请陪。县官、学官之燕[9]，吴平山肯来作陪，尤胜于沈。

一、中后，人来靠身者[10]，切不可乱收。须访得诚实不生事、有才干的人，方可留之，亦不得过三对。有善写字者，收一人到京中使用。若用非其人，害事不小，悔之何及，切须记之！

一、中后，有人将不明田地来投献者，断不可受纳。莫听小人甘言巧语，为其所饵[11]，以致坏吾名声。有此，以不孝论。

一、中后，莫受贺，莫请客，恐汝辈不谙世情[12]，多疏略差失，反得罪于族友。当一概以父命辞之。

一、中后，家人与外人争闹，不问是非，先责家人二十板，再论曲直。盖此辈常须抑之，仅得平平耳[13]。如有不服约束者，轻则逐出，重则送官。

一、书坊人来求文字刊刻，断不可轻出一篇。吾在京自选刻一部，发回送人也。

一、中后，家中动用，只照旧日规矩，不可少加奢滥[14]，遽弃儒素门风[15]。待官久，受用有日。

一、中后，汝等与人交际，愈要谦恭谨慎，比常时更降一分，才可免人议论。此正人属目之际[16]，慎之，慎之！

一、父中进士，只了得汝父勾当[17]，不能替了得你们勾当。莫谓父中了，便一生吃着不尽，全然放弃了自家本等，如此便是下流不肖之人，吾不愿有此子也。勉之，勉之！二月廿七日写付[18]。

【注释】

〔1〕中：此处指中进士。

〔2〕伯：通“百”。

〔3〕廷试：即“殿试”，会试中式后，由皇帝在殿廷上亲自策问。

〔4〕一甲：殿试第一等，共计三人，即状元、榜眼、探花。

〔5〕使费：花费开支。

〔6〕掇(duō):取。

〔7〕扁:同“匾”,匾额。

〔8〕县尊:知县。

〔9〕燕:同“宴”,宴席。

〔10〕靠身:投靠,此处指卖身为仆。

〔11〕饵:引诱。

〔12〕谙(ān):熟悉。

〔13〕平平:治理有序。

〔14〕奢滥:奢侈、过度。

〔15〕遽(jù):立即。儒素:读书人家。

〔16〕属目:即“瞩目”,注视。

〔17〕勾当(gòu dàng):事情。

〔18〕付:交,给。

【评析】

《治家条约》应该是庄元臣万历三十七年(1609)春天北上之前对家人的嘱咐,所以面面俱到,十分细致。内容大致可分为四类:一是治家方面,规定家人的活动空间,严禁生人进门,设定具体的防盗、防火措施。提醒管教仆人,责罚他们应使之心服,不能护短。二是经济方面,既要求仆人勤奋劳作,又主张节俭。嘱咐收取佃租当有明确记录,要安排好种桑、养蚕、种菱等事务。赋税根据税额缴纳,记得索要手续,随时记录,此外须留心清支欠、明簿账、察漏孔、慎出放、慎置买、慎收雇、戒银会、派租米、分衣银等。三是处世方面,收受礼物应予以记录,参加亲族婚丧之礼须慎重。同时要提防有人假冒顶替,尽量闭门自守。四是日用方面,要重视祭祀,吃穿用度不可靡费。至于塾师的脩金和待遇,给官府送礼的标准和方式,也有详细的说明。《治家条约》后附录万历三十一年作者进京考进士时对家人的告诫,包括中进士后家里如何安排,赏银的数目和成色,如何置办宴请酒席,等等;同时提醒家人不能轻易接受依附之人,要小心谨慎,低调行事,甚而要求不可轻易让人刊印自己的文字。作者强调“父中进士,只了得汝父勾当,不能替了得你们勾当”,认为读书与治家不同,无法可依,需自己勤奋、用心、进取。

高攀龙

高攀龙(1562—1626),初字云从,后改字存之,号景逸,无锡(今属江苏)人。明代著名教育家、思想家、政治家,东林党领袖。万历十七年(1589)进士,授行人。二十一年,因批评首辅王锡爵,被贬为广东揭阳县典史。后弃官回乡,和顾宪成重建东林书院,并于此讲学,议论批评朝政,世称"高顾"。天启中,官至左都御史,屡屡进言,积极和外戚、阉党斗争。后被阉党追捕,不愿辱志而投水自杀。崇祯二年(1629)得以昭雪,谥忠宪,封赠太子少保、兵部尚书。著有《周易孔义》《春秋孔义》《四书讲义》《高子遗书》等。他主张"心与理为一",提出"悟修说"等,折衷朱子理学、阳明心学,成为明清之际启蒙思想的先驱之一。《家训》收在《高子遗书》卷十,有明崇祯五年刻本、清康熙二十八年(1689)刻本、《四库全书》本等;又有单行本,题《高忠宪公家训》,存清同治十二年(1873)刻本、清光绪二十二年(1896)活字本等行世。

家 训[1]

吾人立身天地间,只思量[2]作得一个人是第一义,余事都没要紧。作人的道理不必多言,只看《小学》便是[3],依此作去,岂有差失?从古聪明睿知圣贤豪杰只于此见得透[4],下手蚤,所以其人千古万古不可磨灭。闻此言不信,便是凡愚,所宜猛省[5]。

【注释】

〔1〕选自《高子遗书》卷十(明崇祯五年刻本)。

〔2〕思量(liang):考虑。

〔3〕《小学》:传统蒙学读物,由南宋朱熹及其弟子刘清之编写。该书内篇有

《立教》《明伦》《敬身》《稽古》四篇,外篇有《嘉言》《善行》两篇。

〔4〕睿知：即“睿智”,此处指聪慧明智之人。

〔5〕猛省：突然醒悟,含及早觉醒之意。

作好人,眼前觉得不便宜[1],总算来是大便宜。作不好人,眼前觉得便宜,总算来是大不便宜。千古以来,成败昭然[2],如何迷人尚不觉悟?真是可哀!吾为子孙发此真切诚恳之语,不可草草看过。

【注释】

〔1〕便(biàn)宜：方便合适。

〔2〕昭然：很明显的样子。

吾儒学问主于经世[1],故圣贤教人莫先穷理[2]。道理不明,有不知不觉堕于小人之归者。可畏!可畏!穷理虽多方[3],要在读书亲贤。《小学》、《近思录》、四书五经[4],周、程、张、朱语录[5],《性理》《纲目》[6],所当读之书也,知人之要在其中矣。

【注释】

〔1〕经世：做有益于国家、天下的事。

〔2〕穷理：彻底探求事物的道理。

〔3〕多方：很多方法。

〔4〕《近思录》：由南宋朱熹、吕祖谦合编而成。该书辑录周敦颐、程颢、程颐、张载著述中“关于大体而切于日用”的内容,分为十四卷,共计六百二十二条。四书：指《大学》《中庸》《论语》《孟子》四种儒家经典。五经：指《易》《书》《诗》《礼》《春秋》五种儒家经典。

〔5〕周、程、张、朱语录：指记录或辑录周敦颐、程颢、程颐、张载、朱熹的言论的著述。

〔6〕《性理》：指明代胡广等奉敕编纂的《性理大全书》(一名《性理大全》),该书以朱子学为宗尚,汇辑宋儒著述而成。《纲目》：指南宋朱熹、赵师渊等编纂的《资

治通鉴纲目》,该书对司马光《资治通鉴》删繁就简,以“纲”梳理历史脉络,以“目”详叙来龙去脉。

取人要知圣人取狂狷之意〔1〕。狂狷皆与世俗不相入,然可以入道。若憎恶此等人,便不是好消息。所与皆庸俗人,己未有不入于庸俗者,出而用世〔2〕,便与小人相昵〔3〕,与君子为雠。最是大利害处,不可轻看。吾见天下人坐此病甚多〔4〕,以此知圣人是万世法眼〔5〕。

【注释】

〔1〕狂狷(juàn):激进的人和正直的人。《论语·子路》:“子曰:‘不得中行而与之,必也狂狷乎!狂者进取,狷者有所不为也。’”

〔2〕用世:为世所用。

〔3〕昵:亲近。

〔4〕坐:因……而犯罪。

〔5〕法眼:敏锐、深邃的眼力。

不可专取人之才,当以忠信为本。自古君子为小人所惑,皆是取其才,小人未有无才者。

以孝弟为本,以忠义为主,以廉洁为先,以诚实为要。

临事让人一步,自有余地。临财放宽一分,自有余味。

善须是积,今日积,明日积,积小便大。一念之差,一言之差,一事之差,有因而丧身亡家者,岂可不畏也?

爱人者,人恒爱之;敬人者,人恒敬之。〔1〕我恶人〔2〕,人亦恶我;我慢人〔3〕,人亦慢我。此感应自然之理,切不可结怨于人〔4〕。结怨于人,譬如服毒,其毒日久必发,但有小大迟速不同耳〔5〕。人家祖宗受人欺侮,其子孙传说不忘,乘时遘会〔6〕,终须报之。彼我同然,出尔反尔〔7〕,岂可不戒也〔8〕?

【注释】

〔1〕爱人者,人恒爱之;敬人者,人恒敬之:出自《孟子·离娄章句下》。

〔2〕恶(wù):憎恨。

〔3〕慢:怠慢。

〔4〕结怨:结下仇恨。

〔5〕迟速:快慢。

〔6〕乘(chéng)时遘(gòu)会:利用时机,遇到机会。

〔7〕出尔反尔:你如何对待别人,别人也会如何对待你。

〔8〕戒:警惕。

言语最要谨慎,交游最要审择〔1〕。多说一句,不如少说一句。多识一人,不如少识一人。若是贤友,愈多愈好,只恐人才难得,知人实难耳。语云〔2〕:"要作好人,须寻好友。引酵若酸〔3〕,那得甜酒?"又云:"人生丧家亡身,言语占了八分。"皆格言也。

【注释】

〔1〕审择:审慎选择。

〔2〕语:谚语。

〔3〕引酵:酿酒用的酵母。

见过所以求福〔1〕,反己所以免祸〔2〕。常见己过,常向吉中行矣。自认为是〔3〕,人不好再开口矣。非是为横逆之来〔4〕,姑且自认不是。其实人非圣人,岂能尽善?人来加我〔5〕,多是自取,但肯反求,道理自见,如此则吾心愈细密,临事愈精详〔6〕。一番经历,一番进益,省了几多气力,长了几多识见。小人所以为小人者,只见别人不是而已。

【注释】

〔1〕见过:发现自己的过错。

〔2〕反己：反思自己的过错。

〔3〕自认为是：即“自以为是”。

〔4〕横（hèng）逆：横祸，厄运。

〔5〕加：欺凌。

〔6〕临事愈精详：处理事情越精密周详。

人家有体面崖岸之说[1]，大害事。家人惹事，直者置之，曲者治之而已。往往为体面立崖岸，曲护其短[2]，力直其事，此乃自伤体面，自毁崖岸也。长小人之志，生不测之变，多繇于此[3]。

【注释】

〔1〕体面崖岸：面子、操守或架子。

〔2〕曲（qū）：不公正地。

〔3〕繇（yóu）：同“由”。

世间惟财色二者最迷惑人，最败坏人。故自妻妾而外，皆为非己之色。淫人妻女，妻女淫人，夭寿折福[1]，殃留子孙[2]，皆有明验显报[3]。少年当竭力保守[4]，视身如白玉，一失脚即成粉碎；视此事如鸩毒[5]，一入口即立死。须臾坚忍[6]，终身受用[7]。一念之差，万劫莫赎[8]。可畏哉！可畏哉！古人甚祸非幸之得[9]，故货悖而入[10]，亦悖而出。吾见世人非分得财，非得财也，得祸也。积财愈多，积祸愈大，往往生出异常[11]，不肖子孙作出无限丑事，资人笑话[12]，层见叠出于耳目之前而不悟[13]，悲夫！吾试静心思之，净眼观之，凡宫室饮食衣服器用，受用得有数[14]，朴素些有何不好？简淡些有何不好？人心但从欲如流[15]，往而不返耳。转念之间，每日当省不省者甚多，日减一日，岂不潇洒快活？但力持“勤俭”两字，终身不取一毫非分之得，泰然自得[16]，衾影无怍[17]，不胜于秽浊之富百千万倍耶[18]？

【注释】

〔1〕夭寿折福：损耗寿命和福气。

〔2〕殃：祸害。

〔3〕明验显报：明显的验证、报应。

〔4〕保守：此处指控制自己的欲望。

〔5〕鸩（zhèn）毒：毒酒。

〔6〕须臾（yú）：极短的时间。

〔7〕受用：得益。

〔8〕赎：抵消。

〔9〕祸：以……为祸。非幸：非分，不守本分。

〔10〕悖：不正当。

〔11〕异常：不同于寻常（的事）。

〔12〕资：提供。

〔13〕层见（xiàn）叠出：屡次出现。

〔14〕受用：享用。

〔15〕但：仅仅。

〔16〕泰然：形容心情安定。

〔17〕衾影无怍（zuò）：问心无愧。

〔18〕秽浊：肮脏。

人生爵位，自是分定[1]，非可营求[2]。只看得“义命”二字透，落得作个君子。不然，空污秽清净世界[3]，空玷辱清白家门，不如穷檐蔀屋田夫牧子老死而人不闻者[4]，反免得出一番大丑也。

【注释】

〔1〕分（fèn）定：命定。

〔2〕营求：谋求。

〔3〕污秽：玷污。

〔4〕蔀（bù）屋：茅屋。

士大夫居间得财之丑[1]，不减于室女逾墙从人之羞[2]。流俗滔滔[3]，恬不为怪者[4]，只是不曾立志要作人。若要作人，自知男女失节总是一般[5]。

【注释】

〔1〕居间：做中介或中间人。

〔2〕逾墙：偷情。

〔3〕流俗滔滔：社会上不良的风俗习惯影响广泛。

〔4〕恬不为怪：看到不合理的事物，毫不觉得奇怪。

〔5〕失节：丧失节操。

人身顶天立地[1]，为纲常名教之寄[2]，甚贵重也。不自知其贵重少年，比之匪人为赌博宿娼之事，清夜睨而自视[3]，成何面目？若以为无伤而不羞，便是人家下流子弟。甘心下流，又复何言？

【注释】

〔1〕顶天立地：生存于天地间。

〔2〕寄：寄托。

〔3〕睨(nì)：斜着眼睛看。

捉人打人，最是恶事，最是险事。未必便至于死，但一捉一打，或其人不幸遘病死[1]，或因别事死，便不能脱然无累[2]。保身保家，戒此为要。极不堪者，自有官法，自有公论，何苦自蹈危险耶[3]？况自家人而外，乡党中与我平等[4]，岂可以贵贱贫富强弱之故妄凌辱人乎[5]？家人违犯[6]，必令人扑责[7]，决不可拳打脚踢，暴怒之下有失。戒之！戒之！

【注释】

〔1〕遘(gòu)病：得病。

〔2〕脱然无累：超然不受牵累。

〔3〕蹈（dǎo）：踏进。

〔4〕乡党：同乡的人。

〔5〕凌辱：欺凌、侮辱。

〔6〕违犯：违背触犯法律、道德等。

〔7〕扑责：杖击责罚。

古语云："世间第一好事，莫如救难怜贫。"人若不遭天祸，舍施能费几文[1]？故济人不在大费己财，但以方便存心，残羹剩饭亦可救人之饥，敝衣败絮亦可救人之寒[2]。酒筵省得一二品，馈赠省得一二器[3]，少置衣服一二套，省去长物一二件[4]，切切为贫人算计[5]，存些赢余[6]，以济人急难。去无用，可成大用；积小惠，可成大德。此为善中一大功课也。

【注释】

〔1〕舍施：即"施舍"，此处指把财物送给穷人。

〔2〕败絮：破旧的棉絮。

〔3〕馈赠：赠送礼品。

〔4〕长物：多余的东西。

〔5〕算计：考虑，打算。

〔6〕赢余：收支相抵后有余的财物。

少杀生命，最可养心，最可惜福。一般皮肉[1]，一般痛苦，物但不能言耳，不知其刀俎之间何等苦脑[2]？我却以日用口腹、人事应酬略不为彼思量[3]，岂复有仁心乎？供客勿多肴品[4]，兼用素菜，切切为生命算计，稍可省者便省之。省杀一命，于吾心有无限安处。积此仁心慈念，自有无限妙处。此又为善中一大功课也。

【注释】

〔1〕皮肉：皮肤和肌肉。

〔2〕刀俎（zǔ）：刀和砧板。苦脑：即“苦恼”。

〔3〕口腹：饮食。

〔4〕肴（yáo）品：荤菜。

有一种俗人，如佣书、作中、作媒、唱曲之类[1]，其所知者势利[2]，所谈者声色，所就者酒食而已。与之绸缪[3]，一妨人读书之功[4]，一消人高明之意，一浸淫渐渍[5]，引入于不善而不自知。所谓“便辟侧媚”也[6]。为损不小，急宜警觉。

【注释】

〔1〕佣（yōng）书：受雇为人抄书或从事其他文字工作。作中：即“做中”，充当交易、借贷等关系中的中间证明人。作媒：即“做媒”，给人介绍婚姻。

〔2〕势利：权势财产。

〔3〕绸缪（chóu móu）：纠缠。

〔4〕妨：妨碍。

〔5〕浸淫渐渍：浸淫，浸染。渐渍（zì），沾染。

〔6〕便辟（pián pì）侧媚：谄媚奉承，用不正当的手段讨好别人。

人失学不读书者[1]，但守太祖高皇帝圣谕六言[2]：“孝顺父母，尊敬长上，和睦乡里，教训子孙，各安生理[3]，毋作非为[4]。”时时在心上转一过，口中念一过，胜于诵经，自然生长善根，消沉罪过[5]。在乡里中作个善人，子孙必有兴者，各寻一生理，专专守而勿变，自各有遇[6]。于毋作非为内，尤要痛戒嫖、赌、告状。此三者，不读书人尤易犯，破家丧身尤速也。

【注释】

〔1〕失学：无法上学。

〔2〕太祖高皇帝：明代开国皇帝朱元璋。太祖是庙号，高皇帝是谥号。

〔3〕生理：职业。

〔4〕非为：坏事。

〔5〕消沉：消除。

〔6〕遇：机遇。

【评析】

这篇家训开宗明义，“吾人立身天地间，只思量作得一个人是第一义”，表示内容主要围绕“作人”展开。高攀龙主张“经世致用”，看重纲常名教，从理学的角度提出诸多行为规范，做人要“以孝弟为本，以忠义为主，以廉洁为先，以诚实为要”，同时提醒认识“狂狷”之人的价值，而远离小人。对于读书人而言，需要警惕和远离从事佣书、作中、作媒、唱曲等行业的人群。尽量不要捉人、打人，警惕财色诱惑，谨慎言语，审慎交游，遇事须让人，常常自省。日常注意节省，多行善事，不要费心求官。值得注意的是，在作者看来，“男女失节总是一般”，即“士大夫居间得财之丑，不减于室女逾墙从人之羞”，对男性同样提出“守节”的要求。对于不识字者，作者主张以明太祖的“六谕”为准则——“孝顺父母，尊敬长上，和睦乡里，教训子孙，各安生理，毋作非为”，尤其强调“痛戒嫖、赌、告状”。原书此篇家训之后附有五条《杂训》，分别是《戒贪享用》《勖赴讲会》《勖早做静功》《为长孙永厚书扇》《为仲孙永清书〈读书乐〉，因题其后》，此次没有收录。

周顺昌

周顺昌（1584—1626），字景文，号蓼洲，吴县（今江苏苏州）人。万历四十一年（1613）进士，授福州推官。历任吏部主事、员外郎等职。刚方贞介，嫉恶如仇，洁身自好，大义凛然，敢于和豪强、阉党斗争。天启中，因得罪魏忠贤而被捕入狱，受尽折磨而死在狱中，这也就是张溥《五人墓碑记》所说的“五人者，盖当蓼洲周公之被逮，激于义而死焉者也”的“周公被逮”一事。崇祯时，得以平反，赠太常寺卿，谥忠介。他的著作很多，可惜在被逮时为友人所焚以灭迹，后经其子茂兰等搜集才网罗到三卷，因而将之命名为《烬余集》，今有康熙刻本、《四库全书》本、《乾坤正气集》本等行世。

家　书[1]

与吴公如书三

青天白日之事[2]，件件是舍己为人。长安作宦者[3]，哪一人不饮酒食肉，哪一人不娶美姬以自娱。弟独居蔬食[4]，公余之暇[5]，念佛千声，绝似老僧行径[6]。计入京来馈送[7]，尽可作一富翁，弟一切却之[8]，今书仪亦不敢及门矣[9]。昔贤云“记动记言[10]，仆隶口中传信史[11]”，诚为不易之论[12]。弟能瞒吾丈，断不能瞒奴辈也。

幸分付儿曹[13]，多读书作文，做好人，严家法，以慰我心。家中日用，只宜以俭朴、清净为主，决不可做冠冕无益之事[14]，亦不可起只忧富不忧贫念头。弟思之，仍旧是穷秀才耳，此吾丈可谅我者也[15]。京中诸物甚贵，借贷之门尽塞。风流华畅事，必不去做，即早晚供奉[16]，大半吃素而已，家中当体此意。儿女辈或做一二件衣服，断不可做寸丝尺绢，布素而已，当晓示之[17]。须杜门守静，不可学搢绅家闹热[18]。妇女敢伫立门前者，归当重治。

【注释】

〔1〕选自《烬余集》卷二。

〔2〕青天白日：喻政治清明。

〔3〕长安作宦：在京城为官。

〔4〕蔬食：此处指吃简陋的食物。

〔5〕公余之暇：办公以外的闲暇时间。

〔6〕行径：举止、行为。

〔7〕馈送：收到的财物。

〔8〕却：拒绝。

〔9〕书仪：旧时馈钱物所写的礼帖和封签。泛指馈赠的钱物。

〔10〕记动记言：《礼记·玉藻》："动则左史书之，言则右史书之。"

〔11〕信史：真实可靠的历史。

〔12〕不易之论：不可改变的定论。

〔13〕幸分付儿曹：幸，希望。儿曹，儿辈。

〔14〕冠冕：体面。

〔15〕谅：体谅、理解。

〔16〕供奉：此处指饮食。

〔17〕晓示：明白告知。

〔18〕搢绅：即"缙绅"，官宦、地方绅士。闹热：即"热闹"。

与吴公如书四

世事日日告急，守战两难，兵食交匮[1]，国家事何以策之[2]？弟终宵独坐[3]，每念二亲与祖父母大事[4]，真不可以为人。明年春夏间，准给假归葬，断不久居于此，只是囊无半文耳。

诸事书之家报中，不须多嘱。惟是儿辈作文读书，不可容他出门一步，严以御下而已[5]。望吾丈嘱付令姊并大儿[6]，家中男妇大小，有不率教者[7]，当施行责治[8]，无姑息也[9]。节中[10]，诸儿亦不许出门，诸亲族来拜年，一茶送出，亦不许留饭[11]。弟不在家，原无留饭之理，亲友亦责备不得。家人辈不许往来饮酒，即明年令姊四十，亦不得受人一盒、留人一饭[12]，只买豆腐半斤、供寿星一纸而已[13]。

弟在此苦守俸金，一钱无所入，全赖节省。不然，饮食男女，宦长安者何人不极其受用[14]，弟何苦作老僧行径耶？可为儿辈道之。弟生平不向人说苦说穷，试以弟夙昔问人[15]，自当笑其痴愚耳。不尽[16]。

【注释】

〔1〕交：一起。

〔2〕策：谋划。

〔3〕终宵：彻夜、通宵。

〔4〕大事：此处指安葬。

〔5〕御下：管理家人、仆人。

〔6〕令姊：你的姐姐。

〔7〕率教：遵从教导。

〔8〕责治：追究、惩处。

〔9〕姑息：没有原则地宽容。

〔10〕节中：此处指过年期间。

〔11〕留饭：留客用餐。

〔12〕盒：盒礼、盒菜。

〔13〕供寿星一纸：挂寿星图，加以供奉。

〔14〕受用：享受。

〔15〕夙昔：往日。

〔16〕不尽：书信末尾用语，类似于“言不一一”。

字付大儿茂兰

四月朔日渡江〔1〕，一路风光，尽觉自在。自邮夫、贩客、妇女、儿童〔2〕，无不攀车垂涕者〔3〕，即焦头烂额辈，如狼如虎〔4〕，亦皆感恩而泣，不知前生之何以结众缘如此〔5〕，乃知忠信、笃敬之果可行于蛮貊也〔6〕。儿辈须从穷愁患难中困心衡虑〔7〕，苦志读书，做第一等好人，方不负我之教。平日，只当闭门静守，务使户庭之内肃若朝典〔8〕，至切〔9〕。如此世界，更须万分谨慎也。

毛、文、张、姚、朱、邹、殷各位老伯、岳翁、母舅处〔10〕，但乞致谢，不妨出此示之。朱荩老极其厚意，亦为致谢。四月二十五日到卫〔11〕，尚在候本〔12〕。二十五日言。

【注释】

〔1〕朔日：初一。

〔2〕邮夫、贩客：驿卒、商贩。

〔3〕攀车：抓住车。

〔4〕如狼如虎：勇猛。

〔5〕结众缘：和大家结下缘分。

〔6〕忠信：忠诚信实。笃敬：笃厚诚敬。蛮貊（mò）：古代称周边的民族。

〔7〕困心衡虑：费尽心力，审慎思考。

〔8〕朝典：朝廷的礼仪制度。

〔9〕至切：至关重要。

〔10〕毛：周茂兰妻子姓毛。朱：周茂藻妻子姓朱，是朱陛宣女儿。岳翁：岳父。

〔11〕卫：锦衣卫。

〔12〕候本：等待文书。

【评析】

这三篇文章是周顺昌分别给内弟吴公如（吴尔璋）、长子周茂兰的书信。给吴公如的第一封信中，作者向他说明自己在京城任职没有像一般官员那样接受馈赠、饮酒作乐，而是念佛自守、独居蔬食，此事可由仆人作证。作者挂念的，是期盼儿辈能够“多读书作文，做好人，严家法”，同时以身作则，希望家人像自己一样“以俭朴、清净为主”。作者虽为京官，但要求子女的衣物只需使用普通布料而不能有一点丝绢。第二篇作于天启元年(1621)，作者感到国家风雨飘摇，同时担忧祖父母、父母的安葬问题。国事、家事，作者目前俱感到无能为力而“终宵独坐”，十分痛苦。此外最为牵挂的，仍是儿辈的读书作文和治家问题。作者依旧清贫自守，厉行节俭，要求儿辈也能如此。天启六年，作者被逮入京。在该年四月二十五日给周茂兰的信中，继续强调读书、做好人、整肃家庭，“如此世界，更须万分谨慎也”，这些大约是作者在乱世中安身立命、始终坚守的准则。

洪应明

洪应明(约1596年前后),字自诚,号还初道人,江苏金坛人。早年热衷功名,晚年归隐礼佛,潜心著述。其生卒年及生平事迹皆难详考。据于孔兼撰《菜根谭题辞》可知,于氏于金坛隐居时,友人洪应明将所创作的《菜根谭》交付于氏,乞其作序,故以洪应明为金坛人氏。《四库全书总目》载洪应明《仙佛奇踪》后有洪氏题识"万历壬寅(1602)季冬朔,还初道人洪应明书于秦淮小邸"。《菜根谭》流传至今,有明刻本与清刻本两个系统,本书采用的是1931年陶氏涉园《喜咏轩丛书》刻本。原刻本以遂初堂主人乾隆五十九年(1794)重刻的《菜根谭》为底本。

菜根谭(节选)

欲做精金美玉的人品,定从烈火中煅来[1];思立掀天揭地的事功[2],须向薄冰上履过。

一念错,便觉百行皆非[3],防之当如渡海浮囊[4],勿容一针之罅漏[5];万善全,始得一生无愧,修之当如凌云宝树[6],须假众木以撑持。

忙处事为,常向闲中先检点[7],过举自稀[8];动时念想,预从静里密操持,非心自息。

身不宜忙,而忙于闲暇之时,亦可儆惕惰气[9];心不可放,而放于收摄之后[10],亦可鼓畅天机[11]。

一点不忍的念头,是生民生物之根芽;一段不为的气节,是撑天撑地之柱石。故君子于一虫一蚁不忍伤残,一缕一丝勿容贪冒[12],便可为万物立命、天地立心矣。

心是一颗明珠。以物欲障蔽之,犹明珠而混以泥沙,其洗涤犹易;以情识衬贴之[13],犹明珠而饰以银黄[14],其涤除最难。故学者不患垢病,而患洁病之难治;不畏事障,而畏理障之难除。

我果为洪炉大冶[15],何患顽金钝铁之不可陶镕;我果为巨海长江,何患横流污渎之不能容纳。

一勺水,便具四海水味,世法不必尽尝[16];千江月,总是一轮月光,心珠宜当独朗[17]。

情之同处即为性,舍情则性不可见;欲之公处即为理,舍欲则理不可明。故君子不能灭情,惟事平情而已;不能绝欲,惟期寡欲而已。

心体澄彻[18],常在明镜止水之中,则天下自无可厌之事;意气和平,常在丽日光风之内,则天下自无可恶之人。

从热闹场中出几句清冷言语,便扫除无限杀机[19];向寒微路上用一点赤热心肠,自培植许多生意。

大恶多从柔处伏,哲士须防绵里之针[20];深仇常自爱中来,达人宜远刀头之蜜。

鸟惊心,花溅泪[21],怀此热肝肠,如何领取得冷风月[22]?山写照,水传神,识吾真面目,方可摆脱得幻乾坤。

天地尚无停息,日月且有盈亏,况区区人世,能事事圆满而时时暇逸乎[23]?只是向忙里偷闲,遇缺处知足,则操纵在我,作息自如,即造物不得与之论劳逸、较亏盈矣!

霜天闻鹤唳,雪夜听鸡鸣,得乾坤清纯之气;晴空看鸟飞,活水观鱼戏,识宇宙活泼之机[24]。

鹤唳雪月霜天,想见屈大夫醒时之激烈[25];鸥眠春风暖日,会知陶处士醉里之风流[26]。

造化唤作小儿[27],切莫受渠戏弄[28];天地丸为大块[29],须要任我炉锤。

耳中常闻逆耳之言，心中常有拂心之事〔30〕，才是进德修行的砥石〔31〕。若言言悦耳，事事快心，便把此生埋在鸩毒中矣〔32〕。

忧勤是美德，太苦则无以适性怡情；淡泊是高风，太枯则无以济人利物。

小处不渗漏，暗处不欺隐，末路不怠荒〔33〕，才是真正英雄。

念头浓者，自待厚，待人亦厚，处处皆厚；念头淡者，自待薄，待人亦薄，事事皆薄。故君子居常嗜好，不可太浓艳，亦不宜太枯寂〔34〕。

学者有段兢业的心思〔35〕，又要有段潇洒的趣味。若一味敛束清苦〔36〕，是有秋杀无春生，何以发育万物？

气象要高旷，而不可疏狂；心思要缜缄〔37〕，而不可琐屑；趣味要冲淡，而不可偏枯；操守要严明，而不可激烈。

闲中不放过，忙中有受用；静中不落空，动中有受用；暗中不欺隐，明中有受用。

居逆境中，周身皆针砭药石〔38〕，砥节砺行而不觉；处顺境内，满前尽兵刃戈矛，销膏靡骨而不知。

文章做到极处，无有他奇，只是恰好；人品做到极处，无有他异，只是本然。

“害人之心不可有，防人之心不可无”，此戒疏于虑者；“宁受人之欺，毋逆人之诈”，此警伤于察者。二语并存，精明浑厚矣。

青天白日的节义，自暗室漏屋中培来；旋乾转坤的经纶〔39〕，自临深履薄中操出〔40〕。

宠辱不惊，闲看庭前花开花落；去留无意，漫随天外云卷云舒。

绳锯木断，水滴石穿，学道者须要努索〔41〕；水到渠成，瓜熟蒂落，得道者一任天机〔42〕。

【注释】

〔1〕煅(duàn):同“锻”,锤击、锻炼。

〔2〕掀天揭地:翻天覆地,这里指声势浩大。

〔3〕百行:各种品行或行为。

〔4〕浮囊:指渡水用的气囊。慧琳《一切经音义》:“浮囊者,气囊也。欲渡大海,凭此气囊轻浮之力也。”意思是:因凭借之物轻薄而需谨慎小心,有战战兢兢、如履薄冰之感。

〔5〕罅(xià)漏:裂缝和漏穴,此处指浮囊的漏洞。

〔6〕凌云宝树:高耸入云的珍奇树木。凌云,直上云霄。宝树,本佛教语,原指七宝之树,为极乐世界中以七宝合成的树木,后泛指珍奇树木。此处则突出其高大,须有其他树木的撑持。

〔7〕检点:本为查点之义,此处为内省、省察。

〔8〕过举:错误的行为。举,言行,举动。

〔9〕儆(jǐng)惕:戒惧。儆,戒备,防备。小心谨慎,多加防范。

〔10〕收摄:管束,约束。

〔11〕鼓畅天机:指能够把自己的天赋与灵气完全发挥出来。鼓畅,鼓动、畅达。清初唐甄《潜书》:“偃靡万形,鼓畅众声,无一物之不应者,惟风为然。”天机,天赋灵机。

〔12〕贪冒:贪图财利。

〔13〕情识衬贴:情识,感觉和知识,这里是指偏见与旧识等。衬贴,衬托,配合。

〔14〕银黄:白银和黄金。

〔15〕洪炉:原指大火炉,也比喻陶冶和锻炼人的环境,后引申出大才、大成就之义。大冶:古时候称呼技术精湛的铸造金属器物的工匠,后泛指冶炼大师。

〔16〕世法:佛教把世间一切生灭无常的事物都称作世法。

〔17〕心珠:佛教用语,比喻清净如明珠的心性。

〔18〕心体:这里指意识或思想。澄彻:亦作“澄澈”,像水一样清澈平静。

〔19〕杀机:欲加杀害之心。

〔20〕哲士:贤明的人,亦指有智谋之人。绵里之针:比喻善良的外表下隐藏的狠毒内心。

〔21〕鸟惊心,花溅泪:杜甫《春望》:“感时花溅泪,恨别鸟惊心。”此处指能与

万物共情之心。

〔22〕冷风月：指凄凉之境地。宋初曹勋《山居杂诗》："朅来客异县，篱落冷风月。"

〔23〕暇逸：闲暇安逸。

〔24〕机：此处为事物的关键、枢纽之义。

〔25〕屈大夫：屈原（约前340—前278），名平，字原，战国时期楚国人，曾任三闾大夫，故此处称为"屈大夫"。其代表作有《离骚》《九歌》等。

〔26〕陶处士：陶渊明（？—427），名潜，字元亮，谥靖节，浔阳柴桑（今江西九江）人，东晋著名诗人。曾任江州祭酒、彭泽县令等职。后辞官回乡，归隐田园。处士，指有才德而隐居不仕的人，后亦泛指未做过官的士人，故此处称陶渊明为"陶处士"。

〔27〕造化唤作小儿：造化小儿，比喻命运，戏称"司命之神"。此处称"小儿"是拟人化的说法。

〔28〕渠：他，它。

〔29〕丸：名词作动词，揉物使成丸形。

〔30〕拂心：违逆心意。

〔31〕砥石：磨石。

〔32〕鸩（zhèn）毒：毒药。

〔33〕怠荒：懒惰放荡。

〔34〕枯寂：寂静，寂寞。

〔35〕兢业：谨慎戒惧，即"兢兢业业"的省语。

〔36〕敛束：约束，收敛。

〔37〕缜缄（zhěn jiān）：细致且收敛。

〔38〕针砭：用砭石制成的石针，亦指针灸治病。

〔39〕旋乾转坤：改天换地，扭转局面。

〔40〕临深履薄：谨慎戒惧。《诗经·小雅·小旻》："战战兢兢，如临深渊，如履薄冰。"

〔41〕努索：努力探索。

〔42〕天机：天之机密，此处指天意或自然。

【评析】

《菜根谭》全书共《修省》《应酬》《评议》《闲适》《概论》五篇,有格言警句三百余条,融合儒、释、道三家思想,以心学与禅学为宗。《菜根谭》以“菜根”为名,寓“人常咬得菜根,则百事可做”之意。《菜根谭》诸多条目被后出家训征引与吸收,成为明清时期影响较大的家训之一。此书创作于晚明,其时党争不断,宦官专权。洪应明在科举的磋磨下,渐生宠辱不惊、去留无意的淡然心境。在家训固有的对人生哲学、处世智慧与理想人格等的探讨下,洪氏的创作亦具有丰富的知识与文学的美感。《菜根谭》的用典涉及经、史、子、集四部,其中对子学运用尤精,展现出作者深厚的学养。全书多以对句或骈语作成,读者除了能感受到思想之美外,亦会被作者用心经营展现出的文章之美打动。其中“宠辱不惊,闲看庭前花开花落;去留无意,漫随天外云卷云舒”一句,凭其对仗工整、意象闲雅、意蕴潇洒、神韵清淡等特征,广泛流传。因篇幅所限,本书多取其用典精妙、意境深远且具有启发人生意味的段落。

王时敏

王时敏(1592—1680),初名赞虞,字逊之,号烟客,又号归村老农、西庐老人,太仓(今属江苏苏州)人,明末清初书画家。明代内阁首辅王锡爵之孙,王衡之子。万历四十二年(1614)恩荫尚宝司丞,升太常寺少卿。入清不仕,避居郊外,奖掖后进。于书画、诗文皆有所成。少时向董其昌学习作画,为董其昌、陈继儒深赏。王弘撰题王时敏《仿子久富春山图卷》云:"其位置皴染法犹可寻,而气韵超逸有在笔墨之外者,弗可迹求。"(清王弘撰《砥斋集》卷二)晚岁画技益臻神化,《清史稿·王时敏传》载:"四方工画者踵接于门,得其指授,无不知名于时,为一代画苑领袖。"(《清史稿》卷五〇四)擅隶书,署榜大字雄伟有势,名山巨刹多请其题写。诗文淹雅渊博,然为画名所掩。著有《偶谐旧草》《偶谐续草》《西庐诗草》《奉常公遗训》《西庐画跋》等。《王烟客先生集》有《奉常公遗训》一卷,收《一家同善会引》《乐郊园分业记》《自述》《分田完赋志》《分田就养志》《友恭训》《后友恭训》《示云间徐甥》《预嘱》《再嘱》《家训》《族劝》《自警文》《手书先哲格言训六房》《戊寅由京中寄家书》15篇。本次收录《家训》《族劝》《自警文》及《手书先哲格言训六房》4篇。是书有《娄东杂著》本,道光四年(1824)季锡畴抄本,1916年上海苏新书社、苏州振新书社铅印本等。

奉常公遗训(节选)

家训[1]

我家上赖天地深恩,祖宗福荫,年来子孙连列贤书[2],今岁春闱[3],遂得叔侄同登两榜[4],里中侈为盛事[5]。我自惟凉德,何以邀此异福[6]?闻报之后,转觉营魂回骇[7],梦寐不安。因自念言造物之于人,善予善报,恶予恶报,感应之理,毫发不爽[8]。我无善可称,而获此厚报者,岂非先德流衍致然[9]?使自此益切兢凛[10],时刻循省[11],常忧满溢,庶几仰徼降鉴,延祚久长。[12]使不然而遽自骄矜,略无戒惧,浸淫不觉,邪念萌生,便为拂逆天心[13],灾咎立至,念之能无震悚?而其间匡正逢迎、成败主人之事者,全由家人。今所以防闲之倍严、训戒之倍切者,端为此故。我子孙其痛自砥砺,尽除俗情,诸家人亦力祛夙习[14],务存大体,赞助主人多行好事,长保令名[15],如此则声实兼得,上下同休,乐岂有逾于此者哉!我欲作谕申儆[16],而端绪烦多[17],恐联缀未能明了[18]。兹特厘为五款,开列于后。其谛观而恪守之[19],毋忽。

【注释】

〔1〕选自《娄东杂著》。

〔2〕贤书:原指举荐贤才的名录,后指科举中第的名榜。

〔3〕春闱:春季举行的科举考试。明清时京城会试均在春季举行,故称春闱。

〔4〕叔侄同登两榜:指王时敏之子王掞、孙王原祁同时考中康熙九年(1670)庚戌科二甲进士。两榜,甲榜和乙榜的合称。

〔5〕侈:显扬。

〔6〕邀:逢,遇到。

〔7〕营魄回骇:惊慌失措。营魄,魂魄。

〔8〕毫发不爽:谓因果轮回之理,分毫不差。爽,差失、不合。

〔9〕流衍:充溢。

〔10〕兢(jīng)凛:小心翼翼,谨慎敬畏。

〔11〕循省:内省。

〔12〕仰邀降鉴,延祚久长:意为恳请上天俯察。仰邀降鉴,敬辞。祚,福运。

〔13〕拂逆:违背。

〔14〕力祛夙习:努力消除恶习。祛,消除。夙习,积习,这里指不好的习惯。

〔15〕令名:美好的声誉。

〔16〕申儆:训诫。

〔17〕端绪:头绪。

〔18〕联缀：合在一起。

〔19〕谛观：留心审查。

一、首先敦睦。古人云，家之兴替，在礼义不在富贵。所谓礼义者，其类多端，而孝友敦睦为首务。循之则虽贫贱为兴，反是则虽荣盛为替[1]。盖天性至亲，莫如兄弟，犹身之肢体连心、木之枝叶附本，未有四支残而腹心不溃、枝叶瘁而根本不拨者[2]。其挚谊深情，胶结而不可解者也[3]。自世降道衰，手足间虽有怡怡和乐之容[4]，而无肫肫恳恻之实[5]，甚至有以荣瘁异视[6]、细故生嫌者。此虽世道不古，习俗使然，而其端多起于小人。每见大家房分多者，其家人各有分属，妄分彼此。于传述之间，往往默测喜怒，饰词耸听[7]。原其初意，不过献谄效勤，见谓忠于所事，而嫌隙遂因之而生者，在今日遂为通弊矣。吾家诸子兄爱弟敬，毫无间言。即家人辈亦无险诐之徒[8]，簧鼓生事[9]，似可无未然之忧。但不免犹存畛域[10]，恐将来遂至分歧，不可不预为防虑[11]。此后诸兄弟宜益相勖勉，情好愈笃，家人辈亦同心协力，干办帮扶[12]，一分有事，各分人体主人之意，竭蹶奔走[13]，一如己事，勿分彼此。凡赋役诸务[14]，通同商酌，必期妥便画一而行，毋得专执私见，致有互异。倘有如前所云挑斗妄生异同者，主人立行痛惩，以杜效尤[15]。务并众心为一心，合众体为一体，臂指立应[16]，呼吸相通。如此则一门之内，和气盈溢，福庆自来，更何兴替之足云哉。若夫各房遭逢有迟速，境遇有顺逆，总由天数，非可强求。然古人仕宦能使泽及九族，况一气分形者，只此数人，而于其痛痒甘苦，能漠不相关乎？力虽未及，要当刻刻存诸心耳。

【注释】

〔1〕替：与“兴”相对，指衰败、消亡。

〔2〕瘁：憔悴、枯槁。

〔3〕胶结：如胶一般连接，比喻关系亲密。

〔4〕怡怡：特指兄弟间关系和睦，亲密无间。

〔5〕肫(zhūn)肫：诚恳、真挚。

〔6〕荣瘁异视：因人事的得势、失意而用不同眼光对待。荣瘁，荣枯，比喻人生盛衰。

〔7〕饰词：掩盖真相的话。

〔8〕险诐(bì)：亦作“险陂”，阴险邪僻。

〔9〕簧鼓生事：用动听的言语迷惑人，搬弄是非。

〔10〕畛(zhěn)域：界限、范围，喻隔阂。

〔11〕预：预先。

〔12〕干办帮扶：这里指自己有很强的办事能力，并且家人间能相互帮助扶持。干办，谓干练能办事。

〔13〕竭蹶：颠仆倾跌，行步匆遽的样子，指尽全力。

〔14〕赋役：赋税和徭役的合称。

〔15〕效尤：多指模仿不好的事情。

〔16〕臂指立应：像胳膊支配手指一样，指挥自如，万众一心。

一、省察功过。有一甲科问莲池大师〔1〕曰：“世间何等人造业最重？”师曰：“惟公等七篇头两榜老先生造业最重。”甲科愕然曰：“如弟子侥幸以来，日夕兢兢，未尝敢造业。”师曰：“谁说公造？凡公亲族家人有造业者，皆公造也。”此言警策痛切，真是顶门一针〔2〕。因知佛经所云“众生举心动念，无非是业”〔3〕，即贤者亦所不免，可不畏欤？古来名贤，有日所行夜必焚香告之天者；有设二器，以白黑豆分善恶，随其所行之事辄下一粒，日久而黑渐少者。千古芳规，所宜师法。乃若昧于感应，恣逞胸臆〔4〕，则其过日积而不自知，良可矜悯〔5〕。然缙绅犹有好省事，而仆从则务喜多事。其赞道怂恿〔6〕，把持武断，颠倒是非，固其长技。此吾家从来未有，今且勿论。而佃户间因琐事相争，投揭告诉者〔7〕，宜唤进详讯颠末〔8〕，与之调停。勿轻批揭差人，往乡查问。田野穷民，尺布斗粟，一家性命所系，不堪骚扰。由此推之，则大家一言一动，于不知不觉中默蹈过愆者[9]，正不知凡几[10]。细微处可不加慎耶？犹记我祖父鼎盛时，每晤上台，惟为公道，扬善雪枉，绝不知有嘱托事。我藉门资入仕[11]，浮沉冷局，固无势力可援，然自弱冠以至白首，未尝开一干求之口[12]，得一非分之钱。比虽贫老，而子孙连发[13]，或因此寸善，亦未可知。今甲第重兴，继述伊始，正宜恪守家法，力挽时趋。每日惟以善恶二端，事事简点，刻刻循省，自然邪念少而正念多。纵不敢如《感应篇》所云[14]，功行积累，妄觊地仙，并求多福，而但得寡过，身心泰然，其所得亦已多矣。

【注释】

〔1〕甲科：明清两朝称进士为甲科。莲池大师：莲池袾宏（1535—1615），俗姓沈，法名袾宏，字佛慧，明代高僧，法号莲池，故常称为莲池大师，是净土宗的第八代祖师。

〔2〕顶门一针：针灸时自脑门所下的一针。比喻切中要害而能使人觉醒的言语举动。

〔3〕众生举心动念，无非是业：《地藏经·利益存亡品第七》："尔时地藏菩萨摩诃萨白佛言：'世尊，我观是阎浮众生，举心动念，无非是罪。'"本意是：众生无论思考、行动，很难摆脱"我"这一观念的束缚，所以并不能做到真正忘我解脱。这里指人们的言语举止都难以避免与本性相违背，走向罪恶的一面。

〔4〕恣逞胸臆：任由自己放纵内心所想。

〔5〕矜悯：矜、悯皆有同情、怜惜之意。

〔6〕赞道：帮助、辅导，此处带有贬义。

〔7〕投揭告诉：揭，揭帖的简称。诉，控告。

〔8〕颠末：本末，前后经过、情形。

〔9〕默蹈过愆（qiān）：无意间重蹈覆辙。过愆，过失、错误。

〔10〕凡几：共计多少。

〔11〕门资入仕：或称门荫入仕，指通过父祖官位，循例入官。

〔12〕干求：请求、求取。干，干谒，指为某种目的而求见地位更高的人。

〔13〕连发：接连崭露头角。

〔14〕《感应篇》：《太上感应篇》，是一部道教劝善书，托称太上老君所授，宣扬

天人感应、因果报应、抑恶扬善等观念。

一、敬恭桑梓[1]。凡生同土壤、周旋累世者[2],非系戚党[3],即属交游。即其子孙衰替,久断往还,或市井谋生,衣冠路隔[4],而其始未尝不情联故旧、谊洽比邻。古人仕宦,过里门而下车,良有深意,岂可以忽慢视之、气焰凌之?且乡党序齿[5],载在《礼经》[6]。曩见瞟邑庆吊公举[7],屏轴书名,布衣俨列大老之上,此风犹为近古,今则亡矣。至于士大夫居乡,少不简点,仆从假借横行,开罪亲党,在在皆然。而里巷间以口语细事诟谇斗争者[8],即素号清谨之家,亦所不免。吾家素守先世家法,严戢僮奴[9],凡家人与外人争殴者,但有只字相闻,不问曲直,立行笞责,故人知警惧,生事者少,颇亦省唇舌之烦。此行之数十年如一日,里中所共悉也。今子孙一时倖叨甲第[10],较前似处满盈,方切兢惕[11],恐蠢奴愚昧,妄谓可以恢张[12],遂复弛放。故特行严饬,务比旧倍加敛戢,遇人倍加恭谨。倘有人以非礼相加者,吞声忍受,唾面自干[13],不得辄有回答,致生事端。总之,吃亏一分讨一分便宜,浑厚一分养一分元气,与己有益无损也。我尝怪世人体面、崖岸之说[14],最为害事。家人惹事,直者置之,曲者治之而已。乃争体面,立崖岸,曲护其短,强文其直[15],究或诎于公论[16],损望招尤[17],则是自伤体面,自坏崖岸也。果何益哉?我所以反复叮咛训诫者,实为保泰持盈之计[18],兼为阖家造福。大小家人须深体吾意,痛除夙习。其兢凛奉行者,必有厚赏;顽玩故违者,必行痛惩。祸福悬殊,慎勿贻悔[19]。

【注释】

〔1〕桑梓:《诗经·小雅·小弁》:"维桑与梓,必恭敬止。"意思是:看到父母种下的桑梓树,必须恭恭敬敬地立于树前。后人多用"桑梓"指故乡或乡亲父老。

〔2〕累世:连续几代。

〔3〕戚党:亲戚,同族。

〔4〕衣冠路隔：古代士以上戴冠，故衣冠指士以上的人所穿的服装，后泛指衣着、穿戴。此处借穿着代指身份悬殊。

〔5〕序齿：按照年龄大小排序。

〔6〕《礼经》：即“六经”之一的《仪礼》，存世的有十七篇，以记载周代士大夫的礼仪为主。

〔7〕曩（nǎng）：以往、从前。瞜（liú）邑：即瞜城，上海嘉定的别称。庆吊：庆贺或吊慰，指喜事或丧事。公举：公众推举。

〔8〕诟谇（suì）：辱骂。

〔9〕严戢僮奴：严格约束自己的仆从。戢（jǐ），伸出食指和中指来指人，此处引申为管束。

〔10〕侥叨甲第：侥幸考中进士，取得功名。

〔11〕兢（jīng）惕：谨慎戒惧。

〔12〕恢张：张扬。

〔13〕唾面自干：形容逆来顺受，被人侮辱也不反抗。这里指面对无理之人的刁难，不与他纠缠。

〔14〕崖岸：矜庄、孤高。指故作高傲的姿态，不与比自己地位低的人交往。

〔15〕曲护其短，强文其直：主人对家人所犯的错误委曲袒护，希望将这些错误掩饰得仿佛是正义的一般。

〔16〕诎（qū）：屈服。

〔17〕招尤：招致别人的怨恨。

〔18〕保泰持盈：指保持安定兴盛的局面。

〔19〕贻悔：留下悔恨。贻，留下。

一、慎收僮仆。沈文端公曰[1]：“大凡仆从只将就足用，不必太多，太多则衣食于我者多，而生事亦多。至有不衣不食而为我服役者，尤不可。盖彼非徒然，必藉我以行其私也。彼藉我以行私，我因彼以敛怨[2]，则我之役彼者一时奔走之微劳，而彼之役我者终身名节之大窾也[3]。此非我役彼，而实彼役我也。奈何役人而反为人役哉？”其言字字透骨，可为冰鉴[4]。吴俗好夸，大率富贵之家，以坐榻后森然林立，车马簇如云涌为美观,亦甚非有道者所宜处。今应世方新,百凡以雅素为尚,无事尘俗,但仕途交际正烦,如写帖奔走,二三傔从,固不可少。家中既无其人,不得不求之外。惟投靠者决不可收。盖此等人非故家旧仆,即衙门宿猾[5],其智巧逾于常人,初委之以事,必能以小忠小信效其所长,向后为患不小。前所云藉我以行其私者,正是此辈,杜之不可不严。宜托居间者广为寻访[6],如里中有谙练世事、诚实可托、肯为人役者,用善价买之,庶可长久。然或有与眼前亲识瓜葛相关,不知误收,后仍非便,须再三详讯,一无妨碍始可耳。

【注释】

〔1〕沈文端公:沈鲤(1531—1615),字仲化,号龙江,明代大臣、理学家,谥文端。王时敏引用的内容为沈鲤所撰《驭下说》。

〔2〕敛怨:招致怨恨。

〔3〕而彼之役我者终身名节之大窾也:此句指名节会因为不安分的家仆而受到损害。大窾(kuǎn),缝隙。

〔4〕冰鉴:镜子,引申为前车之鉴。

〔5〕宿猾:一贯奸猾不逞之人。

〔6〕居间者:中间人,即为雇主介绍仆从的中介。

一、早完国课[1]。方今田赋,功令最急[2],苟有逋悬[3],祸亦最重。此天下皆然,而江南为甚。吾家清白之遗,家无长物,各房析箸时[4],惟分授田亩,贻之以累。当此春月开征,先期赔垫,鬻田路绝,典贷无门[5],且头绪多端,以赤手四应,剜肉医疮[6],良为剧苦。然既有田在籍,虽膏枯髓竭,催科自难宽免,输将岂容暂延[7]?宜主人与管数家人,时刻提心在口殚思虑以筹画,焦唇舌以督催,捃拾经营[8],陆续投纳,完过随索印票,总册照数填明,庶可杜移易飞洒之弊[9]。乃家人辈往往吝惜小费,图逸目前,事急则张皇失措,稍缓便不复经心,惟以遮掩欠数、那延时日为能事。主人亦以窘困莫支，暂图休息，姑且听之，不知完粮究不可迟，积累愈增繁重。譬如养痈，终必溃败[10]，所谓漏脯救饥，鸩酒止渴[11]，谋身适以自戕[12]，即至愚所不为也。惟是新旧相仍，追比殆无虚日[13]，无可搜索枝梧。田租虽微，犹必少藉牵补，决宜于秋成之后，计取所入，铢积寸累，尽以输官[14]。而家中日用，人事应酬，凡百务从节啬，切勿轻以租入用散。则虽箪食瓢饮，衣穿履决[15]，而身心轻快，魂梦俱安。较之日夕惊忧者，所得孰多！使不然，而秋冬所入随手用尽，一入新年，枵然赤立[16]，数月间征比追呼，为期甚远，粉骨难支，必至败坏不可收拾矣，可不为深虑乎？且有田供赋，固臣民通义，毋容逋缓，况吾家新登甲第，列在缙绅，而下同顽户[17]，观听亦甚不便。眉公先生曰[18]："士大夫居乡，以早完国课为第一义。"诚为至言。所当时刻书绅，虽力有不及，而心窃自勉者也。

【注释】

〔1〕早完国课：尽早缴纳国家的课税。国课，指国家税收。

〔2〕功令：法令。

〔3〕逋悬：拖交税金。

〔4〕析箸：指分家。

〔5〕当此春月开征，先期赔垫，鬻田路绝，典贷无门：此句意为，每到春天开始征税时，先盘算着让别人垫付，然而卖地和典当借贷的门路都断了。鬻（yù），卖。

〔6〕剜（wān）肉医疮：形容用有害的方法缓解眼前的问题。

〔7〕催科：催收租税。输将：运送缴纳赋税。

〔8〕捃（jùn）拾：拾取、摘取。

〔9〕飞洒：特指明清时期，地主为逃避赋税与官府勾结，将田地赋税分散到其他农户的土地上。

〔10〕譬如养痈（yōng），终必溃败：指生了毒疮不及时医治，最终会给自身酿成祸患。

〔11〕漏脯救饥，鸩酒止渴：《太上感应篇》："取非义之财者，譬如漏脯救饥、

鸩酒止渴，非不暂饱，死亦及之。”意思是：夺取不义之财的人，就像是吃有毒的肉来救饥饿，喝有毒的酒来止渴一样，不但不能暂时填饱肚子，还会招致死亡。漏脯（fǔ），隔宿之肉。古人认为此肉为漏水沾湿，有毒，食之可致人命。

〔12〕自戕（qiāng）：自尽。

〔13〕追比：旧时地方官府严逼百姓定期交税，逾期将对其施以杖责、监禁等刑罚，称追比。

〔14〕输官：向官府缴纳税款。

〔15〕箪食瓢饮：《论语·雍也》：“一箪食，一瓢饮，在陋巷，人不堪其忧，回也不改其乐。”衣穿履决：《庄子·让王》：“捉衿而肘见，纳履而踵决。”两词皆指生活贫寒，然能安贫乐道。

〔16〕枵（xiāo）然赤立：一无所有的样子。

〔17〕顽户：愚顽的户主。

〔18〕眉公先生：陈继儒（1558—1639），字仲醇，号眉公，明代文学家、书画家。

已上诸款，皆日用常行[1]，非迂远难行之事，然多从克己退步，讨得些小受用。且每见大家规范，多坏于仆辈，故反复痛切言之，每事申儆。为主人者但坚持主宰，勿有偏听，兼能以至诚感化，使上下同心，则不但元气长存，福祐绵远，而将来远大之业，亦于此基之矣。勉旃[2]，勉旃。

【注释】

〔1〕常行：通常的行事方法。

〔2〕勉旃（zhān）：有勉励之意。旃，文言助词，相当于“之焉”的合音字。

族劝[1]

某以孤孙，承先文肃公之后[2]，仰赖祖宗福荫、亲族匡维[3]，年及西垂[4]，获见子孙蕃衍[5]，科第蝉联。徼福逾量，深惧履盈，[6]惟时刻警省，冀以少免愆尤[7]。敢并告之通族。凡我尊长以及弟侄辈，累世聚族而居，渐渍先文肃懿训有年[8]。无论读书者励行好修，即力田者亦皆循分守理，必无跃冶之虑[9]。但族蕃人众，恐心志未能齐一。此后更望互相勖勉，倍加砥砺。每事必主退让，同宗切勿斗争，毋与户外，毋比匪人[10]，务使礼义敦睦之风洽闻远迩。将来条叶发祥，更益昌大，为太原盛事佳话[11]，不亦休欤！一本相承，德谊不浅，此尤未属枯朽所惓惓注望者也[12]。幸惟慈谅。

【注释】

〔1〕以下选自南京图书馆藏清抄本。

〔2〕文肃公：即王时敏的祖父王锡爵（1534—1611），字元驭，号荆石。嘉靖四十一年（1562）会试第一名，廷试第二名，授编修。万历间内阁首辅。去世后赠太保，谥文肃。

〔3〕匡维：匡正维护。

〔4〕西垂：向西面沉落，此处指年事已高。

〔5〕蕃衍：子孙众多貌。

〔6〕徼福逾量，深惧履盈：已经向上苍求得太多的庇佑和福祉，十分害怕兴盛时期埋下祸根，使家族衰败时遭受罪孽。

〔7〕愆（qiān）尤：罪责、过失。

〔8〕渍：浸润，指长期接触，故受其影响。

〔9〕跃冶：《庄子·内篇·大宗师》："今之大冶铸金，金踊跃曰：'我且必为镆铘！'大冶必以为不祥之金。今一犯人之形，而曰'人耳人耳'，夫造化者必以为不祥之人。"今以"跃冶"比喻自以为能、急于求用的人。

〔10〕毋比匪人：意为不要与行为不端正的人相勾结。匪人，行为不端正的人。

〔11〕为太原盛世佳话：此处指延续太原王氏的辉煌。太原为王氏郡望。

〔12〕惓（juàn）惓：念念不忘。

自警文

夫人立身应物，总不逾言行两端。言行之得失，人品之优劣，一生之祸福系焉。《易》曰"君子之枢机"[1]，枢机之发，荣辱之至也，可不慎乎！历考往代，如万石君醇谨承家[2]，马伏波忠厚诫子[3]，卫叔宝喜愠不形于色[4]，徐伟长臧否不挂于口[5]，皆为史书所艳称。他如国武以翘过陨身[6]，伯宗以直言贾祸[7]；阳处父刚过于柔，宁嬴知其不免；[8]张茂先华而不实，韦忠策其必败，[9]芳规覆辙，开卷了然。况今日遍地罝罗[10]，触头挂足，可不日夕兢兢三思百虑而任意冥行也耶[11]？予心气粗浮，遇事多不思维，意之所到，辄便为之。及事后反覆审度，始觉未安，则忧煎悔恨，真如万火烧心，众镝攒体[12]，甚至寝食都废，形神俱瘁，而事已无及矣。昔高顺谓吕布曰："将军举动不肯详思，动辄言误，误岂数乎？"[13]此言正中吾病，良可思也。至于口过，尤当痛省。余素病口直，胸中若有一事，如含瓦砾，必欲吐之而后已，甚或道听一语，未辨真伪，即以语人；或传述事实，意在耸听，稍事增饰；或言与心违，前后矛盾。此皆市井猥薄之态[14]，安有正人君子而若是者乎？且言者，风波也，一有蹉跌，大则可以杀身，小则可以害成，岂容草草乃尔？至若伤人之言，深于矛戟，或以一言坏人生平；或以飞语构人是非[15]；或意见不同，过肆讥评；或发人隐私，极意描画，此真为鬼为蜮，豺虎所不食者也[16]。《韩非子》曰："人之世游，无害人之心，则亦无人害。"[17]今以口舌害人，人未有不知者，出尔反尔，相报必重。纵使生时幸免，死独不畏犁舌耶[18]？予自检生平，不解作此，然酒杯谐谑之间，兴到不禁忘其所以，得无有犯之而不知者？不可不时时警省也。又予性太疏脱，每与人交，一言意合，便推心促膝，肝胆尽倾。处怀期物，固交道所贵，然人情险巇[19]，甚于山川，世态反覆，真如云雨，宁无有借吾言为口实，铦我言以执贽者[20]？自兹以后，凡遇乍交，酬接之间，言语自当留意，勿因片语投机，遽输心腹，贻驷不及舌之恨也[21]。予衷无城府，一以坦率待人，自谓与世无忤，徒以喜怒无恒，锋芒太露。人或见为刻薄难近，然我一身既不为人所亲，则必为人所畏，未有处世为人所畏而长无怨疾者。自后宜尽改前习，务养得冲和浑厚，常如婴儿，于人既无猜嫌，于己又得安适，不亦善乎！昔杨再思谦屈太过〔22〕，人有问之者，对曰："世路艰难，直者受祸，苟不如此，何以全身？"〔23〕再思佞人谄子，其言固不足采，然此语颇得危行逊言之意〔24〕，正不可以人弃言也。又嗔性予所最重，此从始生带来，诸根盘结，随触即发，姑不论大利大害，或意有所见，人与相违，或议论蜂起，为人所抑，或人以非礼相加，不甘忍受，或见以强凌弱，代为不平，或以好语劝人，其人愚顽不服，或人不肯体谅，多有意外缠扰，或眷属勃豀〔25〕，或僮仆错误，往往不胜愤怒，如烈火燎原，不可遏灭。及至事过之后，转一思之，与我绝不相干，何得裂眦碎骨齿〔26〕，自伐天和？况大怒之时，血气不能自主，语言错乱，举动乖方，恒必由之。少顷气平，辄又不胜懊悔。若能于忿念将起之时，亟以此心默照，坚忍须臾，自然渐息渐夷，究必冰泮箨陨〔27〕，何至侵性伤神，恣情失礼，贻无穷之悔哉！卫洗马云〔28〕："人有不及，可以情恕，非意相干，可以理遣。"斯言真惩忿药石〔29〕，即终身诵之可矣。以上诸病，予久蹈之，自知守此不变，于身多悔尤，于世多龃龉〔30〕，每思力为省改，而积习深重，过眼即忘。兹特一一拈出，朝夕览阅，痛自检察，庶几吞刀饮炭，不但韦弦之佩已也〔31〕。

【注释】

〔1〕君子之枢机：《易·系辞上》："言行，君子之枢机。枢机之发，荣辱之主也。"言行，犹如君子开合思想的枢机。后一处"枢机"代指言行。

〔2〕万石君：西汉大臣石奋（？—前124）。《汉书·万石卫直周张传》载："石君及四子皆二千石，人臣尊宠乃举集其门。"其长子石建、次子石甲、三子石乙及四子石庆，醇厚谨慎，最终都成为了两千石的大官。

〔3〕马伏波：东汉名将马援（前14—49），字文渊，汉光武帝时，拜为伏波将军，世称"马伏波"。其所著《诫兄子严、敦书》，是劝诫侄子马严、马敦的家书。

〔4〕卫叔宝：卫玠（286—312），字叔宝，授太子洗马。《晋书·卫玠传》："玠尝以人有不及，可以情恕；非意相干，可以理遣，故终身不见喜愠之容。"

〔5〕徐伟长：徐干（171—217），字伟长，东汉时期文学家，"建安七子"之一。《中论序》："（徐干）其先业以清亮臧否为家，世济其美，不陨其德。"

〔6〕国武：国佐（？—前573），亦称国武子，春秋时期齐国上卿。《国语·周语下》："齐国佐见，其语尽。"韦昭注："尽者，尽其心意，善恶褒贬无所讳也。"国武子后因进谏大夫庆克与灵公之母声孟子私通一事，遭致杀身之祸。

〔7〕伯宗：伯宗（？—前576），春秋时期晋国大夫，直言敢谏。后遭郤至、郤犨、郤锜以谗言诬陷而被杀。《左传·成公十五年》："初，伯宗每朝，其妻必戒之曰：'盗憎主人，民恶其上。子好直言，必及于难。'"

〔8〕阳处父：阳处父（？—前621），春秋时期晋国大夫。《左传·文公五年》："晋阳处父聘于卫，反过宁，宁嬴从之，及温而还。其妻问之，嬴曰：'以刚。《商书》曰："沉渐刚克，高明柔克。"夫子壹之，其不没乎！天为刚德，犹不干时，况在人乎？且华而不实，怨之所聚也，犯而聚怨，不可以定身。余惧不获其利而离其难，是以去之。'"

〔9〕张茂先：张华（232—300），字茂先，西晋文人。晋惠帝时，遭司马伦杀害。韦忠，字子节，西晋人。《资治通鉴·晋纪五》："裴頠荐平阳韦忠于张华，华辟之，忠辞疾不起。人问其故，忠曰：'张茂先华而不实，裴逸民欲而无厌。弃典礼而附贼后，此岂大丈夫之所为哉！逸民每有心托我，我常恐其溺于深渊而余波及我，况可褰裳而就之哉！'"

〔10〕罝（jū）罗：捕捉鸟兽的网，此处指罗网。

〔11〕冥行：盲目行事。

〔12〕攒（cuán）：插入。

〔13〕将军举动不肯详思，动辄言误，误岂数乎：《后汉书·吕布传》："顺每谏曰：'将军举动，不肯详思，忽有失得，动辄言误。误事岂可数乎？'布知其忠而不能从。"高顺（？—199），东汉末年吕布帐下中郎将。

〔14〕獧（xuān）薄：轻佻貌。"獧"疑为"儇"。

〔15〕飞（fēi）语：诽谤之辞。

〔16〕为鬼为蜮（yù）：《诗·小雅·何人斯》："为鬼为蜮，则不可得。"鬼和蜮都是暗中害人的精怪。此后以"鬼蜮"比喻用心险恶、暗中伤人的小人。

〔17〕人之世游，无害人之心，则亦无人害：《韩非子·解老》："圣人之游世也，无害人之心，则必无人害；无人害，则不备人。"

〔18〕犁舌：谓入犁舌狱割舌。佛教认为，生前毁谤他人者，死后堕入地狱，会受拔舌之刑。

〔19〕险巇（yǎn）：又作“崄巇”，意为险峻不平，比喻人心险恶。

〔20〕恬（tiǎn）我言以执贽者：此句与“借我言为口实”意同，都是指别人将自己的无心之言作为口实，并借以接近他人。恬，以舌取物，此处指诱取。执贽，古代礼制，谒见人时携礼物相赠。

〔21〕驷不及舌：《论语·颜渊》：“子贡曰：‘惜乎！夫子之说君子也，驷不及舌。’”指话一旦说出口，就追不回来了。

〔22〕杨再思：杨綝（634—709），字再思，武周时宰相。《旧唐书·杨再思传》谓其“为人巧佞邪媚，能得人主微旨，主意所不欲，必因而毁之，主意所欲，必因而誉之”。故后文王时敏称“再思佞人谄子”。

〔23〕世路艰难，直者受祸，苟不如此，何以全身：《旧唐书·杨再思传》：“（杨再思）恭慎畏忌，未尝忤物。或谓再思曰：‘公名高位重，何为屈折如此？’再思曰：‘世路艰难，直者受祸。苟不如此，何以全其身哉！’”

〔24〕危行逊言：《论语·宪问》：“子曰：‘邦有道，危言危行；邦无道，危行言孙。’”危行逊言即指“危行言孙”，意思是行为正直，言语谨慎委婉。

〔25〕勃谿：争吵。《庄子·杂篇·外物》：“室无空虚，则妇姑勃谿。”勃谿原指婆媳之间发生争吵，后泛指人与人之间的矛盾。

〔26〕裂眦（zì）碎骨齿：瞪大眼睛，眼眶都仿佛要裂开；咬紧牙关，好似要把牙齿咬碎。形容十分愤怒。

〔27〕冰泮箨（tuò）陨：冰开始融解，竹笋的外壳开始剥落，都比喻衰败之势。

〔28〕卫洗马：即卫玠。

〔29〕惩忿：抑制怨愤。

〔30〕龃龉（jǔ yǔ）：上下牙齿对不齐。比喻意见不合，互相抵触。

〔31〕韦弦之佩：原形容随时警戒自己，后常比喻有益的规劝。《韩非子·观行》：“西门豹之性急，故佩韦以自缓；董安于之心缓，故佩弦以自急。故以有余补不足，以长续短之谓明主。”韦，柔软的皮革。弦，弓弦。

此余甲子秋从长安归途中漫笔〔1〕，朝夕省览以自警者也。继以跧伏草上〔2〕，继断绝世情，此册不复寓目。岁月既久，日渐遗忘。迨戊寅新正三日〔3〕，偶检书箧，得之于旧籍中，不觉爽然自失，洇然汗下〔4〕。因思篇中之语，字字触着痛处，使余能时刻轸虑[5]，谨守金人之缄[6]，深存木鸡之养[7]，何至垂老为狐涎蝇矢所点污哉！是知鬼车弓影[8]，集谤丛疑，亦余疏率浅薄有以致之，未可全诿之命犯磨蝎也[9]。掩卷为之三叹。

【注释】

〔1〕甲子：天启四年(1624)。

〔2〕跧(quán)伏：即“蜷伏”。

〔3〕戊寅：崇祯十一年(1638)。

〔4〕涊(niǎn)然：出汗的样子。

〔5〕轸(zhěn)虑：即“忧虑”。

〔6〕金人之缄(jiān)：《孔子家语·观周》：“孔子观周，遂入太祖后稷之庙，堂右阶之前有金人焉，三缄其口，而铭其背曰：‘古之慎言人也……’”后用“金人之缄”比喻因有顾虑而闭口不言。

〔7〕木鸡之养：《庄子·外篇·达生》：“纪渻子为王养斗鸡。十日而问：‘鸡已乎？’曰：‘未也。方虚憍而恃气。’十日又问，曰：‘未也。犹应向景。’十日又问，曰：‘未也。犹疾视而盛气。’十日又问，曰：‘几矣。鸡虽有鸣者，已无变矣，望之似木鸡矣，其德全矣，异鸡无敢应者，反走矣。’”后用“木鸡之养”形容功夫到家。

〔8〕鬼车：鬼车鸟，传说中的怪鸟，相传可以摄人魂魄。《酉阳杂俎·羽篇》：“鬼车鸟，相传此鸟昔有十首，能取人魂，一首为犬所噬。秦中天阴，有时有声，声如力车鸣。”弓影：即“杯弓蛇影”。

〔9〕命犯磨蝎：意指遭际坎坷，多灾多难。“磨蝎”为星宿名，旧时迷信星象者认为，身与命居于此宫之人，一生会有很多磨难。

手书先哲格言训六房

东坡云：“若进退之际，不甚慎静，则于定命不能有毫发增益，而于道德有丘山之损。”[1]东坡与友书云：“孙莘老识欧阳文忠公[2]，尝乘间以文字问之，云无他术，维勤读书而多为之自工。世人患作文字，少懒读书，每一篇出，即求过人，如此少有至者。疵病不必待人指摘[3]，多作自能见之。此公以其尝试者告人，故尤有味。”[4]

所示书文，大约如行云流水，初无定质，但常行于所当行，常止于不可不止，文理自然，姿态横生。求物之妙，如系风捕影，能使事物了然于心，盖千万人而不一遇也，而况能使了然于口与手者乎？是之谓“辞达”。辞至于能达，则文不可胜用矣。[5]

朱晦庵《答刘平甫书》云[6]：“新年人事，几日而定，定后进业，恐不可废。大抵家务冗干既多，此不可已者。若于其余时，又以不急杂务，虚费光阴，则是终无时读书也。愚意讲学干蛊之外[7]，挽弓鸣琴、抄书雠校之类，皆可且罢。平甫试思此等于吾身计，果孰亲且急哉！又比来游从稍杂[8]，与此曹交处最易亲狎，而骄慢之心日滋，既非所以养成德器，其于观听亦自不美，所损多矣。有国家者，犹以近习伤德害政[9]，况吾徒乎。”

又《答陈肤仲书》云[10]：承以家务丛委[11]，妨于学问为忧，此固无可奈何者，然亦只此便是用功实地。但每事看得到理，不令容易放过，更于此间见得平日病，痛加剪除，则为学之道，何以加此。若起一脱去之心，生一排遣之念，则理事却成两截，读书亦无用处矣。[12]

偶检先哲格言数条，录付扶儿，置之座右[13]，苟能体认力行，庶于持躬励学有余师矣。勉旃，勉旃。八十四老人漫笔。

【注释】

〔1〕若进退之际……而于道德有丘山之损：此句出自苏轼《与李方叔书》。李方叔，即李廌(1059—1109)，字方叔，北宋文学家，受业于苏轼门下，为“苏门六君子”之一。此句大意是：假使你在进退的选择上不够审慎稳重，那么不但对你注定的命运不能有丝毫增益，而且会对你的德行造成巨大的损害。

〔2〕孙莘老：孙觉(1028—1090)，字莘老，皇祐元年(1049)登进士第，尝与苏轼、王巩、秦观等人载酒论文。

〔3〕疵(cī)病：缺点。

〔4〕孙莘老识欧阳文忠公……故尤有味：出自苏轼《记欧阳公论文》。此句大意是：孙觉向欧阳修请教如何作文，欧阳修认为想要写出好文章只有多读书、多写作，经过大量训练后，文辞中的问题不必别人指点，自己也能发现。

〔5〕所示书文……则文不可胜用矣：此段出自苏轼《与谢民师推官书》。谢民师，即谢举廉（一作孝廉）。与父亲谢懋、叔叔谢岐、弟弟谢世充在元丰八年（1085）同登进士第，时人称其为"四谢"。此段原为苏轼对于谢举廉之书教及诗赋杂文的评论。苏轼认为认识事物内在的奥妙，正如捕风捉影一样困难，即使能够心中了然，但诉诸言辞，将这种体悟生动地表达出来，是十分困难的。如果能够"辞达"，即用语言准确描述自己的想法，那文章自然就有文采了。

〔6〕朱晦庵：朱熹（1130—1200），字元晦，号晦庵、考亭，又称紫阳夫子。刘平甫：刘玶（1138—1185），字平甫，号七者翁，刘子羽之子，出嗣刘子翚，与朱熹相交四十余年，死后朱熹为其作墓志。

〔7〕干蛊：主事、办事。

〔8〕比来：最近。

〔9〕近习：指君主宠爱亲信的人。

〔10〕陈肤仲：陈孔硕，字肤仲。淳熙二年（1175）进士。先后问学于张栻、吕祖谦，后与其兄陈孔夙拜入朱熹门下。

〔11〕丛委：堆积，指家中日常事务繁多。

〔12〕承以家务丛委……读书亦无用处矣：此段选自朱熹《答陈肤仲》。除王时敏所录内容外，后文尚有："但得少闲隙时，不可闲坐说话，过了时日，须偷些小功夫，看些小文字，穷究圣贤所说底道理，乃可以培植本原，庶几枝叶自然张旺耳。"陈孔硕认为"家务"妨碍了"学问"，是将"事理"二分。而朱熹论学则认为，想要理解书中的道理，应当借助日常事务来体会。

〔13〕座右：座位的右边，古人常把所珍视的文书字画放置于此。

【评析】

《〔嘉庆〕直隶太仓州志》卷二七载："（王时敏）家居饬内行，著《家训》勖诸子，读书砥行，维持善类，奖掖英髦，以其身系乡党重者四十年。"康熙九年（1670），子王掞及长孙王原祁同榜登进士第，王时敏"不色喜，常忧满溢，家中防闲愈严"（清王宝仁《奉常公年谱》），作《家训》以约束家人。《家训》共五条,“敦睦”强调家族内部应同心协力,不分彼此;“省察功过”要求家中子弟每日自省,规范言行;“敬恭桑梓”关注如何与乡人和睦相处;“慎收僮仆”涉及御下之法;“早完国课”则是叮嘱家人按时缴纳赋税。“慎收僮仆”与“早完国课”两条,可见明清之际奴变及清初奏销案给江南士绅带来的冲击,借此一窥时代风向。《族劝》书于康熙十年(1671),从“耕”与“读”两方面讨论世家大族如何存续的问题。《自警文》为天启四年(1624)王时敏自京中归里时所作,反思自己立身应物之积习,并举历代名贤事迹以自警。《手书先哲格言训六房》作于康熙十四年(1675),其中所录《颜氏家训》、柳玭《戒子弟书》、裴晋公《训子令》,皆论著姓望族如何延续,叮嘱自家子弟“凡门第高,可畏而不可恃也”,与《族劝》内容相似,故未录。又举苏轼、朱熹读书与作文之法,可见其对于后辈培养之用心。

冯　班

冯班(1604—1671)，字定远，晚号钝吟老人，常熟县(今属江苏苏州)人。明末清初文学家、书法家。其论诗推宗晚唐，反对严羽《沧浪诗话》的“妙悟说”。钱谦益称其诗“沉酣六代，出入于义山、牧之、庭筠之间”(清钱谦益《牧斋初学集》卷三二)。其书法四体皆精，小楷尤佳。明亡后绝意仕进，常饮酒恸哭，旁若无人。因家中行二，人目为“二痴”。从游者多为名人，时称隐士之冠。其兄名舒，与冯班并称“海虞二冯”。著有《冯氏小集》《钝吟全集》《钝吟老人集外诗》《钝吟乐府》《钝吟杂录》等。《钝吟杂录》共10卷，乃冯班之侄冯武于班殁后搜集遗稿9种，编辑成册，包括《家诫》2卷、《正俗》1卷、《读古浅说》1卷、《严氏纠谬》1卷、《日记》1卷、《诫子帖》1卷、《遗言》1卷、《通鉴纲目纠谬》1卷、《将死之鸣》1卷。是书有康熙十八年(1679)刻本、清初毛氏汲古阁、康熙陆贻典等递刻《钝吟老人遗稿》本、嘉庆间张海鹏辑借月山房汇钞本等。

诫子帖[1]

鲁公书如正人君子[2]，冠佩而立，望之俨然[3]，即之也温[4]。米元章以为恶俗[5]，妄也，欺人之谈也。

颜书要画中有筋，其用笔与徐季海父子相同[6]。《多宝塔》是少年时书[7]，点画皆有法，不知者学之，正如布算相似[8]，须要看他墨酣意足处。与《朱巨川诰》参看最得[9]。

书至成时，神奇变化，出没不穷。若工夫浅，得少为足，便退落。如严天池二三十岁时好[10]，后来便可厌，只为从前功夫不多也。大略初学时多可观,后来不学,便不成书耳。

宋人作书多取新意,然意须从本领中来。米老少时如集字[11],晚年行法亦不离杨少师[12]、颜鲁公也。本领精熟,则心意自能变化。

字有二法:一曰用笔,汝用笔疏硬而骨枯,非法也,看褚书便知血脉处极细而有笔意也[13]。二曰布置,左右向背,上下承盖,半阔半细,半高半低,分间架在布白处[14]。汝豪无法,但直写而无意,不成字也,可勉之。布置、用笔,千古来讲之者多矣,赵子昂专言此[15],汝可寻思。

汝有《玄秘塔》否[16]?我要紧用。不然,汝智永《千文》在否[17]?凡学书人,《千文》少不得,此是右军旧法[18],得此便有根本。如"二王"法帖[19],只是影子,惟架子尚在,可观耳。书有二要,一曰用笔,非真迹不可;二曰结字[20],只消看碑。要知结字之妙,明朝人书,一字看不得,看了误人事。行书从"二王"起,便是头路。真、行用羲之法[21],以小王发其笔性。草书全用小王,大草书用羲之法,如狂草学旭不如学素[22],此吾法也。教人作书,吾便于柳法[23],今日殊不快意,无柳帖也。

谢二书只学赵,自余一步不窥,所以全不合古法也,然用笔如锥画沙,细而有姿媚。汝短处正在此,不可不用功也。若死学柳书,其病亦正同耳。悟得柳公学古处,二王、欧、虞、褚、薛打做一块方好也[24]。至嘱,至嘱。

学书当有晋人法。然真迹难得,看石刻极不易,所谓差之毫厘,谬以千里也[25]。

【注释】

〔1〕选自《钝吟杂录》卷七。

〔2〕鲁公:颜真卿(709—784),字清臣,封鲁郡公,世称"颜鲁公"。唐代书法家,与欧阳询、柳公权、赵孟頫并称"楷书四大家"。

〔3〕俨然:整齐有序、严肃庄重的样子。

〔4〕即：靠近。

〔5〕米元章：米芾(1051—1107)，字元章，北宋书法家、画家、收藏家。与苏轼、黄庭坚、蔡襄并称“宋四家”。

〔6〕徐季海：徐浩(703—782)，字季海，唐代书法家，尤工草隶，著有《法书论》。其次子徐岘(xiàn)，亦擅长书法。

〔7〕《多宝塔》：全称《大唐西京千福寺多宝佛塔感应碑》，唐代重要碑刻，颜真卿早期楷书代表作品。《多宝塔碑》立于唐玄宗天宝十一年(752)，全文2027字，由岑勋撰文，徐浩题额，史华刻字。现收藏于西安碑林博物馆。

〔8〕布算：布筹运算。

〔9〕《朱巨川诰》：《朱巨川告身》，徐浩楷书。现藏台北“故宫博物院”。

〔10〕严天池：严澂(1547—1625)，字道澈，号天池。擅琴，为虞山派代表人物。

〔11〕集字：指将书家字迹搜罗并集成的书法作品，亦指临习古人书法时，未尝贯通，拘泥陈法。要言之，“集字”作为评语时随语境而有褒贬。此处为褒义，指初学书时需按部就班，潜心古法，精临碑帖，方得本领。

〔12〕杨少师：杨凝式(873—954)，字景度，号虚白。其父杨涉是唐哀帝时的宰相。后汉时杨凝式成为太子少师，故称杨少师。工书法，尤精行草。

〔13〕褚书：褚遂良的书法作品。褚遂良(596—658)，字登善，唐代书法家，封河南郡公。其书初学虞世南，后取法王羲之，与欧阳询、虞世南、薛稷并称“初唐四大家”。

〔14〕布白：书法术语，指落笔时着墨处与空白处疏密相间，布置得宜。布，指布置安排。白，指空白。

〔15〕赵子昂：赵孟頫(1254—1322)，字子昂，号松雪道人，书法家、画家、诗人。宋亡后隐居不仕，至元二十三年(1286)，始出仕元朝，延祐六年(1319)借病乞归，谥文敏。

〔16〕《玄秘塔》：《玄秘塔碑》，唐代重要碑刻。唐武宗会昌元年(841)立。由裴休撰碑文，柳公权书，邵建和、邵建初刻。记述禅宗高僧大达法师生平。字体遒劲谨严，为柳书代表作。现收藏于西安碑林博物馆。

〔17〕智永：俗姓王，名法极，号永禅师，陈、隋间书法家，僧人，王羲之七世孙。擅楷书、草书。《千文》：智永于永欣寺临《真草千字文》。传有八百余本，施于浙东诸寺。

〔18〕右军：王羲之（303—361），字逸少，官拜右军将军，世称“王右军”。东晋时期著名书法家，有“书圣”之称。与钟繇并称“钟王”，其作《兰亭序》被誉为“天下第一行书”。

〔19〕二王：王羲之、王献之父子合称。王献之，字子敬，东晋书法家、画家王羲之第七子。擅长各体，行草尤佳，有“小圣”之称。与张芝、钟繇、王羲之并称“书中四贤”。

〔20〕结字：又称“结体”，即汉字书写的间架结构布置。

〔21〕真、行：书法字体，指真书和行书。真书，即楷书，由隶书演化而来。行书，形体和笔势介于楷书和草书之间，以楷法和草法的多寡分作“行楷”和“行草”。

〔22〕旭：张旭（约675—约750），字伯高，官拜金吾长史，世称“张长史”。唐代书法家，擅长草书，有“草圣”之称。素：怀素（约725—约785），俗姓钱，字藏真，僧名怀素，唐代书法家，自幼出家为僧。与张旭齐名，合称“颠张狂素”。

〔23〕柳：柳公权（778—865），字诚悬，唐宪宗元和三年（808）状元，先后历仕七朝，累官太子少师，封河东郡公，世称“柳少师”。唐代书法家，其所创“柳体”以骨力劲健见长，与颜真卿齐名，人称“颜筋柳骨”。

〔24〕虞：虞世南（558—638），字伯施，初唐诗人、书法家。薛：薛稷（649—713），字嗣通，初唐书画家。唐睿宗时，授中书侍郎，官至太子少保，封晋国公，人称“薛少保”。

〔25〕差之毫厘，谬以千里：《礼记·经解》：“《易》曰：‘君子慎始，差若毫厘，谬以千里。’”

赵文敏为人少骨力，故字无雄浑之气，喜避难。汝须参以张从申〔1〕、徐季海方可。季海筋在骨中，晚年有一种如渴骥奔泉之势〔2〕，老极所以熟而不俗。张书古甚，拙处人不知其妙也。颜行如篆加籀〔3〕，苏、米皆学之〔4〕，汝宜留心。

昨法书多失体，布置匀直少势。钟公云〔5〕：“点不变谓之布棋，画不变谓之布算。”最是大忌。如“真”字中三笔须不同，“佳”字左倚人向右，右四横亦要俯仰有情。今俱如算子，大似无讲贯也。今后千万不可草草。嘱嘱。

日来学作虞法，觉其和缓宽裕，如见大人君子，全得右军体。今日刻本《黄庭》都不是[6]，但惜不见原本，笔画俯仰处甚遒，翻多失之，与永师《千文》参看方有得。只是见来如此，下笔苦粗而板，写了便要涂去，又无人商量，闷极也。强作数行，汝试评之，不是处须说。

米颠作颜行，兼用杨景度，有散仙入圣之致。坡公须带二徐[7]。

本领千古不易，用笔学钟[8]，结字学王[9]。

晋人循理而法生，唐人用法而意出，宋人用意而古人之理法具在，知此方可看帖。[10]

用意险而稳，奇而不怪，意生法中，此心法要悟。

行书王右军正有《兰亭》及《官奴帖》[11]，献之《辞中令表》[12]。米元章云："但取《圣教序》学之[13]，更学右军诸札，使大小相杂，便成书。"此言甚有会。然《兰亭》《官奴》字无大小，正如唐人碑上字耳。唐人多兼"二王"，张从申所云"右军风规，下笔斯在"者也。然今所存颇似大令[14]。徐季海有筋骨，如渴骥奔泉，怒猊抉石[15]。东坡云："细筋入骨无人知。"此言极妙。米海岳以为过老诋之，偏见也。米、黄论书殊不及坡，然今人多信米，所谓痴人前不可说梦。米、黄俱好为快语，非笃论也。我尝谓苏、黄论诗，米元章论书不为无见，但抑扬太过，使人不乐闻耳。赵子昂用笔绝劲，然避难从易，变古为今。用笔既不古，时用章草法便拙[16]，当其好处，古今不易得也。近文太史学赵，去之如隔千里，正得他不好处耳。枝山多学其好处[17]，真可爱玩，但时有失笔别字。董宗伯全不讲结构[18]，用笔亦过弱，但藏锋为佳。学者或不知董似未成字，在文下云云。

赵松雪书出入古人，无所不学，贯穿斟酌，自成一家，当时诚为独绝也。自近代李贞伯创"奴书"之论[19]，后生耻以为师。甫习执笔，便羞言模仿古人，晋、唐旧法，于今扫地矣。松雪正是子孙之守家法者耳，诋之以奴，不已过乎！但其立论，欲使字形流美，又功夫过于天资，于古人萧散廉断处，微为不足耳。如贞伯书，用尽心力，视古人何如哉？

【注释】

〔1〕张从申：唐代书法家。官至大理寺司直，世称“张司直”。书学“二王”。张氏兄弟四人（张从申、张从师、张从义、张从约）皆有书名，时称“张氏四龙”。

〔2〕渴骥奔泉：口渴的骏马奔向甘泉，比喻书法笔势劲急矫健。

〔3〕籀（zhòu）：汉字书体，也叫做籀书、大篆，春秋战国时流行于秦国，今存石鼓文是其代表。

〔4〕苏：即苏轼（1037—1101），善书法，与黄庭坚、米芾、蔡襄合称“宋四家”。

〔5〕钟公：钟繇（151—230），字元常，三国时期曹魏重臣、书法家。擅篆、隶、真、行、草多种书体，尤以小楷名世，后世尊为“楷书鼻祖”。与王羲之并称“钟王”。

〔6〕《黄庭》：王羲之所书《黄庭经》法帖。

〔7〕二徐：徐浩、徐岘（xiàn）父子。

〔8〕钟：即钟繇。

〔9〕王：指王羲之。

〔10〕晋人循理而法生，唐人用法而意出，宋人用意而古人之理法具在，知此方可看帖：“理”“法”“意”是书论术语。理即原理，法乃方法，意是意态。通常认为，晋人尚理，唐人尚法，宋人尚意。

〔11〕《兰亭》：即《兰亭序》，又名《临河序》《兰亭集序》《禊帖》。东晋永和九年（353），王羲之与谢安、许询等四十一人在绍兴兰亭集会、唱和，辑为《兰亭诗》，王羲之为其作序，即为《兰亭序》。《官奴帖》：又名《玉润帖》，王羲之的行书作品。系王羲之关心孙女玉润病情的信函。

〔12〕《辞中令表》：即王献之的行书作品《辞中书令帖》。

〔13〕《圣教序》：全名《大唐三藏圣教序》，由唐太宗撰写。最早由褚遂良所书，称为《雁塔圣教序》，后由沙门怀仁从王羲之书法中集字，刻制成碑文，此处即指《怀仁集王羲之书圣教序》。

〔14〕大令：指王献之。王献之曾任中书令，后族弟王珉代王献之为长兼中书令。二人素齐名，故而世称王献之为“大令”，王珉为“小令”。

〔15〕怒猊（ní）抉石：愤怒的狮子踢起石头，形容书法笔势刚硬强劲、气势奔放。

猊，狻（suān）猊的省称，即狮子。抉，挑开，拨开。

〔16〕章草：篆书演进到隶书阶段派生的一种书体，是带有隶书笔意的草书。

〔17〕枝山：祝允明（1461—1527），字希哲，号枝山，明代书法家。因右手有枝生手指，故自号“枝山”。与唐寅、文徵明、徐祯卿并称“吴中四才子”。

〔18〕董宗伯：董其昌（1555—1636），字玄宰，明代书画家。历任翰林院编修、经筵展书官、南京礼部尚书等职。礼官古称“宗伯”，礼部又称“容台”，故亦称“董宗伯”“董容台”。

〔19〕李贞伯：李应祯（1431—1493），初名甡，字应祯，因仰慕范仲淹，号范庵，晚年改字贞伯。明代书法家。奴书：一般指拘泥于范本，一味师古的书法。人们亦将极重法度、无法自成一家的书家讥为“书奴”。“奴书”一词并非李应祯首创，宋代米芾即说：“古人书各各不同，若一一相似，则奴书也。”李应祯以激进姿态对明代书坛喜好模仿古人的现象提出批评，推动了反对“奴书”的书学思想。

近日读书多有所见，与人不同。前有草稿，为窦伯取去，甚好意也，然意中颇有所欲更定处，不可漫留以误后人也。

乐天见李义山〔1〕，云：“他生愿与此人作儿。”故义山名子为白老。今许贞服自云学醉吟，乃轻薄温、李〔2〕，斯何说耶？又好唐子畏〔3〕，不知唐诗自学罗江东〔4〕，不学白也。小儿辈妄言，使人发恶。钱牧翁学元裕之〔5〕，不啻过之。每称宋、元人，矫王、李之失也。陆孟凫本无所知，乃云“唐人不足学”。斯言也，不可以欺三岁小儿，邑人信之，为可笑。钱公极学唐，但齐、梁已上，未免愦愦耳〔6〕。元遗山不解陆士衡〔7〕，比之于布谷，知其胸中未尝有古人一字也。笔差爽，其所作亦时有可观，大略疏浅不足深玩耳。吾尝言钱公之文过于王、李，而其后人不足与钟、谭为奴〔8〕，此言当有解者。

学为古文词，不得有近代俗语着于胸中，此最损文格。

吾年七十，因气成病，颇有恶梦，想不久矣，特力疾作遗嘱。此我末后之语，汝宜听之遵之。我有微名，汝袭之似易，勿废吾业也。汝诗全不是，只路头已正耳，今详告汝。先看《毛诗》《离骚》，则六义风刺[9]，晓得根本来历。朱子注看不得，浅薄易入，人一入此门路，便不会做诗耳。戒之戒之。朱子《诗》注全不是经，只是一部山歌曲子，俗人拙文字耳。五言始于汉，盛于魏。曹植千古之师也，勿云不及苏、李，苏、李作用少也。诗人说色、说酒、说山水，皆在晋末，陶酒、鲍色、谢山水，[10]而对偶用事，颜延之为祖[11]。此后世诗人之祖也。子美中兴，使人见《诗》《骚》之义，一变前人，而前人皆在其中，惟精于学古，所以能变也。此曹、王以后一人耳。汝学诗不必慕高，但得体格成就，理不背于《诗》《骚》，言之成文，便足名家。近代已来，能如此者不过一二十人，不为不高也。汝书无作用，勉之而已。

学前人书，从后人入手，便得他门户[12]。学后人书，从前人落下，便有拏把[13]。汝学赵松雪，若从徐季海、李北海入手[14]，便古劲可爱。见汝行书，如挽秋蚓[15]，意不喜，试以我言用功，何如？汝学颜书大署书[16]，乃有似东坡处，此从上学下也。汝作《多宝塔》体，多用死笔，所以不好。要看他活处，如“贝”字、“有”字，横处全无俯仰，如一张梯，此失也。小处用功，便不死。

诗至贞元、长庆，古今一大变，李、杜始重。元、白学杜者也。元相时有学太白处[17]。韩门诸君兼学李、杜[18]。韦左司自是古诗[19]，与一时文体迥异。大略六朝旧格，至此尽矣。李玉溪全法杜，文字血脉，却与齐、梁人相接。温全学太白[20]，五言律多名句，亦李法也。

本领者，将军也；心意者，副将也。所谓本领，只是规模古人，然须有取舍，不得巧拙兼效。虽欲博涉诸家，然须得通会，不可今古杂出。唐人尚法，用心意极精。宋人解散唐法，尚新意，而本领在其间，米元章书如集字是也。至蔡君谟则点画不苟矣[21]，坡公立论亦雅推君谟。

作字惟有用笔与结字。用笔在使尽笔势，然须收纵有度。结字在得其真态，然须映带匀美。

学古人书，不可失其本趣。如近代王履吉书[22]，行草学孙过庭[23]，全失过庭意；正书学虞，全不得虞笔。虞云："先临《告誓》[24]，后写《黄庭》。"《夫子庙堂碑》全似《黄庭》[25]，履吉不知也。过庭与右军殆无别矣。履吉多险怪，全无右军体，《白雀帖》尤恶[26]。

尝学蔡君谟书，欲得字字有法，笔笔用意。又学山谷老人[27]，欲得使尽笔势，用尽腕力。又学米元章，始知出入古人，去短取长。今老矣，不能复成其技，以此三言为赠。

古之名人，皆是博学大才，一时重誉，所传文字，又经历代具识审鉴，以至今日，其有遗谬，乃是万中之一。近世轻薄之流，果于非古，非惟贻笑将来，亦惧有损盛德。凡我同人，读古有疑，恐是思之未至。毋惮博访详问，慎勿任意诋呵也[28]。

杜子美云："读书破万卷，下笔如有神。"[29]涉览既多，才识自倍，资于吟咏，亦不专在用事。今之律诗，始于永明[30]，成于景龙[31]，既以俪偶为文[32]，又安得以用事为讳？况迩世坟籍不全，师匠旷绝。假令力学，犹惧未到古人。凡我同人，纵使嗜好不同，慎勿自隐短薄，憎人学问，便谓诗人不课书史也。

陶公读书，止观大意，不求甚解。[33]所谓甚解者，如郑康成之《礼》，毛公之《诗》也。世人读书，正苦大意未通耳。今者朝读一书，至暮便竟，问其指归，尚不知所言何事。自云"吾师渊明"，不惟自误，更以教人，少年倦于讨求，从之而废。凡我同人，若遇此辈，所谓损友，绝之可也。

古人议论，自有异同。或由同时嫌隙；或由时代悬远，风尚乖隔[34]；或是救时之言，矫枉过正；或一时快言，不为笃论。假如王安石不信《春秋》，李泰伯不喜《孟子》[35]，此亦可从耶？凡我同人，古人所称，自当研求。遇所诋刺[36]，且宜存而不论，毋事逐声也。

【注释】

〔1〕乐天：白居易(772—846)，字乐天，晚号香山居士，中唐诗人。李义山：李商隐(813—858)，字义山，号玉谿生，晚唐诗人。

〔2〕温、李：温庭筠、李商隐。温庭筠(801—866)，原名岐，字飞卿，晚唐诗人，花间派词人，与韦庄合称“温韦”。

〔3〕唐子畏：唐寅(1470—1524)，字伯虎，又字子畏，号六如居士、桃花庵主，明代书画家、文学家。

〔4〕罗江东：罗隐(833—910)，字昭谏，号江东生。

〔5〕钱牧翁：钱谦益(1582—1664)，字受之，号牧斋，明代官至礼部尚书，后降清，辞官后投入抗清运动。元裕之：元好问(1190—1257)，字裕之，号遗山，金、元之际文学家。

〔6〕愦(kuì)愦：纷乱貌。

〔7〕陆士衡：陆机(261—303)，字士衡，西晋文学家、书法家。

〔8〕钟、谭：钟惺、谭元春。钟惺(1574—1625)，字伯敬，号退公、退谷，明末文学家。谭元春(1586—1637)，字友夏，号鹄湾，明末文学家。钟、谭二人皆为竟陵派代表人物。

〔9〕六义：《诗经》“六义”指的是风、雅、颂、赋、比、兴。

〔10〕陶酒、鲍色、谢山水：分别指陶渊明诗中的酒、鲍照诗中浓烈的色彩以及谢灵运诗中的山水。

〔11〕颜延之(384—456)：字延年，南朝宋文学家，与谢灵运合称“颜谢”。

〔12〕门户：门径、法度。

〔13〕拏(ná)把：抓住、把握。

〔14〕李北海：李邕(678—747)，字泰和，唐朝书法家。唐玄宗时任御史中丞，出为北海太守，故称“李北海”。

〔15〕秋蚓：同“蚯蚓”。

〔16〕大署书：即榜书，指题写在封检、门榜上的文字。这里或指颜真卿的大字。

〔17〕元相：元稹(779—831)，字微之。长庆间任中书舍人，一度成为宰相。与白居易共倡“新乐府”，世人称二人为“元白”。

〔18〕韩：韩愈(768—824)，字退之，以昌黎为郡望，故称韩昌黎，唐代文学家。

〔19〕韦左司：韦庄(836—910)，字端己，晚唐诗人、花间派词人，因其任检校左

司郎中，故世称“韦左司”。

〔20〕温：温庭筠。

〔21〕蔡君谟：蔡襄（1012—1067），字君谟，北宋书法家，与苏轼、黄庭坚、米芾并称为“宋四家”。

〔22〕王履吉：王宠（1494—1533），字履仁，一字履吉，号雅宜山人。明代书法家，善小楷，行草尤为精妙。与祝允明、文徵明齐名，称为“吴门三家”。

〔23〕孙过庭（646—691）：名虔礼（一说名过庭，字虔礼），唐代书法家，擅长书法，草书学王羲之，笔法精熟。

〔24〕《告誓》:《告誓文》，王羲之书。此系王羲之绝意仕进，誓告先灵之文。

〔25〕《夫子庙堂碑》：亦称《孔子庙堂碑》，武德九年（626）刻，虞世南书丹。此碑为记述高祖武德九年封孔子二十三世孙孔德伦及重修孔庙事而立。

〔26〕《白雀帖》：王宠在白雀寺养病期间手书行书诗卷。

〔27〕山谷老人：黄庭坚（1045—1105），字鲁直，号山谷道人，世称“黄山谷”，北宋著名文学家、书法家。

〔28〕诋呵：亦作“诋诃”，诋毁苛责。

〔29〕读书破万卷，下笔如有神：语出杜甫《奉赠韦左丞丈二十二韵》。

〔30〕永明：南朝齐武帝萧赜的年号，自483年至493年。

〔31〕景龙：唐中宗李显的年号，自707年至710年。

〔32〕俪偶：对偶。

〔33〕不求甚解：出自陶渊明《五柳先生传》：“闲静少言，不慕荣利。好读书，不求甚解，每有会意，便欣然忘食。”

〔34〕乖隔：阻隔。

〔35〕李泰伯：李觏（1009—1059），字泰伯，北宋诗人、思想家。《东都事略·儒学传》：“（李觏）以文章知名，通经术，四方从学者常数百人。素不喜孟子，以为孔子尊王，孟子教诸侯为王。”

〔36〕诋刺：毁谤、讽刺。

【评析】

《诫子帖》以品评古帖的书论为主，兼涉诗论，末附社约，述读书之法。冯班作字讲究“用笔”与“结字”，此一观念于《诫子帖》中俯仰可见，是冯班用以教授家中子弟学书的重要方法。《大瓢偶笔》谓“钝吟老人论书,大概祖陈绎曾。而陈绎曾《翰林要诀》十二章,本以执笔为第一,是以钝吟训于家庭,有笔法、结法二说”(清杨宾《大瓢偶笔》卷七)即是指此。在理论之外,冯班评述汉魏以来重要书家法帖之优劣,兼及晚明士人学古之弊,为后人研习书法提供具体的指导。此外,冯班之读书法重在博闻广览,孜孜以求,不可“止观大意,不求甚解”。其论诗虽宗晚唐,但命子弟学诗当从《诗经》《离骚》开始,不得看朱熹《诗集传》,谓其为“山歌曲子,俗人拙文字”。又祖述汉魏六朝,以为唐以来诸家虽“一变前人,而前人皆在其中”,故强调学诗以“学古”为基础。

金　敞

金敞(1618—?),字廓明,号暗斋,清代武进(今江苏常州)人。自幼聪颖过人,能一目十行。精于理学,学出于明末顾宪成、高攀龙。好骑射、纵饮、击刺,放达不羁。曾持策南游江淮,北渡黄河,往来于滁、泗之间,却无用武之地,于是闭门不出,专心著作。后受西蜀镇守提拔,成为其门下主管刑事的幕僚。但因西蜀镇守日益骄纵且不听劝诫,怒而辞官,隐居于阳羡(今江苏宜兴),一心讲学,著有《暗斋文集》《梦余存稿》。《宗范》收入《金暗斋先生集》,本与《宗约》合为一卷,共收录《守身》《保家》《诒谋》《事亲》《兄弟》《夫妇》《睦族》7篇。其与《家训纪要》《宗约》皆为训诫族人之语录。《宗范》暂无单行本,有《四库全书存目丛书补编》中所收康熙三十九年(1700)共学山居刊刻的《金暗斋先生集》本,另有清张师载《课子随笔钞》节录本。

宗　范(节选)〔1〕

守身

千罪百恶,皆从傲生。傲则自高自是,不肯下人〔2〕。至不肯下人〔3〕,则无不集之祸。

人须知己不是,与己之所不足,方可望其长进。不然,是一行尸走肉耳。

人有过不喜人规,此无他,不过欲成其为小人而已矣。

知过不改,则为恶,为恶则天恶之〔4〕,岂得无畏?

不近正人〔5〕,则恶日长而我不知。

天下决无好矜己之长[6]，好发人之恶[7]，而仍得为人所容之理。

人只败在一“敢”字，故曰：“勇于不敢则活。”

【注释】

〔1〕选自《金暗斋先生集》（康熙三十九年共学山居刻本）。

〔2〕下人：以谦卑的态度对待别人。

〔3〕至：表示程度之极、程度之最。

〔4〕天恶（wù）之：上天都讨厌他。

〔5〕正人：正派、正直的人。

〔6〕矜己：夸耀自己。

〔7〕发：揭露。恶：过错。

保家

第一要戒刻薄，盖刻薄人必是钱财与舌尖皆刻者也，甚则亡身，次亦破家。

莫不祥于不安分[1]，如幼不肯事长，不肖不肯事贤，与一切好为侈大皆是[2]。

不自重者取辱，不自畏者招祸[3]，吉凶悔吝[4]，何关于天？

小有才而又刚愎自用[5]，覆亡有余矣[6]。故上者能学问以进德，德进则才自敛[7]，次亦须先识时务。

人无皆非之理，莫一味见人不是，能自反[8]，便无事不了。

闺门中少个“礼”字，便天翻地覆，百祸千殃，皆从此起。故治家之道，与其过宽，宁过严，虽觉防范太过，无宽裕气象[9]，终则吉。故家将兴，父子夫妇，皆济济有礼，于肃正之中[10]，自然雍睦[11]。一宽纵太过[12]，则父不父，子不子，夫妇不成夫妇，乱伦败度，无所不有，乖争凌犯之风[13]，反自此起矣[14]。

每事节俭，却须得中[15]，使大体不失。尤宜体恤下情[16]，若过刻[17],亦非家之福也。

幸有赢余,即当思有以及物[18],在天道可免恶盈[19],在人情亦足寡怨[20]。

子不肖,必败家,然亦非生而不肖者也。是在为父母者,教之幼时而已矣。教之之法,在谅其才质[21],勿以过高者强之[22],第教之自幼循谨[23],畏礼法,知艰难,此为第一义也。

教子者,先宜去其傲心,养其谦德,使能温恭退让,行无邪僻[24],虽终身韦布[25],亦不失为克家之子[26]。苟不知谦顺,好自高大,纵使发科取第[27],才名盖世,适足以招尤贾祸[28],非全身保家之道也。

天下决无有身为非僻[29],而能以礼义教其家者。故温公曰[30]:“凡为家长,必谨守礼法,以御家众。”

家之兴替,全系于子之贤不肖,故保家之道,尤于教子为详焉[31]。

【注释】

〔1〕莫:或许,大约,表示推测。

〔2〕侈大:骄纵,自大。

〔3〕畏:有畏惧心。

〔4〕悔吝:灾祸。

〔5〕刚愎自用:形容一个人过分自信,完全听取不了别人的意见,十分固执。

〔6〕覆亡:灭亡、失败。

〔7〕自敛:自我收敛。

〔8〕自反:自我反省。

〔9〕宽裕:宽容。

〔10〕肃正:端正,正直不邪,此处指夫妻之间关系相敬如宾、讲究礼法。

〔11〕雍睦:和睦。

〔12〕一:一旦。

〔13〕乖争:争执、纷争。凌犯:侵害、欺压。

〔14〕反:反而。

〔15〕得中：适当、适宜。

〔16〕体恤下情：此处指体谅奴仆的心意或者情况，关心家仆。

〔17〕刻：苛刻，刻薄。

〔18〕有以及物：做一些有利于他人的事情。清叶玉屏《六事箴言》云："人不必待仕宦、有职事才为功业，但随力到处，有以及物，即功业也。"

〔19〕恶盈：罪恶过多，到了极点。

〔20〕寡怨：少怨气。

〔21〕谅：体谅，体察。

〔22〕强：强制，强迫。

〔23〕第：只管，尽管。循谨：循善恭谨。

〔24〕邪僻：乖谬不正。

〔25〕韦布：本义为粗布衣服，此处借指寒士、平民。

〔26〕克家：承担家事，继承家业。

〔27〕发科取第：在科举考试中名次优异。

〔28〕招尤：招致他人的怨恨、怪罪。贾（gǔ）祸：招致灾祸。

〔29〕非僻：同"非辟"，邪恶。

〔30〕温公：司马光逝世后被追赠为温国公。

〔31〕详：完备。

诒谋

人为子孙计，多至谋夺人之产业，营营不休〔1〕。昔人谓为子孙作马牛，然身没未寒〔2〕，业属他人，是徒为他人作马牛也。至仇家起而报复，子孙反受其殃，是又为子孙作蛇蝎矣。可不戒哉！

创业者皆期子孙繁盛，大要在一"仁"字〔3〕。仁者，生生之本〔4〕。若立心行事，恒近于薄〔5〕，吾未见其能兴也。

为子孙作富贵计者，十败其九；为人作善方便者，其后受惠无穷。

凡家业从耕读辛苦创成者，子孙或能守之。惟从智术诱骗骤致者〔6〕，子孙必不能守也。

子孙当须自立，多置田宅，徒使争财，为不义耳。故昔萧何买田宅，必居穷僻处，不治垣舍[7]，曰："令后世贤[8]，师吾俭；不贤，毋为势家所夺。"[9]

凡嫁娶，切戒贪附势利，第求门第相当，家有礼法，足矣。若慕势利，未有不为后殃者[10]。

【注释】

〔1〕营营不休：劳而不知休息。

〔2〕身没未寒：意同"尸骨未寒"。

〔3〕大要：关键。

〔4〕生生：世世代代。

〔5〕薄：指人心、世道、纲纪等衰微。

〔6〕智术：此处更偏向贬义，计谋。

〔7〕垣（yuán）舍：有围墙的房屋。

〔8〕令：假设、假使。

〔9〕参见本书《萧何家训》。

〔10〕后殃：日后的灾祸。

事亲

天下无不是底父母[1]，盖为天下无不爱子之父母，无有不是也。惟子能诚孝纯一，则父母自格而悦乐矣[2]。

【注释】

〔1〕底：同"的"。

〔2〕格：吉祥、有福气。

兄弟

横渠先生曰[1]："人情施而不报则辍[2]，故恩不能终。"兄弟之间，各尽己之所宜施，无学其不相报而废恩也[3]。

吕叔简先生曰[4]："恩礼皆出于情之自然，不可强致。然礼属体面，犹可责人，恩出根心，反以责失之矣。故恩薄可结之使厚，恩离可结之使固。一相责望，为怨滋深，凡有骨肉为寇仇[5]，皆坐'责'之一字耳。"

【注释】

〔1〕横渠先生：北宋理学家张载，生于长安（今陕西西安），后侨居于凤翔郿县横渠镇（今陕西眉县），并在该地安家、讲学，世称"横渠先生"。本句所引出自张载《诗说》："人情大抵患在施之不见报则辍，故恩不能终。不要相学。己施之而已。"大意指教导人不能在施与时看不到回报就停止对别人的施与，尽管去做善事，不要急于求回报。

〔2〕辍：停止。

〔3〕无：不要。

〔4〕吕叔简：吕坤（1536—1618），字叔简，明代思想家。著有《去伪斋集》《呻吟语》等。后所引出自《呻吟语》。

〔5〕寇仇：仇人。

夫妇

居室严整，去媟狎之习[1]，肃内外之防[2]，是所以有别也[3]。

【注释】

〔1〕媟狎（xiè xiá）：相处过于亲昵、近于放荡。

〔2〕内外之防：内外，指女子和男子。防，戒备。

〔3〕有别：男女有别，指遵守礼教。

睦族

《礼》："適子、庶子[1]，祇事宗子、宗妇[2]。（適音的。適子，谓父及祖之適子，是小宗也；庶子，谓適子之弟；宗子，谓大宗子；宗妇，大宗子之妻。)虽贵富,不敢以贵富入宗子之家。虽众车徒,舍于外,以寡约入[3],不敢以贵富加于父兄宗族。"(言内外、父兄、宗族,不敢以贵富加之。)

范文正公曰:"吾吴中宗族甚众,于吾固有亲疏,然吾祖宗视之则均是子孙,本无亲疏也。"[4]

嗟乎,读《礼》之言,则吾之于宗族也,不敢不敬;读文正公之言,则吾之于宗族也,又不忍不爱矣。此何以故?以吾之于族人,一本故也。人非甚冥顽[5],决无不念其祖者。苟念及乎祖,奈何不敬爱吾宗族哉?即如事长之礼,有谓"年长以倍,则父事之,十年以长,则兄事之",又谓"见父之执[6],不谓之进[7]不敢进,不谓之退不敢退,不问不敢对[8]"。[9]夫一年长也,何至有父事兄事之尊?一父执也,何至于进退问答,如此之敬畏?此无他,不过曰念其父焉耳。夫不忍忘父,则见夫年若父者,皆敬之而不敢慢。见父之友,则恻然如见其父焉[10]。礼固有本,非强而致之也。今人惟不念其父,故不知事长之道,惟不念其祖,故不知睦族之道。噫,其盍反而思之?

【注释】

〔1〕適子:嫡子。

〔2〕祗事:恭敬事奉。

〔3〕以寡约入:用节俭约束别人。

〔4〕出自范仲淹《告子弟书》。

〔5〕冥顽:愚钝无知的样子。

〔6〕执:朋友。

〔7〕进:上前。

〔8〕对:回答、作答。

〔9〕"有谓"和"又谓"后所引皆出自《礼记·曲礼》。

〔10〕恻然:哀怜貌。

【评析】

《宗范》七篇大体通过列举前贤所述阐明修身齐家的道理。《守身》篇侧重于人对自身的品行要求与自我反思。《保家》篇阐述个人德行与家族荣辱紧密相连,并告诫后人"礼教"为首。保家不仅在某一代,更在后代。只有教育好子孙,才能长久地保住家族兴盛。《诒谋》篇批评了一味想通过计谋为子孙留下过多家产的人。来路不正的家产一定会衰败,因此要教育子孙自治家业,不能坐吃山空。《事亲》篇强调孝顺父母。《兄弟》篇举例说明骨肉情深,兄弟之间应互相扶持。其所举事例在家训中常见,本书仅保留两则代表性事例。《夫妇》篇强调夫妻相处不宜过分亲昵,要依循基本的礼法。《睦族》篇跳出"小家",训诫后人同族之间皆应遵循入孝出悌的家规,不得刻意有亲疏远近之别。《宗范》以自身、小家所要遵循的家规为始,最终落脚点回到一宗一族之内的礼仪教化。由局部到整体,从各方面为教养子孙提供了方法与标准,可见其对后世家族繁盛的期待。

徐 枋

徐枋(1622—1694),字昭法,号俟斋、秦余山人,长洲(今江苏苏州)人,徐汧之子。崇祯十五年(1642)举人。明覆灭后,其父殉国,徐枋隐居于天池山,于邓尉山筑"涧上草堂",后迁至灵岩山,自此醉心诗词书法,卖画为生,与朱用纯、杨无咎并称"吴中三高士"。辑有《通鉴纪事类聚》,著有《廿一史文汇》《读史稗语》《读史杂钞》《建元同文录》《居易堂集》等。《诫子书》收录于《居易堂集》卷四。《居易堂集》有康熙年间徐枋门人潘耒刻本、嘉庆二十年(1815)震泽赵筠据潘氏旧藏板补刻本、1919年罗振玉辑《明季三孝廉》排印本。

诫子书(节选)[1]

一曰毋荒学业。夫学犹殖也[2],不殖则落[3],故夫子曰:"温故而知新。"又曰:"学而时习之。"言为学之不可间断也。今汝自四书五经之外,所诵读者亦既多矣。我每过学舍,必闻汝书声琅琅,无间昏昼[4],吾心窃喜。今将就学外家[5],吾又恐汝饥寒而苦志[6],温饱而忘怀也[7],我故首以此为策厉焉[8]。汝必朝夕孜孜,日进其新,毋忘其旧,斯可矣。然学非徒以寻章句、采辞华也,所以学为正人君子,学为孝子悌弟也。熟玩经史,古人与稽[9],然后反身而求,克其嗜欲,传之理道[10],则自然德业日进,言动可法,恂恂儒雅[11],温其如玉,人见而爱之敬之矣。不学则顽悖日增,暴慢斯至[12],语言无绪,面目可憎,人见而恶之贱之矣。人其可不学哉?昔尔祖文靖公居恒手不释卷,故生则极稽古之荣[13],死则系纲常之重,此真善学者矣。我即盛年忧废,而不敢自弃,笃志向学,矻矻穷年〔14〕,此又汝之所目见者也。《传》曰:“良弓之子,必学为箕〔15〕;良冶之子〔16〕,必学为裘〔17〕。”〔18〕《诗》曰:“毋念尔祖,聿修厥德〔19〕。”汝其逊志时敏〔20〕,以无让前人焉。

【注释】

〔1〕本篇选自《居易堂集》卷四(嘉庆二十年震泽赵筠补刻本)。

〔2〕殖:经营。

〔3〕落:衰败。

〔4〕无间:不间断。

〔5〕就学:谓从师学习。

〔6〕苦志:苦其心志。谓磨练自己的意志。

〔7〕忘怀:不放在心上。

〔8〕策厉:督促,勉励。

〔9〕稽:相合,相同。

〔10〕传:传授。

〔11〕恂恂(xún xún):形容人恭谨温顺的样子。

〔12〕暴慢:凶暴且傲慢。

〔13〕稽古:考察古事。

〔14〕矻矻(kū kū):勤劳努力的样子。

〔15〕箕:簸箕。

〔16〕冶:铸造金属器物的工人。

〔17〕裘:皮衣。

〔18〕语出《礼记·学记》:“良冶之子,必学为裘;良弓之子,必学为箕。始驾马者反之,车在马前。君子察于此三者,可以有志于学矣。”大意指君子学习时要能够做到触类旁通。

〔19〕聿修:继承发扬先人的德业。厥:代词,其。

〔20〕逊志时敏:《尚书·说命下》:“惟学逊志,务时敏,厥修乃来。”意指谦虚好学且时刻督促、勉励自己。

一曰毋习时艺[1]。今之登仕路者,无不以制艺起家,故欲拾朱紫[2],陟显荣[3],舍此无为阶梯矣。若冥栖遁世则无预焉[4]。所以昔者尔先祖之课我也,十二岁而学文,十三岁而会课[5],十四岁而应试,十五岁而观场焉[6]。而汝今已十八岁矣,而为父者尚不以此课汝,何也? 隐显殊途,出处异用,而所期者在彼不在此也。而复有言时艺之必不可以不学者,谓不习此入门,则辞意不通,文理不顺。吾向亦惑之,以质之一前辈,前辈曰:“汉之董贾[7],唐之韩柳[8],宋之欧苏[9],其文何尝不通辞意,不顺文理哉? 而未知其所习以入门者何时艺也。”余爽然自失[10],然犹未敢遽以为信[11],而回环者三年矣[12]。近见汝所作《穆姜论》《梅花诗》,亦略有意义,辞理颇通,于此而益信前辈之言为不可诬也。且时艺者,科举之利器也,吾闻操刀必割,万一汝有其器而妄试之,则所以玷辱先人者为何如哉? 苟翩翩文雅而玷辱先人,则不如椎鲁无文而克继风素矣[13],况人之能文与否,又确然不系于此乎? 我所以绝意不复令汝学之也。

【注释】

〔1〕时艺:八股文。

〔2〕朱紫:朱衣紫绶,指红色官服、紫色绶带,是古代高级官员的服色与配饰。此处指做官。

〔3〕陟:晋升。

〔4〕冥栖:隐居。无预:没有关联。

〔5〕会课:古时文人结社,有定期集会,于集会上研习文字,互相品评所作文字,谓之“会课”。

〔6〕观场:参加乡试。

〔7〕董贾:董仲舒、贾谊。

〔8〕韩柳:韩愈、柳宗元。

〔9〕欧苏:欧阳修、苏轼。

〔10〕爽然自失:无所适从。

〔11〕遽:立刻、马上。

〔12〕回环：反复。

〔13〕椎（chuí）鲁：愚钝。克继风素：能够传承（先人的）风采素养。

一曰毋游市肆。孟夫子以亚圣之德，然幼志未定，邻屠酤则习屠酤之事[1]，邻学宫乃为俎豆之容[2]，而况于中下之童蒙乎？[3]故其所见闻者不可不慎也。若处一室之中，所读者圣贤之书，所闻者师友之训，既渐摹于前言往行，复亲炙于直谅多闻[4]，虽欲不善，不可得也。苟出没闾巷，驰逐市井，所闻者街言市语、鄙俚秽恶之谈，所见者蝇营狗苟、扰攘纷纭之态[5]，则虽欲进德迁善，其道无由[6]。且人之所以宵旦不遑[7]，逐逐于路者[8]，皆有所营也。汝既俯仰，别无他累，衣食不须经营，则亦无事于此矣。夫安居读书何其逸，逸而善名随之；奔走出入何其劳，劳而恶声著焉。夫劳而得善，犹且为之，况于逸耶？逸而为恶，犹且戒之，况于劳耶？我今与汝约，除入山省我之外[9]，岁不过二三出，即至亲尊长，岁不过一二过[10]，无徘徊于街巷，无来往于市肆，键户一室[11]，如在深山，经年累月，足不窥户，乃我子也。如违我言，必杖汝胫。

【注释】

〔1〕屠酤（gū）：屠夫与酒家。

〔2〕俎（zǔ）豆之容：祭祀礼仪。

〔3〕此句化用孟母三迁的故事，来阐明周围环境对人的影响。见刘向《列女传·母仪》。

〔4〕亲炙（zhì）：亲身受到教育熏陶。直谅多闻：为人正直，学识广博。语出《论语·季氏》："益者三友，损者三友。友直，友谅，友多闻，益矣。友便辟，友善柔，友便佞，损矣。"

〔5〕扰攘：吵闹、混乱。

〔6〕无由：没有门径。

〔7〕不遑：没有闲暇。

〔8〕逐逐：匆忙奔跑的样子，意指急于得利的样子。

〔9〕省(xǐng):看望、问候。

〔10〕过:次。

〔11〕键户:闭门。

一曰毋预宴会[1]。昔马廷鸾家贫[2],为里中童子师,念母藜藿不给[3],虽有酒食,未尝下咽。彼每饭不忘其亲,所以令名垂于史册也。今我家中朝不谋夕,饘粥不继,汝虽在外家,亦宜不预宴乐,断除膏粱[4],蔬食菜羹,屏居一室[5],斯为有至性者矣。苟罔念其亲,而惟酒食是从,乃饮食之人也。饮食之人则人贱之矣。不特此也,我自遭世变,决志终隐,世间礼数都已废绝,故汝年十八而登降揖让[6]、周旋折旋之礼蒙然不知也[7],设大会宾朋,称觞为寿[8],他家子弟进退可观,而汝独形容木僵[9],举止生疏,不独见笑宾朋,亦且取嘲僮仆[10]。在我实以为王霸之子,蓬发历齿[11],犹贤于令狐子之车服雍容也[12],而世人岂知其意哉?故不如概谢宴会[13],既无罔念其亲之讥,又免不闲礼则之诮[14],不亦愈乎?即汝内祖有召[15],汝亦必以父命辞之,则其他可知矣。

【注释】

〔1〕预:参加、参与。

〔2〕马廷鸾:字翔仲,南宋饶州乐平(今属江西)人。度宗朝官至右丞相,至忠至孝。著有《碧梧玩芳集》。

〔3〕藜藿(lí huò)不给:粗劣的饭菜都供给不足。

〔4〕膏粱:肥肉与细粮,指美味的饭菜。

〔5〕屏(bǐng)居:避客独居,退隐。

〔6〕登降揖让:进退揖让之礼。

〔7〕周旋折旋:行礼时进退揖让的动作。

〔8〕称觞:举杯祝酒,表示庆贺。

〔9〕木僵:肢体动作、表情呆滞。

〔10〕亦且:又,而且。

〔11〕历齿：牙齿稀疏不齐。

〔12〕令狐子之车服雍容：典出《后汉书·列女传》："初，（王）霸与同郡令狐子伯为友，后子伯为楚相，而其子为郡功曹。子伯乃令子奉书于霸，车马服从，雍容如也。霸子时方耕于野，闻宾至，投耒而归，见令狐子，沮怍不能仰视。霸目之，有愧容，客去而久卧不起。妻怪问其故，始不肯告，妻请罪，而后言曰：'吾与子伯素不相若，向见其子容服甚光，举措有适，而我儿曹蓬发历齿，未知礼则，见客而有惭色。父子恩深，不觉自失耳。'妻曰：'君少修清节，不顾荣禄。今子伯之贵孰与君之高？奈何忘宿志而惭儿女子乎！'霸屈起而笑曰：'有是哉！'遂共终身隐遁。"用以阐述坚守贫士清节比富贵更为高尚难得，表现贫士守贫安节。

〔13〕概谢：概，一律。谢，谢绝。

〔14〕不闲礼则之诮：不闲，不熟悉、不精通。诮，责备。

〔15〕内祖：祖父。

一曰毋御鲜华〔1〕。刘赞始就学〔2〕，其父玭已登显仕，而衣赞以青布衫襦，此最可法〔3〕。夫儿童幼稚而即习为绮靡〔4〕，既隳其志〔5〕，复损其福，非所以爱之也。在仕宦者且然，况隐者耶？我数年以来，穷愁日甚，冬夏常服，止一苎衣〔6〕，接见宾客，私居燕处〔7〕，无非此矣。此汝之所目见者也。汝及弟妹则冬衣不完，捉襟露肘，以为常矣。此又汝之所身历者也。设家中则冬月苎衣，捉襟露肘，而汝独于外家鲜衣美服，罗绮扬扬〔8〕，于心安乎？外家以儿女之爱解衣惠汝，汝受其布素，辞其绮罗，服其暗淡〔9〕，辞其绚烂，斯可矣。嗟乎，服不称容，《礼经》所以告诫也〔10〕；蜉蝣之羽〔11〕，风人所以流连也。煴乎〔12〕，汝毋忽前人之言而为识者所刺。

【注释】

〔1〕毋御鲜华：御，使用。鲜华，鲜艳华丽，此处指衣饰华美。

〔2〕刘赞：后唐时期魏州人，守官以法。《旧五代史·刘赞传》记载："幼有文性。父玭（pín）为令录，诲以诗书，夏月令服青襦单衫。玭每肉食，别置蔬食以饭赞，谓之曰：'肉食，君之禄也。尔欲食肉，当苦心文艺，自可致之，吾禄不可分也。'由是赞

及冠有文辞,年三十余,登进士第。”

〔3〕法:效仿。

〔4〕绮靡:华丽奢侈。

〔5〕隳:通“惰”,懈怠。

〔6〕苎衣:苎麻织就的衣服。

〔7〕燕处:闲居。

〔8〕扬扬:飘扬的样子。

〔9〕暗淡:不鲜艳的衣服。

〔10〕《礼经》:指《仪礼》。

〔11〕蜉蝣(fú yóu)之羽:出自《诗经·曹风·蜉蝣》,全诗为:“蜉蝣之羽,衣裳楚楚。心之忧矣,于我归处。蜉蝣之翼,采采衣服。心之忧矣,于我归息。蜉蝣掘阅,麻衣如雪。心之忧矣,于我归说。”

〔12〕煴(yùn):徐文止,徐枋之子。在未选段落中有交代“小子煴,汝生也晚,尚未详知汝妇翁之笃行也”。

一曰毋渎亲长。汉光武问第五伦曰〔1〕:“闻卿不过从兄饭〔2〕,宁有之耶?”伦对曰:“臣少遭饥乱,实不妄过人食〔3〕。”嗟乎,古人立节厉行,其细如此,其严如此,所以可贵也。今人不知其故,以为一过从之末,一饮食之微,不足为意,而不知其所伤实多也。然人处顺境,居富贵,则行止或可稍宽,若当穷愁落魄之时,则律身必宜益峻。何也?富贵之人,亲戚交游以望见颜色为光宠〔4〕,以过从饮食为荣施,即有醉饱之过,人必略之,或反以为富贵之人宜如是也。一至穷愁落魄之人,则人心反是矣。嗟乎,世道沦胥〔5〕,人心恶薄,以我所见,大率其然,可不慎哉!夫以穷愁而失色于人,此终身之耻也。此第五伦之言所以尤可思也。况汝不闲礼仪,不知世故,若频数过人,必致开罪长者〔6〕,其厚道者或悯汝之无知,匿而不言,其刻薄者必且举为口实〔7〕,资其笑柄矣。可不慎哉,可不慎哉!汝今即处城市,犹在山中,即至亲尊长,一岁率不过一二过,过亦不得托宿〔8〕,不可违此戒也。即或至亲尊长呼召汝,汝必以父命辞之,毋忽〔9〕。

【注释】

〔1〕第五伦：字伯鱼，东汉时期京兆长陵（今陕西咸阳）人。为官正直清廉，历任会稽太守、蜀郡太守、司空等。

〔2〕过从兄饭：去从兄家吃饭。

〔3〕不妄：不敢毫无约束，即随便。过：到达，前往。过人食：此处有去别人家吃饭的意思。

〔4〕光宠：荣耀。

〔5〕沦胥：沦丧。

〔6〕开罪：因为冒犯而得罪。

〔7〕口实：话柄。

〔8〕托宿：借住，寄宿。

〔9〕忽：不注意，忽视。

【评析】

本篇收录《诫子书》中六条劝诫内容，分别为“毋荒学业”“毋习时艺”“毋游市肆”“毋预宴会”“毋御鲜华”“毋渎亲长”，涵盖了生活习惯、品性修养、学业发展三方面，正文多引经据典阐明事理。在“毋荒学业”这则劝诫中，徐枋教诲子孙学习不能只关注章句背诵、文辞华丽等。“毋习时艺”指出学作文章不能以学作八股文为方向，作文应参考董仲舒、贾谊、韩愈、柳宗元、欧阳修、苏轼等人的作品，应以通辞意、顺文理为作文标准。“毋游市肆”教导子孙远离市井街巷，甚至要做到“经年累月，足不窥户”。从现在的观念来看或许过于死板，但徐枋所强调的侧重于独处、反思、自省与自修，“足不窥户”的原因是外界对自身学业、品行养成的影响都很大，类似“近墨者黑”的忠告。“毋预宴会”“毋御鲜华”这两条都是侧重劝诫后人节俭，不在物质上攀比。“毋渎亲长”旨在教育后人善待亲长，指明在亲友落魄之时不可落井下石、嫌贫爱富，但又不可与亲友交往过密。徐枋言辞严厉又恳切，如“如违我言，必杖汝胫”“于心安乎”“可不慎哉”“毋忽”。不过有些观点可能基于其隐居的情状，故提倡不通交际、不言世事。本篇未摘录原文“毋预考试”“毋服时装”“毋言世事”“毋通交际”四条。

朱用纯

朱用纯(1627—1698),字致一,号柏庐,明末清初昆山(今属江苏苏州)人。其父朱集璜死于明末抗清战争中,朱用纯为悼念父亲,取王裒攀柏的典故,自号为“柏庐”。此后,朱用纯终身未曾踏入仕途,一心钻研程朱理学,以“腐儒”自诩,徐枋常以书问学于朱用纯。著有《愧讷集》《大学中庸讲义》《毋欺录》《治家格言》等。《朱子治家格言》用儒家“修身、齐家”的思想宗旨劝诫子孙,别称《治家格言》《朱子家训》《朱伯庐先生治家格言》。《朱子治家格言》《朱伯庐劝言》现有清乾隆四年(1739)至八年(1743)由陈宏谋辑、培远堂刊刻的《五种遗规·养正遗规》本,光绪二十七年(1901)由张承燮辑、太湖张氏胶州听雨堂所刊《听雨堂丛刻·儒先训要十四种》本及后人整理本、注释本等。

朱子治家格言[1]

黎明即起,洒扫庭除,要内外整洁。既昏便息[2],关锁门户,必亲自检点。一粥一饭,当思来处不易;半丝半缕,恒念物力维艰[3]。宜未雨而绸缪,毋临渴而掘井。自奉必须俭约[4],宴客切勿留连。器具质而洁,瓦缶胜金玉;饮食约而精,园蔬愈珍羞。勿营华屋,勿谋良田。

见富贵而生谗容者,最可耻;遇贫穷而作骄态者,贱莫甚。居家戒争讼,讼则终凶;处世戒多言,言多必失。毋恃势力而凌逼孤寡[5],勿贪口腹而恣杀生禽[6]。乖僻自是[7],悔误必多;颓惰自甘,家道难成。狎昵恶少[8],久必受其累;屈志老成,急则可相依。轻听发言,安知非人之谮诉[9],当忍耐三思。因事相争,安知非我之不是,须平心暗想[10]。

施惠勿念，受恩莫忘。凡事当留余地，得意不宜再往〔11〕。人有喜庆，不可生妒忌心；人有祸患，不可生喜幸心。善欲人见，不是真善；恶恐人知，便是大恶。见色而起淫心，报在妻女；匿怨而用暗箭〔12〕，祸延子孙。

家门和顺，虽饔飧不继〔13〕，亦有余欢；国课早完〔14〕，即囊橐无余〔15〕，自得至乐。读书志在圣贤，为官心存君国。守分安命，顺时听天。为人若此，庶乎近焉〔16〕。

【注释】

〔1〕选自《五种遗规·养正遗规》(乾隆四年至八年刻本)。

〔2〕既昏：天刚黑的时候。

〔3〕物力维艰：资产是来之不易的。维，是。

〔4〕自奉：自己日常生活的供养。

〔5〕凌逼：欺凌逼迫。

〔6〕恣：放纵，肆意。

〔7〕乖僻：性格乖张偏执。

〔8〕狎昵：过于亲近但态度不庄重。恶少：品行不良的年轻人。

〔9〕谮(zèn)诉：进谗毁谤并揭发或攻击他人隐私。

〔10〕平心：冷静。

〔11〕不宜再往：不应该再反复去做。

〔12〕匿怨：对别人怀恨在心却不表露。

〔13〕饔飧(yōng sūn)不继：早饭晚饭不能接续，俗称“吃了上顿没下顿”，形容生活十分贫苦。饔，早饭。飧，晚饭。

〔14〕国课：国家税收。

〔15〕囊橐(tuó)：盛东西的袋子。

〔16〕庶乎近焉：差不多就接近(圣贤)了。

朱柏庐劝言

孝悌

孩提之童，无不知爱其亲，及其长也，无不知敬其兄。可知孝亲悌长，是天性中事，不是有知有不知、有能有不能者也。吾独怪今人[1]，财宝本是身外之物，强欲求之，不得为耻，孝悌是身内固有，不得如何不耻？又怪今人，功名本如旅舍，一过便去，得而复失，则又深耻，孝悌乃是不可复失者，放而不求[2]，如何不耻？不必言古圣贤孝悌之行，如大舜、武周、泰伯、伯夷，各造其极。只如晨省昏定，推梨让枣[3]，有何难事？而今人甘心不为，极而至于生不能养，死不能葬，大不孝于父母；有无不通，长短相竞，大不友于兄弟。噫！是即孩提时，顷刻不见父母，则哭泣不止，兄弟同床共席，则相怜相爱之孝子悌弟也。人皆望长而进德，奈何反至于此？且就人所易能者，立一榜样，昔老莱子行年七十，身着五色斑斓之衣，作婴儿戏，欲亲之喜[4]。司马温公兄伯康，年将八十，公奉如严父，保如婴儿。每食少顷[5]，则问曰："得无饥乎？"天少冷[6]，则拊其背曰[7]："衣得无薄乎？"老而如此，未老可推。一事如此，他事可推。有子曰："孝悌为仁之本。"[8]乌有孝子悌弟，而不修德行善者？孔子曰："孝悌之至，通于神明，光于四海。"[9]乌有孝子悌弟，而不为乡党所称、皇天所佑者？其不孝不友者反是，何不勉之？

【注释】

〔1〕怪：感到奇怪。

〔2〕放：搁置。

〔3〕推梨让枣：指兄弟友爱。《后汉书·孔融传》李贤有注云："汉末孔融兄弟七人，融居第六，四岁时，与诸兄共食梨，融取小者，大人问其故，答道：'我小儿，法当取小者。'"《梁书·王泰传》云："（王泰）年数岁时，祖母集诸孙侄，散枣栗于床上，群儿皆竞之，泰独不取。问其故，对曰：'不取，自当得赐。'由是中表异之。"

〔4〕老莱子……，欲亲之喜：出自西汉刘向所著《列女传》：“老莱子孝养二亲，行年七十，婴儿自娱，着五色彩衣，尝取浆上堂，跌仆，因卧地为小儿蹄，或弄乌鸟于亲侧。”后形成典故“老莱娱亲”，形容子女想尽办法孝顺父母。

〔5〕少（shǎo）顷：不多时、片刻。

〔6〕少（shǎo）：稍稍、稍微。

〔7〕拊（fǔ）：抚摸。

〔8〕语出《论语·学而》。

〔9〕语出《孝经·感应章》。

勤俭

勤与俭，治生之道也。不勤则寡入，不俭则妄费。寡入而妄费，则财匮。财匮则苟取〔1〕。愚者为寡廉鲜耻之事，黠者入行险侥幸之途〔2〕。生平行止〔3〕于此而丧，祖宗家声于此而坠，生理绝矣〔4〕。又况一家之中，有妻有子，不能以勤俭表率，而使相趋于贪惰，则自绝其生理，而又绝妻子之生理矣。

勤之为道，第一要深思远计。事宜早为、物宜早办者，必须预先经理〔5〕。若待临时，仓忙失措，鲜不耗费。第二要晏眠早起〔6〕。侵晨而起〔7〕，夜分而卧〔8〕，则一日而复得半日之功。若早眠晏起，则一日仅得半日之功。无论天道必酬勤而罚惰，即人事赢诎〔9〕，亦已悬殊。第三要耐烦吃苦。若不耐烦吃苦，一处不周密，一处便有损失耗坏。事须亲自为者，必亲自为之。须一日为者，必一日为之。人皆以身习劳苦为自戕其生〔10〕，而不知是乃所以求生也。

俭之为道，第一要平心忍气。一朝之忿〔11〕，不自度量，与人口角斗力〔12〕，构讼经官〔13〕，事过之后，不惟破家，或且辱身。第二要量力举事。土木之功〔14〕，婚嫁之事，宾客酒席之费，切不可好高求胜。一时兴会，所费不支，后来补苴〔15〕，或行称贷〔16〕，偿则无力，逋则丧德〔17〕。第三要节衣缩食。绮罗之美，不过供人之叹羡而已。若暖其躯体，布素与绮罗何异？肥甘之美[18]，不过口舌间片刻之适而已。若自喉而下，藜藿肥甘何异？人皆以薄于自奉而不爱其生，而不知是乃所以养生也。

【注释】

〔1〕苟取：非正当手段取得。

〔2〕黠者：内心险恶的狡猾之人。

〔3〕行止：品行。

〔4〕生理：生计。

〔5〕经理：经营治理。

〔6〕晏眠：晚睡。

〔7〕侵晨：一大早。

〔8〕夜分：夜半。

〔9〕诎（qū）：短缩；缺少。

〔10〕自戕（qiāng）：自杀。

〔11〕忿：生气。

〔12〕口角（jué）：争吵。斗力：与人比拼力量，此处应引申为斗殴争执。

〔13〕构讼：诉讼。

〔14〕土木之功：建筑营造之事。

〔15〕补苴（jū）：弥补缺漏。

〔16〕称贷：向人借钱。

〔17〕逋（bū）：拖欠。

〔18〕肥甘：肥美、香甜的食物。

读书

读书须先论其人，次论其法。所谓法者，不但记其章句，而当求其义理。所谓人者，不但中举人进士要读书，做好人尤要读书。中举人进士之读书，未尝不求义理，而其重究竟只在章句。做好人之读书，未尝不解章句，而其重究竟只在义理。先儒谓今人不会读书，如读《论语》，未读时是此等人，读了后只是此等人，便是不会读。此教人读书识义理之道也。要知圣贤之书,不为后世中举人进士而设,是教千万世做好人,直至于大圣大贤。所以读一句书,便要反之于身,我能如是否?做一件事,便要合之于书,古人是如何?此才真读书。若只浮浮泛泛〔1〕,胸中记得几句古书,出口说得几句雅话,未足为佳也。所以又要论所读之书。尝见人家几案间摆列小说杂剧,此最自误,并误子弟,亟宜焚弃。人家有此等书,便为不祥。即诗词歌赋,亦属缓事。若能兼通《六经》及《性理》《纲目》《大学衍义》诸书〔2〕,固为上等学者。不然者,亦只是朴朴实实,将《孝经》、小学、四书本注置在案头。尝自读,教子弟读,即身体而力行之,难道不成就好人?难道不称为自好之士?究竟实能读书,精通义理,世间举人进士,舍此而谁?不在其身,必在其子孙。

【注释】

〔1〕浮浮泛泛:不切实、不深刻。

〔2〕《性理》:即《性理大全书》,明胡广等汇编宋儒性理之学而成。《纲目》:即《通鉴纲目》,南宋朱熹著。《大学衍义》:南宋理学家真德秀著,是一部政治哲学类书籍,以《大学》之义敷演之。

积德

积德之事,人皆谓惟富贵,然后其力可为。抑知富贵者,积德之报,必待富贵而后积德,则富贵何日可得?积德之事何日可为?惟于不富不贵之时,能力行善,此其事为尤难,其功为尤倍也。盖德亦是天性中所备,无事外求。根德亦随在可为,不必有待。假如人见蚁子入水、飞虫投网,便可救之。又如人见乞人哀叫,辄与之钱,或与之残羹剩饭。此救之、与之之心,不待人教之也。即此便是德,即此日渐做去便是积。今人于钱财田产,即去经营日积,而于自己所完备之德,不思积之,又大败之,不可解也。

今亦须论积之之序。首从亲戚始。宗族邻党中有贫乏孤苦者,量力周给[1]。尝见人广行施与,而不肯以一丝一粟援手穷亲[2],亦倒行而逆施矣。次及于交与。与凡穷厄之人[3],朋友有通财之义,固不必言。其穷厄之人虽与我素无往来,要知本吾一体,生则赈给,死则埋骨,惟力是视,以全我恻隐之心。次及于物类[4]。今人多少放生,究竟末务。有不须费财者,如任奔走、效口舌、解人厄、急人病、周旋人患难,不过劳己之力,更何容吝?又有不费财并不劳力者,如隐人之过、成人之善。又如启蛰不杀,方长不折[5],步步是德,步步可积。但存一积德之心,则无往而不积矣。不存一积德之心,则无往而为德矣。要知吾辈今日,不富不贵,无力无财,可以行大善事、积大阴德,正赖此恻隐之心。就日用常行之中,所见所闻之事,日积月累,成就一个好人。不求知于世,亦不责报于天。若又不为,是真当面错过也。不富不贵时不肯为,吾又未知即富即贵之果肯为否也。

【注释】

〔1〕周给:接济。

〔2〕援手:助人脱离困厄。

〔3〕穷厄(è):穷困。

〔4〕物类:万物。

〔5〕启蛰不杀,方长不折:《孔子家语》:"自见孔子,出入于户,未尝越礼。往来过之,足不履影。启蛰不杀,方长不折。执亲之丧,未尝见齿。是高柴之行也。孔子曰:'柴于亲丧,则难能也;启蛰不杀,则顺人道;方长不折,则恕仁也。成汤恭而以恕,是以日跻。'"指不在春天虫子刚复出活动的时候伤害它,不在枝条刚长长的时候攀折它。

【评析】

《朱子治家格言》主张克勤克俭、不慕荣华、多加反省、诚信待人、明辨善恶、知恩图报、戒色戒欲等。从内容上来看,是育人箴言,但最后"守分安命,顺时听天"略有听天由命的消极意味。就形式而言,《治家格言》几乎通篇对仗、押韵，长短句错落有致，且用词朴质，省去引经据典的繁杂，言简意赅、通俗易懂，适合做开蒙教材，在当时颇为流行。清代严可均《铁桥漫稿》记载："江淮以南皆悬之壁，称'朱子家训'，盖尊之若考亭焉。"《劝言》从"孝悌""勤俭""读书""积德"四方面详细说明"如何做"的问题。四部分皆为总分式写法，先论述此事的重要性，继而描述与其相匹配的言行。其主旨与《治家格言》相似，但内容更为丰富、详细，如"读书"部分点明对各种经典的读法，何书应"兼通"，何书应"置在案头"。《劝言》与《治家格言》的朴质语言不同，《劝言》屡屡征引与用典。如"孝悌"部分引用众多历史上的孝悌事例，"积德"部分引用《孔子家语》等。朱用纯标榜理学，这在《劝言》中更为明显，如其将看"小说杂剧"视为"误人子弟"，应将此类书目全部焚毁。

李　铠

李铠(1638—1707),字公凯,号惺庵、艮斋,明末清初江南山阳(今江苏淮安)人。出身官宦世家,顺治十八年(1661)进士,康熙十八年(1679)举博学鸿词,列二等,授翰林院编修,曾任绥阳县令,官至礼部侍郎。为政以公、孝心真挚,曾偕母赴任绥阳,并在母亲的时刻教诲下对大小案情亲力亲为,铁面无私。自幼博览群书,著有《读书杂述》《艮斋诗文集》《李先生集》《惺庵集》《恪素堂集》等。《家训》收录于《读书杂述》卷七中,《读书杂述》现有康熙四十年(1701)恪素堂刻本、同治三年(1864)山阳李氏恪素堂刻本等。

家　训(节选)〔1〕

天下未有不孝而事君忠者也,天下未有不忠而事父母孝者也。

子虽纯孝,终无加于父母之爱之也〔2〕。岂惟无加,且多未逮〔3〕。念及此,不咎心者谁欤〔4〕?

竭其子之力,父母所大不忍也,而力稍留余,则不可以为子。

孝至曾、闵〔5〕,亦止尽人子常分,非有所加也。今人事父母,切须以曾、闵为程〔6〕,勿自菲薄。

不遗父母恶名,孝之大者。

幸而有亲可事,禄养耕田〔7〕,皆乐境也〔8〕。然当此境而心知其乐,及时供子职者几人〔9〕?余抱鲜民之痛〔10〕,悔复何追?故书此以告世之有父母者。

祀父母必求仁者之粟,养可知矣。以不义之财,充庭闱之奉〔11〕,虽夕膳晨羞，极其馨洁，不得谓之孝。

古今不盛称慈父母，而孝子特传，盖人人皆慈父慈母，故略之。人人不皆孝子，特举一以风百也[12]。吁！可慨也已。

不竭力于父母，而日望其子之孝，北辙南辕，必无是理。

问："子与兄弟孰亲？"曰："均也。""待之当如何？"曰："子，己之子也；兄弟，父母之子也。待父母当厚于自待，则待父母之子当厚于己之子，明矣。虽然，今人视兄弟与子均，其亦可也；视兄弟薄于子，则吾所不忍闻也。"

兄弟相争，岂无曲直？然吾谓弃天性之恩，即兵戎之象。论事由则有是非曲直，而害伦伤化一也[13]，甘心终讼，不可以为人。闻正人君子之言而泣，泣而悔，悔而相好如初，此犹可与为善者尔。

两幼儿争果饵[14]，未有不恶之而诫之者，不听且笞骂之，防其渐也[15]。己与兄弟顾终日争论财产[16]，不自以为非，亦惑溺而不恕之至矣[17]。

骨肉相残，至不可解。初不过由财贿耳，岂知人生非无财贿之可忧，而兄弟叔侄不相顾之可痛，知之则一羽丘山[18]，何烦较计？故夫家庭嫌怨，吾甚望人之翻然悔[19]，又甚望比闾族党之晓譬而感悟之也[20]。

【注释】

〔1〕选自《读书杂述》（康熙四十年山阳李氏恪素堂刻本）。

〔2〕无加：没有增添，此处指"不比……多"。

〔3〕未逮：不及，没有达到。

〔4〕咎：怪罪。

〔5〕曾、闵：曾参、闵子骞，二人皆为孔子学生，以孝行闻名于世。《后汉书·明帝本纪》："昔曾、闵奉亲，竭欢致养。"萧广济《孝子传》："闵损与曾参，门徒之中，最有孝称。今言孝者，莫不本之曾、闵。"

〔6〕程：规矩、法式。

〔7〕禄养：以官俸养亲。

〔8〕乐境：快乐的境地。

〔9〕子职：子女对父母应尽的职责。

〔10〕鲜（xiǎn）民：无父无母的穷独之人。

〔11〕庭闱：内舍，此处指父母。

〔12〕风：讽刺，此处指委婉劝告。

〔13〕害伦伤化：有损人伦，有伤教化。

〔14〕果饵：糖果点心的总称。

〔15〕渐：迹象、征兆。

〔16〕顾：表转折之意，不过、就算。

〔17〕惑溺：受骗沉迷。

〔18〕一羽：一片羽毛，指事情分量很轻。丘山：泛指山，指事情分量很重。

〔19〕翻然：很快就彻底地做出某种改变。

〔20〕晓譬：开导。

薄于门内〔1〕，岂有厚于友朋之理？今人顾往往有之，逆情违道，厚亦不足信也。

家庭间非较是非之地，是非明而骨肉伤矣。然则非义相加〔2〕，处之将奈何？曰："积诚以感之耳。""感之终不化，奈何？"曰："此必吾之诚犹未至也。竭其诚而不责望于人，久之未有不化者，君子尽其在我，徐以俟之而已矣。"

一门之内，以非义相加者，倘叔父伯兄耶〔3〕，则念之曰："此尊行，吾所敬事之者，何敢较？"倘弟侄耶，则念之曰："此卑幼，吾所怜爱之者，何忍较？"忘其非义，而笃吾不敢不忍之心，将尊乎我者之不忍，卑乎我者之不敢，亦油然而生矣。向使汲汲焉〔4〕，申己之是〔5〕，折彼之非，处他人且不可，况骨肉乎？怨积祸萌，至不可解，则两败之道也。

一门之内，不必尽孝子悌弟，但使父母躬为之倡而一本之谊致祥之理，少长咸集时，辄相告语，闻见既真，熏陶日久，不自知其相率于孝弟[6],而门内之教成也。

尽子道难,尽父道易。然勿谓易也,我不足师,其何能淑[7]？故必孝焉,而后子道尽,父道亦尽。

祖父之于子孙,未有不望其富且贵者。然余谓富贵须贤子孙守之,子孙贤,即不富贵,何害？脱使富贵而不贤[8],恐方贻祖父以忧,勿遽谓位高多金为家门之庆也[9]。

子弟读书,既与之解明义理,何不导之以行？岂惟成人,即如幼童,读《论语》便以入孝出弟教之[10],日体验于家,使知古圣贤书皆后人标准,不止习其说为文章而已,则将来之成就远且大矣。今人教子弟,但患记诵不热,文艺不工,于躬行顾置之,是何汲汲望其干禄[11],遂不以贤人君子厚期之耶？且干禄之具如此,一旦立人之朝,膺民社之责[12],操何术以应之？习俗移人,名家不免,无惑乎正谊明道者之寥寥也[13]。

今人见小儿作大言辄奇之[14],谓其不凡也。然圣人教弟子,却以谨信为本[15]。

小儿读《语》《孟》时,便须以爱亲敬长之理,日向解譬。他如怀橘让枣等事[16],更使之试行于家,久之天心感发,习惯自然,可望其为孝子悌弟,而不孝之端绝矣[17]。

子弟聪明善属文,此自可喜,然步趋言动,正须幼学时一一导之。他日立身,庶无败度[18]。成大器者,不但文辞而已也。

余通籍数十载[19],家无负郭[20],子弟犹未甚习膏粱[21],然与之言窭人饥寒状[22],便不似余少时亲切有味,况公卿家履丰席厚者耶[23]？夫世家子弟,将试为吏,固当省百姓阽危[24],俾无重困[25]。即不仕而持身保家,可不知稼穑艰难,任其逸且谚耶[26]？是故教之倍急于素士也[27]。

【注释】

〔1〕门内：家庭、家里的人。

〔2〕非义：不合乎道义。

〔3〕倘：假使，如果。

〔4〕汲汲：心情急切，努力追求。

〔5〕申：显明，表明。

〔6〕相率：一个接一个。

〔7〕淑：良善。

〔8〕脱使：假设。

〔9〕遽：着急地、急忙地。

〔10〕入孝出弟：即“入孝出悌”，在内孝顺父母，在外敬爱兄长。出自《论语·学而》：“子曰：‘弟子入则孝，出则悌。’”

〔11〕干禄：求仕进。

〔12〕膺：担当。

〔13〕正谊：维护公理。

〔14〕大言：正大的言论。《庄子·齐物论》：“大言炎炎，小言詹詹。”

〔15〕谨信：恭谨诚信。

〔16〕怀橘让枣：怀橘，表示思亲、孝亲。《三国志·吴书·陆绩传》：“绩年六岁，于九江见袁术。术出橘，绩怀三枚，去，拜辞堕地，术谓曰：‘陆郎作宾客而怀橘乎？’绩跪答曰：‘欲归遗母。’术大奇之。”让枣，表示兄弟之前互相谦让。《梁书·王泰传》：“泰幼敏悟，年数岁时，祖母集诸孙侄，散枣栗于床上，群儿皆竞之，泰独不取。问其故，对曰：‘不取，自当得赐。’由是中表异之。既长，通和温雅，人不见其喜愠之色。”

〔17〕端：征兆。

〔18〕败度：败坏法度。

〔19〕通籍：初作官。

〔20〕负郭：靠近城郭。

〔21〕膏粱：美味的饭菜，这里偏向于指富贵的生活。

〔22〕窭(jù)人：贫穷的人。

〔23〕丰席：蒲草编就的席子。

〔24〕阽(diàn)危:危险。

〔25〕俾(bǐ):使。

〔26〕谚:通“喭”,粗野不恭。

〔27〕素士:贫寒的读书人,也指布衣之士。

子弟幼时,须教之爱惜物命,以培养其不忍之心〔1〕。

士大夫家子弟,资质朴鲁〔2〕,无虑也。但令勤苦,诵习积久,自然开悟。若智巧过人,贻父母之忧,正复不少。然则何以教之?浮者教之以诚,薄者教之以厚,多言者教之以谨,好胜者教之以谦,而日近正人,不接损友,又所以培养其心,教之大者。

学者无事不当敬,况侍坐于先生请业请益时耶〔3〕?气敛志专〔4〕,夫乃精神开朗,不然名言非不可听,无如鸿鹄之至其前矣。

闺门之内,整齐雍睦〔5〕,绝不闻诟谇声〔6〕,主妇贤可知已。

主妇晨起,率仆婢以次耕织,小大之属,无废职者,兴厥家之象也〔7〕。

古礼之难行于今日者,不必远举,即如子事父母、妇事舅姑,鸡初鸣而起,特寻常之疏节耳〔8〕,然责今人久而不倦,亦难矣。且假令以蚤起故,侵霜露致疾〔9〕,不反贻父母舅姑以忧耶?夫事父母舅姑,莫大于诚,使勉行之而诚意未至,何取于鸡鸣而起?果能孝根于心,下气怡声〔10〕,问衣寒燠〔11〕,疾病疴痒〔12〕,而敬抑搔之;出入则或先或后,而敬扶持之。如《内则》所云者〔13〕,虽辨色而兴〔14〕,可也。凡余之说,欲使人人可行,而不害于义,非敢变乱古法以惑天下。若因余言而荒惰废礼,诚意终不至,则余滋惧矣。

仆婢细人〔15〕,最易离间人骨肉,不使其言得入于耳,乃家庭和顺之本。

教养小仆婢若己子女,仁之端也,仁未有不昌厥后者。

陶渊明以一力寄其子〔16〕,曰:“此亦人子也,可善遇之。”余读此,尝为之堕泪。

衣冠之类，宁朴无华。荣进之途[17]，宁迟无速。

斋中几砚、笔墨、炉瓶诸什器[18]，皆须雅洁，然取足适用而已。尽访古玩，既非寒士所能，亦恐一向劳劳为此心之累[19]。

宋板书贵重极矣，然以贵重之故，终日珍藏不一寓目[20]，与无此书何异？鉴赏家、真读书人故自有别。

古人字画真迹之赝，至今日已极，又何怪人心风俗，纷纷作伪。何以止之？清好恶之源，去华返朴而已矣。

【注释】

〔1〕不忍：舍不得，可理解为“爱惜、怜惜”。

〔2〕朴鲁：朴实鲁钝。

〔3〕请业：向人请教学问。请益：向人请教后仍然不明白，再次请教。

〔4〕气敛志专：聚气专心。

〔5〕雍睦：和睦。

〔6〕诟谇（suì）：辱骂。

〔7〕兴厥家：“厥”为“其”义，“兴厥家”即“兴其家”。

〔8〕疏节：简略的礼节。

〔9〕侵：被外来的事物侵入内部。

〔10〕下气怡声：下气，平心静气。怡声，声音轻柔。

〔11〕寒燠（yù）：冷热。

〔12〕疴痒：疾病痛痒。

〔13〕内则：《礼记·内则》篇，主要内容为在家庭内部父子、男女之间应该遵循的礼法规则。

〔14〕辨色而兴：天刚亮的时候就起床。

〔15〕细人：年轻的侍女。

〔16〕力：奴仆、劳役。

〔17〕荣进：荣升高位。

〔18〕什器：各种生产用具或生活器物。

〔19〕劳劳：辛苦。

〔20〕寓目：观看、过目。

积货财，为子孙也。然积之以非义，亦有祸子孙者矣。祸之烈与不烈，又恒视非义之轻重以为准，悖入悖出〔1〕，可畏也已。

今之富室，亦未必尽剥取于窭人，然索逋则较及锱铢，置田宅则阴欲之而阳拒之，乘人危迫，展转百端〔2〕，不巧行其损人之术不止。吁！亦忍也已。

素封家习为刻薄〔3〕，十人而九，岂其天性则然？盖深知为仁不富，故终身奉不仁之训，不敢少变尔。

种木菽必逢年〔4〕，岂有种德不获报者？纵或有之，亦如水旱之适，然非常理也。

士大夫好古器，亦何害于理？然固求而必得之，则未达耳〔5〕。夫一器至百年、数百年之久，不知经历几何家矣。当日之求之，与我今日略同，何在彼者之忽然在我也？而谓我之有之，独能百世守耶？逆旅传舍〔6〕，万事皆然，又不但玩好之不当溺矣。

积书胜积货财，亦胜古玩，谓可遗后人使诵读也。然后人能诵读与否，正不关遗书多寡。牙签万轴〔7〕，庋置尘封〔8〕，每不如贫士手钞之为得。而不再传，而寒饿不能保。或斥之为博弈声色之费，与夫门户衰薄，见夺于世家，亦往往而有。嗟乎！士大夫不货财古玩是积而积书，岂得不谓之贤，犹不敢必子孙世守，而况其他乎？吾愿积之者之深念之也。

风俗之盛衰，始不过起于一二人、一二家，后遂有渐不可挽之势。大抵由俭而奢、由厚而薄也易，由奢而俭、由薄而厚也难。然则卿大夫于朝堂，士庶人于乡里，饮食宫室，舆马仆从，间其尚循分守礼。日返于淳，慎毋导靡训侈，俾天下指我一二人、一二家也。

缙绅家行一事,乡之人观礼焉。以其读书循理,多识朝堂典故也。使饶于财之仪节,靡所不具,而于古人精意可以法、可以风者,按之茫然,其又何以观之哉?

今人行丧祭,能以《朱文公家礼》为法[9],善矣。然登降献酬[10],悉中规矩[11],而哀思诚意未至,遂谓之由礼,无复遗憾矣乎?礼有本有文,文可稽古而得之,本则其所自尽,故必忠信而后可以学礼也。

良朋宴会,取足言欢,必供多品,乃力致远乡异味,一朝之享,往往竭中人之产[12],劳而费,不可以训。且我辈岂饮食之人,但丰肴核[13],其为恭也亦仅矣。

世家大族,礼教之宗也。今士大夫家父子兄弟,以及姑妇娣姒间[14],容服非不甚都[15],仪文非不甚盛,而礼之真意已矣。彼田家者流,岂知有升降揖让哉?然往往一门之内,天性蔼然,殊非矫情饰貌者之所及,观礼者伸彼诎此,余之所未喻也。

衣服饮食之侈靡,至今日已极。宗俭返朴,此正士大夫之责,可复尤而效之哉?

致富之术,力田为上,习百工次之,贾又次之。盖国之本,富在农工,犹自食其技,贾则操奇赢以营什一之利,所谓逐末者也。后世顾艳称大贾[16],谓农工不足为,于是求富者一出于货殖,先王重本轻末之良法既不可复,而天下嚣凌浮薄,风俗亦浸衰矣[17]。

余为诸生时,见侪偶中非甚素封[18],无衣帛者,若今之所谓段,即封君大姓,未尝服也。比来贫士,非段不服且袭焉。求一衣布者见之不可得矣。四十年间,风俗不同如此。

士大夫居乡,欲不见一人亦难矣。且与人子言孝,与人弟言悌,与高士言躬耕乐道,与文人言砥行读书,即遇田夫野人,亦告之以同井亲睦、勤俭保家之道。此正山中经济,绝人逃世,奚为耶?若但怀刺谒公府[19],不敢直言闾里利病,而酬对皆饰说,则非人所堪耳。

乖戾之气[20]，不始于一人，则礼让之风，正须交尽，然不必家喻户晓也。但乡之贤士大夫实以礼让相先，彼比屋而居者，忍狃于偷薄而不之省耶[21]？事不外于守己教家，而效乃至于维风善俗，余愿与天下贤士大夫共勉之矣。

【注释】

〔1〕悖入：钱财用不正当手段得来。

〔2〕展转：反复、变化。百端：想尽或用尽一切办法。

〔3〕素封：指没有官爵和封邑但富比封爵的人。《史记·货殖列传》："今有无秩禄之奉，爵邑之入，而乐与之比者，命曰'素封'。"

〔4〕木菽：此处泛指粮食。

〔5〕达：通晓。

〔6〕逆旅：旅馆。传舍：古时供行人休息住宿的处所。

〔7〕牙签万轴：形容藏书非常多且精美。牙签，指系于书函上的标志，以便翻检查找的牙质签牌。

〔8〕庋（guǐ）置：收藏搁置。

〔9〕《朱文公家礼》：也叫《朱子家礼》《文公家礼》，是南宋理学家朱熹所创作的一部阐述家庭礼仪的著作，内分《通礼》《冠礼》《婚礼》《丧礼》《祭礼》五个部分。

〔10〕献酬：饮酒时宾主互相敬酒。

〔11〕中（zhòng）：合于。

〔12〕中人：中等人家。

〔13〕肴核：肉类和果类食品。

〔14〕娣姒（dì sì）：妯娌。

〔15〕都：美好、美丽的样子。

〔16〕艳称：羡慕并赞美。

〔17〕嚣凌：喧嚷争竞。

〔18〕侪（chái）偶：同辈。

〔19〕怀刺：携带名片。

〔20〕乖戾：抵触。

〔21〕偷薄：不敦厚，这里指不敦厚的人。

【评析】

《家训》大抵涵盖“入孝出悌”“读书明礼”“严守妇道”“善待家仆”“简朴生活”“重农轻商”“教化乡里”这几方面。就内容而言，这篇家训重品行轻富贵，重读书轻仕宦，重礼教轻风俗。作者出身官宦世家，却警戒后人时刻切勿骄奢、避免攀比，强调以德行、读书甚至是力田守家，可见其性纯良、明事理。《家训》不仅在于教导、归训家族内部后人的行为，更有意于以一家之教化推行至一乡之教化，“即遇田夫野人，亦告之以同井亲睦、勤俭保家之道”是其有公心的体现。但部分家训内容过于宣扬传统礼教与思想，如重男轻女，束缚女性生活，将一些家庭矛盾纠纷悉数归结到女性身上，甚至有一部分愚孝内容等，本书予以删除。总的来说，《家训》以儒家思想为主导，以切身事例辅助说理，言辞恳切，通晓畅达，体现了李铠对后人的期望，也是李氏优良家风的体现。

石成金

石成金(1660—?),字天基,号惺斋、惺斋愚人、觉道人,清代江都(今江苏扬州)人。出身当地望族,家风严明,皆以读书为业。自幼好读书,擅借寓言说理,著有《传家宝》《舆地管见》《知天镜》《修持正谛》等。其中《传家宝》共有4集32卷,大致通过日常琐事阐明人生哲理或讲解人情世故等,通俗易懂,广为流传。《世事十条》收录于《传家宝二集》卷四《天基遗言》中。《传家宝》有乾隆四年(1739)扬州石氏家刻本、道光三十年(1850)扫叶山房刻本、光绪二十一年(1895)上海书局石印本等众多版本。

世事十条(节选)[1]

莫旷业

凡为一事业,就要专心为之,不可三心二意,又想他念。我的心念[2],甚是寻常,并不思量大富大贵。两儿莫把读书看轻了,即或不能上进,道理先已明了。或可授徒,得脩资,少助薪蔬[3]。如贸易,利息不可贪多。柴米烛炭,是人家日用必需,可去专心习学。在家生理,甚是安稳;假如出外买卖,虽然利多,却离家别业,受怕担惊,甚不稳妥。总之,士农工商,只要勤俭安分,自然饱暖成家。但安稳即是极好的快乐,切不可听信坏人,以大利诱惑。我眼见许多人为图大利,连现在的家财都弄穷了。

附歌:戒后人,莫旷业,各安本分毋休歇。时时勤谨不辞劳,合家饱暖同欢悦。

【注释】

〔1〕选自《天基遗言》(乾隆四年扬州石氏家刻本《传家宝二集》卷四)。

〔2〕心念:心中所想。

〔3〕助:增添。

莫广居

我只有小屋十余间,前厅后住,且又向南。仆房厨厕俱全。一瓦一木,俱是我亲自督工起造,甚是坚固,尽足居住〔1〕。子孙莫嫌矮小。即或日后人口众多,可于近旁添置几间。要知心宽强如屋宽,若是妄想高堂大厦,以图壮观,必致另迁而费用极多,自寻穷苦矣。切戒,切戒。

附歌:戒后人,莫广居,人少房多枉痴愚。只要心中好宽快〔2〕,何须高堂徒空虚。

【注释】

〔1〕尽足:完全足够。

〔2〕宽快:舒畅、舒适。

莫卖田

我的田地都是我辛勤置买,平日我的好衣也不敢穿,美肴也不敢吃。我一家衣食用度,都赖此田过活。日后子孙虽有急事,切不可轻易将田典卖与人,自绝养生之计。

附歌:戒后人,莫卖田,田禾是我命根源。合家食用都出此,轻易典卖苦熬煎。

莫借债

除官粮、私债、饥寒至紧之外〔1〕,其余杂用,俱不可轻易借人利债。要知时光迅速,瞬息一月,倏忽半年〔2〕,终日辛勤,求来利息,都是代人奔忙,必致日渐贫穷。切勿以借得来或以人肯借与我,反为欣喜得意。至于官粮,尤当早完,切莫拖欠,致累捉比。不独加倍费用,且苦恼受罪,都是自取。又家有余资,切不可图利放债。要知亲友若不饥寒至贫者,决不来借。及至借去,后来取讨,势必维艰。结怨招尤,皆由于此。

附歌:戒后人,莫借债,会借债负穷得快。终日营求替人忙,身家脸面都大坏。

【注释】

〔1〕官粮:缴纳给政府的税粮。

〔2〕倏忽:忽然。

莫费财

一年用度,完官粮若干,合家食米若干,薪蔬人情杂费若干,将收的田上租粮若干,贸易利息若干,预先量入为出,常留有余,以备喜庆并意外凶荒之用[1]。凡一切不急之事,尽行省减。即每日饮食,两粥一饭,衣服鲜华者,只备一件,以为喜庆之用。若不酌量多少,任意浪费,必致贫穷。大略世上破家荡产之事,我约有十件:一是谋买科名官爵;一是结交势宦;一是教习戏子并学吹唱;一是多畜姬妾俊童;一是起造华堂高屋、池馆园亭;一是好告状、打官事、喜斗殴、争强胜;一是嫖;一是赌;一是好吃懒做,不务生业,多养闲汉出入[2];一是勉强学富贵人家行事,假装体面。此十件之内,只消一件,家业必败。若或再有几件,穷得甚速。若到了破败穷苦之时,谁来拯救?虽然追悔,怎的悔得来?

附歌:戒后人,莫费财,盈余都自俭中来。常常蓄积家能富,奢侈无益更招灾。

【注释】

〔1〕凶荒:灾荒。

〔2〕闲汉:游手好闲之徒。

莫来会

银钱摇会[1],每月出若干,零星聚整趸[2],且济亲友之急用,原是好事。怎奈目今人情坏极[3],我眼见许多人,因会事或是死逃匿散,或是赊欠取讨,以致打骂告状,尚不清偿,何苦来由? 今后有来请会者,切莫应承,免了许多气恼。且恐临摇会时,或值自己无银,免了许多忧虑借措。即有至亲好友,急难之事需用者,宁可量力少助,还与不还,任听人意。在我心地坦然,好大快乐。

附歌:戒后人,莫来会,来会每每吃大累。世情薄恶有盈虚,何苦将钱讨憔悴。

【注释】

〔1〕摇会:古时民间的一种信用互助方式。一般由发起人“会头”邀请亲友若干人参加,参与人称为“会脚”,通常约定每月、每季或每年举会一次。每次各缴一定数量的会款,轮流交由一人使用,借以互助。会头先收第一次会款,以后按摇骰方式决定会脚收款次序,直到参加者轮完为止。

〔2〕趸(dǔn):整数。

〔3〕目今:如今,现在。

莫多事

人只勤俭谨慎,安分过活[1],就是极大的快乐。但凡灯头会首、公呈公举、作媒作保、代人干证、敛分出头做事等类[2],每遭祸害无已,都是自寻苦吃。至于不择人而滥交,不择事而轻习,俱当切戒。

附歌:戒后人,莫多事,多事多累宜省事。烦恼都因强出头,甘心守拙为高士。

【注释】

〔1〕过活：生活。

〔2〕灯头：领头的人。会首：古代民间各种组织的发起人。公呈：公众联名呈递给官府的公文。公举：共同推举。干证：作证人。

莫骄人

见一切人，无论贵贱贫富，惟当谦虚和悦。若或高傲自大，人皆憎恶，乃量小福薄之人也。

附歌：戒后人，莫骄人，气傲心高灾祸生。仗倚富贵偏招怨，谦多还是福多人。

【评析】

《天基遗言》共收录《世事十条》《后事十条》《岁岁济瞽议》《买物惠贫议》4篇，作于石成金病中，石成金于题下云："著完此书，病愈身健。"《世事十条》原文共10条，为"莫旷业""莫广居""莫卖田""莫借债""莫费财""莫来会""莫结讼""莫多事""莫骄人""莫当仆"，此处未选"莫结讼""莫当仆"2条。各条正文多用口语、俗语表述，浅近易懂，侧重为人处世的教育，涉及众多民俗民风。其中"莫旷业""莫借债""莫费财"3条内容占比最多，可见作者对子孙能够守住家业的期盼。每条正文后皆附歌一首，朗朗上口，丰富了家训的形式。石成金在家训中大量使用白话或与其平日多搜集、著述通俗寓言、话本等有关。

钟于序

钟于序,字东泽,生卒年不详,江苏溧阳(今属江苏常州)人。康熙八年(1669)举人,曾任安徽省绩溪县县学教谕、甘肃省通渭县知县。著有《九州史》等。绩溪县教谕任上,曾于康熙四十四年改建县学崇圣祠。史书中对其事迹记载较少,事迹见《〔嘉庆〕溧阳县志》等。《宗规》曾被收录于张潮《昭代丛书》丙集卷十八。《丛书》有清道光吴江沈氏世楷堂本。

宗　规(节选)〔1〕

一、敦孝弟

堂堂七尺之躯,试问何人生我?渺渺九州之内,请看几个同胞?继乳育以抚摩〔2〕,惟父母劬劳莫甚〔3〕;自丱弁而耄耋〔4〕,独友昆情谊偏长〔5〕。故五伦总属纲常,而百行尤先孝弟。凡吾族姓,宜共敦修〔6〕。秀者泽诗书〔7〕,务遂显扬之愿〔8〕;朴者安耕凿〔9〕,还勤甘旨之供〔10〕。手足由一体而分,须若鸣琴鼓瑟〔11〕;枝叶本同根而出,何为煮豆燃萁〔12〕?无如世俗易移,以致天亲不笃。或养成骄惰之气,定省全疏;或习惯紾夺之风〔13〕,友恭尽失。或以后母而生猜忌,谁知闵子衣单〔14〕?或以庶弟而肆欺陵,孰似薛包田瘦〔15〕?种种乖离之习〔16〕,皆非名教所容。然而堂构之贻惭〔17〕,多因妻子;阋墙之召衅〔18〕,总为家财。割私爱而厚天彝〔19〕,自见堂前顺志;重人伦而轻长物〔20〕,必无室内操戈。孝子还生孝孙,天道循环不爽〔21〕;难兄更有难弟,家门昌炽何疑〔22〕?勿谓迂谈,咸期猛省〔23〕。

【注释】

〔1〕选自《昭代丛书》丙集卷十八。

〔2〕继乳育以抚摩：乳育，哺育。抚摩，用手指轻触，这里有轻轻拍哄婴儿的意思。

〔3〕劬（qú）劳：劳苦、劳累。

〔4〕丱（guàn）：古代儿童束的上翘的两只角辫，表示年纪很小。弁（biàn），古代男子年满二十加冠称弁，表示成年。耄耋（mào dié）：高龄、高寿。

〔5〕友昆：朋友和兄弟。

〔6〕敦修：敦，注重。修，指学习、品行方面的锻炼、培养。

〔7〕秀者泽诗书：秀者，优异的人。泽诗书，以诗书润泽自己。

〔8〕显扬：显亲扬名。

〔9〕耕菑：耕种、务农。

〔10〕甘旨：美味的食品。

〔11〕须若鸣琴鼓瑟：意指如同演奏琴瑟一般，同声和韵。

〔12〕煮豆燃萁（qí）：用豆萁作燃料煮豆子。曹植《七步诗》："煮豆燃豆萁，豆在釜中泣。本是同根生，相煎何太急。"比喻兄弟间自相残杀。

〔13〕紾（zhěn）夺：即扭打着抢夺。紾，扭，拧。《孟子·告子下》："紾兄之臂而夺之食，则得食；不紾，则不得食，则将紾之乎？"

〔14〕闵子衣单：元代郭居敬所编《二十四孝》，其中一孝为闵损（即闵子骞）芦衣顺母，原文为："周闵损，字子骞，早丧母。父娶后母，生二子，衣以锦絮；妒损，衣以芦花。父令损御车，体寒失靷（yǐn，失靷意为缰绳掉落），父察知故，欲出后母。损曰：'母在一子寒，母去三子单。'母闻，悔改。"

〔15〕薛包田瘦：薛包，东汉汝南人，以孝行闻名。《资治通鉴》载："初，汝南薛包，少有至行，父娶后妻而憎包，分出之。包日夜号泣，不能去，至被驱扑，不得已，庐于舍外，旦入洒扫。父怒，又逐之，乃庐于里门，晨昏不废。积岁余，父母惭而还之。及父母亡，弟子求分财异居。包不能止，乃中分其财，奴婢引其老者，曰：'与我共事久，若不能使也。'田庐取其荒顿者，曰：'吾少时所治，意所恋也。'器物取朽败者，曰：'我素所服食，身口所安也。'弟子数破其产，辄复赈给。帝闻其名，令公车特征。至，拜侍中。包以死自乞，有诏赐告归。"

〔16〕乖离：背离。

〔17〕堂构：子承父业。贻惭：留下羞愧。

〔18〕阋（xì）墙：兄弟之间的相争。

〔19〕天彝：天理。

〔20〕长物：多余的东西。

〔21〕不爽：没有差错。

〔22〕昌炽：昌盛、兴旺。

〔23〕猛省：深刻反省。

一、敬尊长

分别尊卑，齿分长幼。诸祖诸父，咸居九族之先；以事以随，断自十年而上。礼仪不饬〔1〕，几同人道于马牛；恭逊无闻，不异能言之鹦鹉。大圣人且言恂而貌恪〔2〕，况属凡恒；古天子亦尚齿而引年〔3〕，矧兹士庶〔4〕？夫何轻浮后进、儇薄少年〔5〕，略读几行书，便嗤朴鲁；多收十斛麦，辄鄙贫寒。疾行长者之前，不耐老人缓步；俨列先生之位〔6〕，且从席上横肱〔7〕。任意凭陵〔8〕，敢侮皤皤之家督〔9〕；恣情谑虐〔10〕，全欺奕奕之宗盟〔11〕。唯诺趋跄〔12〕，视为末节；擎拳曲跽〔13〕，漫曰虚文〔14〕。岂知作乱之原，端由犯上；还思自牧之道〔15〕，莫若谦卑。满则必倾，岂得听其跃冶〔16〕？傲不可长，何容纵彼跳梁〔17〕？尊祖故敬宗，敬宗故睦族，宜从根本上行来；德修而行立，行立而名成，只在家庭中做起。我欲胥为佳子弟〔18〕，人故乐有贤父兄。

【注释】

〔1〕饬（chì）：整顿。

〔2〕恂（xún）：严肃、恭谨。恪：恭敬、谨慎。

〔3〕尚齿：尊崇年长者。引年：侍养年老的贤者。

〔4〕士庶：士人和普通百姓。

〔5〕儇薄（xuān bó）：谄媚轻佻。

〔6〕俨（yǎn）：庄严、庄重的样子。

〔7〕横肱(gōng):胳膊横在桌案上,是不懂礼数的体现。

〔8〕凭陵:欺压。

〔9〕皤(pó)皤:头发白了的样子,指年长。家督:家长、户主。

〔10〕恣情谑虐:放纵性情,肆意妄为。

〔11〕奕奕:盛貌,形容众多的样子。宗盟:同宗同姓。

〔12〕唯诺:卑恭顺从。趋跄:奔走侍奉。

〔13〕擎拳曲跽(jì):行跪拜之礼。亦称“擎跽曲拳”。

〔14〕虚文:毫无意义的礼节。

〔15〕自牧:自我修养。

〔16〕跃冶:急于求用,自以为能。语出《庄子·大宗师》:“今之大冶铸金,金踊跃曰:‘我且必为镆铘。’大冶必以为不祥之金。”成玄英疏:“镆铘,古之良剑名也。……夫洪炉大冶,熔铸金铁,随器大小,悉皆为之,而炉中之金,忽然跳踯,殷勤致请,愿为良剑,匠者惊嗟,用为不善。”

〔17〕跳梁:跋扈霸道的样子。《庄子·逍遥游》:“子独不见狸狌乎?卑身而伏,以候敖者;东西跳梁,不避高下。”

〔18〕胥:皆,都。

一、和乡党

客滞他乡,每忆枌榆地胜〔1〕;人羁异国,惟思桑梓情深。怀此故都,必曰先人之敝庐在是;安于末俗〔2〕,亦谓此中之风土如斯。但既共井而同方〔3〕,尤贵行仁而尚义。从来狱讼之滋起,多由乡党之不和。或以口角讥评〔4〕,积为怨府〔5〕;或以儿童嬉戏,酿厥祸胎。或此姓显荣,彼姓忌同藜刺〔6〕;或一家殷富,他家疾胜仇雠〔7〕。或田亩连畴,混于前而夺于后;或婚姻致寇,好以始而隙以终。总之角胜争长〔8〕,舟中谁非敌国〔9〕?倘其平情合理〔10〕,宇内尽若阳春。念此父母之邦,奚容秦越之视〔11〕?务解纷而排难,远近共借其干掫〔12〕;且济困而扶菑〔13〕,彼此交资为管库〔14〕。鸡豚芋栗,极岁时暇豫之欢〔15〕;灯火桑麻,尽里社团圆之乐。南翁北叟,啸咏年年;西陌东阡〔16〕,徜徉日日。何必彦方〔17〕,始称君子之乡;岂独嘉贞[18],乃号鸣珂之里?愿与古为徒,自吾族而始。

【注释】

〔1〕枌榆(fén yú):泛指故乡。

〔2〕末俗:晚近的习俗。

〔3〕同方:同在一处。

〔4〕讥评:讥讽评议。

〔5〕怨府:众多怨怼聚集的地方。

〔6〕藜(lí)刺:尖端带刺的一种草本植物。

〔7〕仇雠(chóu):仇人。

〔8〕角(jué)胜争长:较量胜负。

〔9〕舟中谁非敌国:同一条船上的人谁不是你的敌人。《史记·孙子吴起列传》:"若君不修德,舟中之人尽为敌国也。"

〔10〕平情:公允且不偏向于感情。

〔11〕秦越之视:即"视同秦越",古时候秦国和越国一方在西北,一方在东南,两者相隔很远。比喻漠不关心,疏远隔离。

〔12〕干掫(gàn zōu):护卫。

〔13〕菑(zì):枯死而未倒的树。

〔14〕管库:财务方面的负责人。

〔15〕暇豫:闲暇的时间。

〔16〕西陌东阡:即"东阡西陌",指四方的田野。

〔17〕彦方:王烈,字彦方,东汉太原人。以义行闻名乡里,并改善一乡风气,推德行善,其乡被称为"君子乡"。《魏书·王烈传》载:"(王)烈通识达道,秉义不回。以颍川陈太丘为师,二子为友。时颍川荀慈明、贾伟节、李元礼、韩元长皆就陈君学,见烈器业过人,叹服所履,亦与相亲。由是英名著于海内。道成德立,还归旧庐,遂遭父丧,泣泪三年。遇岁饥馑,路有饿殍,烈乃分釜庾之储,以救邑里之命。是以宗族称孝,乡党归仁。以典籍娱心,育人为务,遂建学校,敦崇庠序。其诱人也,皆因其性气,诲之以道,使之从善远恶。益者不自觉,而大化隆行,皆成宝器。门人出入,容止可观,时在市井,行步有异,人皆别之。州闾成风,咸竞为善。"

〔18〕嘉贞:即张嘉贞,字嘉贞,唐朝蒲州猗氏县(今山西运城)人,任宰相。《新

唐书·张嘉祐传》:“嘉祐,嘉贞弟,有干略。方嘉贞为相时,任右金吾卫将军,昆弟每上朝,轩盖驺导盈闾巷,时号所居坊曰‘鸣珂里’。”“鸣珂里”形容人官高位显。

一、务读书

千年阀阅之宗[1],必是家传黄卷[2];屡代簪缨之胄[3],无非世守青缃[4]。金张七叶[5],显贵盈朝;王谢两家[6],风流满巷。莫不枕藉经史,因而驰誉腾休[7]。顾在胜国之中[8],吾门亦冠裳济济;何自鼎兴而后,于兹乃衿佩寥寥[9]?推其失学之原,或亦为贫所使;究厥长贫之故[10],良由不学而然。朱翁子市上行吟,负薪自若[11];高文通庭前雒颂,漂麦何伤[12]?非无集帷编蒲[13],终成大器;亦有囊萤映雪[14],卒号通儒。纵令十载无闻,伏处长鸣之枥[15];还胜一丁不识,贻羞没字之碑[16]。况乎遇合有时,抑且报施不爽[17]。几见博洽多闻之彦[18],尽隔青云;未闻兴贤选俊之朝,概遗白屋[19]。但由寒素掇科名[20],慎勿得科名而忘寒素;因文章悟道德,奚容弃道德而事文章?如为丧元气,缙绅大乖名教;即若管衙门,秀士亦玷宗祊[21]。生平所读何书,请自三思此语。

【注释】

〔1〕阀阅:功勋。

〔2〕黄卷:书籍。

〔3〕簪缨:古时候官吏的冠饰,意指显贵。胄(zhòu):世系。

〔4〕青缃:指青箱学,传家的史学。《宋书·王准之传》:“王准之字元曾,琅邪临沂人。高祖彬,尚书仆射。曾祖彪之,尚书令。祖临之,父讷之,并御史中丞。彪之博闻多识,练悉朝仪,自是家世相传,并谙江左旧事,缄之青箱,世人谓之‘王氏青箱学’。”

〔5〕金张:是金日磾(mì dī)和张安世的合称,汉宣帝时此二人同为显宦。金氏家族,从金日磾以来,尽忠职守,七世为内侍。《汉书·霍光金日磾传》载:“金日磾夷狄亡国,羁虏汉庭,而以笃敬寤主,忠信自著,勒功上将,传国后嗣,世名忠孝,七世内侍,何其盛也!本以休屠作金人为祭天主,故因赐姓金氏云。”张氏家族自张

安世以来，后世中有十余人担任侍中、中常侍。《汉书·张汤传》载：“安世子孙相继，自宣、元以来为侍中、中常侍、诸曹散骑、列校尉者凡十余人。功臣之世，唯有金氏、张氏，亲近贵宠，比于外戚。”七叶：即“七世”。

〔6〕王谢两家：六朝琅琊王氏和陈郡谢氏两大家族的合称。王谢两大家族中以王导、谢安为代表，文采显著的同时权倾朝野，后代亦如此，是后来世家追慕的对象。刘禹锡《乌衣巷》曾云：“旧时王谢堂前燕，飞入寻常百姓家。”

〔7〕驰誉腾休：声名远扬且不间断。

〔8〕胜国：前朝。

〔9〕衿佩：青年学子。

〔10〕厥：其。

〔11〕朱翁子市上行吟，负薪自若：买臣负薪，形容未显名时劳苦的境遇。典出《汉书·朱买臣传》：“朱买臣，字翁子，吴人也。家贫，好读书，不治产业，常艾薪樵，卖以给食，担束薪，行且诵书。其妻亦负戴相随，数止买臣毋歌呕道中。买臣愈益疾歌，妻羞之，求去。买臣笑曰：‘我年五十当富贵，今已四十余矣。女苦日久，待我富贵报女功。’妻恚（huì）怒曰：‘如公等，终饿死沟中耳，何能富贵！’买臣不能留，即听去。其后，买臣独行歌道中，负薪墓间。”后数年，朱买臣拜为会稽太守。

〔12〕高文通庭前雒（luò）颂，漂麦何伤：高凤流麦，形容读书专心。《后汉书·逸民传》载：“高凤字文通，南阳人也。少为书生，家以农亩为业，而专精诵读，昼夜不息。妻尝之田，曝麦于庭，令凤护鸡。时天暴雨，而凤持竿诵经，不觉潦水流麦。妻还怪问，凤方悟之。其后遂为名儒，乃教授业于西唐山中。”雒颂，指反复诵读。

〔13〕集帷：指“集囊作帷”，形容帝王生活节俭。典出《汉书·东方朔传》：“时天下侈靡趋末，百姓多离农亩。上从容问朔：‘吾欲化民，岂有道乎？’朔对曰：‘尧舜禹汤文武成康上古之事，经历数千载，尚难言也，臣不敢陈。愿近述孝文皇帝之时，当世耆老皆闻见之。贵为天子，富有四海，身衣弋绨，足履革舄，以韦带剑，莞蒲为席，兵木无刃，衣缊无文，集上书囊以为殿帷。以道德为丽，以仁义为准。于是天下望风成俗，昭然化之。’”编蒲：路温舒编蒲抄书，形容人学习刻苦。典出《汉书·贾邹枚路传》：“路温舒，字长君，钜鹿东里人也。父为里监门。使温舒牧羊，温舒取泽中蒲，截以为牒，编用写书。稍习善，求为狱小吏，因学律令，转为狱史，县中疑事皆问焉。太守行县，见而异之，署决曹史。又受《春秋》，通大义。举孝廉，为山邑丞，坐法免，复为郡吏。”

〔14〕囊萤映雪：比喻勤学苦读。囊萤，语出唐欧阳询等撰《艺文类聚·续晋阳

秋》:"车胤字武子,学而不倦。家贫不常得油,夏日用练囊盛数十萤火,以夜继日焉。"映雪,语出唐徐坚撰《初学记》卷二引《宋齐语》:"孙康家贫,常映雪读书,清淡,交游不杂。"

〔15〕枥(lì):马槽。

〔16〕没字之碑:比喻虚有仪表而不通文墨的人。

〔17〕报施不爽:做恶者必得恶报。

〔18〕彦:有才学、德行的人。

〔19〕白屋:茅屋,平民的住所。

〔20〕掇:考取。

〔21〕宗祊(bēng):宗庙、家庙。

一、勤本业

汉设力田之科,与茂才并重〔1〕;农列四民之次,视工贾为先。尝闻冀缺贤妻,田中馌饷〔2〕;共说南阳高士,陇上亲耕〔3〕。带笠荷锄,自是编氓本分〔4〕;量晴较雨,原为寒士家风。顾稼穑之艰难,粒粒皆从胼胝〔5〕;田畴之作苦,时时难免沾涂〔6〕。倘四体弗勤,安望有年有干〔7〕;即三时不害〔8〕,岂真如栉如墉〔9〕?于是赢欲千金,竞效陶朱之术〔10〕;利求三倍,群思猗顿之谋〔11〕。托迹江湖,胆落冯夷之波浪〔12〕;依身市井,习成狡狯之浮夸〔13〕。一旦经营失计,俄而子母皆虚〔14〕。夜静水寒,徒见月明空载;时衰鬼弄,适逢荐福偏轰〔15〕。乃知逐末以营生,不若力农而务本。岁时伏腊,家家儿女欢阗〔16〕;鸡犬桑麻,处处室庐安乐。今年荒歉,还看来岁丰收;百日勤劬,却享三冬逸豫〔17〕。若乃不耕不菑,唯知吃饭穿衣;非士非商,但识寻花问柳。此辈下梢头,嗟如何矣;求为田舍翁〔18〕,顾可得乎?

【注释】

〔1〕茂才:即秀才。

〔2〕冀缺贤妻,田中馌(yè)饷:《国语·晋语》:"臼季使,舍于冀野。冀缺薅,其

妻馌之，敬，相待如宾。从而问之，冀芮之子也，与之归。既复命，而进之曰：‘臣得贤人，敢以告。’文公曰：‘其父有罪，可乎？’对曰：‘国之良也，灭其前恶，是故舜之刑也殛鲧，其举也兴禹。今君之所闻也。齐桓公亲举管敬子，其贼也。’公曰：‘子何以知其贤也？’对曰：‘臣见其不忘敬也。夫敬，德之恪也。恪于德以临事，其何不济！’公见之，使为下军大夫。”馌，送饭到田头。

〔3〕南阳高士，陇上亲耕：诸葛亮躬耕于南阳。

〔4〕编氓：编入户籍的平民。

〔5〕胼胝（pián zhī）：手掌脚底因为长期劳作而生的老茧。

〔6〕沾涂：染上泥泞。涂，泥泞。

〔7〕有年有干：指好的收成。

〔8〕三时不害：春、夏、秋三时不妨碍（农耕）。

〔9〕如栉（zhì）如墉（yōng）：比喻谷堆之高，排列之整齐紧密。栉，梳子和篦子的总称。墉，高墙。

〔10〕陶朱之术：表示经商之法，源于春秋末期范蠡经商大有成就，后迁居至陶，自称陶朱公。

〔11〕猗（yī）顿之谋：猗顿的谋略。《孔丛子·陈士义》载：“猗顿，鲁之穷士也。耕则常饥，桑则长寒。闻陶朱公富，往而问术焉。朱公告之曰：‘子欲速富，当畜五牸。’于是乃适西河，大畜牛羊于猗氏之南，十年之间其滋息不可计，赀拟王公，驰名天下。以兴富于猗氏，故曰猗顿。”

〔12〕冯（féng）夷：河伯，黄河水神。

〔13〕狡狯：狡诈。

〔14〕子母：母女。

〔15〕荐福：祭神以求福。偏轰：偏偏被赶走。

〔16〕阗（tián）：充满。

〔17〕逸豫：安乐。

〔18〕田舍翁：年老的庄稼汉。

一、崇节俭

称豪爽于富人，定然色喜；劝省约于贫士，畴不钦承[1]？盖富者囊橐多余[2]，骄奢难免；贫者饔飧不给，挥霍无从。故世胄之淫靡，宜大申其诰试[3]；若吾宗之寒素，亦奚用夫规箴？不知人情多厌朴而趋华，世俗每好奢而恶俭。在贯朽粟红之户[4]，固未克持盈；即绳枢瓮牖之家[5]，亦谁能安分？储无担石[6]，偏思馔列珍羞；地少立锥，尚欲衣裁罗绮。征歌剧饮，不恤妻子啼饥；赛会迎神，罔念室家悬罄[7]。似此浸淫莫极，势必俯仰依人。告亲戚以乞哀，不啻上山擒虎；向豪门而借贷，徒然剜肉医疮[8]。岂如忍当前之澹泊，省不急之经营；留有限之脂膏，屏无涯之嗜欲[9]。清贫立品，且图无辱无荣；勤俭持身，更可渐充渐裕。此日家徒四壁，不妨数米量柴；他年积有千箱，还必解衣推食。若效执筹钻核之贪夫[10]，人将嫌其铜臭；如为局箧悭囊之鄙子[11]，我亦笑其钱愚。

【注释】

〔1〕畴：谁。钦承：恭敬地接受。

〔2〕囊橐（náng tuó）：盛物的袋子，这里指行李钱财。

〔3〕诰试：即“诰誓”，古代君王训诫勉励民众的文告。

〔4〕贯朽粟红：穿钱的绳子都朽断了，仓库的粮食因为发霉而变红。比喻钱粮富足。

〔5〕绳枢瓮牖：用绳子当作门栓，用破瓮当作窗户。比喻家境贫寒。

〔6〕担（dān）石（dàn）：一担一石之粮。

〔7〕悬罄：指家境贫穷。

〔8〕剜肉医疮：利用挖掉肉的方法医治生疮。比喻只顾眼前，用有害的方法来救急。

〔9〕屏（bǐng）：抑制。

〔10〕执筹钻核：形容人吝啬。《晋书·王戎传》：“性好兴利，广收八方园田水碓，周遍天下。积实聚钱，不知纪极，每自执牙筹，昼夜算计，恒若不足。而又俭啬，不自奉养，天下人谓之膏肓之疾。女适裴頠（wěi），贷钱数万，久而未还。女后归宁，戎色不悦，女遽还直，然后乃欢。从子将婚，戎遣其一单衣，婚讫而更责取。家有好李，常出货之，恐人得种，恒钻其核。以此获讥于世。”

〔11〕局箧(qiè)悭(qiān)囊：比喻人的吝啬。

一、急官粮

国家惟上有供，敢不输将恐后；长吏考成攸系[1]，能无悉索为先[2]？士岂不爱功名，抗赋则随加褫夺[3]；民谁不惜肢体，逋粮而动受鞭笞。是以"石壕老妇"之诗[4]，实惊心于呼吏；即如"风雨重阳"之句[5]，亦败兴于催租。原夫有田出赋，本千古之常经；奉上急公，亦小人之恒分。征收有限，原非春日而欲责秋粮；输纳宜勤，何故乙年而未完甲税。积逋贻累，有司按籍以求；追比逢期，虎役持牌而至[6]。两足到门，先需酒食；肆言出口，还索苞苴[7]。计欲朦胧，必丐包荒于胥史[8]；思图宽假，更求缓颊于乡绅[9]。册上之挂欠仍悬，室内之脂膏已竭。因而张冠李戴，致于东家赔西舍之粮；甚至产在人亡，徒使子孙受祖宗之累。向使年年清结，何为新旧交征？倘能限限依期，岂至身名俱败？莫若纳稼收禾之日，先计官租；且于仰事俯育之先，早图国课。亲行投纳，免揽役之侵渔[10]；收票分明，作已完之凭据。奉公守法，官府不得呼其名；乐业安居，差役无能扰其室。士可一意于诗书，民亦安心于畎亩矣[11]。

【注释】

〔1〕考成：在一定期限内考核官吏的政绩。攸系：相关联。

〔2〕悉索：搜掠。

〔3〕褫(chǐ)夺：夺取，剥夺。

〔4〕"石壕老妇"之诗：指杜甫《石壕吏》。

〔5〕"风雨重阳"之句：北宋诗人潘大临有孤句"满城风雨近重阳"，惠洪《冷斋夜话》载："黄州潘大临工诗，多佳句，然甚贫，东坡、山谷尤喜之。临川谢无逸以书问有新作否，潘答书曰：'秋来景物，件件是佳句，恨为俗氛所蔽翳。昨日闲卧，闻搅林风雨声，欣然起，题其壁曰：满城风雨近重阳。忽催租人至，遂败意。"

〔6〕虎役：像老虎一样的差役。牌：下行公文的名称。

〔7〕苞苴（jū）：贿赂。

〔8〕丐（gài）：乞求。包荒：原谅、宽容。

〔9〕缓颊：替人求情。

〔10〕侵渔：从中侵吞牟利。

〔11〕畎（quǎn）亩：田地。

一、禁赌博

名教之乐地原多，岂必千场纵博？市井之颓风最甚，莫如一掷呼卢[1]。乃有狙狯少年[2]，巧设牢笼之术；遂令浮游子弟，坠流坑堑之中[3]。习以成风，处处混江打虎；夜以继日，时时马吊猪窝[4]。不思家业艰难，竟欲摴蒱百万[5]；唯见门庭杂沓，居然食客三千。入局则牧竖贩夫[6]，皆如伯仲；登场而喑哑叱咤[7]，莫问尊卑。失业废时，全背父兄之教；毁名败行，恒贻妻子之羞。即暂赢而赢者终输，枉却头钱空去[8]；思求复而复乃益负，算来孤注何存？满案青蚨，半散插科闲汉；盈箱白镪[9]，总归落地囊家[10]。未闻赌场浪荡之儿，富如猗顿；多有高门破落之户，饿比翳桑[11]。过后凄凉，悔不当时歇手；现前昭鉴，劝从今日回头。屏戏具而弗亲，见即投诸水火；却淫朋而必远，望焉病甚仇雠。如其犯禁违条，断惩家法；倘或饰非怙过，仍送官刑。

【注释】

〔1〕呼卢：赌博。

〔2〕狙狯：奸诈狡猾。

〔3〕坑堑：比喻险恶的环境。

〔4〕马吊猪窝：赌博类游戏。马吊，自明代以来流行的一种纸牌游戏。猪窝，一种棋类赌博游戏，也叫“大小猪窝”。

〔5〕摴蒱（chū pú）：一种赌博游戏，类似后来的掷骰子。

〔6〕牧竖：牧牛、放羊的小孩子。

〔7〕喑哑叱咤（yīn yǎ chì zhà）：厉声怒喝。

〔8〕头钱：赌博场所的主人或供役使的人从赢者所得的钱中所提取的一小部分。

〔9〕白镪(qiǎng)：银子。

〔10〕囊家：设局聚赌抽头取利者。

〔11〕翳(yì)桑：穷困之地。《左传·宣公二年》："初，宣子田于首山，舍于翳桑，见灵辄饿，问其病。曰：'不食三日矣。'食之，舍其半。问之，曰：'宦三年矣，未知母之存否，今近焉，请以遗之。'使尽之，而为之箪食与肉，寘诸橐以与之。既而与为公介，倒戟以御公徒，而免之。问何故。对曰：'翳桑之饿人也。'问其名居，不告而退，遂自亡也。"

【评析】

《宗规》原本下设十条规约，依次为"敦孝弟""敬尊长""和乡党""饬妇女""务读书""勤本业""崇节俭""急官粮""禁赌博""戒充役"，本书删去"饬妇女""戒充役"两条，并删正文前小序。依序言可知，钟于序十分重视宗规，他认为"宗有规，犹国有律也"，后来者应效仿古之君子严设宗规、禁令，以饬子孙。《宗规》较为全面地从各方面对宗人提出要求与规训。就内容层面，钟于序引用大量典故加以说理，如"敦孝弟"中引用"闵子衣单""薛包田瘦"之典故，"务读书"引王烈、张嘉贞、王准之、金日磾、张安世、六朝琅琊王氏与陈郡谢氏等事迹，"勤本业"引冀缺妻、诸葛亮事例等，众多典故史实交错，内涵丰富，一些乡里事迹还可体现当时世风民俗。就形式上而言，《宗规》通篇骈体，注重对仗，句式多变，长短不一，读来和韵上口。

潘宗洛

潘宗洛(1657—1717),字书原,号巢云、垠谷,宜兴(今属江苏无锡)人。康熙二十七年(1688)戊辰科进士。历任翰林院检讨、内阁学士、礼部侍郎、湖广学政、湖南巡抚。为官期间勤政爱民,重视教育,关心士子,慧眼识才。著有《潘中丞文集》四卷。《诚一堂家训》无单行本,收录于《潘中丞文集》卷四,现有乾隆二十二年(1757)诚一堂刻本。

诚一堂家训(节选)〔1〕

论立志第一

凡人生最须立志,盖志欲为圣贤,未有不终为圣贤者;志欲为功业,未有不终为功业者;志欲为文学,未有不终为文学者;志欲得科名,未有不终得科名者。

【注释】

〔1〕选自《潘中丞文集》(乾隆二十二年潘文熙等刻本)卷四。

论应举第二

先大人督课从容不迫〔1〕,每曰:“汝辈如欲成名,只须一个‘要’字。”此言真可玩味。所谓“要”者,即夫子“欲仁而得仁”之“欲”字也〔2〕。苟能欲之,虽以至于圣贤无难,而况于科名乎?余谨志之不敢遗忘〔3〕,后来又从“要”字中体贴出一个“紧”字来,所谓“紧”者,即孟夫子“求其放心”之谓也〔4〕。

八股文字原是替圣贤说话,所以学举业者必要与圣贤心地相似,方能有成。收其放心,不使有一毫声色、货利、嗜欲之念得以乱其志气,行住坐卧无时不在书卷上用心,始于勉强,终归自然。此处本与圣贤无异,所异者,干禄一念不能克除耳。然必置得失于度外,文字始有进境[5]。

凡人贪安佚者,每每反得劳苦,即以农夫观之,同是一样年岁,同是一样地土,勤者后来必定多收稻谷,则终岁温饱;懒者后来必定少收稻谷,则终岁饥寒。读书人亦然。尝见人家子弟附名读书者,终岁悠悠忽忽,不肯上紧[6],及至四十、五十,老而无成,妻啼子号,百愁交集,此乃少年贪安佚之报也。如其上紧读书一二十年,则此后必得顺境。

读书人农、工、商、贾百无一能,若不中时,只可眼睁睁相着别人饱食暖衣,真所谓五谷不熟,不如荑稗之有成也[7]。

《易》《诗》《书》《春秋》《礼记》《周礼》,此六经者乃文字之祖,个中有无穷妙趣,切不可如村学先生,只当章句读过。

《左传》《国策》《史记》《汉书》及唐宋八大家,皆不可不博览,然实在得力处,只消一部足矣。

村学究教人读古文者极可笑,《左传》中洋洋大篇如《城濮之战》《鄢陵之战》者断然不读,而只读《周郑交质》等类;《史记》中洋洋大篇如《封禅书》《货殖传》者断然不读,而只读《五帝本纪赞》等类。殊不知,不读大篇,无济于事。

又尝见村学中小儿,无不读王子安《滕王阁序》及苏子瞻《赤壁赋》者。及叩以贾、董诸作[8],无不茫然。其饰词曰:“古人小品,极易动人笔机。”不知古人必有大本领,然后有小文字。徒于小品求工者,终亦不能工也。

文字须先学纵横,继学蕴藉,终归雄浑。若老头巾开手便学墨卷腔套[9],其文必不工。

文之遇不遇存乎天,文之工不工存乎人。读书人固贵能自激发,刻刻以功名为念，然又不可欲速求合。须认定道路，必要做好文字，则其人亦未有不遇者也。

予见士人三场毕[10]，即废书望捷报。及至榜发不中，又气闷数日，亲友为之解闷。荏苒之间[11]，已虚半载，岂不可惜？余谓："出场之日，即宜照常读书。"

读书必须亲师取友，乃能有得。若师友不佳，非惟无益，亦且有损。

【注释】

〔1〕先大人：先父。

〔2〕语出《论语·尧曰》："择可劳而劳之，又谁怨？欲仁而得仁，又焉贪？"

〔3〕志：记在心里。

〔4〕放：指失去的。《孟子·告子上》："孟子曰：'仁，人心也；义，人路也。舍其路而弗由，放其心而不知求，哀哉！人有鸡犬放，则知求之；有放心而不知求。学问之道无他，求其放心而已矣。'"

〔5〕进境：进步。

〔6〕上紧：起劲，此处可以理解为"用功"。

〔7〕五谷不熟，不如荑稗（yí bài）之有成：《孟子·告子上》："五谷者，种之美者也；苟为不熟，不如荑稗。"荑稗，一种作物，果实比谷小。

〔8〕贾、董：贾谊、董仲舒。

〔9〕老头巾：迂腐的老儒。开手：开始动手时，着手。墨卷：宋代以来，称取中士人的文章为程文，将其刻录后供考生学习参考。明代前期，多用考生中的优秀作品作为程文刻录，后来多选用主司所作之文，将从考生之作中所选的文章称为"墨卷"。腔套：腔调。

〔10〕三场：科举时代考试须经三次，叫初场、二场、三场。亦总称三场。

〔11〕荏苒：时间在不知不觉中渐渐过去。

论友于第四

兄弟不和，乃逆亲之大者。然其故，大率由于争财见小耳。吾祖、吾父皆未尝与兄弟争财，所以子孙虽贫而家声不坠，是吾子孙百世之师也。

论治生第五

早完国课，勿好兴讼，待人谦恭，持己端恪[1]，斯保家之主也。

治生之道，莫善于量入为出。得此法者，虽极穷如范丹[2]，亦不至于饿死；失此法者，虽极富如邓通[3]，亦必至于饿死。

年荒能饿人，不能杀人；家贫能困人，不能绝人。饿而杀、困而绝者，必其人有以自取之耳。

士农工商，能专其一者，必先贫而后富；嫖赌衣食，苟好其一者，必先富而后贫。

游闲终无发迹之期，勤俭定是成家之器。

每见旧家子弟多至陵替[4]，而田舍郎反得温饱者[5]，田舍郎务实，而旧家子弟虚浮也。

旧家子弟自恃世家簪缨[6]，动辄诮人为小家子最可笑，却不知汝祖宗原自小家变为大家，汝若一失足，便自大家变为小家，岂有定局耶？

【注释】

〔1〕端恪：端正恭谨。

〔2〕范丹：东汉名士，也称“范冉”，遭党锢之祸后，生活穷困潦倒但依然自适，不忘匡时济世的抱负。事迹见蔡邕《范丹碑》。

〔3〕邓通：西汉蜀郡南安（今属四川乐山）人，汉文帝宠臣，垄断了当时的铸钱业，“邓通钱”遍布天下，邓通本人富可敌国。汉景帝即位，免去邓通官职，后邓通因在西南铸私钱获罪，家产悉数被没收，穷困至死。详见《汉书·佞幸传》。

〔4〕陵替：衰败。

〔5〕田舍郎：农家子。

〔6〕簪缨：古代官吏的冠饰。比喻显贵。

论实学第六

先君子性喜吟咏,余兄弟少时或偶诵习诗赋,太夫人闻之,必加谴责曰:“汝辈岂山人墨客而好吟诗耶?”又曰:“心无二用,汝辈但宜专心举业,何暇吟诗?”大抵辞赋等书,先君子不甚禁,而太夫人必严禁之,甚至《通鉴纲目》,非盛暑长夏亦不许开看。

朱子曰:“吾儒万理皆实,释氏万理皆空。”〔1〕夫所谓万理者,兼动静而言之。然静其源也,动其流也。吾儒静中主敬其静也,实释氏静中主无其静也。空惟其静而实,所以动而处人伦日用事为之间,无一而非实;惟其静而空,所以动而处人伦日用事为之间,无一而非空。此儒与释源流几希之辨,差之毫厘,谬以千里,不可不察也。

释氏之空静,犹愈于俗儒之无静。无静者,闲居独处之时,不闻不睹之顷,早已私意纷纭,嗜欲蜂起,是终身无片刻静时也。迨至昏夜偃息,庶几乎一阳将生矣,无奈梦寐纯是私欲,孟子所以叹息痛愤于牿亡者也〔2〕。如此则其处人伦日用事为之间,事事差谬,全无把握,遇释氏之谈空说妙、杰然自命者〔3〕,不得不俯首下风矣。因而晚年自悔,多入空静一门,殊不知吾儒原有实静之学,舍家藏之美玉而羡他人之碔砆〔4〕,岂不惑哉?

老氏之学专主清静无为〔5〕,禅宗盗袭其意,千言万语,不过曰:“一切俱空而已。”只缘他源头差了,所以流处都差。视父母、妻子泛泛同于路人,方成他一个“空”字。近来黠者亦知于天地上说不去,颇亦劝人孝弟,然却是他的遁辞〔6〕,不是他的本旨。

【注释】

〔1〕吾儒万理皆实,释氏万理皆空:《朱子语类》:“只被源头便不同:吾儒万理皆实,释氏万理皆空。”

〔2〕牿(gù)亡者:受遏制而消亡的人。《孟子·告子上》:“虽存乎人者,岂无仁义之心哉?……其日夜之所息,平旦之气,其好恶与人相近也者几希,则其旦昼

之所为,有牿亡之矣。”

〔3〕杰然:不平凡、杰出的样子。

〔4〕碔砆(wǔ fū):像玉的石头。

〔5〕老氏:老子。

〔6〕遁辞:托词,用来搪塞的话。

论敬师第七

先君子于朔望之旦必到家庙,必到书房或馆地。离家数里,夏雨冬雪,至期必到。整衣冠,向先生揖且谢曰:“儿辈顽劣,良费清心。”故至今储业师称主人敬师之礼,目中所见,未有如先君子者。

太夫人亦最尊敬师傅,每言曰:“吾家贫而欲延良师,脩金既不能多,饮馔既不能盛,徒恃一片诚意而已。若意又不诚,安可望其尽心教诲耶?”故虽疏食菜羹,必亲自整理,俨若事舅姑云。

论心术第八

功名之际,不可怀嫉妒心。我命应得,人不能夺;人命应得,我不能夺。每见浇漓之士临场[1],预先揣摩,曰某人挟富贵而夤缘[2],某人恃才名而钻刺[3],甚至糊榜贴揭,希冀主司预有风闻,避嫌屏黜[4],此乃徒坏心术,何益于身?曷不留心思才智用之于正?尽其在我,安问他人?甲子乡试头场中[5],余甫成一艺,人或告我曰:“君同邑张某在号房内得疾,欲死。”余即收卷出位,访求得之,问其所苦,则曰头腹痛甚,殆必死矣。余取碗醮水为之治痧,又寻开水,俟其凉冷,然后与饮。抚慰久之,痛稍止,可以合眼睡,余乃归号房作文[6]。他日余所亲或私问曰:“三年一科,当悉力构思以图进取,子非无意于此者,而暇为人治疾,何也?”余笑曰:“中不中自有天命,我宁忍视人之死而不救乎?”

语曰:“窗下莫言命,场中不论文。”旨哉,旨哉!予生平得力在此两语,故在平时志在必得,而场中绝不兢持[7],是以每试辄捷也。

【注释】

〔1〕浇漓:文风浮艳不实。

〔2〕夤(yín)缘:攀附权贵。

〔3〕钻刺:钻营、谋求。

〔4〕屏黜:排斥、抛弃。

〔5〕甲子:据作者生卒年推知,为康熙二十三年(1684)。

〔6〕号房:科举考试的试场。通常分隔小屋数千间,按千字文编列号数,如天地玄黄之类。亦称为号舍。

〔7〕兢持:拘谨,矜持。

论声色第九

余尝谓:"贫贱不能移易,富贵不能淫难。"贫贱之时,有所激发,易以立志。且书生不谙别事,虽欲卑污苟贱以为谋生之计,徒坏名节,必不能如他人之工,仍不免于饥寒也。惟有读书应举为本分可做之事,譬如韩信背水阵,有进无退,有死无生,故曰易。穷秀才一旦得志,所见所闻顿与昔异,外无凭侮,内生嗜欲。《书》云:"位不期骄,禄不期侈。"[1]盖满假之思,淫荡之念,有不期然而然者,防之最难,故曰难也。

富贵之后,第一件难制是色欲念。未遇之时,无闲心绪,无闲工夫,更无闲钱,所以此念易制。富贵者反是,必须着实下慎独功夫,克除此念。此念既除,则其余私欲易制矣。

贫贱人苦无财可用,富贵人苦不知用财之法。假如富贵之家买一艳姬,有费至千金者,计其一生所需罗绮珠翠以至脂香粉黛之属,其縻费财帛不可胜数矣[2]。然而闺门之内,多此一人不为益,少此一人不为损也,岂知贫贱之人有年过三十而不能娶者,其所需多不过三十金,少则十余金耳。然而有之则宗祀可延,无之则宗祀不血食矣[3]。彼富贵者,曷不以自买一姬之资,为数十人婚配之费耶?以此类推,可以知用财之法矣。我意欲待聚得百金之日,即为子侄之贫者数人娶妇。久行此法,可使宗族以及亲友无不娶之人,岂非快事?

顷见家中教梨园子弟者聘一师父,每岁百余金,其所生儿子则曰:“我贫甚,不能出脩金延师教他读书。”甚可笑。

【注释】

〔1〕语出《尚书·周官》,大意为居官不骄傲,享禄不奢侈。

〔2〕縻(mí)费:浪费。

〔3〕血食:受享祭品。

论奴仆第十

我自通籍以来[1],挂名家人、挂名戏子、挂名船户[2],一概不受。虽比别家多费几两银子,却比别家省了许多闲烦恼,盖此三项人等无缘无故,情愿赔小心、赔银钱投靠乡绅者,要明白不是奉承乡绅,特欲狐假虎威以成其生事作非之志耳。及至与人打闹出事来,他却以酒食结交近身服侍之人,说道:“某人家打我们。”某人明骂道:“你靠着某老爷便怎么?如今老爷若不发书帖禀官府,就折尽体面了。”几句话激怒主人,主人发呆[3],便勃然为之出力矣。是则始而诸人挂名为乡绅之奴才,继而乡绅实实为诸人之奴才也。

乡绅之结怨于亲友者,大概皆从奴才而起。殊不知,一旦势衰,此辈阒然不知所之矣,何必为将来不知所之之人而出死力,与亲友斗气乎?

乡绅之家,奴仆足供使令而已,多则有损无益也。

水清则无大鱼[4],待家人不可太苛察。事固然已,但亦不可全不觉察,一任其开花帐、赚银钱[5],以致主人日贫,彼竟掉臂而去[6],全不相顾也。

【注释】

〔1〕通籍：指初做官。

〔2〕挂名：担空头名义、不做实际工作。

〔3〕发呆：犯蠢。

〔4〕水清则无大鱼：《汉书·东方朔传》："水至清则无鱼，人至察则无徒。"

〔5〕花帐：虚报的账目。

〔6〕掉臂而去：甩动胳膊走开。表示不顾而去。

论异端第十一

僧尼道士皆不足信，与其有钱布施此辈，不如照管九族以及外亲、内亲、朋友、乡邻之急也。

医无名家，不如少服药饵。平时节饮食，寡嗜欲，则病自少。即或偶有疾病，亦须自知病源，安心静养，勿轻延庸医，以身尝试。

卜筮所以决疑[1]，必其人至公无私而后能之。今岂有其人乎？今之卜筮，尚多不验，何况请仙、圆光、观梅、拆字诸小数[2]，皆非圣人所造者，人苟略有识见，岂为所惑哉？

今之星相家[3]，原不过骗人财物以为糊口之计耳，人明其诈而希冀一遇识者，遂又为所骗矣。要明白已往事我自知道，未来事我正不必知道。依着圣贤做去，穷通寿夭听之天，趋吾避凶存乎我，何以星相为哉？

炼丹之说，人人知其非，而或有极聪明人反堕其术中者，何欤？只缘一个"贪"字误之耳。

【注释】

〔1〕卜筮：古代推算吉凶祸福，用龟甲的称"卜"，用蓍(shī)草的称"筮"，合称"卜筮"。

〔2〕请仙：旧时一种迷信活动。扶乩求仙，以卜休咎。圆光：以前江湖术士利用迷信心理骗人财物的一种方法。用镜或白纸施以咒语，拿给童子看，称其上能现诸象，可知失物所在，也被用来预测吉凶、祸福。观梅：一种占卜方法，相传

为宋朝邵雍所作的梅花数,亦称“梅花易数”。此方法以易学中的数学为基础,结合易学中的“象学”进行占卜。拆字:一种迷信活动,也称破字、相字、测字。通过对汉字加减笔划,拆开偏旁或打乱字体结构,加以附会,以推算吉凶。小数:术数。泛指阴阳卜筮、鬼神仙道、祈禳(qí ráng)厌胜之类。

〔3〕星相家:以星命相术为职业的人。

论仕宦第十二

扬子云、蔡伯喈[1],学问冠代,乃为爵位所误,以致声名顿败,况不及二子者乎?是以君子宁终身下位,决不失足权门。

仕路上须刻刻存知足之念,盖只将不如我一等人比,则日见其足。若将胜于我一等人比,则日见其不足。因此一点不足之心,不知败坏了古今人多少名节,所以士大夫当于此处下慎独工夫。

【注释】

〔1〕扬子云:扬雄。事迹见《汉书·扬雄传》。蔡伯喈(jiē):蔡邕。事迹见《后汉书·蔡邕传》。

【评析】

《诚一堂家训》分“立志”“应举”“刑于”“友于”“治生”“实学”“敬师”“心术”“声色”“奴仆”“异端”“仕宦”12条,现删去小序及其中第三条“刑于”,其他条目下根据具体内容亦有删减。依其小序可知《诚一堂家训》为潘宗洛结合其阅历所得,留之笔端,以教后人。此家训颇多引证举例,围绕生活、学习、处事、工作等各方面展开训导,可见其教导有方、思考周全。如他在“立志”一条下并不避讳求取功名的功利性行为。“应举”条下并不轻视“农工商贾”,重视一技之长以求自养等。“奴仆”条下告诫子孙管理家仆时不能太严苛,避免“水至清则无鱼”,一方面强调君子之行,一方面亦有圆滑处世之道。在阐明事理时,他时时以周遭经历为例,拉近了与后人的距离,正如一位亲切和蔼的大家长在对子孙循循善诱。

郑　梁

郑梁(1659—1732),字亦韩,号石臞,靖江(今属江苏泰州)人。以书法闻名。郑氏于明代中叶从浙江迁至靖江。东汉大儒郑玄坐道论学,其门下取带草束书,靖江郑氏即以“书带草堂”为堂号。郑梁为人旷达,文采风流,颇善教学。其长子郑毓善为书带草堂郑氏第一名进士,其孙郑忬高中会元,后曾孙郑锡琪、玄孙郑翊皆中进士。此篇收录于朱逸凤纂修《靖江书带草堂郑氏宗谱》卷一,《泰州文献》据1948年铅印本影印。

石臞公庭训[1]

俗谚有“浅水长流”之说,此言殊可深味。每见精神太用者[2],无何而竭矣[3];恩意太浓者,无何而绝矣;势炎太薰灼者[4],无何而灭矣;受用太丰美者,无何而歇矣;进趋太捷疾者,无何而跲矣[5]。唐人诗“一团茅草乱蓬蓬,蓦地烧天蓦地空。争似满炉煨榾柮,慢腾腾地暖烘烘”[6],亦正此意。

能于热地思冷,则一世不受凄凉;能于淡处求浓,则终身不落枯槁。

学道人宜向冷淡中作活[7],莫钻入暖热处去。世间冷淡处误人少,暖热处误人多。

安详是处事第一法,谦退是保身第一法,涵容是处人第一法[8],洒脱是养心第一法。

乾坤是缺陷世界,休择便求全;长安是名利战场,莫冲锋陷阵。[9]

立身不高一步立,如尘里振衣,泥中濯足[10],如何超迈?处世不退一步处，如飞蛾投烛[11]，羝羊触藩[12]，如何安乐？[13]

两人相非，不破家亡身不止，只回头认自家一句错，便是无边受用；两人自是，不反而稽唇不止[14]，只温语称人家一句是，便是无限欢忻[15]。

老子曰："无为名尸，无为谋府，无为事任，无为智主。藏于无形，行于无怠，不为福先，不为祸始。始于无欲，动于不得已。其文好者皮必剥，其角美者身必杀。甘泉必竭，直木必伐，石有玉，伤其山。"[16]黎民之所以蒙祸者，以妄议国家典法故也。故"凡人之道：心欲小，志欲大；智欲圆，行欲方；能欲多，事欲少"[17]。

费鹅湖初第时[18]，修谒彭文宪公[19]。彭曰："青年、妙才、高科，皆天下第一事也。殿上金阶滑，须缓缓行。倘放步失跌，便急切爬不起来。"

先者众恶之锋，下者百祥之海[20]。贪者杀身之刃，廉者保命之符。朘剥成家放利[21]，儿何曾长世？睚眦修怨健讼[22]，子无不倾宗[23]。恃才妄作，如救火披蓑[24]；守拙全身，如操舟带瓠。高山峻岭以恃躬，广谷大川以蓄物，澄潭止水以养性，深溪绝谷以藏用。[25]

李若拙作《五知先生传》谓"知时、知难、知命、知退、知足"也[26]。

辨不如讷[27]，语不如嘿[28]，动不如静，忙不如闲。因作五言二句："不言成吉庆，无事是神仙。"

王昶《家戒》曰[29]："夫立功者有二难：功就而身不退，一难也；退而不静，务伐其功[30]，二难也。乐毅帅弱燕之众[31]，东破强齐，收七十余城，其功甚盛。知难而退，保身全名。张良仗剑建策[32]，光济大汉，辞三万户封，学养性之道，弃人间之事，卒无咎悔。何其绰绰有余裕哉？"[33]

孙樵《与贾秀才书》曰[34]："物之精华，天地所秘惜[35]，故蒙金以砂，锢玉以璞[36]。珊瑚之丛必藏重渊，夜光之珍必颔骊龙[37]。抉而不知已，积而不知止。不穷则祸，天地雠也。"

王涣之曰〔38〕:“乘车常以颠坠处之〔39〕,乘舟常以覆溺处之〔40〕,仕宦常以不遇处之,无事矣。”

象以牙而成擒,蚌以珠而见剖,翠以羽而招网〔41〕,龟以壳而致亡,雉以尾而受羁〔42〕,鹦以舌而取困,麝以脐而被获〔43〕,犀以角而就烹,金铎以声自毁,膏烛以明自煎。故勇士死于锋镝〔44〕,智士败于壅蔽〔45〕。好水者溺于水,驰马者堕于马。君子慎勿以炫露而招损也。

行法到八九分,使知警戒便罢。漫言灭门,刺史破家,县令使风〔46〕,到八九分,留些余地更稳。莫致临崖勒马〔47〕,船到江心〔48〕。

【注释】

〔1〕选自朱逸凤纂修《靖江书带草堂郑氏宗谱》(1948年铅印本)卷一。

〔2〕太用:过度使用之意。

〔3〕无何:不多时,不久。

〔4〕势炎:炎,同“焰”。势焰:势力和气焰。薰灼:比喻气势逼人。

〔5〕跲(jiá):窒碍。

〔6〕“一团茅草乱蓬蓬”诗:诗题为《题嵩山峻极中院法堂壁》,不知作者。此诗将烧茅草与烧树对比,喻指轰轰烈烈地追逐虚名,不如踏踏实实地讲求效益。据《许彦周诗话》,司马光极爱此诗,亲书“勿毁此诗”四字于诗旁。

〔7〕冷淡:幽静、冷清之意。

〔8〕涵容:包涵,宽容。

〔9〕乾坤……冲锋陷阵:语出朱潮远编《四本堂座右编·劝诫》,原文无改易。

〔10〕尘里振衣,泥中濯足:比喻做事没有成效,甚至导致相反的效果。只有立志高远,才能挣脱尘世障碍。左思《咏史八首》:“振衣千仞冈,濯足万里流。”

〔11〕飞蛾投烛:此处指自寻死路,自取灭亡。

〔12〕羝(dī)羊触藩:比喻进退两难。

〔13〕立身不高一步立,……如何安乐:语出《菜根谭》,略有改易,原文为:“立身不高一步立,如尘里振衣,泥中濯足,如何超达?处世不退一步处,如飞蛾投烛,羝羊触藩,如何安乐?”

〔14〕稽唇:计较口舌之意,指争吵。

〔15〕欢忻(xīn):喜悦,欢乐。语出吕坤《呻吟语》,略有改易。原文为:"两人相非,不破家忘身不止,只回头认自家一句错,便是无边受用。两人自是,不反面稽唇不止,只温语称人一句好,便是无限欢忻。"

〔16〕老子曰……伤其山:语出《文子·符言》,略有删节。原文为:"老子曰:'无为名尸,无为谋府,无为事任,无为智主。藏于无形,行于无怠。不为福先,不为祸始。始于无形,动于不得已。欲福先无祸,欲利先远害。故无为而宁者失其所宁即危,无为治者失其所治即乱。故不欲碌碌如玉,落落如石。其文好者皮必剥,其角美者身必杀。甘泉必竭,直木必伐。华荣之言后为愆,石有玉,伤其山。黔首之患固在言。'"

〔17〕凡人之道……事欲少:语出《文子·微明》,文字无改易。

〔18〕费鹅湖:费宏(1468—1535),字子充,号健斋、鹅湖、湖东野老,江西广信府铅山(今江西上饶)人,官至内阁首辅。仕途曲折,然以高风亮节为百姓称赞。

〔19〕修谒:进见(地位或辈分高的人)。彭文宪公:彭时(1416—1475),字纯道,又字宏道,号可斋,江西吉安府安福县(今江西吉安)人。明英宗时状元及第,授翰林院修撰,累官至太子少保,成化年间为内阁首辅,谥文宪。

〔20〕百祥:各种吉利的事物。

〔21〕朘(juān)剥:剥削搜刮。

〔22〕睚眦:怒目嗔视,瞪眼看人,指微小的怨恨。修怨:报宿怨。健讼:《易·讼》:"上刚下险,险而健,讼。"原指人意怀险恶,性格刚健,所以会打官司。后人误将"健讼"连读,指好打官司。此即好打官司之意。

〔23〕倾:倾覆,灭亡。

〔24〕救火披蓑:民间俗语,指引火烧身。

〔25〕恃才妄作……深溪绝谷以藏用:语出朱潮远编《四本堂座右编·知止》,略有改易,原文为:"恃才妄作,如救火披蓑;守拙全身,如操舟带瓠。高山峻岭以持躬,广谷大川以蓄物,澄潭止水以养性,深溪绝壑以藏用。"

〔26〕李若拙(944—1101):字藏用,京兆万年(今陕西西安)人。此处或有误。《宋史》记载:"绎所至颇称治,自以久宦在外,意不自得,作《五知先生传》。"李绎,字纵之,为李若拙之子。

〔27〕讷:忍而少言。

〔28〕嘿:用同"默",指不说话,不出声。

〔29〕王昶（？—259）：字文舒，太原郡晋阳（今山西太原）人。三国时期魏国武将，官至司空。《三国志》有传。

〔30〕伐：自我夸耀。

〔31〕乐毅：生卒年不详，东周战国时期燕国著名军事家，法家代表人物之一。司马迁称乐毅曰：“昌国忠说，人臣所无。”

〔32〕张良：字子房，谥文成。为汉高祖刘邦谋臣，与萧何、韩信并称“汉初三杰”。

〔33〕绰绰有余裕：或可写作“绰绰有余”“绰绰有裕”“绰有余裕”，形容宽裕、富足之感。此句引《家戒》而略有改易，原文为：“夫立功者有二难：功就而身不退，一难也；退而不静，务伐其功，二难也。且怀禄之士，耽宠之臣，苟患失之，何所不至。若乐毅帅弱燕之众，东破强齐，收七十余城，其功盛矣。知难而退，保身全名。张良仗剑建策，光济大汉，辞三万户封，学养性之道，弃人间之事，卒无咎悔。何二贤绰绰有余裕哉？”

〔34〕孙樵：生卒年不详，字可之，晚唐著名文学家。大中九年（855）进士及第，私淑韩愈，擅长古文。

〔35〕秘惜：隐秘珍藏，不以示人。

〔36〕锢玉以璞：以未雕琢的玉石填补玉的缝隙，来掩饰其质。锢，填补空隙。璞，含玉的石头或未雕琢的玉。

〔37〕骊龙：黑龙。

〔38〕王涣之（1060—1124）：字彦舟，常山（今属浙江衢州）人。元丰二年（1079）进士及第。一生淡泊名利，《宋史》有传。此句即出自《宋史·王涣之传》。

〔39〕颠坠：坠落，跌落。

〔40〕覆溺：沉没。

〔41〕翠：鸟名。梁元帝《金楼子》：“翠所以可爱者，为有羽也；而人杀之，何也？为毛也。”

〔42〕雉：鸟名，统称野鸡。雄鸟羽毛美丽，其尾长，可做饰品。

〔43〕麝：兽名，俗称香獐。形似鹿而小，能分泌麝香。

〔44〕锋镝：刀刃和箭镞，借指兵器。

〔45〕壅蔽：遮蔽，阻塞。《管子》：“夫私者，壅蔽失位之道也。”

〔46〕使风：喻借他人的力量来办事情。清人颐琐《黄绣球》：“便动了借篷使风

的主意。”

〔47〕临崖勒马：比喻临危时能及时悔悟回头。

〔48〕船到江心：“船到江心补漏迟”，指事先无准备，临时张皇失措。

蒋恭靖公瑶性宽厚[1]，未尝一忤物[2]。守扬时，出市，有儿放纸鸢，因落公帽，左右欲执之，瑶曰：“儿幼，弗怖也。”有妇泻水楼窗，误溅公衣。缚其夫至，瑶叱左右去之。或评公太亵，公曰：“吾非好名，并此妇亦误耳，况其夫何辜？”

张无垢曰[3]：“快意事孰不喜为？往往事过不能无悔者，于他人有甚不快存焉。君子所以隐忍详复，不敢轻易者，欲彼此两得也。”[4]

何文渊守温州[5]，有兄弟惑妇言而争讼者。何判曰：“只缘花底莺声巧，致使天边雁影分。”兄弟悔服。

人生若行路，前径险阻，则后必通衢[6]；亦似园花，葩艳独先，则零落必早。是以达人宁为甘蔗，智士不羡荣华。

密网弥天，不见牵翻凤鹄；数罟布海[7]，何曾张着蛟龙[8]？盖惟神乃知机，匪特圣无死地也。

食物之物，恒为人食；算人之人，每遭天算。未识朱龙金翅，不见黄雀螳螂。

圯上书传[9]，黄石助子房兴汉；沙中椎误[10]，苍天留胡亥亡秦。

巨富翁黄金满窖，愈惜分毫；极品官白雪盈头，弥营窟穴[11]。算子何时，是足问天，亦大难为。

上场终有散场时，漫道一朝权在手；倚势也有失势日，且开两眼看他行。

事有机缘，不先不后，刚刚凑巧；命若蹭蹬[12]，走来走去，步步蹈空。

麟膏凤髓开华宴，向晓定有散场；紫萼红英斗异春，到底须思结果。

玄珠得之象罔[13]，佳婿得之东床[14]。尘世浮荣，往往类此。

择官之人，终受好官之累；矜名之士，多露败名之根。

讨了人事的便宜，必受天道的亏；贪了世味的滋益，必招性分的损。[15]

七贵五侯[16]，不过一卷《黄粱梦》[17]，一本《玉壶冰》[18]。金谷华林[19]，不过一滴草头露，一瞬眼前花。诗不云乎："眼看春色如流水，今日残花昨日开。"[20]履盈满者思之。

欲海无边，填七尺于羶淫[21]，何不举头看落日？尘心难扫，耗五官于营算，岂知过眼即浮云？

不结良缘与善缘，苦贪名利日忧煎。岂知住世金银宝，借汝闲看几十年。

利泰西云[22]："造物者制人，两其手，两其耳，而一其舌，意使多闻、多为而少言也；其舌又置之口中奥深之地，而以齿如城，唇如郭[23]，须如梁，三重围之，诚欲甚警之，使讱于言矣；不尔，曷此严乎？"[24]

金性虽质，处剑即凶；水德虽平，经风即险；人性虽善，惟口兴戎。

蝉之为物，吟风吸露，与世无求，犹不免螳螂之患，为其躁也[25]。故君子不以清高而忘慎密。

心与竹俱空，问是非，何处安脚？貌偕松共瘦，知忧喜，无由上眉。

纵意之嚬笑[26]，成千古之忧；游口之春秋[27]，中一生之毒。

会心不远，当以不解解之；无稽之言，是在不听听之耳。

形同隽石，致胜冷云[28]，决非凡士；语学娇莺，态摹媚柳，定是弄臣[29]。

风波津险，以虚舟震撼，则浪静风恬；矛盾相残，以柔指解纷，则兵销戈倒。

炫奇之疾，医以平易；英发之疾，医以深沉；阔大之疾，医以充实。

气收自觉怒平，神敛自觉言简，容人自觉味和，守静自觉天宁。

定云止水中，有鱼跃鸢飞的气象[30]；风狂雨骤处，有波恬浪静的风光。

鸟栖高枝,弹弓难加;鱼潜深渊,网钓不及;士隐岩穴,祸患焉至?

是非场里,出入逍遥;顺逆境中,纵横自在。竹密何妨水过?山高不碍云飞。

心地上无风涛,随地皆青山绿水;性天中有化育〔31〕,触处见鱼跃鸢飞。

瓦枕石榻得趣处,下界有仙;木食草衣随缘时,西方无佛。

会得个中趣,五湖之烟月,尽入寸衷〔32〕;破得眼前机,千古之英雄,都归掌握。

杏花疏雨,杨柳轻风,兴到欣然便往;木落烟横,沙汀月印,歌残倏尔言旋〔33〕。

竹结子,竹生孙,坐听节物之迁〔34〕;鱼会琴,鹤识字,行见先王之化。

菊花两岸,松声一丘。叶动猿来,花惊鸟去。阅丘壑之新趣,纵江湖之旧心。

康熙六十年(1721),岁在辛丑,春正之朔又十日,石臞翁书示鹗儿。凡我子孙,世守弗失云。

【注释】

〔1〕蒋恭靖公瑶:蒋瑶(1469—1557),字粹卿,归安县(今浙江湖州)人。弘治十二年(1499)进士及第,曾任扬州知府等官职。《明史》称其“端亮清介”,谥恭靖。

〔2〕忤物:指触犯人,与人不和。

〔3〕张无垢:张九成(1092—1159),字子韶,号无垢居士。绍兴二年(1132)状元,官至刑部侍郎,谥文忠。著有《横浦集》。

〔4〕张无垢……彼此两得也:语出吴亮等著《忍经·谢罪敦睦》,略有改易,原文为:“张无垢云:‘快意事孰不喜为?往往事过不能无悔者,于他人有甚不快存焉,岂得不动于心?君子所以隐忍详复,不敢轻易者,以彼此两得也。’”

〔5〕何文渊(1385—1457):字巨川,号东园,广昌县盱江镇(今江西抚州)人。永乐十六年(1418)进士,历任监察御史、温州知府、吏部尚书。学识渊博,富有文采。著有《东园集》等。

〔6〕通衢：四通八达的道路。

〔7〕数（cù）罟：细密的网。《孟子》："数罟不入洿池。"

〔8〕张：设网捕捉。

〔9〕圯（yí）上书传：指张良（字子房）在下邳时，经过黄石公的重重考验，得到《太公兵法》一书，"读此则为王者师"。《史记·留侯世家》载其事。此处是说暂时的困难为以后的成功做铺垫。

〔10〕沙中椎误：指张良逃去下邳之前，曾雇力士持铁椎刺杀秦始皇。时秦始皇在东游途中，行至博浪沙。张良与刺客并未击中秦皇本人，误中副车。此事激怒秦始皇，张良更改姓名，逃匿下邳，后得有黄石公赠兵书之遇。此事具载于《史记·留侯世家》，是说秦始皇暂时幸免于难，然已为亡秦埋下伏笔。此段上句与下句结合，以张良之事解释福祸相依之理，同时"兴汉"与"亡秦"也是两方力量此消彼长的过程。

〔11〕弥营窟穴：更加注意建造房屋。窟穴，泛指住所。

〔12〕蹭蹬：倒霉，倒运。

〔13〕玄珠得之象罔：此指黄帝的玄珠丢失，分别让知、离朱、吃诟找皆不能得，只有象罔找到。典出《庄子·天地》，成玄英疏曰："罔象，无心之谓。离声色，绝思虑，故知与离朱自涯而反，吃诟言辨，用力失真，唯罔象无心，独得玄珠也。"此寓言意为求真并非用心、用力，常有不期而遇之事。

〔14〕佳婿得之东床：此指郗鉴派遣门生向王导求婿。门生送信归来告诉郗鉴，王家男郎大多矜持，只有一人坦腹卧于东床。郗鉴因其松弛故选之为婿。此人即王羲之。其事见《世说新语·雅量》。

〔15〕讨了……性分的损：语出洪应明《菜根谭》，文字无改易。

〔16〕七贵：原指西汉时七个以外戚关系把持朝政的家族。五侯：原指汉成帝封其舅王谭平阿侯、王商成都侯、王立红阳侯、王根曲阳侯、王逢时高平侯。后泛指权贵显官。

〔17〕《黄粱梦》：指过去美好的生活如梦境般消失。原出自沈既济《枕中记》，叙述卢生在邯郸遇道士赠枕头，于枕上梦到历尽荣华，梦醒后道士仍在，客店主人做的黄粱未熟。后元代马致远创作《邯郸道省悟黄粱梦》，以此事为本。此句指沉溺繁华之人，则如黄粱梦一般，终为一场空。

〔18〕《玉壶冰》：明都穆撰《玉壶冰》，抄自前人记载，专记高逸之事，杂有作者

的人生感慨。此处是说权贵显官,本自高贵,不与世俗合流。

〔19〕金谷华林:此处泛指富贵人家盛极一时但好景不长的豪华园林。金谷,原指晋代石崇所筑的金谷园。华林,是指华林园,齐梁诸帝常宴集于此。

〔20〕眼看春色如流水,今日残花昨日开:《奉和〈宴城东庄〉》:"一月主人笑几回,相逢相值且衔杯。眼看春色如流水,今日残花昨日开。"《唐诗纪事》《文苑英华》《全唐诗》皆将此诗系于崔惠童。《全唐诗》注云:"一作崔惠诗,一作崔思诗。"

〔21〕填七尺于羶淫:张岱《四书遇·本心章》:"欲海无边,尘心难扫;汗颜顷刻,顽钝终身。填七尺于羶淫,耗须眉于营算。"此句隐括张岱文字。

〔22〕利泰西:利玛窦(1552—1610),号西泰,后人偶有以"泰西"称之,意大利天主教耶稣会传教士、学者,被誉为"沟通中西文化第一人"。

〔23〕郭:外城,古代在城的外围加筑一道城墙。

〔24〕造物者制人……曷此严乎:语出利玛窦《君子希言而欲无言》,略有损益。原文为:"造物者制人,两其手,两其耳,而一其舌,意示之多闻、多为而少言也;其舌又置之口中奥深,而以齿如城,以唇如郭,以须如櫺,三重围之,诚欲甚警之,使讱于言矣;不尔,曷此严乎?"

〔25〕躁:急切,急躁,浮躁。

〔26〕嚬笑:嚬,同"颦",指悲欢好恶。

〔27〕春秋:此处指褒贬人物。

〔28〕致胖冷云:指情致从容缥缈,不粘不滞,像悠悠飘荡的云。

〔29〕弄臣:为帝王所宠幸、狎玩之臣。

〔30〕鱼跃鸢飞:指世间生物任性而动,自得其乐。《诗经》:"鸢飞戾天,鱼跃于渊。"

〔31〕化育:化生长育。

〔32〕寸衷:指心。

〔33〕倏(shū)尔:形容时间短暂、迅疾貌。言旋:回还。《诗经》:"言旋言归,复我邦族。"

〔34〕节物:各个季节的风物景色。

【评析】

郑梁撰《石臞公庭训》,共五十三条,皆以对句成文,部分条目取自《菜根谭》《增广贤文》等典籍。康熙六十年(1721),郑梁已年过花甲,正当退至家庭、教授子孙、总结著述之时。《石臞公庭训》既代表其对子孙的嘱托,又是郑氏思想宗尚的总结。全文以儒道为骨,杂以历代名人事迹,如蒋瑶、司马光等。经史子集,无所不包。郑梁参考前代诸多著名家训并融会贯通,如“立身不高一步立,如尘里振衣,泥中濯足,如何超迈?处世不退一步处,如飞蛾投烛,羝羊触藩,如何安乐”,源自《菜根谭》;“翠以羽而招网”化用《金楼子》,亦有直用王昶《家戒》并注明出处者。郑梁在道家“物极必反”的思想之下,倡导儒家的“中庸之道”,并化用《诗经》“鸢飞”“鱼跃”、《世说新语》“东床快婿”、《庄子》“象罔”“玄珠”之语,使行文理趣兼备,读之灵动自然。

常州恽氏家族

常州恽氏始祖,一说为汉梁王左相杨恽之子杨子冬。汉宣帝时,杨恽被腰斩,子孙避祸山居,因以杨恽名为姓。一说是宋朝恽方直,并在恽方直的儿子一辈时,将恽氏分为南、北两支。恽氏作为明清两朝常州地区闻名的举业世家,共12代登榜,考中进士者17名,举人25名,贡生22名。除科举外,恽氏子弟在文学、史学、医学等领域亦崭露头角,实为明清时期常州地区典型的文化望族。如生活在明清之际的恽格(1633—1690),以书画闻名于当时,是“常州画派”的开山鼻祖;清代著名古文家恽敬(1757—1817),与张惠言同为“阳湖文派”的开创者;清末史家恽毓鼎(1862—1917),历任翰林院编修、国史馆总纂、文渊阁校理等职。恽氏闺秀如恽元箴、恽冰、恽珠等亦有诗文集存世。自嘉靖三十八年(1559)首刻以来,《恽氏家乘》先后递修14次。是书68卷卷首1卷。本书所录,为“卷一祖训”部分内容。

祖　训(节选)[1]

(少南公)又以“四始”示子应雨曰[2]:男子桑弧蓬矢[3],有志四方,出门莫叹离别。但谚云:“出外一里,不如家里。”切须勤谨缜密,一时一事,不可怠荒。况尔体素孱[4],酒色二者,尤宜绝远。古人避色如避仇,避风如避箭。戒尔勿嗜酒狂药,非佳味之数。语宜书诸绅,日乾夕惕,以尔始出门,远父兄,不得时为尔箴砭也[5]。是用丁宁为第一义[6]。始出门。

太学,贤士所关。[7]书之大学,则太学也。尔幼数奇[8],今幸观光太学,是为肄业之始[9]。圣祖神谟炳炳,监规严甚,至京即昼夜诵读,不竢谒拜司成[10],已自熟记。既已分堂习业,夙兴进入,不可后期[11];揖让进退,不可紊乱;至于跛倚之容[12]、嬉戏之语,切不可有。务遵矩矱[13],取敬师友,可致大成。慎之,慎之。始肄业。

居家,上父母、下妻子,虽有日用,亦可委任。尔自未离家,今且只身逆旅,一薪一米、一茗一蔬,皆须朝夕自为酌量。至童仆多愚,尤难驾驭,要随人器,使随事提撕[14],不可令其放慢,又不可不与同甘苦。诗曰:"渐与骨肉远,转于童仆亲。"[15]陶渊明戒其子曰:"今遣此力,助汝薪水之劳,此亦人子也。"[16]详味斯言,亦宜日诵。始客居。

同行有师,得朋有庆,四海之内皆兄弟也。尔素柔淑,不忤于人,但礼节周旋,报施来往,固难随俗,亦宜自尽。见则必揖,问则必答,拜则必报。及有馈送请召,可赴则赴,可辞则辞。或有损友壬人[17],只须默识,待以谦和,引诱非礼,则不可徇慎,勿使气轻言,取辱召侮。在丑不争[18],孝之道也。切嘱,切嘱。始交人。

【注释】

〔1〕选自《恽氏家乘》(1917年光裕堂木活字本)。

〔2〕少南公:恽绍芳(1518—1579),字光世,号少南,恽氏南分第五十九世。嘉靖二十六年(1547)进士,授刑部河南司主事。

〔3〕桑弧蓬矢:《礼记·内则》:"国君世子生,告于君,接以大牢,宰掌具,三日,卜士负之,吉者宿齐。朝服寝门外,诗负之,射人以桑弧蓬矢六,射天地四方。"古代男子出生时,以桑木为弓,蓬草为矢,射天地四方,有期盼男子长大后志在四方之意。

〔4〕孱(chán):体弱多病。

〔5〕箴砭(zhēn biān):古人用石针治病,故以"箴砭"代指规劝。

〔6〕丁宁:嘱咐、告诫。

〔7〕太学,贤士所关:太学是国家培养贤才的重要机构。《汉书·董仲舒传》:"养士之大者,莫大乎太学;太学者,贤士之所关也,教化之本原也。"

〔8〕数奇(jī):命数不好,常遇险境。

〔9〕肄业：在校修习课业。

〔10〕司成：指负责教授学生德行的人，后用以指代国子监祭酒。《礼记·文王世子》：“乐正司业，父师司成。”

〔11〕后期：迟到。

〔12〕跛(bǒ)倚：站立时东倒西歪，或倚靠于物。指不端庄的样子。

〔13〕矩矱(yuē)：规则法度。

〔14〕提撕：提醒。

〔15〕渐与骨肉远，转于童仆亲：出自唐代诗人崔涂《巴山道中除夜书怀》。意思是：(我)与家人的距离逐渐远了，转而和书童、仆人们亲近起来。

〔16〕今遣此力，助汝薪水之劳，此亦人子也：《南史·陶潜传》：“汝旦夕之费，自给为难，今遣此力，助汝薪水之劳。此亦人子也，可善遇之。”恽绍芳此言意在告诉儿子，出门在外应善待自己身边的仆从。

〔17〕壬人：巧言令色的奸佞小人。

〔18〕在丑不争：指身处民众之中，不与人争辩。《孝经·纪孝行》：“事亲者，居上不骄，为下不乱，在丑不争。”丑，众。

又警塾曰：卫武公自警，必曰“夙兴夜寐”〔1〕；《小宛》兄弟相戒，亦必曰“夙兴夜寐”〔2〕，谓人必晏卧早起，则志气不昏惰也。今之人晏起早卧者多矣，未老而衰，垂成而废，非以是欤？宜切戒之。即人事困乏，精神罢敝，不能日日无倦，亦宜节适其闲。晏卧或可晏起，早卧则不可不早起。其卧也，非高枕肆志也〔3〕，思旦昼之所为，养夜气之清明，乃安斯寝矣，而非栖迟偃仰〔4〕，向晦入息矣〔5〕，而非晏安鸩毒。〔6〕我思古人昧爽丕显者，成汤也；〔7〕坐以待旦者，周公也；〔8〕夜尝不寝者，孔子也；〔9〕焚膏继晷者，韩愈也；〔10〕闭户悬髻者，孙敬也；〔11〕圆木警枕者，司马光也；〔12〕置灯帐中者，范纯仁也。〔13〕盖古之成大事者，莫不然。一言以蔽之，则孟子曰：“鸡鸣而起，孳孳为善者，舜之徒也。”〔14〕有志之士，请日诵于斯言。

孟子谓“居移气，养移体”者〔15〕，是殆为常人言之，若豪杰之士，不如此也。陋巷潜心，草庐高卧，未尝屈也，岂以官居为哉？采薇首阳[16]、茹芝商山[17]，体未尝病也，岂以食养为哉？后世小人有身名俱泰之说者[18]，当自孟子发之，惜哉。

今之学者谓得科名为了当，而仕宦者谓至从官为结果。嗟乎！学所以明道修身，而仕所以行志及民也，以浅俗不根之学，声律对偶，传习时文，一得科名，则已了当一生，而进德修业，更无余事矣。以贪鄙无能之质，巧佞卑污，积累官簿。一得从官，则已结果终身，而爱君忧国无余事矣。夫如是，望其修身及民，何时可哉？予见士民无贤愚，其言皆如此，心窃怪之，而不敢辟也。

无资质者多无意趣，此病可医乎？曰：好学以破愚，斯对病之方矣。无精神者多无志向，此疾可药乎？曰：立志以帅气[19]，斯对症之药矣。

“古书不读矣，只说时文[20]，则馆阁程式、解会墨卷、名家窗稿能诵法否[21]？”右激于不读古书者而发也。不知经、史、子、集乃文字之渊源也，若主司具法眼[22]，则时文其足恃乎？不然，时文会作者岂少哉，而终身不遇，奚翅千百人也[23]。

“后场不尚矣[24]，只说前场，则讲解体贴，破承起结，过文对股曾精到否？”右激于不习后场者而发也。不知论表策判乃人物之权衡也，若主司有实学，则前场其足恃乎？不然，前场幸取者岂少哉，而后场被黜，奚翅什伯人也[25]。

看书明白，然后可以下笔作文，此治举业者不易之定论，近来盖两失之。所谓看书者，读时文而已，而不玩索经书[26]。所谓作文者，抄时文而已。初不出己意见，一遇主司考较[27]，若题目显浅，或侥幸见取，而高下亦难定。一遇题目义理渊微[28]，篇章广博，既难发挥又难剽窃，既难收拾又难断制[29]。平时所诵套语，一句用他不着，不能使题，而为题所使，所以词语索然，文气浅陋，虽浅学观之，亦必厌弃，况巨眼乎[30]？今宜日玩经书正文，前后融贯，稍不明莹[31]，则取集注与好讲说证之[32]。

其名世之文读百余篇,为法足矣。但人情袭取则易,探本则难,众皆喜易畏难,相率避易。一唱百和,耳濡目染,非一日矣。吾惧其终自失耳。达者宜速省悟,非可一言而尽。

【注释】

〔1〕卫武公自警,必曰“夙兴夜寐”:《诗经·大雅·抑》:“夙兴夜寐,洒扫庭内,维民之章。”《毛诗序》云:“《抑》,卫武公刺厉王,亦以自警也。”

〔2〕《小宛》兄弟相戒,亦必曰“夙兴夜寐”:《诗经·小雅·小宛》:“夙兴夜寐,毋忝尔所生。”

〔3〕高枕:枕着高枕头安睡,形容无忧无虑。肆志:快意纵情,形容恣意放纵。

〔4〕栖迟偃仰:指早睡晚起,高枕无忧。《诗经·小雅·北山》:“或不知叫号,或惨惨劬劳,或栖迟偃仰,或王事鞅掌。”

〔5〕向晦入息:到了日暮黄昏时,就回家休息。《易·随》:“《象》曰:泽中有雷,随。君子以向晦入宴息。”

〔6〕晏安鸩(zhèn)毒:指安逸享乐就像鸩酒一样会毒害人。《左传·闵公元年》:“诸夏亲昵,不可弃也。晏安鸩毒,不可怀也。”

〔7〕昧爽丕显者,成汤也:此句意为:天还没亮就起床的人,是商汤。昧爽,拂晓。《尚书·太甲上》:“伊尹乃言曰:‘先王昧爽丕显,坐以待旦,旁求俊彦,启迪后人。’”

〔8〕坐以待旦者:坐着等待天亮的人。《孟子·离娄下》:“周公思兼三王,以施四事,其有不合者,仰而思之,夜以继日,幸而得之,坐以待旦。”

〔9〕夜尝不寝者:整夜不睡觉的人。《论语·卫灵公》:“吾尝终日不食,终夜不寝,以思,无益不如学也。”

〔10〕焚膏继晷者:点燃烛火在深夜学习的人。韩愈《进学解》:“焚膏油以继晷,恒兀兀以穷年。”

〔11〕闭户悬髻者:闭户读书,将自己的发髻束在房梁上的人。《艺文类聚》:“孙敬,字文质,好学,闭户读书,不堪其睡,乃以绳悬之屋梁,人曰‘闭户先生’。”

〔12〕圆木警枕者:用圆木作枕头,使自己只能稍睡片刻就要起来读书的人。范祖禹《司马温公布衾铭记》:“又以圆木为警枕,小睡则枕转而觉,乃起读书。”

〔13〕置灯帐中者:将灯烛放于帐内,昼夜学习的人。《宋史·范纯仁传》:“昼

夜肄业,至夜分不寝,置灯帐中,帐顶如墨色。”

〔14〕鸡鸣而起,孳(zī)孳为善者,舜之徒也:听到鸡鸣声就起床,孜孜不倦、勤勉努力的,是舜一类的人。此语出自《孟子·尽心上》。

〔15〕居移气,养移体:《孟子·尽心上》:“孟子自范之齐,望见齐王之子,喟然叹曰:‘居移气,养移体。大哉居乎,夫非尽人之子与。’”意思是:居住环境可以改变一个人的气质,奉养可以改变一个人的体质。

〔16〕采薇首阳:《史记·伯夷列传》:“武王已平殷乱,天下宗周,而伯夷、叔齐耻之,义不食周粟,隐于首阳山,采薇而食之。及饿且死,作歌。其辞曰:‘登彼西山兮,采其薇矣。以暴易暴兮,不知其非矣。神农、虞、夏忽焉没兮,我安适归矣?于嗟徂兮,命之衰矣!’遂饿死于首阳山。”

〔17〕茹芝商山:皇甫谧《高士传》:“四皓者,皆河内轵人也。或在汲。一曰东园公,二曰角里先生,三曰绮里季,四曰夏黄公。皆修道洁己,非义不动。秦始皇时,见秦政虐,乃退入蓝田山而作歌曰:‘莫莫高山,深谷逶迤,晔晔紫芝,可以疗饥……’乃共入商雒,隐地肺山,以待天下定。及秦败,汉高闻而征之不至,深自匿终南山,不能屈已。”

〔18〕身名俱泰:名声、地位都安稳。

〔19〕帅气:引导元气。

〔20〕时文:科举考试的应试文章。

〔21〕窗稿:私塾学生作的诗文。

〔22〕主司:科举考试的主考官。

〔23〕奚翅:亦作“奚啻”,意为岂止。

〔24〕后场:乡试分前场与后场,考过前场者方可参加后场考试。

〔25〕什伯:十倍、百倍。

〔26〕玩索:反复玩味,探索。

〔27〕考较:即“考试”。

〔28〕渊微:深奥精微。

〔29〕断制:决断、判断。

〔30〕巨眼:指有敏锐的鉴别能力。

〔31〕明莹:原形容光洁透亮,这里指对经书理解透彻。

〔32〕集注:汇辑诸家对同一作品音义的注释。

逊庵公谓门人曰[1]：凡人家小儿，每三五日便会生出一件不好气质来。为父兄者，即与剪去，亦便就止，可见他原是无根底。若遂听之，或更教猱[2]，只三五月便长根株，牢不可拔。可见人品成就，大率天人之功相半。

每日只要数时刻的下功。昧爽清明，切须警觉，其余读书便读书，应事便应事，只将心境放开，令他闲旷精神，常令有余，自然生机凑集[3]。若晨起如此，日中如此，夜间也如此，只哄哄地衮去[4]，济得甚事。

【注释】

〔1〕逊庵公：恽日初（1601—1678），字仲升，号逊庵，恽氏南分第六十一世。崇祯六年（1633）副榜贡生，明末清初理学家，曾参与抗清斗争。

〔2〕教猱（náo）：指使人作恶。《诗经·小雅·角弓》："毋教猱升木，如涂涂附。"

〔3〕凑集：汇聚。

〔4〕衮（gǔn）去：这里指虚度光阴，任时间流逝。

又谓诸兄曰：逆境难处，况在迟暮，其惟学乎。故曰：不学便老而衰，学则见性[1]，见性则知化[2]，知化则适时，适时则自得。穷通得丧，处之既一，又何戚焉？传曰："君子所性，大行不加，穷居不损，分定故也。"[3]识得分定，则一切计较安排，皆无着处。即不自适其适，不可得矣。吾等今日所可用力、所可相勖者止此[4]。若夫境遇在天，岂人之所能为哉？昔人有三旬九食[5]，处之泰然者，彼诚有以自乐也。此虽常谈，然求今日治心良药，竟无有过此者。吾兄试当拂意时[6]，一为省察，何如？

【注释】

〔1〕见性：洞见自己的真我。

〔2〕知化：通晓事物变化发展的道理。

〔3〕君子所性，大行不加，穷居不损，分定故也：《孟子·尽心上》："君子所性，虽大行不加焉，虽穷居不损焉，分定故也。"意思是：君子的本性，即便他能在全天下

推行自己的理想，也不会因此增益；纵然他身处困窘贫穷之处，也不会因此减损，这是因为天赋已经确定好了的缘故。

〔4〕相勖（xù）：相互勉励。

〔5〕三旬九食：三十天内只吃九顿饭，形容家境贫寒。

〔6〕拂意：不如意。

南田公示侄曰〔1〕：吾所以欲汝忍死，同守一意，不欲汝出门，向陶奴辈丐斗粟者，正以汝祖在，弗敢有尺寸逾越耳。不然，吾何癖爱此贱与贫，而欲以身殉之，至九死而犹不忍舍耶？窭人不能自赡而饿死者有矣〔2〕，饿而死者常有，不必饿死而竟饿死者不常有。何则？饿死者，身；不死者，心。惟不欲死其心，故宁遗其身而存其心。

【注释】

〔1〕南田公：恽格（1633—1690），字寿平，号南田，恽氏南分第六十二世，明末清初著名画家、书法家，与王时敏、王鉴、王翚、王原祁、吴历并称“清初六大家”。

〔2〕窭（jù）人：贫穷的人。

子居公示女婿来卿曰〔1〕：来书需批本韩文，知有事于古文矣。然不在乎批本，盖批本即滞于一隅，不如不佞略举学韩文之指〔2〕，吾婿自绎之〔3〕。如一人独行，其衢路曲折，皆历历可记，随人行则恍惚也。

少年人改过宜急，不宜因有过而颓唐；进取宜缓，不宜因难进而衰飒〔4〕。以可圣、可贤、可忠、可孝、可学人、可才人之资，而以货财科第之心败之，自待不太小乎〔5〕？

【注释】

〔1〕子居公：恽敬（1757—1817），字子居，号简堂，恽氏北分第六十五世。乾隆四十八年（1783）举人，清代古文家，与张惠言同为“阳湖文派”的开创者。

〔2〕不佞：不善言辞的人，用于自称的谦辞。

〔3〕绎：分析出事物的道理。

〔4〕衰飒：颓废失落。

〔5〕自待：对自己的认知。

又谓友人曰：今之士大夫不病其迂，病其常不迂，且以其不迂排人之迂。此吏治之所以日偷[1]，士大夫之气节所以日坏，在有志者自勉之耳。

自服官以来，并非作意与世相午[2]，不过率性行之。以古人之所能望之今人，以士大夫之所能望之市井，至数四龃龉之后，即不必龃龉之人，不必龃龉之事，而亦格不相入矣。事势至此，百举皆废，驯至鸟喙之毒发于绕根[3]，鹰视之愤泄于侧翅，奴隶之所揄揶，禽兽之所蹈藉[4]，岂一日故哉？奇正相循[5]，轻重相停，极严之后必极怠，大胜之后必大败，自然之理也。然而反身之训[6]，闻之弱年，怨天既不敢，尤人又不能。冬闲料量一切，奉母东行，行止之机听之天，毁誉之口听之人而已。

【注释】

〔1〕日偷：日渐衰弱、败坏。

〔2〕午：即“忤”，违背、触犯。

〔3〕鸟喙（huì）：鸟嘴。

〔4〕蹈藉：欺凌。

〔5〕奇正相循：常规方法与非常规方法交替出现，灵活应对。奇，变态。正，常态。

〔6〕反身：即“自我反思”。《易·蹇》：“君子以反身修德。”

诚翁公诫子弟曰[1]：天下之病，小人中于伪，君子中于虚。君子以虚美相高，无实学以拨天下之乱，小人益务于伪，不可救止[2]。故为学当以经世为务，勿徒以文字为也。

【注释】

〔1〕诚翁公：恽鹤生(1663—1741)，字皋闻，号诚翁，恽氏南分第六十四世。康熙四十七年(1708)举人，官金坛教谕。师从李塨研习理学。

〔2〕救止：纠正、制止。

居易公语子钟禹曰：吾教汝识义理、能文章，即是家业。田产吾不吝也。

贞伯公语子弟曰：人生自有真学问在，吾岂欲以任侠名乎[1]？惟循循焉益敦忠厚长者之实，外则不为崖岸，和睦乡邻；内则自饬伦常，力行孝弟，而以读书务本为子弟训可矣。

吾一日废学，恐后来子孙即有相习成惰者，庶几延此一脉[2]，以示笔耕舌种[3]，固吾家世业，不亦可乎？

【注释】

〔1〕任侠：凭借勇武之气帮助弱小。

〔2〕庶几：希望，但愿。

〔3〕笔耕：指依靠帮人抄写或撰写文章等手段谋生。舌种：通过说书或授业讲学为生。

士茂公训子侄曰：富贵在天，不可幸致，当随遇而安，惟礼教不可失。故子孙虽愚，经书不可不读也。

永盛公谓子弟曰：读书与圣贤为伍，所以明义理、治身心者也。岂必猎取功名富贵以为荣哉？

吴太夫人训子南阳曰：《礼》曰“亲亲故尊祖，尊祖故敬宗，敬宗故收族”[1]，然则古人之所谓孝者，可知矣。尔事吾孝，尔当从事其大者。

【注释】

〔1〕亲亲故尊祖，尊祖故敬宗，敬宗故收族：出自《礼记·大传第十六》，意思是：

亲爱自己的亲属,于是能尊敬自己的长辈;尊敬自己的长辈,于是能敬爱自己的宗族;敬爱自己的宗族,于是能团结自己的族人。

后溪公母陆太夫人戒诸孙曰:读书易,做官难,汝不见汝父不遑寝食乎[1]?汝今日亦惟读书勉自树立耳,不然饱暖以嬉,非吾所望也。

【注释】

〔1〕不遑寝食:没有闲暇的时间睡觉、吃饭,指公务繁忙。

商孺人谓子廷超曰:吾宁勤吾手足,黾勉以供衣食[1],毋以贫故向人告急。我固不足,人亦未必有余。我与之商有无,则彼将避我,是自辱也。

【注释】

〔1〕黾(mǐn)勉:尽力。

张孺人谓子逊庵曰:天物不可暴殄[1]。吾犹及记先君子一敝衣,余二十年不忍易,何论老妇也。

余所重期而者,非禄养也[2]。枳学修行,而母犹将赖之。不尔,即鼎食何益[3]?

【注释】

〔1〕暴殄:随意浪费。

〔2〕禄养:以政府发放的俸禄供养双亲。古人重孝,尝以官俸为养亲之用。

〔3〕鼎食:列鼎而食,泛指有钱人家的奢靡生活。

籧篨公德配唐孺人曰:人贫至饿死止耳,然不闻伊川先生云[1]"饿死事小,失节事大"乎?吾幸而抚孤成立,固为如愿,即不幸而死,归报地下,亦可以无愧。口腹躯命之计,早置之度外矣。

【注释】

〔1〕伊川先生：程颐(1033—1107)，字正叔，北宋理学家，世称伊川先生。

金孺人诫子纫之曰：贫贱忧戚，玉汝于成[1]，操危虑深[2]，人之所以达也。汝今日之境，非人所能堪。汝才也，即受天之栽培，汝不才，即为天所倾覆矣。汝其勉之。

学校之中，育才养德，然择交不慎，则青衿佻达[3]，风人所议，岂可蹈之。又其甚者，稍有知识，自号名流，此无实之华，虽荣不久，尤当自敛也。

人贵自立耳，岂以科名之得失为重轻哉？彼掇巍科、登膴仕者[4]，一行作吏，转侧不能自如。非媚权贵以求荣，即抗婞直以取祸[5]。迨其后，或以赃败，或以冤抑，其足贻亲之忧甚大。何如砥行立名，为闾里师，犹得以保室家也。

师道之不立久矣。教弟子者，毋长其游惰，毋任其涂泽，勿烦其所不及，勿强其所不知，则几矣。

【注释】

〔1〕玉汝于成：指贫贱、忧戚会像磨玉石一样磨练你，并最终使你获得成功。

〔2〕操危虑深：指为危难操心，思虑深沉。《孟子·尽心上》："其操心也危，其虑患也深，故达。"

〔3〕青衿佻达：青衿，学子的衣服旧为青色交领，故以青衿代指学子。佻达，轻浮放荡。

〔4〕掇(duō)巍科：科举考试中名次在前者，一般指状元、榜眼、探花、传胪。登膴(wǔ)仕：获得高官厚禄者。

〔5〕婞(xìng)直：固执、刚强。

节母郑孺人训子治洪曰：世间惟无父之子最易为非。不耕不书，废祖业也；不俭不勤，失庭训也。待人不厚为刻薄，处己不严为自宽。汝等不自树立，吾不能贷汝也[1]。

【注释】

〔1〕贷：宽恕、赦免。

【评析】

恽氏《祖训》为辑录先人格言的语录体文。自明至清，不同人物的声音共同勾勒出一个望族的文化形象。作为举业之家，恽氏并没有一味强调科举的重要性，反而再三告诫子孙读书不可只看时文，学习不应专以考试为目的，应通过阅读，与圣贤为伍，通晓义理，陶冶身心。对时人将读书作为猎取功名富贵的手段表示反对。即使以科考为目的阅读，视野亦不能狭隘，宜广泛涉猎经、史、子、集，这样遇到义理渊微的题目，下笔才有余地。除此之外，家训还涉及外出、上学、交游等不同场景下言行的规范问题，且对日常生活的细节投入了大量关注。如恽绍芳援引历代名篇及名人故事，告诫子孙“晏卧或可晏起，早卧则不可不早起”的道理，并将睡前的活动具体化为一套内省的实践体系，在今天仍有学习的意义。生活在明清之际的恽格入清以后绝意仕进，并对子侄辈赞扬殉节者云：“饿死者，身；不死者，心。惟不欲死其心，故宁遗其身而存其心。”足见其精神。恽氏家中女子亦眼界开阔，知书识礼，且不慕鼎食，持守气节。从这一角度阅读恽氏祖训，我们可以更深刻地理解一个庞大的家族得以延续的原因。

焦 循

焦循(1763—1820),字里堂,一作理堂,晚号里堂老人,甘泉(今江苏扬州)人。自幼聪慧过人,嘉庆六年(1801)中举,次年会试落第,自此以母病为辞,一心向学,不事科举。他长于经学,精通《易经》,经术上可与阮元齐名;又宏通淹博,擅长经史历算,与号郑堂的江藩合称“二堂”。在八股文的创作方面,他提出为文“必根经柢术”的观念,强调文章应避免空谈。此外,焦循对戏曲也有研究,著有传奇《续邯郸梦》,理论著作《曲考》《剧说》《易余籥录》等。另著有《易学三书》(《易章句》《易通释》《易图略》)及《天元一释》《加减乘除释》《开方通释》《论语通释》《里堂诗集》《里堂词集》等。《里堂家训》分为上下两卷,焦循稿本藏于上海图书馆,有顾廷龙、潘承弼、王大隆跋语。另有光绪十一年(1885)仪征吴氏孱守山庄刻本、1945年合众图书馆石印本。

里堂家训(节选)〔1〕

卷上

贫者不以货财为礼。若贫者以货财与人,则非礼也。不读书之人,误以货财与人为礼,甚至典衣称贷,以为馈遗之用,真陋习也。乾隆丙午(1786)秋八月,余外舅阮丈七十生日。时窘迫已极,算仅可有钱四百,与妇带回,为称觞之用〔2〕。丈之他婿,皆盛其仪物。妇颇以为愧,余举礼说之,妇亦怡然。盖礼足以胜情如此。

子弟必使之有业。士农工商,四者皆可为。若不为此,则闲民矣。闲民而后无所入,无所入则饿,饿则无所不为。四民之中,执其一业,岁必有所入,有所入而量以为出,可不饿矣。

读书之士,至以鲜衣美履夸耀于人,是惑也。至曰在外应酬,不得不如此,益可笑。士以课徒为业[3],何用应酬?

家之不幸,莫如不肯教子弟。教子弟读书,不可不专,不可不严。人于他事,或有不能,至读书,未有不能者。不必问资质之清浊,只以读书一途导之、驱之,未有不能者也。其读之不成者,皆教之不专、不严之咎也。幼时先使之识字,即愚,一日识四字不难也。自六岁至十二岁,可识万字矣。至此便为之解说字义,分析平仄。徐徐使习时文,使习诗,使习书法,此三者少有可观,庶可入学;入学,庶可以训蒙谋食,此根本也。根本立,则必使之知经学、史学及典章制度、六书九数、天文地理[4],以渐而博洽贯通。若资质过人,则习时文时便可博览,然究以时文为主。

所谓根本者,习时文、习诗、习字,少有可观也,不必定在入学后。总之,习一事,必期于实有所得,最忌虚名。假托风云月露之诗[5],无题目之束缚,无规矩绳尺[6],易于作伪。故子弟学诗,必以试帖,或使之咏物,只以工稳、和协、切题期之。

时文自有时文之绳尺,不可入于卑俗,尤不可入于孤高;不可入于拙滞[7],尤不可入于放纵。余别有论时文之书,守之可也。

生一子,必曰资质蠢,不能读书, 可恨也;既入学,便以为已成,不复穷究经史,二可恨也;生质稍可读书,便以虚名夸饰于人,不使实有进益,三可恨也;府县试稍能前列,岁科间列高等,便自诩名士[8],四可恨也;夤缘奔走,以求仕路[9],不顾生计,不实力读书,五可恨也。

生员为人作讼证,虽系株连,法亦戒饬[10],何也?盖所以株连者,必由平日不闭门读书,而好管闲事也。果不为人居间[11],何株连之有?故读书者自读书,不可为人居间说事也。

高彦休《唐阙史》载郑瀚一事云:"尚书郑瀚尹正圻南日,有从父昆弟之孙来谒者,力农自赡,未尝干谒,拜揖甚野,冠带亦古。郑公之子弟仆御多笑其疏质[12]。公心独怜之,将致书于郡守与一尉。将行之前一日，召甥侄与之食，会有蒸饼[13]，郑孙搴去其皮[14]，然后食之。公大嗟怒，曰：'皮之与中何以异耶？吾常病浇态讹俗[15]，思得以还淳返朴，故怜子力农敝衣，谓必能知稼穑之艰难，奈何浮嚣有甚纨绮乳臭儿耶[16]？'因引手索所弃饼表[17]。郑孙错愕失据[18]，器而承之[19]，公则尽食所弃，斥归乡里。”

又曾敏行《独醒杂志》云：“王荆公在相位，子妇之亲萧氏子至京师谒公。公约之饭。酒三行，初供胡饼二枚[20]，萧啖饼中间少许，留其四旁。公顾取自食之。其人愧甚而退。”

余见今市井儿食饼，颇有如是者，或共食必检择其善者，余每见深恶之。录此二条，以戒后人。

韩昌黎言：“古之民也四，今之民也六。”[21]六者，四民之外有僧与道士也。吾谓六者之外，又有四民，曰倡优隶卒。此四者，人之所贱，然既失业，不为僧与道士，即将为倡优隶卒。夫生一子而终至于是，故祖若父所不愿也，而究之皆祖若父至之。何也？不使之有业也。吾家有书可读，有田可耕，宜以读书为业，子孙当世世守之。吾见名人之后，至于不识字，总由姑息不使之习旧业耳。且儒者子孙失业有两端，一由作宦，一由娶妇于市井之家。市井之家，不知书为何物，姑息其子，遂至流为屠沽[22]。作宦则所见所闻皆浮华而不实。此二者当慎之也。《易》曰“家人嗃嗃”，未失也；“妇子嘻嘻”[23]，失家节也。“嗃嗃”，严也；“嘻嘻”，狎也。狎则失，严则未失。故处家，宁失之严，不可失之狎。

人负我债，而其力不能偿，我因不索而毁其券。此盛德事，尚非难也。惟我负人债，而势可以不偿，而竭力以偿之，则仁者事矣。先君子病时，于债负之可以不还者，恐身后循等负之，阴授以良田而返其券。越半月，先君子即逝，逝后乃知其事，后人识之。

田宅之买卖出入，不过消息于四五十年之间[24]，远之在孙，近之在子，甚则自身得之，自身失之。往来之机天道，而人不能强者也。置田所以自给，苟足粥蔬，不必刻苦经营以求。多亦不必成方，但取得麦稻，以供口食，仰事俯畜而已。以贱值获良田，尤不可存此见。彼弃田者，自出窘促[25]，多一钱可济一钱之用。或不足而弃田，亦不可以瘠田而待重价。盖弃田非因负债不可却，必将得资别为生理。负债有子钱，一日不偿，则积累一日，待一年而田价未必增，子钱转益累矣。弃田生理，必自度贸易之才，操守之节。不然，与其求胜，不若自损日用之费，仍存田地。吾见弃田生理者，每亏折以速其贫，或有赀在手不知营运，鲜衣美食数年而致于丐食焉，殊可悲也。余丙午（1786）、丁未（1787）间，止有田二百亩，而负债甚多，乃以贱值弃其半，一朝而负债悉清，如居荆棘中得出，又如阴雨数十日忽见日光，大快者竟日。已而与两弟析之[26]，得田三十亩，乃损其衣食，减其酬应，舌耕糊口，今二十年，且有所余。当时有为余谋画，令弃此三十亩，或弃其半，以积麦稻取利；或借人得子钱[27]，较田所获为多，庶不自苦。余思积麦稻取利非己智力之所胜，借人得子钱非安稳法，人宜用其所长，不可用其所短。笔耕、舌耕[28]，己所长也，立意守此田舍，以至今日。向令恋田而不偿债，弃田而别营生理，必至一无所成，不知作何落拓光景矣[29]。后人宜念此。

弟子入孝出弟，即次以谨而信。[30]“诚”，子弟之要也。能言，便深戒其虚诳，一生诚实之根在此。言不忠信，行不笃敬，不可行于州里[31]。不可行于州里，则欲不贫乏失所也难矣。十余岁能识字，自当教之以诗。然必取唐诗中真切有味者授之，使之动荡其血气，涵濡其性情，不必急急即以能诗见也。若徒以风云月露之套语使之依样葫芦[32]，或又代为粉饰，于是倡和流连，诗笺四出[33]，读书之本未立，名士之习已成，无论老成之士，见而鄙之，而往往以虚伪之名误其一生，果谁之咎也？

【注释】

〔1〕选自《里堂家训》稿本。

〔2〕称觞：举杯祝酒。

〔3〕课徒：教育学生。

〔4〕六书：古人分析汉字而归纳出来的六种条例，即指事、象形、形声、会意、转注、假借。九数：九种数学算法，为方田、粟米、差分、少广、商功、均输、方程、赢不足、旁要，后人基于此九种方法编纂《九章算术》。

〔5〕风云月露之诗：指绮丽浮靡、吟风弄月之诗。

〔6〕绳尺：木匠用来标明直线、量度长短的工具。此处比喻规矩法度。

〔7〕拙滞：呆板不通达，生硬不顺。

〔8〕自诩（xǔ）：自夸。

〔9〕夤（yín）缘：攀附权贵，向上巴结。

〔10〕戒饬：告诫。

〔11〕居间：在双方中间（说合、调解）。

〔12〕仆御：仆役。疏质：粗疏质朴。

〔13〕蒸饼：馒头。

〔14〕搴（qiān）：此处指揭下。

〔15〕浇态：浮薄的世态。讹俗：荒谬的习俗。

〔16〕纨绮：纨绔。

〔17〕饼表：指刚刚被搴下的饼皮。

〔18〕失据：失去倚恃，指慌张。

〔19〕器：放到盛器中。承：侍奉。

〔20〕胡饼：烧饼，饼上撒有胡麻。

〔21〕语出韩愈《原道》。

〔22〕屠沽（gū）：宰牲和卖酒。泛指职业微贱的人。

〔23〕“家人嗃嗃”“妇子嘻嘻”：语出《易经·家人》。

〔24〕消息：消长，盛衰。

〔25〕窘促：窘迫。

〔26〕析：分、分得。

〔27〕子钱：高利贷。

〔28〕舌耕：以教书讲学谋生。

〔29〕落拓（tuò）：贫困失意，景况凄凉。

〔30〕语出《论语·学而》。

〔31〕州里：乡里。

〔32〕依样葫芦：照别人画的葫芦的样子画葫芦。比喻单纯模仿,没有创新。

〔33〕诗笺：用来写诗的纸张。

卷下

天下之学,患乎不深。深矣,患乎不博。深且博矣,患乎无规矩绳墨以定其是非。既深且博又有规矩绳墨以定是非者,惟天文历算耳。其义深奥难明,而其条理度数又出于自然而不容臆造〔1〕。然此学惟性质沉厚者能为之,虚浮妄动之人不能入也。于此学能明,天下无难明之学矣。譬犹历过崎岖,自无险境。且性质浮动之人,果能耐心为此,知识既通,而气亦宁静。吾友汪孝婴亦如是言〔2〕。

圣贤之学,以日新为要。三年前闻其人之谈如是,三年后闻其人之谈仍如是,其人可知矣。越五年、十年而其学仍如故者,知其本口耳剽窃,原无心得,斯亦不足议也已。孔子曰"当仁不让于师",宜有味乎斯言也。

经学如天,阳道也;史学如地,阴道也。终古此《诗》《书》《易》《礼》《春秋》而其义千变万化,阐之不尽,寻之不竭。自两汉以来二千余年,说经之人千百家,或相帅承,或相驳难,各竭一人之精力,以为得定解矣;久之,又竭一人之精力,而前之定解复不定。寒往则暑来,日往则月来,循环无端,而神妙不测。故学经者,博览众说,而自得其性灵,上也;执于一家而私之,以废百家,惟陈言之先入,而不能自出其性灵,下也。史学惟求其事之实而不诬其书,既定,无复可移矣。

说经不能自出其性灵,而守执一说以自蔽,如人不能自立,投入富贵有势力之家以为之奴,乃扬扬得意〔3〕,假主之气以凌人。受其凌者,或又附之,则奴之奴也。既为奴之奴,则主人之堂阶户牖且未尝窥见,猥曰"吾述而不作也""吾好古敏求也"。此类依草附木,最为可憎。

谚云:"百工之事,冶人最尊。"谓百工皆需铁以为器也。余谓学问之业，以属文为要，虽有尧舜之治、孔颜之教，非文不传。叙事之文尤为重大，春秋、楚汉之人，后世岂绝无之？得《左》《史》以为之传，便精彩百倍。韩昌黎之于南霁云、何蕃，李习之之于高愍女[4]，柳柳州之于段太尉[5]，杜牧之之于燕将谭忠[6]，孙可之之于何易于[7]，采入史传，顿生光彩。至于难状之状，难写之情，一经点次，如见如诉。宜从《左》《史》入手，参之以《庄》《列》诸子，广之以韩柳诸集，大之能包括一切，细之能穷极毛发，繁简长缩，所不拘也。

不学则文无本，不文则学不宣[8]。余十二三岁，读三苏文即解为论序，见东坡文《范增》《晁错》诸论，思拟而效，苦于不谙史事，乃阅《汉书》《三国志》，递及《南(史)》《北史》《唐书》《五代史记》。又思不明地理，何以作《水经序》？不通天文术算，何以作《李淳风》《一行论》[9]？文之有序也，必提挈一书之精要而标举之。序经学书必明于经，序史学书必明于史，一切阴阳、天地、医卜、农桑，不少窥其疆域，而微得其奥窔[10]，何以各还其本末？文之有传赞、墓表、碑志也，必形容一人之面目而彰显之。为经学之人立传，必道其得经之力者何在；为文艺之人作铭，必述其成家之派何在。其人功在治平，必有以暴其立政之心；其人学专理道，必有以核其传业之确。故非博通经史四部，遍览九流百家，未易言文。吾生平无物不习，非务杂也，实为属文起见。若徒讲关键之法[11]，侈口于起伏勾勒字句之间[12]，以公家泛应之词，自诩作者，如是为文，何取于文耶？吾尝见为人作传志者，九九未娴[13]，便称善历；人仅学究，辄拟程朱。许以通经，而莫征所得；但调平侧，乃曰诗人。真赝不辨，是非混淆，如是为文，不亦鄙乎！故属文不难，得乎属文之本为难。慎之！慎之！

属文之本，非徒口耳记诵为也。于《易》遂侈陈施孟以来之说《易》[14]，杂引爻辰、卦气，以示宏博[15]；于《诗》遂胪列齐鲁韩毛之异同[16]，旁及四始、五际，以明奥衍[17]，而于《易》《诗》之义无著也，于本书之言《易》言《诗》亦无著也,如是与抄写策料何异?不可以言文也。必于各家之学,精粗本末类能贯串,而本书之用意所在,又复一一窥得其精微,而后为之序说,乃不啻出其人之肺腑而代白之天下。此书之所以贵有序。学者好为人作序,而作书之人又无所鉴别,漫向人索序,张冠李戴,极口称许,绝不关乎痛痒,真无聊之极耳[18]。不知而作,盖谓是矣。

作传志欲得其人之精神,全在琐碎上形容入妙,此非读书博物之久,未易得之。此等无可胪列,伪以胪列,学者不能也。徒讲属文而无学者,亦不能也。

或曰:"如子言文,文其绝学矣乎。十通其九,犹不可以言文也。"余曰:"然。天下莫难于属文。虽然,亦有道焉。其知者为之,其不知者谢勿为,勿可强言其所不知也,盖亦可也。"

余向者写字,好杂用篆体,久而深悟其谬。譬如篆书,忽用真草夹入,岂尚成体裁耶?

时文之法与古文异,古文不必如题,时文必如题也。其原盖出于唐人之应试诗赋。然应试诗赋虽必如题,不过实赋其事而止,无所为虚实偏全之辨也,即无所为连上犯下之病也,亦即无所为勾勒纵送之法也[19]。时文之题出于四书,分合裁割,千变万化,工于此技者,亦千变万化以应之,不失铢寸[20],非童而习之,未有能精者也。是故其考核典礼,似于说经,拘于说经者不知也;议论得失似于谈史,侈于谈史者不知也;骈俪摭拾似于六朝[21],专学六朝者不知也;关键起伏似于欧苏古文,模于欧苏古文者不知也。探赜索隐似于九流诸子[22],严气正论似于宋元人语录,而矢心庄老[23],役志程朱,又复不知也。其法全视乎题,题有虚实两端,实则以理为法,必能达不易达之理;虚则以神为法,必能著不易传之神。极题之枯寂险阻,虚歉不完,而穷思渺虑,如飞车于蚕丛鸟道中[24],鬼手脱命,争于纤豪,左右驰骋,而无有失。至于御宽平而有奥思[25],处恒庸而生危论[26],聚之则名理集于腕下,警语出于行间,别置一处，不可为典要者，时文之体也。术士谈星命〔27〕，推运气之吉凶，其说似悠谬而实有之〔28〕。当其运之顺，虽处凶而多化为吉，人之杀我、毁我、谤我，实所以成我。当其运之逆，虽处吉而多化为凶，人之助我、誉我、奖我，实足以败我。历历颇然。则信乎命之宜安，而毁誉可无论也。

新筑一墠〔29〕，数月而草生，若黍稷稻麦，非播种不生也，可见美物必有种。村农下走，无不有儿女，若能读书，则必有种。或本于德，德，阳也，阳主轻清，积德所化，多得贤嗣，故种德为上。其次择配，必读书好善之家。士大夫之子往往下愚者，悖德所致。恶积则浊，浊则愚矣。积恶之人，或有贤子孙者，其先世之余庆也。

【注释】

〔1〕臆造：凭主观臆想编造。

〔2〕汪孝婴：汪莱，字孝婴，安徽歙县人。清代数学家，与焦循、李锐号“谈天三友”。

〔3〕扬扬得意：形容十分得意的样子。

〔4〕南霁云：唐玄宗、肃宗朝名将，魏州顿丘（今河南清丰）人。安史之乱时被俘，宁死不屈。事迹见于韩愈所作《张中丞传后叙》。何蕃：唐朝和州（今安徽和县）人。学问精深，品行敦厚。事迹见韩愈为其所作《太学生何蕃传》。李习之：李翱，字习之，唐朝陇西成纪（今甘肃静宁西南）人。推崇古文运动，曾从韩愈学习古文。生平事迹见《旧唐书·李翱传》。高愍女：高妹妹，为高彦昭之女。高彦昭是唐朝将领，曾跟随平卢节度使李正己，屡立战功，后病逝任上，谥愍。其女刚烈有节，李翱曾为其作《高愍女碑》。

〔5〕柳柳州：柳宗元。段太尉：即段秀实，唐朝中期名将，陇州汧阳县（今陕西千阳）人，柳宗元曾为其作《段太尉逸事状》。事迹见《旧唐书·段秀实传》。

〔6〕谭忠：唐朝绛州绛县（今属山西运城）人。精于兵事，屡立战功。杜牧曾为其作《燕将录》。

〔7〕孙可之：即孙樵，字可之，晚唐文人，著有《经维集》。何易于，唐文宗朝县令，勤政爱民，以廉洁闻名。孙樵曾为其作《书何易于》。

〔8〕宣：抒发。

〔9〕李淳风：唐朝道士，精通天文、易学、历法等，撰有占星学专著《乙巳占》。一行：即僧一行，唐朝僧人，精通天文学，著有《大衍玄图》《义决》。

〔10〕奥窔（yào）：奥妙精微之处。

〔11〕关键：比喻诗文的结构。

〔12〕侈口：夸口，吹牛。

〔13〕九九：古代历法的一部分，中国古代将夏至和冬至后的八十一天，各分为九个段落，每个段落各九天，分别称为夏九九和冬九九。通常所说的九九是指冬九九，即一年中气温由较低过渡到最冷，再逐渐回暖的一段时间。娴：熟练。

〔14〕施孟：汉代易学家施雠、孟喜的合称。

〔15〕爻（yáo）辰：汉代易学术语，以《易》卦的阴阳六爻配合十二时辰。卦气：汉代易学术语，以《易》卦与四时气候相配。

〔16〕胪列：罗列。齐鲁韩毛：即四家诗的简称。汉代《诗经》有“鲁诗”“齐诗”“韩诗”和“毛诗”，前三家也称三家诗，属“今文诗”，“毛诗”属“古文诗”。

〔17〕四始：诗经学术语。旧说《诗经》有四始，各家说法不一。五际：诗经学术语。汉代《齐诗》学者翼奉所传，翼奉认为，午亥之际为革命，卯酉之际为改正。卯为《天保》，酉为《祈父》，午为《采芑》，亥为《大明》。又以为亥为革命，是一际；亥又为天门，出入候听，是二际；卯为阴阳交际，是三际；午为阳谢阴兴，是四际；酉为阴盛阳微，是五际。《天保》《祈父》《采芑》《大明》，皆为《诗经》篇名。奥衍：文章内容精深博大。

〔18〕无聊：言行等庸俗或没有意义而使人生厌。

〔19〕纵送：原意为奔驰貌，此处或指行文流畅。

〔20〕铢寸：一铢一寸。比喻微小。

〔21〕骈俪：对偶藻饰的文辞。摭（zhí）拾：拾取收集。

〔22〕赜（zé）：深奥。九流：指各学术流派。

〔23〕矢心：下决心。

〔24〕蚕丛鸟道：指险绝的山路。

〔25〕宽平：宽阔平坦的地方。

〔26〕恒庸：平常。危论：即直言，正论。

〔27〕星命：术数家认为人的祸福寿夭，与天星的位置、运行有关，故而根据人的生年时辰，配以天干地支，来推算命运，附会人事。

〔28〕悠谬：荒谬。

〔29〕墠(shàn)：经过整治的郊野平地。

【评析】

《里堂家训》共分上、下两卷，上卷讲贫富、读书、崇俭、交友、处事、待人、孝悌，下卷讲经学、著文之道，阐发自己的治学理念。在形式层面，此篇家训上下卷分工明确，上卷讲解为人处世，下卷专述治学方法，正文穿插众多引证举例；在内容层面，举例部分并非皆以名家事例为主，亦有生活见闻加以佐证。下卷表达治学观点时，焦循的个人理念十分突出，在本篇未收录的部分就有焦循以朴学家的态度表达对考据学的强烈不满等。就家训"训导"功能而言，《里堂家训》晓之以理，动之以情，以贫富、生计为开篇，而非礼义忠孝为开篇，大致以"物质""道德""人伦"为次序展开，既告诫子孙治理家业，又因势利导地讲解人情世故等。其中，焦循最注重子孙教育，卷上将不教育子孙视为"家之不幸"，并用"五可恨"来痛斥不注重教育、读书，意指不可放弃教育后人。卷下通篇谈论学问理念，更是其多年读书、著文、治学的切身体会，对学问的探讨既有整体的学习导向，也有针对某一现象、某一文体发表的个人见解，不可不谓之言传身教。

姚　澍

姚澍,字雨田,江苏甘泉(今江苏扬州)人。乾隆五十一年(1786)贡生。曾任如皋县教谕。据道光十七年(1837)《如皋县志》所记,姚澍学承周敦颐、张载、程颐、朱熹,以推行崇尚实际、革除浮华的治学理念为己任,以自身言行训导诸生,从不违背规章法度。姚澍常体恤贫寒学子,善待孝悌正义之士,曾分出俸禄作为"优资奖"。著有《论语讲义》《中庸遵注》《井田律吕图说》《姚氏家训附文法直指》《贻耕堂稿》,除《姚氏家训附文法直指》外,其余著作均已亡佚。《姚氏家训》现有同治十一年(1872)姚光鼐刻本、光绪二十五年(1899)重刻本。

姚氏家训(节选)[1]

定志

家本一片寒毡[2],友教以来[3],门下士之成就者,虽不下数十人,然皆为他人作嫁衣裳耳。向使稍有薄产,何致糊余口于四方?今略营数十亩,以为后人读书之地尔。须闭户潜修[4],努力向上。日用纵有不足,较余少时之毫无凭借者,自属不同。只要粗粝自甘[5],一切量入为出,于以专精学业易易也[6]。若嫌其利薄,变弃旧产,转而贸易,大拂余之本志矣[7]。

古人云:"惟有读书高。"[8]今将一切生计较来,愈信此言不谬。须拿定主意,接我书香一脉。若为人言摇惑,既无以对乃祖乃父[9],且自误终身矣。

莫谓书不救贫,每见贫者,多受救于书。只怕身心不正,学问不足,气质不醇。三者有一于此,到处皆行不去。戒之哉!

【注释】

〔1〕选自《姚氏家训》(同治十一年姚光鼐刻本)。

〔2〕寒毡:指寒士清苦的生活。

〔3〕友教:不执师徒之礼,以朋友的身份教授。

〔4〕潜修:专心修习。

〔5〕自甘:心甘情愿。

〔6〕易易:容易。

〔7〕拂:违背。

〔8〕语出宋代汪洙《神童诗》:"万般皆下品,惟有读书高。"

〔9〕乃:你,你的。

澄心

治田者去草莱〔1〕,治心者去嗜欲。嗜欲者,心田之草莱也,必芟之而后良田可植〔2〕。故学问之根,在于德性。

未读时,须静坐一刻,使心内澄澈,如止水无波,则义理一切照见。再去开卷,方能有益。凡看书、读文、作文之前,皆要如此。

静坐是敛精神、去纷扰也,顷刻间便收束入里,非迷闷坐去,入于杳冥昏默一途〔3〕,以致颓然欲睡也。

【注释】

〔1〕草莱:杂草。

〔2〕芟(shān):割草。

〔3〕杳冥:高深悠远的样子。昏默:虚无寂静的样子。

救务外之弊

读书时若讲酬应,纵是工于接物,愈觉拙于为己。非闭户潜修之士,多见其无成也。更可虑者,专求衣履鲜美,但事酒食沉酣,溺志燕朋[1],萦情赌局,自祖父以来,家无赌具,余尤恨赌如仇。设有违者,真属不肖矣。须谨守家法,以对前人。外境之酖毒日深[2],心地之灵苗日槁[3],岁月蹉跎,后悔其何及哉?凡读书,一有务外之心,便多不可救药,岂但无以入德,抑且不能免患,直不得,而救之只有一"耻"字,一"惧"字。

【注释】

〔1〕燕朋:轻慢朋友。

〔2〕酖(dān):沉溺。

〔3〕槁(gǎo):枯干。

救委靡之弊

知耻便能发愤,以下所言,一层一层手录教汝。余是时已五十有五矣,炎暑郁蒸,人皆挥扇不暇,而余曾不惮烦,此心可谓苦矣。念及此,亦当时时振奋。

【评析】

本书未收录原书所附《文法直指》。《姚氏家训》共4则,分别为"定志""澄心""救务外之弊""救委靡之弊"。与其他家训不同的是,这四则箴言不针对某一点如孝悌、家业、人伦、夫妇等展开阐述,而是以四种态度概括行为准则,作者提及要经营田地以供后人读书、吃穿用度以勤俭为主,时时静坐,闭户潜修,知耻发奋等。其中最核心的问题就是如何"读书",读书几乎是家训的全部旨归。姚澍亦秉持汪洙总结的"万般皆下品,惟有读书高"的人生信条,在读书方法上,他认为读书必须定志、澄心、救务外之弊、救委靡之弊,并描摹自身读书状态,以示后人,盼望后世子孙能够时时振奋,勤勉于诗书,接续其"书香一脉"。

潘世恩

潘世恩(1770—1854),字槐堂,号芝轩,吴县(今江苏苏州)人。乾隆五十八年(1793)状元,授翰林院修撰,擢侍读,官至太傅、武英殿大学士,为乾隆、嘉庆、道光、咸丰四朝重臣。八十生辰时,得道光帝御笔题写“三朝耆硕”匾额。吴县大阜潘氏本为苏州地区有名的大族,潘世恩状元及第后,潘氏一族走向兴盛。一生著述颇丰,史部有《熙朝宰辅录》《枢垣题名》《读史镜古编》,子部有《正学编》《思补斋笔记》《消暑随笔》,集部有《有意真斋文集》《思补斋诗集》《时文正宗》等,另有自订年谱、家书及日记稿本存世。《潘文恭公遗训》1卷,由潘世恩子潘曾莹辑录。是书有咸丰四年(1854)吴县潘氏刻本。

潘文恭公遗训(节选)[1]

小时勿太求适意,不可专在衣食上讲究。衣勿过暖,食勿过饱,惜物即以保身。汝祖父尝曰:“未老而享已老之福,非所宜也。”

勿妄语,勿戏谑,勿师心自用[2],勿矜己长,勿议人短,塾中勿聚谈,勿晏起,工夫勿间断,书籍勿随手抛弃,坐立勿欹斜[3],见尊长勿惰慢,勿儳言[4],待童仆勿苛刻。此入德之要务也[5]。

师严然后道尊,故读书必先敬重师长。今人每于师长背后直呼其号,殊非敬师之道,且日开浮薄之习,学业焉能长进耶?

文章须自出机杼[6],卓然有以自立,绝不傍人门户[7]。即此可觇人品焉[8]。

县试诗文俱尚清顺[9],可望取。汝年甫十四,断不可存冀倖之心[10]。

宜勤诵读,戒轻浮,毋见异思迁,毋半途而废。昌黎云:“业精于勤荒于嬉,行成于思毁于随。”[11]时时以此自警,自见竿头日进矣[12]。

齐家之道,通于治国、平天下[13]。古来名臣,未有不留心于家范者[14]。汉邓禹为高密侯[15],有子十三人,各守一艺,修整闺门,教养子孙,皆可以为后世法。唐柳公绰理家甚严,子弟克禀诫训,言家法者,世称柳氏云[16]。盖家运之盛衰,视乎一家之人以为征信。入其室,子弟无嚣陵之习[17],家人无诟谇之声[18],严肃整齐,各遵礼法,则家范克立[19],家运必昌。圣人云:“施于有政,是亦为政。”[20]家国相通之理,不外乎此。然身修而后家齐,动容周旋,必本身以为之先导,则潜移默化,自有不期然而然者,固非可强为约束也。

读圣贤书,须逐句体贴,勿轻易放过,庶于身心有益。涉猎之学,浮华相尚[21],不愿汝效也。

宅心仁厚,勿稍存刻薄之见,正如和风扇物,万汇皆春。程子云“观天地生物气象”,何等受用。

读书断不可有浮躁之气。处事接物,尤宜慎之。

君子以虚受人[22]。读书励品,当与严师益友朝夕讨论,便觉日新月异。一涉自满,终身无进境矣。

读史所以长识见、资阅历,治乱兴衰之故,贤奸邪正之分,了然于胸,足以考镜得失[23],临事乃有把握。若徒摭拾[24]浮华,自矜淹博,玩物丧志,何足取耶?

心要静,静则泰然自得,一切不足以扰之。伊川云:“静后观万物,自然皆有春意。”[25]语最有味。

所贵乎朋友者,以其劝善规过、道义相勖[26],足为身心之助。若徒征逐宴会[27],终日聚谈,议论尖巧,心地刻薄,有损无益,切宜远之。

作文不可贪用词藻,以致实义抛荒。当多读《史》《汉》与韩、柳、欧、苏之文,及宋人理学书,约之以《六经》,鞭辟近里[28],庶得之矣。

一室之中，须整齐严肃，即书籍亦不可随手抛掷，必须手自整理，勿假手童仆，以致颠倒错乱。即此可觇人品，并可以验福泽。

行坐宜端重，言语宜详慎。略不经意，则惰慢浮躁之气，不觉自生矣。

诗各视乎境。随境感发，天趣洋溢〔29〕，不必强合于古人。而积之有素，则矢口成吟〔30〕，动中规矩。今人有意求工，竭力思索，诗与境乖，去古愈远矣。

"慎言语，节饮食"〔31〕六字最可宝。人往往于饮食宴会随口说长道短，便弄出是非。所以交游宜慎，汝不可不知。

见人不善，必反复开导，俟其自新。其或怙恶不悛〔32〕，悍然略无所顾者，远之而已。疾言厉色，使之无地自容，是取祸之道也。

处顺境易，处逆境难。平时须立得脚定，取古名儒格言，潜心体味，悠然有会〔33〕，斯心平气和，无入而不自得矣。

昔人云："一粥一饭，当思来处不易。"〔34〕必欲恣口腹之欲〔35〕，罗列珍错〔36〕，穷工斗巧，精益求精，既非爱物之仁，即非惜物之道。

【注释】

〔1〕选自《潘文恭公遗训》（咸丰四年吴县潘氏刻本）。

〔2〕师心自用：以自己的意见为师，指固执己见，自以为是。

〔3〕攲（qī）斜：歪斜。

〔4〕儳（chán）言：打断别人说话。

〔5〕入德：进入圣人修养的境界。

〔6〕机杼：诗文创作中精巧的设计和构思。

〔7〕傍人门户：苏轼《东坡志林》："桃符仰视艾人而骂曰：'汝何等草芥，辄居我上？'艾人俯而应曰：'汝已半截入土，犹争高下乎？'桃符怒，往复纷纷不已。门神解之曰：'吾辈不肖，方傍人门户，何暇争闲气耶。'"后以"傍人门户"指不能自立，依靠他人。

〔8〕觇（chān）：窥探，观察。

〔9〕县试：清代各县举行的考试，通常由知县主持并担任主考，考期多在每年二

月。通过县试的考生获得参加府试的资格,统称为童生。

〔10〕冀倖:侥幸。

〔11〕业精于勤荒于嬉,行成于思毁于随:出自韩愈《进学解》。

〔12〕竿头:比喻至高的境界。

〔13〕齐家之道,通于治国、平天下:《大学》:“古之欲明明德于天下者,先治其国;欲治其国者,先齐其家;欲齐其家者,先修其身。”修齐治平,代表儒家的理想。

〔14〕家范:治家的法度。

〔15〕邓禹(2—58):字仲华,东汉开国名将,官拜大司徒、右将军,后封高密侯。

〔16〕柳公绰(768—832):字起之,历任御史中丞、兵部侍郎、京兆尹。《旧唐书·柳玭传》:“初公绰理家甚严,子弟克禀诫训,言家法者,世称柳氏云。”

〔17〕嚣陵:同“嚣凌”,嚣张跋扈,凌辱他人。

〔18〕诟谇(suì):辱骂。

〔19〕克:能够。

〔20〕施于有政,是亦为政:《论语·为政》:“或谓孔子曰:‘子奚不为政?’子曰:‘《书》云:“孝乎惟孝,友于兄弟,施于有政。”是亦为政,奚其为为政?’”

〔21〕浮华相尚:指做事只讲究表面功夫,不能精研其中道理。

〔22〕君子以虚受人:《易·咸》:“山上有泽,咸。君子以虚受人。”指君子对他人总是保持虚心求教的态度。

〔23〕考镜:考证借鉴。

〔24〕摭(zhí)拾:收集。

〔25〕静后观万物,自然皆有春意:语出宋程颐《程氏遗书》:“静后见万物,自然皆有春意。”

〔26〕道义相勖:指朋友在道德、义理上相互勉励。勖,勉励。

〔27〕征逐:特指不务正业,唯在吃喝玩乐上往来。

〔28〕鞭辟近里:深入剖析,使自己接近里层。引申为探寻事物透彻细致,有见地。

〔29〕天趣:自然的情趣。

〔30〕矢口:开口,指不假思索。

〔31〕慎言语,节饮食:《易·颐》:“山下有雷,颐。君子以慎言语,节饮食。”

〔32〕怙(hù)恶不悛(quān):一直作恶,毫无悔改之意。

〔33〕会：领悟。

〔34〕一粥一饭，当思来处不易：详本书朱用纯《朱子治家格言》。

〔35〕恣：放纵。

〔36〕珍错：山珍海错，泛指珍贵的食物。

明窗净几，读书作字，自是人生一乐。庭中新荷已放，清风徐来，自有一种静趣。彼酒食征逐，终日昏昏，且以为乐，不可解也。

读书人宜戒口过。讦人阴私〔1〕，谈人闺阃〔2〕，一时快意，及至祸起不测，悔之已晚。可不惧哉！

日用宜从节省，非徒惜物力，亦以节嗜欲。惟俭可以助廉，自是不刊之论〔3〕。

连日读《国语》、《国策》、太史公文，颇有乐趣。因思少年幸得备员词林〔4〕，一无事事，必应静坐读有用书，留心史鉴〔5〕，以待异日报称〔6〕，方于自己有益。应酬原不能免，但于功课之暇，一为周旋，不至开罪于人斯可矣。宜及时勉力，勿使光阴虚度也。

胡文敬公曰〔7〕：“学者当以《小学》《四书》《近思录》熟读体验，有所得，然后可博观古今。”此为学之要也。

读书在潜心玩味，身体力行。若书自书，而我自我，读与不读等。善读书者，其学愈充，其养愈粹，其气愈平，其心愈下。《礼》曰：“学然后知不足。”〔8〕盖学无止境、无穷期，至于知不足而学焉，有不进者乎！

人子奉使远行，未有不念父母者。然思之无益，惟自保其身，即所以慰亲心，而并可以尽臣职。为父母者念子远行，未有不思其子者。然思之无益，惟自爱其身，即所以慰子心，而使之克尽其职。庭闱眷恋〔9〕，本属至情，而以体亲心者慰亲心，明理者自有定识也。

魏敏果公云〔10〕：“人之存心忠厚者，必立言忠厚〔11〕。立言忠厚者，必作事忠厚。身必享忠厚之福，子孙必食忠厚之报。”又曰：“恭谨忍让，是居乡良法;清正俭约,是居官良法。”汤文正公云[12]:“人为一善事,则心安而体舒;为一不善事,则心不安而色愧。可见人一身内浑是天理,此便是人性皆善。”陆清献公曰[13]:“人之心如田,以良苗植之则成良苗,以稂莠[14]植之则成稂莠。嘉言懿行[15],人心之良苗也。浸灌于嘉言懿行之中,其不明且正者鲜矣。浸灌于淫辞诐说之中[16],其不昏且荡者鲜矣。”此真笃论也。

诸葛一生惟谨慎[17],非拘谨之谓。处事谨慎,则精细周密,临大事,决大疑,从容不迫而措置咸宜,所谓胆欲大而心欲小也。

凡与人共事,须躁释矜平[18],悉心商酌,畛域胥忘[19],乃能有济。若不顾理之是非,自以为是,胶执己见[20],或见得此事必应如此办理而盛气以凌,使人不可受,必至败坏决裂,皆非处事之道也。

办理公事,宜顾惜大体,同堂商议。不为立异,不为苟同,惟其是而已。

于事物冗杂时,详其缓急轻重,悉心察核。勿卤莽[21],勿疏忽,勿厌倦。从容布置,次第举行[22],便不至手忙脚乱矣。

居官之道,无论本任、署缺[23],总须矢勤矢慎,实力实心,始终如一,以期于公事稍有裨益。若但论时地之久暂,苟且塞责,因循[24]误事,不独有负委任,即反之此心,安乎?否乎?

卤莽者败事,委靡者废事。有真精神,乃有真事业。

作事要顺人情,亦顺乎理而已。若曲徇[25]人情,事事要人说好,是心有偏向,即非公平正大之道,又安得为顺人情耶?

事无论大小,切宜详慎[26]子细。若应事之时,稍有疏忽,则苟且因循之弊乘之。所谓一事苟,其余无不苟也,可不谨哉!

【注释】

〔1〕讦(jié):揭发别人的隐私、过错。

〔2〕闺阃(kǔn):内室,此处指闺房隐私。

〔3〕不刊之论:不可改易的确论。

〔4〕备员词林:入职翰林院。备员,充任官职的自谦之词。词林,翰林院的别称。

〔5〕史鉴:《史记》和《资治通鉴》的并称,泛指史籍。

〔6〕报称:即"报答"。

〔7〕胡文敬公:胡居仁(1434—1484),字叔心,号敬斋,明代理学家,万历时追谥文敬。下文所引出自其所撰《居业录》。

〔8〕学然后知不足:《礼记·学记》:"学然后知不足,教然后知困。"

〔9〕庭闱:内舍,多指父母的居所。此处以庭闱指代父母。

〔10〕魏敏果公:魏象枢(1617—1687),字环溪,号寒松。官至左都御史、刑部尚书,谥敏果。

〔11〕立言:立论、写文章、著书,皆可称立言。

〔12〕汤文正公:汤斌(1627—1687),字孔伯,号潜庵,清代理学家,官至工部尚书,谥文正。

〔13〕陆清献公:陆陇其(1630—1692),字稼书,清代理学家,谥清献。

〔14〕稂莠(láng yǒu):有害的杂草。

〔15〕懿行:善行。

〔16〕淫辞诐(bì)说:秽亵荒诞的言论。

〔17〕诸葛:即诸葛亮(181—234)。

〔18〕躁释矜平:没有烦恼,心平气和。

〔19〕畛域胥忘:抛弃门户之见。

〔20〕胶执己见:固执己见。

〔21〕卤莽:即"鲁莽"。

〔22〕举行:施行。

〔23〕本任:自己所任官职。署缺:本官出缺时,替他暂代其职。

〔24〕因循:既指保守,又可表示怠惰。

〔25〕曲徇:屈从,顺应。

〔26〕详慎:周详审慎。

【评析】

《潘文恭公遗训》为潘曾莹辑录其父潘世恩诫子语录,内容涉及读书、为官、立身等不同方面。潘世恩以举业兴家,故对于读书的重要性有深切体悟。他要求子孙广泛涉猎有益之书,对圣贤之书当“逐句体贴”,且关注史书对人的启发作用,以为“读史所以长识见、资阅历,治乱兴衰之故,贤奸邪正之分,了然于胸”。同时,阅读不可止步于书籍本身,而应身体力行。作为身历四朝的名臣,潘世恩遗训中常可见“谨慎”二字,他将诸葛亮等前贤在政治上的成功归因于“处事谨慎,精细周密”。其有关子孙德行的培养,涉及尊师、交友、修身、积善等诸多角度,对于今人仍有教育意义。

盐城徐氏家族

盐城徐氏，是由浙江兰溪樟林（今属浙江金华）迁到苏州昆山后再迁到盐城的，始迁祖为徐金宝。清中叶，该家族颇为鼎盛，第九世徐铎（1693—1758），字令民，号南冈、枫亭，乾隆元年（1736）进士，官至山东布政使，著有《易经提要录》《书经提要录》《诗经提要录》《滇南诗钞》等，三种“提要录”见载《四库全书存目》。道光二十六年（1846），第十一世徐乘辂等纂修《盐城徐氏宗谱》，有立本堂活字本，今存卷一、卷五至卷八，其中有《徐氏家训》《徐氏崇俭二则》。《家训》本为徐杞所撰，后经盐城徐氏第九世徐钺删定，第十世徐嘉树于道光四年（1824）重修宗谱时加以增补。《徐氏崇俭二则》署名“家画堂太史”，即徐用锡（1656—？），字坛长，号画堂，宿迁人，官至翰林院侍讲。

徐氏家训〔1〕

语云：“父兄之教不先，子弟之率不谨〔2〕。”〔3〕此固理势之必然也〔4〕。吾宗历世相传〔5〕，素称惇厚〔6〕。逮今子侄更繁〔7〕，必期则效〔8〕。设无家范以正其趋〔9〕，安知遂无跃冶者乎〔10〕？爰著易知简能者〔11〕，载在家谱，示之家庙〔12〕。惟望同源子姓，相与共勉焉。

【注释】

〔1〕选自《盐城徐氏宗谱》（道光立本堂活字本）卷一。

〔2〕率：行为。

〔3〕父兄之教不先，子弟之率不谨：出自司马相如《谕巴蜀檄》。

〔4〕理势：事理的发展趋势。

〔5〕历世：经历若干代。

〔6〕惇（dūn）厚：即“敦厚”。

〔7〕逮（dài）今：到如今。

〔8〕则效：效法。

〔9〕设无：假如没有。家范：家规、家训。趋：志趣、行为。

〔10〕跃冶：乐意接受陶冶、锻炼而成为有用之人。

〔11〕简能：简易且易于完成。

〔12〕家庙：祭祀祖先的场所。

一、孝为百行之原[1]，万善之本。为子孙者，务须心顺气和[2]，服劳奉养[3]，有余则烹熟荐芗[4]，无力即啜粟饮水[5]，皆当随分竭力[6]，养志承欢[7]，弗致抱恨终天[8]。

【注释】

〔1〕百行：各种行为、品德。

〔2〕心顺气和：心情顺畅，情绪和婉。

〔3〕服劳：服侍效劳。

〔4〕烹熟荐芗（xiāng）：烹饪、进献美味的食物。

〔5〕啜（chuò）粟：吃小米等粗粮。

〔6〕随分：按照实际情况。

〔7〕养志：保持高尚的志向。承欢：侍养父母。

〔8〕抱恨终天：终身遗憾。

一、兄弟者，乃吾分形同气之人也[1]。倘或枝叶摧残[2]，便是有伤根本。凡我族姓，皆宜兄爱其弟，弟敬其兄，蔼然有恩[3]，秩然有叙[4]，勿因小利相争，勿以微歉畜怨[5]，斯得之矣[6]。

【注释】

〔1〕分形同气：不同的形体，相同的元气。

〔2〕摧残：受到严重损害。

〔3〕蔼（ǎi）然有恩：和气友善，情谊深厚。

〔4〕秩然有叙：整体有序。

〔5〕微歉：很小的不足。畜（xù）怨：积聚怨气。

〔6〕斯得之：这样做就对了。

一、吾家科第承恩[1]，胶庠继业[2]，曾幸叨夫天禄[3]，皆仰荷夫祖庥[4]。凡继而起者，务期移孝作忠[5]，不负所学。倘或身列朝端[6]，职膺民社[7]，当以献替为事[8]，抚字为心[9]。即家修者亦如廷献[10]，坐言者亦同起行[11]，慎勿不饬簠簋[12]，求荣狗窦[13]，以致贻垢士林[14]。

【注释】

〔1〕科第承恩：科举考试承受君主的恩泽，此处指科考顺利。

〔2〕胶庠（xiáng）：此处指在学校读书的人。继业：继承先人的事业。

〔3〕叨（tāo）：受到。天禄：俸禄。

〔4〕仰荷（hè）：敬辞，此处指幸亏受到。祖庥（xiū）：祖先的庇荫。

〔5〕移孝作忠：把孝顺父母之心转为效忠君主。

〔6〕身列朝端：担任京官。朝端，朝廷。

〔7〕职膺（yīng）民社：出任地方官。民社，州县等地方。

〔8〕献替：即"献可替否"，提出兴革的建议。

〔9〕抚字：安抚体恤百姓。

〔10〕家修：此处指在家而未能为官。廷献：此处指出来做官。

〔11〕起行：行动。

〔12〕不饬（chì）簠簋（fǔ guǐ）：对做官不廉正者的一种婉转的说法。饬，谨慎。簠簋，贿赂。

〔13〕求荣狗窦：从坏人那里求取名利、地位。

〔14〕贻垢士林：玷污文人士大夫群体。

一、《诗》始《关雎》[1]，《书》传《厘降》[2]。夫妇之际，万化之原也[3]。故为夫者，当有观型之化[4]；为妇者，宜安顺正之常[5]。“牝鸡司晨，惟家之索。”[6]切须戒之。

【注释】

〔1〕《诗》始《关雎》：《关雎》是《诗经》的第一篇，常被认为是讲“后妃之德”。

〔2〕《书》传《厘降》：《尚书·虞书·尧典》：“厘降二女于妫（guī）汭（ruì），嫔于虞。”讲尧女嫁舜事。厘降，王女下嫁。厘，治理。

〔3〕万化：万事万物。

〔4〕观型：观其德。型，仪型、法度。《尚书·虞书·尧典》：“女于时，观厥刑于二女。”

〔5〕顺正：和顺正直。

〔6〕牝（pìn）鸡司晨，惟家之索：《尚书·牧誓》：“古人有言曰：‘牝鸡无晨；牝鸡之晨，惟家之索。’”大意是：谁家母鸡报晓，谁家就要遭殃。

一、朋友固不可不交，更不可不择。能择而近君子，则人品端，德业进，而家道亦从此昌矣；不择而狎小人[1]，则心性荡，学术荒，而声名亦由兹玷矣[2]。亲贤比匪[3]，关系非轻，不可不竞竞也[4]。

【注释】

〔1〕狎（xiá）：亲近。

〔2〕玷（diàn）：玷污。

〔3〕比：靠近。

〔4〕竞竞：小心谨慎。

一、祭者，礼之巨典[1]，不可不重也。凡岁时伏腊之祀[2]，务宜尽诚尽敬，孔惠孔时[3]。至考妣讳辰[4]，更宜追忆当年属纩情形[5]，哀慕竟日[6]，不御酒肉[7]，不妄笑言[8]。

【注释】

〔1〕巨典：此处指重要部分。

〔2〕岁时伏腊：指四季时节更替之时。岁时，一年四季。伏腊，伏日和腊日。

〔3〕孔惠孔时：很用心，很按时。

〔4〕考妣（bǐ）讳辰：已故父亲、母亲的生辰、忌日。

〔5〕属纩（zhǔ kuàng）：临终。

〔6〕哀慕竟日：终日哀伤思慕。

〔7〕不御酒肉：此处指不吃酒肉。

〔8〕不妄笑言：不随意谈笑。

一、万物本乎天、人本乎祖者，人所当恪恭而敬之者也〔1〕。凡祭祖之期，务须毕至〔2〕，以展孝思〔3〕。惟父母有疾，本身有疾，以及万不获已之事〔4〕，即将不到情由言明司事者〔5〕，方可优容〔6〕。

【注释】

〔1〕恪（kè）恭：恭敬。

〔2〕毕至：全到。

〔3〕展：此处指表达、发抒。

〔4〕万不获已：实在没有办法。

〔5〕情由：事情的经过和原因。司事者：主事者。

〔6〕优容：宽容。

一、人子亲，养生〔1〕，其常也；送死〔2〕，其变也。于此不慎，后悔无追〔3〕，故亚圣谓之“当大事”〔4〕。自后附身附棺〔5〕，总欲必诚必信，称家有无〔6〕，恪伸子道〔7〕。倘惑于风水〔8〕，经年不葬并浮厝者〔9〕，俱非。

【注释】

〔1〕养生：奉养父母。

〔2〕送死：给父母送终。

〔3〕追：补救。

〔4〕亚圣谓之“当大事”：《孟子·离娄下》：“养生者不足以当大事，惟送死可以当大事。”亚圣，孟子。

〔5〕自后：从此以后。附身附棺：即“入殓”。

〔6〕称（chèn）家有无：此处指根据家庭经济情况办理丧事，不能过奢或过简。

〔7〕恪（kè）：谨慎而恭敬。伸：伸张、扩大。

〔8〕惑于风水：被风水所迷惑。风水，指住宅基地、坟地等的地理形势。

〔9〕经年：经过一年或若干年。浮厝（cuò）：暂时把灵柩停放在地面上，周围用砖石等砌起来掩盖，以待日后正式安葬。

一、读书所以明理，理明则持身涉世之道胥得矣[1]。《象传》曰：“蒙以养正，圣功也。”[2]故子弟当蒙养时[3]，即宜就塾从师[4]，出恭入敬。其书量材而授[5]，务以成诵为先[6]。至于师者，师也，务择经明行修之士从之[7]，不可惜赀费[8]、徇情面以误我子弟[9]。

【注释】

〔1〕持身涉世之道胥得：持身涉世，立身和处世。胥（xū），皆。

〔2〕蒙以养正，圣功也：出自《周易·蒙》象辞。蒙以养正，以蒙昧隐默的方式自养正道，此处指正确教育儿童。圣功，圣王哲人的功业。

〔3〕蒙养：教育童蒙。

〔4〕塾：私人设立的教学的地方。

〔5〕量（liàng）材而授：即“因材施教”。

〔6〕成诵：熟读而能背诵。

〔7〕经明行修：通晓经书，品行端正。

〔8〕赀（zī）费：费用。

〔9〕徇（xùn）：曲从。

一、荒废日月，诸害丛生[1]，莫盛于睹[2]。愿我族众，父戒其子，兄勉其弟，务使恪遵功令[3]。此风衰熄，庶不失为有道家风。

【注释】

〔1〕丛生：同时发生。

〔2〕睹：当作“赌”。

〔3〕功令：法令。

一、养生裕家之道〔1〕，不外“勤俭”二字。果尔克俭克勤〔2〕，自然寝炽寝昌〔3〕，此不易之理也〔4〕。若奢而不俭，惰而不勤，势必倾敧荡逸〔5〕，永堕泥犁〔6〕。

【注释】

〔1〕养生裕家：维持生计，使家庭变得富裕。

〔2〕果尔：果真。克：能够。

〔3〕寝：同“浸”，逐渐。炽（chì）：昌盛。

〔4〕不易之理：不可更改的道理。

〔5〕倾敧（qī）荡逸：倾覆毁坏。

〔6〕泥犁：佛教语，即“地狱”。

一、身隶编氓〔1〕，凡应完钱粮〔2〕，固以下奉上之分也〔3〕。果能急于输将〔4〕，不敢抗缓〔5〕，则在野为良士者〔6〕，在朝为良吏，以其心在君国，本源先清也。

【注释】

〔1〕编氓（méng）：平民。

〔2〕完：缴纳。

〔3〕分：责任和义务。

〔4〕输将（jiāng）：缴纳赋税。

〔5〕抗缓：拒绝、迟缓。

〔6〕在野：不做官。

一、孔子云:“入则孝,出则弟。”〔1〕夫弟由出〔2〕,则比闾族党间〔3〕,凡遇诸父诸兄〔4〕,皆宜敛抑而自屈〔5〕,巽顺而致恭〔6〕,不得以少陵长〔7〕,以卑犯尊,致失弟道。

【注释】

〔1〕入则孝,出则弟:《论语·学而》:“子曰:‘弟子,入则孝,出则悌,谨而信,泛爱众,而亲仁。行有余力,则以学文。’”弟,同“悌(tì)”,敬爱兄长。

〔2〕弟由出:此处指敬爱兄长体现于家庭之外。

〔3〕比闾(bǐ lǘ):乡里。族党:聚居的同族亲属。

〔4〕诸父诸兄:各位父辈、兄辈。

〔5〕敛抑:抑制。自屈:此处指控制自己。

〔6〕巽(xùn)顺:顺从。致恭:给予应有的恭敬。

〔7〕陵:欺侮、侵犯。

一、婚姻之故,虽系赤绳〔1〕,亦宜审慎〔2〕。故娶妇必求贤淑〔3〕,勿取资奁〔4〕;择婿必期醇良〔5〕,无贪浮艳〔6〕。虽婚嫁原云嘉礼〔7〕,不妨尚之以文〔8〕,亦宜惜财安分〔9〕,不可僭越奢靡〔10〕。至畸户单孙〔11〕,必无家教,当凛凛云〔12〕。

【注释】

〔1〕赤绳:出自唐李复言《续玄怪录·定婚店》:“(月下老人)曰:‘赤绳子耳,以系夫妻之足。及其生则潜用相系,虽雠敌之家,贵贱悬隔,天涯从宦,吴楚异乡,此绳一系,终不可逭。君之脚已系于彼矣,他求何益。’”逭(huàn),逃。

〔2〕审慎:慎重。

〔3〕贤淑:贤惠美好。

〔4〕资奁(lián):嫁妆。

〔5〕醇良:纯正善良。

〔6〕浮艳:此处指轻浮花哨。

〔7〕嘉礼:婚礼。

〔8〕尚之以文：崇尚华丽。

〔9〕安分：安守本分。

〔10〕僭(jiàn)越：超越本分。奢靡(shē mǐ)：奢侈浪费。

〔11〕畸(jī)户单孙：此处指后嗣稀少的家庭。

〔12〕凛凛：敬畏。

一、讼以不克讼为吉，终讼为凶〔1〕，是讼不宜也。愿吾族姓，以情恕待人〔2〕，以惩忿克己〔3〕，则雀角鼠牙〔4〕，自可潜消于无朕矣〔5〕。至于宗党之间〔6〕，无非兄弟叔侄，尤不可因小纇微瑕〔7〕，操戈入室〔8〕。晋之八王〔9〕，愈争愈酷〔10〕，同归澌灭〔11〕，可借为前车矣〔12〕。

【注释】

〔1〕终讼：即“打官司”。

〔2〕情恕：原谅宽容。

〔3〕惩忿(fèn)：克制愤怒。克己：严格要求自己。

〔4〕雀角鼠牙：比喻打官司的事。

〔5〕潜消：暗中消除。无朕：没有迹象或征兆。

〔6〕宗党：宗族、乡党。

〔7〕小纇(lèi)微瑕：小毛病、小过失。

〔8〕操戈入室：比喻深入了解对方、找出纰漏后，又以对方的论点来批驳对方。

〔9〕晋之八王：西晋时，汝南王司马亮、楚王司马玮、赵王司马伦、齐王司马冏、成都王司马颖、长沙王司马乂、河间王司马颙、东海王司马越为争夺帝位和政权，互相残杀，造成大乱，史称“八王之乱”。

〔10〕酷：残酷、惨烈。

〔11〕澌(sī)灭：消亡。

〔12〕前车：即“前车之鉴”。

一、古人称奴婢为臧获〔1〕，盖以其犯臧被获〔2〕，故没官为奴婢也〔3〕。若后人之奴婢，岂犯臧被获哉？特乏财力，穷耳。愿吾族之畜奴婢者〔4〕，常存父母之心,视如子女之列[5]。既要驭之以宽[6],又要绳之以正[7],苛细不宜也[8],容任亦不宜[9],残酷不可也[10],跋扈亦不可[11]。

寄兴青楼[12],征歌买笑[13],不惟丧品[14],亦且殒身。且流毒一滋,子孙受害[15]。至若狎比顽童[16],尤属不端[17]。言之犹觉污吻[18],行之独不赧颜[19]?昔人《燕子诗》有"主人只管怜毛羽,浣尽雕梁不自知"之句[20],更宜猛省[21]。

【注释】

〔1〕臧(zāng)获:古代对奴婢的贱称。

〔2〕臧:此处指偷窃财物。

〔3〕没(mò)官:没收入官。

〔4〕畜(xù):养、收。

〔5〕列:即"同列",同等地位。

〔6〕驭:制约。

〔7〕绳:约束。

〔8〕苛细:苛刻繁杂。

〔9〕容任:放任自流。

〔10〕残酷:残忍酷烈。

〔11〕跋扈(bá hù):专横强暴。

〔12〕寄兴青楼:在风化场所流连忘返。

〔13〕征歌买笑:征招歌姬,寻欢作乐。

〔14〕丧(sàng)品:失去人品。

〔15〕滋:加剧。

〔16〕狎(xiá)比顽童:亲昵娈童。

〔17〕不端:不正经。

〔18〕污吻:污秽。

〔19〕赧(nǎn)颜:因羞愧而脸红。

〔20〕主人只管怜毛羽,浣尽雕梁不自知:出自明代李东阳《燕》。浣,应为"涴(wò)",弄脏。

〔21〕猛省(xǐng):深自反省。

一、凡族中公事,宗长传集子姓赴祠堂秉公妥议[1],或行或止,毋得偏徇[2]。

【注释】

〔1〕传集:通知、召集。子姓:子孙后辈。秉公妥议:公正地、妥善地协商处理。

〔2〕偏徇(xùn):偏袒徇私。

一、凡遇族中及亲戚争讼事端,务宜调解和息[1]。倘有不肖子弟或逞刀笔、或恃权谋、或事唆使、或为帮扛者[2],宗长察出,治以家法。

【注释】

〔1〕和息:和解。

〔2〕逞刀笔:此处指帮忙打官司。恃(shì)权谋:依赖权术和阴谋。帮扛:类似于帮腔。

一、凡子弟不法,本人家长严责之以绳其愆[1],涵育之以俟其化[2]。若兼行并举,而犹怙终焉[3],宗长传集祠堂,治以家法。毋轻言摈斥速罪[4],致先人饮恨九原[5]。

【注释】

〔1〕愆(qiān):罪过。

〔2〕涵育:涵养化育。俟:等待。

〔3〕怙(hù)终:有过错却始终不知悔改。

〔4〕摈(bìn)斥:排斥。速罪:招致罪祸。

〔5〕饮恨:抱恨而无从申诉。九原:黄泉。

一、子弟宜严加约束也。小善必为，小恶必究。一缺不塞〔1〕，久成江河；两叶不除，必用斧柯〔2〕。其游手不业者〔3〕，惩以家法。若强悍无状〔4〕，则以官法治之。无使滋蔓〔5〕，致败彝伦〔6〕。

【注释】

〔1〕塞：填塞。

〔2〕斧柯：斧柄。

〔3〕游手不业：即“游手好闲”。

〔4〕无状：行为不善、失检。

〔5〕滋蔓：蔓延。

〔6〕彝伦：伦常。

一、子弟不肖，或有潜通宵匪、踪迹可疑者〔1〕，应即鸣官公首〔2〕，以肃家风〔3〕。

【注释】

〔1〕潜通宵匪：私下勾结盗匪。

〔2〕鸣官：向官府控告。公首：共同告发。

〔3〕肃：整顿。

一、宗党子弟，贤否不齐〔1〕。其有大恶、贻辱先人者〔2〕，治以家法，且谱内除名。

【注释】

〔1〕贤否（pǐ）不齐：好坏参差不齐。

〔2〕贻辱：辱没。

一、子弟凶悍、酗酒斗殴，或以卑犯尊，并以尊凌卑者〔1〕，宗长治以家法。不遵者,鸣官究治[2]。

【注释】

〔1〕酗酒:无节制地喝酒。

〔2〕究治:追查惩办。

一、恒心由于恒产,不必言矣。若无恒产,须有恒业。士农工商,固四民之恒业也。凡我族人,务宜操作勤劬[1],各执一业。不得游手好闲,漫不事事;亦不得降志辱身[2],投充贱役[3]。

【注释】

〔1〕勤劬(qú):勤劳。

〔2〕降志辱身:指与世俗同流合污。

〔3〕投充贱役:从事卑微的职业。

一、义田者,乃赡族之良举也[1]。凡属吾宗,或拥厚赀[2],或登津要[3],务期捐置,以敦一本[4]。

【注释】

〔1〕赡族:赡养族众。

〔2〕厚赀:丰厚的财产。

〔3〕登津要:指为官。

〔4〕敦一本:巩固同一根本。

一、宗人实同一气,或有以丁众朝夕不继者[1],宜量力输助[2],切勿膜视[3]。若乃济人利物之事,在在可行[4]。又当笃力,不可恃有财势凌铄[5]。用此言者,昌大可基[6]。

【注释】

〔1〕丁众：族众。

〔2〕输助：资助。

〔3〕膜视：即“漠视”。

〔4〕在在：处处。

〔5〕凌铄：即“凌轹”，欺压。

〔6〕昌大：昌盛。可基：具有基础。

一、祖宗丘墓茔地〔1〕，子孙宜曲加守护〔2〕。但坟山剩有余地〔3〕，不敢擅售他人〔4〕。至若某世某人，或有数传绝嗣〔5〕，所属亲房自应加照〔6〕。或有不肖敢私卖同、异姓者，首官治罪。

【注释】

〔1〕丘墓茔地：坟地。

〔2〕曲：细致地。

〔3〕但：尽管。坟山：坟地。

〔4〕擅：擅自。

〔5〕绝嗣：断绝嗣续。

〔6〕亲房：家族的近支。

一、年岁丰稔〔1〕，正宜节俭，盖藏以防荒歉〔2〕。乃有一二不安本分之徒，造言滋事〔3〕，敛分捐资〔4〕，高台演戏，借端抽头〔5〕，以致男女混杂，导欲宣淫〔6〕，窃贼赌匪，肆无忌惮〔7〕，岂此为敬神耶？适以贾祸耳〔8〕。不知于地方有利益大事取用无穷，何苦以此有用之费置之无用之地？且乐极生悲，定遭凶岁〔9〕，此实为乡族大害也。有志向上者，务须据持理论〔10〕，切勿听信俗言。戒之，戒之！

【注释】

〔1〕丰稔(rěn):庄稼丰收。

〔2〕荒歉:庄稼没有收成或收成很坏。

〔3〕造言滋事:造谣,闹事。

〔4〕敛分(fèn):即“敛财”。

〔5〕借端:以某事为借口。

〔6〕导欲宣淫:从事淫乐之事。

〔7〕肆无忌惮(dàn):任意妄为,无所顾忌。

〔8〕贾(gǔ)祸:招来祸害。

〔9〕凶岁:荒年。

〔10〕据持理论:据理明辨,争论。

一、五谷乃上天所生以养人者也。如纵放生畜践食禾苗,不惟人怨,必遭天谴。戒之,戒之!

一、族人、佃人有耕毁古冢、侵蚀坟地者〔1〕,通族协同乡保实力稽查〔2〕,即令修整。其怙恶不悛者〔3〕,鸣官究治。此等阴恶〔4〕,纵逃律法,必伏冥诛〔5〕,容隐者同罪〔6〕。

【注释】

〔1〕佃(diàn)人:租种田地的农民。

〔2〕乡保:乡约、地保。实力:切实用力。稽查:检查。

〔3〕怙(hù)恶不悛(quān):坚持作恶,不肯悔改。

〔4〕阴恶:阴险恶毒。

〔5〕冥诛:在阴间受到惩治。

〔6〕容隐:包庇隐瞒。

一、设立规条,垂为训典〔1〕,所以肃家范而严族体也〔2〕。惟望通族有齿德者、有名望者、有学术者〔3〕,不避嫌疑,大彰公论〔4〕。其遇不法事端，治以家法，不遵者公同举首[5]。庶几维风俗[6]，正人心，且不仅为一人一家计也。

【注释】

〔1〕垂为训典：永远留传，成为典则。

〔2〕肃家范：整肃家风。严族体：整饬家族的体面。

〔3〕齿德：年纪大，品德好。

〔4〕公论：公理。

〔5〕公同举首：一起检举告发。

〔6〕维风俗：维持风气。

右家训三十二条，原本浙谱凛存堂静谷氏著[1]，茹塘伯父删订[2]。（树）今亦为增补，乃修谱系、敦族谊要规[3]。其在读书明理者，固当视为法守[4]。即在乡愚无知者[5]，亦当求其讲解，子遵父教，弟听兄言，亦不至为目不识丁之辈。惟愿通族瞻视，踵而行之[6]，嗣而葺之[7]，绵绵延延[8]，引于勿替[9]，是所深幸者矣[10]。

道光岁次甲申（四年，1824）秋八月上浣之吉[11]，十世孙嘉树敬录。

【注释】

〔1〕静谷氏：徐杞（1685—1765），字集功，号静谷，钱塘（今浙江杭州）人。康熙五十一年（1712）进士，改庶吉士，官至宗人府府丞。

〔2〕茹塘：徐钺（1696—1780），徐铎二弟，字左黄，又字威民，号茹塘，乾隆三年（1738）举人，官至四川双流知县。

〔3〕谱系：家谱。敦族谊：重视族人之间的情谊。

〔4〕法守：即“职责”。

〔5〕乡愚：对乡下老百姓的蔑称。

〔6〕踵（zhǒng）而行之：相继实行。

〔7〕嗣而葺（qì）之：继而整治、完善。

〔8〕绵绵延延：即“绵延不绝”。

〔9〕引于勿替：延续而不停止。

〔10〕幸：希望。

〔11〕上浣（huàn）：上旬。

徐氏崇俭二则[1]

奢禁

仪文生乎情[2]，而又有礼法制之[3]，所以权其中也[4]。近时婚娶舆马衣饰[5]，过于靡丽[6]，反以此愆期而不举[7]。至殡葬[8]，又主于哀戚[9]，明器刍灵而外[10]，僧道童妓[11]，踏索骤马[12]，妖嫚诸戏[13]，几以衰麻为弄[14]具，至倾赀鬻产[15]，由以贫落而不恤[16]。推其意[17]，岂果以此为不俭其亲哉[18]？于礼则不经[19]，于法则非制[20]，于死者无丝毫之益，而徒坏家规，不过取快于负贩佣乞、田妇村媪[21]，奔蹶嚣喧、喘汗夸叹[22]，以张其门户[23]，不亦可羞乎？此所谓“杀君马者路旁儿也”[24]。张率作《走马引》曰[25]：“敛辔且归去[26]，吾畏路旁儿。”窃愿俗夫徇人[27]，忘情越礼[28]，而不于法者之有畏心也[29]。

【注释】

〔1〕选自《盐城徐氏宗谱》（道光立本堂活字本）卷一。

〔2〕仪文：礼仪形式。

〔3〕制：制约。

〔4〕权：平衡。

〔5〕舆马：当作“舆马”，即“车马”。

〔6〕靡（mǐ）丽：奢靡华丽。

〔7〕愆（qiān）期：延误日期。举：举行。

〔8〕殡（bìn）葬：出殡和安葬。

〔9〕哀戚：悲痛伤感。

〔10〕明器：即“冥器”，陪葬的物品。刍（chú）灵：用草扎成的人、马等，为送葬

之物。

〔11〕童：即“童子”，指唱傩戏或鼓书的艺人。

〔12〕踏索：即“走索”，类似于走钢丝。骤马：纵马。

〔13〕妖嫚（màn）诸戏：怪诞、轻浮的各种表演。

〔14〕衰（cuī）麻：麻布丧服。弄具：游戏。

〔15〕倾赀鬻（yù）产：倾尽家财，变卖家产。

〔16〕贫落：贫穷衰败。恤：顾念。

〔17〕推：推想。

〔18〕俭：使……贫苦。

〔19〕不经：不合常规。

〔20〕非制：不符合法制。

〔21〕取快：取得别人的喜欢。负贩佣乞：商贩、佣人、乞丐等。村媪（ǎo）：乡村老妇。

〔22〕奔蹶（jué）：奔跑。嚣喧：喧闹。

〔23〕张：张大。

〔24〕杀君马者路旁儿也：此句出自《风俗通义》，大意指夸他反而是害他。

〔25〕张率（475—527）：字士简，南朝梁吴人，官至新安太守。著有文集三十卷，编有《文衡》十五卷。

〔26〕敛辔：收束马的嚼子和缰绳。“且”后原有“轨”，疑为衍文，故删。

〔27〕俗夫徇人：鄙俗之人曲从他人。

〔28〕忘情：冷漠，不动感情。越礼：逾越礼法。

〔29〕畏心：畏惧之心。

五肴约

传曰：“礼，始诸饮食。”〔1〕又曰：“礼尚往来。”〔2〕乡党邻里，酒食相聚会，乃不可少、不能已之事〔3〕。既不可少、不能已，则必计其有常〔4〕，权其可久。衣冠之家〔5〕，贫富不一，不定简便之约，则富者恐人责其不敬，贫者势必耻其相形〔6〕。肴蔬品物过丰〔7〕，未免应酬为苦，便非有常可久之道。今立约例〔8〕，除吉庆、大宾、成礼外〔9〕，平常亲友相招，视客位之多寡,希品多不过六[10],少不过四,酌平适中[11],以五为度,山海之贵味莫陈[12],市肆所常有已足[13],或四荤一素,或二素三荤,一饱便佳,方丈何用[14]?若小饮器数[15],亦须仿此。外用果肴五碟,中设小菜攒盘一具[16]。酒则家酿、市沽[17],无所不可。清谈雅令[18],随人随时,惟取适兴[19],切莫强扳[20]。逾此例者,罚令次日重席,仍必如约乃止。"一曰崇节俭以养德,二曰减口腹以养福,三曰省靡费以养财。"[21]东坡旧有成言,吾辈何弗遵古?蔡西安商尊首倡此议[22],以余素有同心[23],属为约辞[24],质诸朋侪[25],佥曰[26]:"盍梓之刷印[27],以便传笺[28]?"适西安游吴门[29],遂镘板以归[30]。

【注释】

〔1〕礼,始诸饮食:出自《礼记·礼运》。

〔2〕礼尚往来:出自《礼记·曲礼上》。

〔3〕不能已:即"不得已",不能不如此。

〔4〕计其有常:谋划它能够长久。下文"权其可久"与之类似。

〔5〕衣冠之家:名门世家。

〔6〕相形:相互比较。

〔7〕肴蔬品物:各种荤素菜肴。

〔8〕约例:规定准则。

〔9〕大宾:此处指重要宾客。成礼:成婚。

〔10〕希品:此处指罕见的菜肴。

〔11〕酌平适中:即"平均考虑"。

〔12〕陈:摆列。

〔13〕市肆:市场、市中店铺。

〔14〕方丈:一丈见方。

〔15〕器数:类似于标准。

〔16〕攒(cuán)盘:即"拼盘"。

〔17〕沽(gū):买。

〔18〕清谈雅令:高雅的闲谈和酒令。

〔19〕适兴：遣兴。

〔20〕扳（pān）：通“攀”，攀比。

〔21〕一曰崇节俭以养德，二曰减口腹以养福，三曰省靡费以养财：出自苏轼《节饮食说》：“一曰安分以养福，二曰宽胃以养气，三曰省费以养财。”靡费，浪费。

〔22〕蔡西安商尊：蔡琏，字商尊，宿迁人，曾任西安知府。

〔23〕同心：相同的志趣。

〔24〕属（zhǔ）：通“嘱”，嘱咐。约辞：条文。

〔25〕质诸朋侪（chái）：将写好的文字向同伴请教。

〔26〕佥（qiān）：全，都。

〔27〕盍（hé）：何不。

〔28〕传笺（zhuàn jiān）：注解。

〔29〕适：恰逢。吴门：今江苏苏州一带。

〔30〕镘（màn）板：当作“锓（qǐn）板”，雕刻书版。

【评析】

《徐氏家训》主要强调孝敬长辈，友爱兄弟，和顺夫妻，谨慎交游，注重祭祀，重视教育，远离赌博，勤俭节约，积极纳税，审慎婚姻，宽恕待人，秉公处置族中事务，不能纵情享乐、酗酒斗殴、挑拨生事，等等。如果有人犯错，除家法惩治外，性质恶劣的还须送往官府处理。《家训》还要求有能力者捐置义田，救济族人。值得注意的是，该家训强调读书人要“不负所学”，以免玷污士林；做晚辈的不可“惑于风水”，宜使长辈入土为安。该家训载于家谱，示于家庙，读书人自可阅读。对于不识字者，作者也要求他们听人讲解。徐氏家族希望族人理解、践行家训，以此确保家族能够永续流传。当时的婚丧嫁娶盛行攀比之风，有些人家因钱财不足而延迟婚期，在办丧事时常举行各种无关仪式，靡费钱财甚而破家。徐氏家族为此专门刊载《徐氏崇俭二则》，一方面强调禁奢，申明铺张与礼法有碍，既无实在好处，又难以展现真实情性；另一方面，约定“五肴约”，明确要求一般宴请只能安排五种左右的菜肴，超过将会受到惩罚，以期通过此种举措厉行节俭，制止奢靡攀比的陋习。

潘德舆

潘德舆(1785—1839),字彦甫,号四农,江苏山阳(今江苏淮安)人。道光八年(1828)举人,官至安徽知县,未到任卒。自幼敬养父母,以孝名。诗文精深,长于经学,以为挽回世运莫切于文章,而文章之根本在忠孝、源在经术,其说经力求微言大义。门人有吴昆田、鲁一同等。著《养一斋集》《养一斋诗话》《李杜诗话》《示儿长语》等。《示儿长语》以教导后人处世、读书和治家为主要内容,内容复杂,于光绪四年(1878)付梓。

示儿长语(节选)[1]

作人诗七章

作人先立志,志立乃根基。人无向上志,念念入涂泥[2]。从善天所命[3],尔毋迷途歧。

念念循善念,大端为顺亲[4]。何不从亲训,而乃从他人?悖德者自思[5],何以有此身?

顺亲非面貌,反身诚为主[6]。外顺内悖之,禽兽衣冠伍。魂梦内省来,欺诈速宜去。

诚心顺亲者,作事必识羞。惟恐辱吾亲,戏荡是吾仇[7]。匪人引货色[8],断不与交游。

识羞知正路,步步学谨慎。守身如执玉,保德保性命。一言不敢妄,矧敢有恶行[9]?

谨慎自勤业,读书真读书。熟读复细思,无处肯模糊。将求古人心,立品与之俱。

凡吾之所言,经传咸已具。古训谁不闻?嗜欲绊乃误。斩欲始作人,失足悔迟暮。

右诗七章,章章相衔接而下,以首章为提纲,以末章为归宿。中五章,顺亲,仁也;诚身,信也;识羞,义也;谨慎,礼也;读书,智也。五常具备[10],万事万物之理不出乎此矣。所以不言五常之名目,不依其自然之次序者,以言其理,则名目可不言也。且五常之理,甚大而精,姑言浅近急切之端,以自成其次序耳。顺亲、诚身虽非浅近,而小子肯听父母教训,亦为顺亲;肯踏实作事,绝不说谎欺人,亦为诚身,此皆最急之事。识羞、谨慎,皆踏实做工夫处,故即次之。读书,在作人为余事,乃智之一端,故置之后。然非此不能明理以诚其身,故足与上四者相配而立也。总之,先非立志,则善无原;终非斩欲,则恶不净。故首末二章之意尤吃紧也[11]。能率首末二章之意,而中五章乃一线穿成矣。以"作人"二字命题,明从此则为人,不从此则为禽兽也。欲为人乎,欲为禽兽乎?如之何勿思?孟子曰:"我固有之也,弗思耳矣。"[12]"岂爱身不若桐梓哉?弗思甚也。"[13]"心之官则思,思则得之,不思则不得也。"[14]"人人有贵于己者,弗思耳。"[15]故"思"字最要。思之熟乃能立志耳。程子亦曰:"为恶之人未尝知有思,有思则为善矣。"[16]一心为善,非立志而何?

【注释】

〔1〕选自光绪十一年(1885)《小方壶斋丛书第三集》铅印本。

〔2〕念念:每一个念头。

〔3〕从善:依从善道。

〔4〕大端:事情的重要方面。

〔5〕悖德:违逆道义。

〔6〕反身:反过来要求自己。

〔7〕戏荡:闲游放荡。

〔8〕匪人：行为不端正的人。货色：财货和美色。

〔9〕矧(shěn)：况且。

〔10〕五常：仁、义、礼、智、信五种道德。董仲舒《贤良策一》："夫仁、义、礼、智、信，五常之道。"

〔11〕吃紧：重要，紧要。

〔12〕我固有之也，弗思耳矣：语出《孟子·告子上》，意为仁义礼智是我本来具有的，只是不去探索它罢了。

〔13〕岂爱身不若桐梓哉？弗思甚也：语出《孟子·告子上》："拱把之桐梓，人苟欲生之，皆知所以养之者。至于身而不知所以养之者，岂爱身不若桐梓哉？弗思甚也。"意为人如果想要使桐树、梓树生长，都知道如何培养。至于自身却不知如何培养，难道爱自己不如桐树、梓树吗？实在是没有思考。

〔14〕心之官则思，思则得之，不思则不得也：语出《孟子·告子上》，意为心的职能是思考，思考就能(在仁义礼智)有所得，不思考就无所得。

〔15〕人人有贵于己者，弗思耳：语出《孟子·告子上》，意为人人都有可贵之处，只是不去思考它。

〔16〕为恶之人未尝知有思，有思则为善矣：朱熹《论语集注》卷三引程颐语，意为作恶的人没有思考，如果详审地思考，就不会有过错。

理义诗书

理义为真我〔1〕，诗书是后天〔2〕。

【注释】

〔1〕真我：本体，先天，指自出生即存在的或自出生开始的。

〔2〕后天：出生以后获得。

经史不可废

经、史，饮食也，所谓后天也，亦不可废者也。

读书三要

字句清朗，遍数满足[1]，常常自背。

【注释】

〔1〕满足：达到一定数量。

读书二大要

思之，行之。

读书五则

凡读书须为终身计。古人每日唯读一本书，一本书唯读二三百字，二三百字便读二三百遍，所以终身不再读此书而无不熟也。所以有余力读他书、生书，无一日停，而能无书不读也。尔辈始而生书，继而熟书，终而带背，似乎法详虑密。究竟读生书时，预备做熟书再加遍；读熟书时，预备归带背时再加遍，挨次姑待[1]，无一踏实透熟之时，故已归带背，仍然与熟书等。必须读而后背，其为有名无实亦甚矣。带背既多，时日不给，不得不停生书以理之，此为磨面之驴，终日循环而一无所见，眼前路究不知何处者也，其可哀亦甚矣。今生熟书、带背之例，诚难骤革，然尔等每读生书，便须知为终身计，则熟书、带背，亦势如破竹矣。其已做熟书、已归带背者，每日温理时，亦须痛下工夫，为终身之计，方有出头日子。否则，每日读书，无一本熟。不智不信，即读书一端，而知为庸恶陋劣之徒矣。

读书，读固要紧，背亦要紧。大抵背之时不可早，背之数不可少。如一书须读五六十遍方熟者，定至五六十遍方背；须三四十遍方熟者，定至三四十遍方背。早则生疏而不自然浃洽[2]。此背之时不可早也。又如一书读之五六十遍方熟者，定须背十五遍；读之三四十遍方熟者，定须背十遍。古人看读百遍，背读亦百遍，所以书之精熟。今背十五遍，或十遍，较之古人已减其十之八九，岂可更少？少则生疏而不自然浃洽矣。此背之数不可少也。其背的遍数已足后，仍加读的遍数多，多一遍，妙一遍。至夏夜露坐，滚背熟书，遍数或多或少，可不拘耳。

读书眼到、口到，仍要耳到。字字入耳，心便在腔内；一字不入耳，便是心走了。此课心之妙诀也。

读书勿遽讲[3]，熟读成诵而后讲。诗文则先讲而后读也。

朱子曰："某旧苦文字记不得，后来只是读。今之记得者，皆读之功也。是知书只贵熟读，别无方法。"又曰："福州陈正之，极鲁钝，每读书，只读五十字，必二三百遍方熟。积习读去，后来却无书不读。"又曰："陈烈先生苦无记性，一日读《孟子》'学问之道无他，求其放心而已矣'[4]，忽悟曰：'我心不曾收，如何记得书？'遂闭门静坐百余日，以收放心。更去读书，遂一览无遗。"朱子三段，皆读书之真千金方也。

【注释】

〔1〕挨次：按照顺序。

〔2〕浃（jiā）洽：贯通。

〔3〕遽（jù）：仓促。

〔4〕学问之道无他，求其放心而已矣：语出《孟子·告子上》，意为学问之道没有别的，就是把丧失的良善之心找回。吴定《求放心解》认为"放心"意为"放其良心""失其本心"。

书缓缓读有七美

唱叹悠扬，不伤气力，一也；字句清朗，铿锵悦听[1]，二也；无别字，无生疏字，三也；节拍分明，易通文义，四也；咀含有余味[2]，五也；次早不必加遍，自能滚背，六也；带背永远记忆，省却许多工夫，七也。

【注释】

〔1〕铿锵：声音响亮，节奏分明。

〔2〕咀（jǔ）含：比喻欣赏、体味文章。

讲书看书六法

义理、时势、人才、典章、物类、文词。[1]

【注释】

〔1〕典章：制度法令等的统称。

读文读诗十五法

题求解，句求解，字求解，虚实前后，开合反正[1]，段段立意，着着归题[2]，笔笔斩爽，言之有味，生发不穷，通篇一气，看旁评，看总评，涵泳[3]，旁推。

右十五法，每读一诗一文，以此十五法作十五遍，以分求之。前五法尤紧要。

【注释】

〔1〕开合：指诗文结构的铺展、收合等。

〔2〕着着（zhāo zhāo）：即"步步"，渐渐。着，本义为下棋落子，比喻步骤。

〔3〕涵泳：深入领会。

作文三美

笔气、笔情、笔力。

作文诗二大原

积理、积书。积理，则思虑、处事、接物，凡有闻见皆是。积书，专在诵读耳。

写字三美

端直、浑厚、匀称。

写字二法

摹帖专学其笔意；临帖并学其结构，而仍以学笔意为主。

作人二大要

敬、信。

作人先立志

作文学韩愈，作诗学杜甫，作字学王羲之，作时文学归有光〔1〕，此皆今人所知也。独作人不知学孔子，何也？有言学孔子者，则笑其不知量。朱子所谓“让第一等与别人做”是也。所谓“书不记，熟读可记；义不精，细思可精；惟有志不立，直是无着力处”是也。亦可悲也夫，亦可悲也夫！

【注释】

〔1〕归有光（1506—1571）：字熙甫，号震川，昆山（今属江苏苏州）人，明代散文家。嘉靖间进士，官至南京太仆寺丞。工诗文，有《震川先生集》。

交友四原则

二三十岁方可交友，宁迟无早，宁少无多，宁涩无甜，宁孤无泛〔1〕。

【注释】

〔1〕泛：此处指泛滥地交往。指交友宁缺毋滥。

择友六法

事亲看其孝，临财看其廉，立言看其直，处久远看其信，临患难看其仁，常相见看其敬。

古今多闻者

古人友多闻者，是多闻典礼道艺，有助身心；多闻治乱兴亡，有关劝戒。今之多闻者，博杂之学也，既骄且吝，庸足为友乎？

须朝夕看之书

四书五经之外，所当朝夕看者，其《通鉴纲目》《小学》《近思录》乎？

读书八法

读书不破名利关，不足言大志。读书非为科名计也，读书非为文章计也，此展卷时便当晓得者。

读书到昏怠时，当掩卷端坐，振起精神，不可因循咿唔而不自觉也〔1〕。

读书不欺人，事事不欺人矣。

《四书集注》讲义理处犹五经也，不可草草读过。读书但得一句，便可终身行之。如《大学》只一句“毋自欺也”〔2〕，《中庸》只一句“择善而固执之”〔3〕，《论语》只一句“修己以敬”〔4〕，《孟子》只一句“求其放心”〔5〕。

《孟子》读得透时，不独学问大进，并气魄亦壮，文字亦佳。

天文、地舆、礼乐、兵刑、食货〔6〕，此学问大头脑也。略能通晓文义，便当讲求，故经史如饮食也。

八家古文中，韩、欧、曾之文，可多读。

读五经经文，一字不可节去〔7〕；三传〔8〕，且拣紧要读耳。

【注释】

〔1〕咿唔：读书吟诵的声音。

〔2〕毋自欺也：《大学》："所谓诚其意者，毋自欺也，如恶恶臭，如好好色，此之谓自谦，故君子必慎其独也！"大意为：使自己意念真诚就不能自我欺骗，不自欺方能不欺人。

〔3〕择善而固执之：《中庸》："诚者，天之道也；诚之者，人之道也。诚者，不勉而中，不思而得，从容中道，圣人也；诚之者，择善而固执之者也。"意为选择善良的道德，并坚守不渝。

〔4〕修己以敬：《论语·宪问》："子路问君子。子曰：'修己以敬。'"意为自我修身，达到严肃认真。

〔5〕求其放心：出自《孟子·告子上》，见《示儿长语·读书五则》"求其放心"注。

〔6〕地舆：地理。食货：财政经济。

〔7〕节去：省减、略去。

〔8〕三传：解释《春秋》的《左传》《公羊传》《穀梁传》。

人情与世故

人情不可失，世故不可从。

遵时与从俗

遵时与从俗大有异[1]，不可不辨。

【注释】

〔1〕遵时：顺应时势。从俗：原意为遵从习俗，此处指追随世俗。

博学有耻

行己有耻[1]，博学于文[2]。圣门教人浅近着实法，人人可循者也。

【注释】

〔1〕行己有耻:出自《论语·子路》,意为行为有羞耻心。

〔2〕博学于文:出自《论语·雍也》《论语·颜渊》。

经书宜多读挨次理会

《风》之《七月》,《雅》之“笃公刘”,多读他几遍。不独使人肯习勤苦也,长厚古朴之意,亦油然生矣。

《书》之《洪范》,《易》之《否》《泰》《剥》《复》《损》《益》最好看。但初学苦不易解,且从浅处挨次理会去。

读书讲解与作文

讲书而不读书,犹向面朋而乞米也[1];读书而不解书,犹食美物而不化也。喜读文而不喜读书,犹好饮酒而不啖饭也;不喜读书而常常作文,犹无米而朝夕炊爨也[2]。今之学文章者,鲜不犯此病矣。

【注释】

〔1〕面朋:非真诚相交的朋友。

〔2〕炊爨(cuàn):烧火做饭。

读书须入心

读书不易熟,非尽关资质之钝,心不易入,耳未听着读也。不拘何事,入心则易,不入心则难,独读书而不然乎?故为学之道,一言以蔽之,曰“治心”。

谦与恒

谦则有益,恒则无损。

子弟变化气质二急务

读书、择交。刘元城言[1]："子弟宁可终岁不读书，不可一日近匪人。"然则二者之中，择交尤急。

【注释】

〔1〕刘元城：刘安世（1048—1125），字器之，号元城，魏州元城（今河北大名）人，宋代大臣。熙宁进士，历官左谏议大夫、宝文阁待制，谏言激切，后贬官梅州。

就事察事将心比心

就事察事，而义出矣。将心比心，而仁出矣。

【评析】

《示儿长语》涉及读书、交友、治家等多方面，本篇侧重选取读书、交友方面的内容。潘德舆主张读书尊崇方法，并为后人总结读书之法，如"读书三要""读书二大要""读书五则"等，亦有交友之道，如"交友四原则""择友六法"等。《示儿长语》在说理、举例之外，常引圣人语，亦多切身经验之谈，读来觉亲切。本篇多有对仗句式，气势颇足，朗朗上口，便于后人记诵。就具体内容而言，此篇将读书作为家族第一要事，教导其子以读书为业，并以读好书、真正读书为目标。其中开列的书单及读书要点、方法，都将成为日后其子学习、效法的榜样。这种言传身教式的读书法的传承，无疑对后世子孙提出了品行、学问、处事等方面的要求，从中能看出潘德舆对家族精神与气质延续寄予期望。

王师晋

王师晋(1804—1880),字以庄,号敬斋,江苏吴江(今江苏苏州)人。因体弱辍举业,长于宋儒之学。父兄皆亡,过继其兄子为子。因仰慕范仲淹、朱柏庐等,曾设立义庄,多有义举。中年多病,故辑先儒名言以成家训,留示子孙,"资敬堂"为其室名。《资敬堂家训》编纂于道光二十六年(1846)至同治八年(1869),有1936年排印《丙子丛编》本、《丛书集成续编》本等。

资敬堂家训(节选)[1]

卷上

读五经、四子书,须要句句体认,反之于身,宛如先圣先贤相对晤语[2]。动静云为,须依圣贤做去,暗室屋漏[3],常如天地鬼神鉴察。动念须存曾子之三省、颜子之四勿[4],庶几可以为家庭之肖子。圣经当佩之终身,不可离之顷刻。古圣人以天亶聪明[5],一身阅历,著成经传,大之可以位天地、育万物,小之可以修身齐家。存之于心,则温厚和平,发之于外,则博厚高深。试看古来能读书之人,居家诚意正心,文章尔雅,为乡里之俊良;立朝显亲扬民,致君泽民,为朝廷之柱石。非体验圣贤之志,焉能若此?

凡看书籍,须有合于孔圣并经书典籍者,方可专心体认。如悖于圣训者,当烧毁,不可存留在家。其余闲杂书籍同。

为人之道,内则尽其孝弟,外则须择交。正人君子,必爽直,必诚实,平居必好学。与之交,庶得其益。若轻浮小人,必作事消沮闭藏[6],虽文采足观，断不可与之订交。见富贵者，奉承不遗余力，见贫寒者，即轻薄之，此等小人亦不可近。更有一等貌为君子，心术险狠，一堕其术，丧身亡家，孔子所谓乡愿是也[7]。当远之如鸩酒毒蛇，以不见为幸。师长品学兼优，尽心教读，当事之如父。倘家有正事，竭力相助，得其欢心，一切奉侍，皆须虔洁[8]。子弟成人以后，心存利济[9]。观圣贤一生，总要斯世斯人，同归乐利，老安少怀，何等心肠。吾人学问渊深，出而为官，存心教养，伏而在下，著书立说，可法天下后世。居家保守先业，持己以俭，待人以宽，时存悲悯之心，目击老幼残疾穷民无告，皆当救援。一切飞走动植之物，亦须护持。天地之心好生，人当常体此意。至于亲族之孤寒者，更宜格外扶持。如遇年荒，米珠薪桂[10]，穷人难以存活，当仗义疏财，人我一体为念。

言语须要谦和，不可凌人。试观《谦》卦六爻皆吉[11]，言语尖酸刻薄，妄自夸大，既亏人品，复干天和，寻至破家辱身，非细故也。《诗》云："白圭之玷，尚可磨也。斯言之玷，不可为也。"[12]须日日讽诵，以戒口过[13]。

处家之道，既有产业，用度自宽。然必立一章程，方可永久不替。计一年之所入，均作十股：一年家用、先生束脩、伏腊供给、置办衣服一应杂费，只用五股，有余而不可尽。其余三股，作周济族中亲戚之困乏者、贤士之穷厄、乡里之饥寒者。余两股备凶荒意外不虞之用，别置簿收贮。予生平最爱陆桴山《正本制用篇》[14]，须细心读之，不可一日忘也。

读书一道，人人志在显扬文字，必须博大昌明，高华名贵，其功却自简练揣摩得来。然尤重者，须志在圣贤，暗室屋漏之中，有神明也。当存先圣先贤之志，诵读之下，宜反诸身心，何者可以企及之，何者可以则效之。力量有余，留心经济之书，兵政、河渠、钱漕、法律，皆宜详悉。为通儒之学，不可以文章诗赋蔚然可观，遂侈然自足[15]。

为学之道，须要有专心、有恒心、有勇心、有纯一不已之心，方能成就一大器。何为专心？如读《论语》，细加融会，不知《论语》外又有书，读他经亦然，方能读一经，得一经之益。何为恒心？为学之要，如织机然，积缕成丝,积丝成寸,积寸成尺,积尺以成丈匹。此贤母训子之语,实千古为学之定则。若半途而废,如绢止半匹,不能成功。何为勇心?舜人也,我亦人也,古之人功德被天下,遗泽及后世,只此一点自强不息之心,便做到圣贤地步。故为学须以古人为法,则所谓"学如不及,犹恐失之"者也[16]。何为纯一不息之心?人之为学,须如川之流不舍昼夜[17],如天之健运行不息[18],如日月之代明不分晦朔[19]。人生自少壮以至于老,无一非学之境,无一非学之时。厄穷当学,显达当学。所学者何?修身齐家、致君泽民之理而已。凡此言学,虽未必尽然,即此以用力,亦可追仰古人矣。

祖父为人,一生克勤克俭,有余则散之昆季[20],赒恤族亲,并及邻里乡党。其行事无惭衾影,心地可质神明。常以族中人口繁多,其间不无贫乏,欲立一赒恤一定章程。尔生父亦常有此心,欲效范文正公义田之法,创设义庄,以赡族人。然此事创之非易,守之极难。既有此心,必得玉成其事。守成之法,积德读书,方能世守不替。

为人之道,道学、经济、文章为重,其次书算亦有经济存焉,不可不精。大而司农抚藩,小而道府州县,则以天地自然之利,济国家之用而有余。不精则昏聩糊涂,贻害百姓,寮属之贪墨[21],胥吏之朘削[22],幕友之欺朦[23],百弊丛生,何从觉察?即居家之道,一年所入几何,所出若干,亦要精为核算,方不至疏漏。陆梭山《正本制用篇》不丰不俭,总以余一余三为治家长久之计。积德力学,固为人之根本,而理财裕家之道,亦最宜留心。

连日天好,命工人浇灌花木,细思得农人种植之法,士子科举之功,学人进修之业也。夫花木取其馨香美丽,非有污秽之物培之,则花木必不茂盛。农夫不加粪土于田中,焉能五谷丰登,以供祭祀,以养群生?士子非励志读书,焉能纡青拖紫?前之苦,后之甘,恒为倚伏[24]。大凡学人饮冰茹蘖,猛志潜修,凄凄皇皇,上不受知于君相,下不见信于同人,迨其后大则享祀万世,小亦感格天人。吾于浇灌花木而得此理,后之人毋以事小而不致思也。

思古人立师、保、傅以训嗣君[25],师以圣学启迪其心,保以成其德、养其身,傅以辅相其德业学问。自天子至于庶人,其爱子之心同,所以期望之、保爱之无不同。则父母之心,无不欲子之成圣贤、享寿考。然而为子孙能体父母之心者,千而一焉,万而一焉。何则?天理之明不能敌嗜欲之私,嗜欲之私日重,天理之明日暗。房帷燕溺之私,父母有不能言者,至父母所不能言,而父母之心伤矣。何则?幽恐其伤德,明恐其伤身。在父母之心,自怨自艾,而子之心能体父母之心否乎?闺门之内,自以为无人知,庸何伤?不知外面之传播若新闻,一人传十,十人传百,遍乡闾无不知之。

做人之道,备于五经、四子书。其浅近切于近时,莫如《聪训斋语》第一立品[26],第二读书,第三俭用保家,第四积德养身,第五择交。凡人品行端方,暗室不欺,非但人敬之,即鬼神亦重之。读书精,而上之可以希圣希贤,次之亦可显亲扬名。其余通达事理,非读书,何以能之?凡治家之道不一,于俭用最为上策,奢侈靡丽,破家之源,勤俭持家,量入为出,岂非保家之首务乎?凡世家大族,未兴之先,皆积德累仁,修身养性,节嗜欲,慎喜怒,安淡泊,远声色货利。外人观其发达之易,不知其祖先修身积德已多历岁时矣。

凡交朋友,须择孝弟忠信、刻苦读书之人,交之有益,如入芝兰之室,不觉其香,己亦与之俱化。[27]如浮薄子弟,虽文采足观,亦宜远之。切记,切记!

【注释】

〔1〕选自《丛书集成续编》(上海书店1994年版)第78册。

〔2〕晤语:见面交谈。

〔3〕暗室屋漏:指别人看不见的地方。

〔4〕曾子之三省:语出《论语·学而》:“曾子曰:‘吾日三省吾身:为人谋而不忠乎?与朋友交言而不信乎?传不习乎?’”颜子之四勿:语出《论语·颜渊》:“非

礼勿视,非礼勿听,非礼勿言,非礼勿动。”

〔5〕天亶(dǎn)聪明:语出《书·泰誓》:“亶聪明,作元后。元后作民父母。”意为聪明出于天性。

〔6〕消沮:沮丧。闭藏:闭塞掩藏。

〔7〕乡愿:指乡里外表厚道,实则伪善的人。《论语·阳货》:“子曰:‘乡原,德之贼也。’”

〔8〕虔洁:诚敬而纯洁。

〔9〕利济:救济,施恩泽。

〔10〕米珠薪桂:米贵得像珍珠,柴贵得像桂木。形容物价昂贵,人民生活困难。

〔11〕《谦》卦:《周易》卦象,象征谦虚。六爻:《易》卦之画称爻,六十四卦中每卦六画。

〔12〕白圭之玷,尚可磨也。斯言之玷,不可为也:出自《诗经·大雅·抑》,意为白玉的瑕疵尚可以磨去,而语言的错误却不能挽回。

〔13〕口过:言语的过失。

〔14〕陆梭山:陆九韶(1128—1205),字子美,世称“梭山先生”,陆九渊(象山)兄。

〔15〕侈然:骄纵自大。

〔16〕学如不及,犹恐失之:语出《论语·泰伯》,意为学习知识就像追赶不上、担心丢掉一样急迫。

〔17〕川之流不舍昼夜:语出《论语·子罕》:“子在川上曰:‘逝者如斯夫,不舍昼夜。’”

〔18〕天之健运行不息:语出《周易·乾》:“天行健,君子以自强不息。”

〔19〕代明:轮流照耀。

〔20〕昆季:兄弟。长为昆,幼为季。

〔21〕寮属:僚属,属官。贪墨:贪污。

〔22〕朘(juān)削:剥削。

〔23〕欺朦:同“欺蒙”,欺骗蒙蔽。

〔24〕倚伏:《老子》:“祸兮福之所倚,福兮祸之所伏。”意为互相依存。

〔25〕师、保、傅:古代养育、教导太子或未成年帝王、诸侯的官员。《周礼》有师氏、保氏。

〔26〕《聪训斋语》：清代学者、官员张英为子弟所作家训。

〔27〕如入芝兰之室……与之俱化：《孔子家语·六本》："与善人居，如入芝兰之室，久而不闻其香，即与之化矣。"意为与贤能的人相处，就像是进入有香草的房间，时间久了闻不到它的香味，与之同化。

卷下

清晨思《中庸》性道之学，其重在慎独[1]。独居发念，无人知而己自知，其念正即景星庆云[2]，其念非即烈风淫雨。无思无虑，静中立其本，则中。喜怒哀乐见于外，光明朗照，悉协其宜，则和。能推此意以及于家国，化嚣凌之习[3]，转淳朴之风，斯为尚矣。

语云："由俭入奢易，由奢入俭难。"[4]思未雨绸缪之计，不能不置恒产以养其恒心。然冬季收租，过宽则慢，钱漕何著，过紧则伤德，天怒人怨，又恐破家。至于钱漕多出胥吏之手，过软弱为胥吏鱼肉，过硬劲又防闯事贾祸。随机应变，全在措置得宜。能省俭处即省俭，俭以养廉，俭为美德。若济人利物之处而亦啬于用，则为吝。吝与俭不同，有公私之分。去奢华，捐粉饰，留有余以补不足，是真俭也。若一味鄙啬，是守财虏，所为又为人所轻贱也。"俭"之一字，诸美毕备，非独钱已也。俭于嗜欲，可以保元育神。俭于言语，可以息是非、养精气。俭于饮食，可以养脾胃。俭于思虑，可以壹心静志[5]。俭于交游，可以省酬应。俭于忿怒，可以免怨尤。诸如此类，不可枚举。推类以思，天下事无一事不当俭者。三复斯言，可以守身保家矣。

观《明史》，有明一代兴废存亡，烂然在目。其兴也励精图治，振作有为。其存也尚有存天理，爱民生。其废也亡也，临朝听政为具文，旷官失职为常事，甚至败坏祖宗之典制，奄寺横行[6]，诛戮正人，国亦遂亡。岂非人事之失欤？

重看《日知录》，观其读书有心得，自融会贯通后，独出意见。实为有用之书。

读《豳风·七月》之篇,见周公忠爱之心,忧勤刻挚。凡人于幼年时,无不好奢恶俭,况人主乎?周公以成王年幼,预养其勤俭作苦之心,使之习与性成,以后成王不失为令主,皆周公先于童稚之年,使瞽矇朝夕讽诵之力也[7]。后东征归时,三军服其教,东人感其化,愿信宿留之而不得。此其所以为圣人欤!

子弟固望其聪明,读书有成,否则诚实一派,亦颠扑不破[8]。若好浮华,走时路,最为下品。

上日既言朴诚之足尚,又不可不勤以为主。士而业精于勤则发,不发,则后之子孙必有发者。农工商贾,无不以勤而兴,惰而废。而勤又不可不俭,一切饮食衣服玩好之物,皆足以破家。不俭则不廉。"俭以养廉"一语,最可玩味。古圣克勤于邦,克俭于家,所以垂为万世法也。

圣贤之学,非所敢望,而不可无此志。或见识已窥于高远,或学问已造于精纯,虽未能融化,而由此做进去,便是希贤地步。下此则积功累仁,思有过几于无过,由勉强以进于自然,亦不失为醇谨之士[9]。

传家久远,不外"读书积德"四字。若纷纷势利,真如烟花过眼,须臾变灭。

勤俭治家之本,和顺齐家之本,谨慎保家之本,诗书起家之本,忠孝传家之本。

以父母之心为心,天下无不友之兄弟;以祖宗之心为心,天下无不和之族人;以天地之心为心,天下无不爱之民物。

【注释】

〔1〕慎独:见《金楼子·戒子》"戒慎乎其所不睹,恐惧乎其所不闻"注。

〔2〕景星庆云:比喻吉祥的征兆。

〔3〕嚣凌:嚣张凌辱,嚣张气盛。

〔4〕由俭入奢易,由奢入俭难:语出司马光《训俭示康》。

〔5〕壹心：专心。静志：平定心神。

〔6〕奄寺：宦官。

〔7〕瞽矇（gǔ mēng）：乐官。周人常以盲人充任乐师，故以“瞽”代指乐师。

〔8〕颠扑：颠簸，翻腾。

〔9〕醇谨：淳厚谨慎。

【评析】

《资敬堂家训》为作者训示养子王伟桢而编纂，分上下卷，上卷主要为信函，下卷主要摘录自王师晋日记。王伟桢跋称自道光二十六年（1846）至同治八年（1869）“积书数千言”，可见王师晋倾力编著此书，其大旨在于“立品读书，志在上进，而不趋于习俗之浮夸奢靡”。家训内容包括读书、为人、治家等方面，尤其强调修身、节俭、择友，下卷以作者的持家经验为主。清人顾鸿昇赞此书：“语语盖皆由身体力行得来，故下笔不事修饰，而言之亲切有味。”此书说理将圣贤的言行融入自己的亲身经历，例如将读书之法比喻为农人种植花木之法，轻松自然。此书不仅引经据典，言之有理，且亲切有味，平易优美，意味隽永，足以教导后人。

庄受祺

庄受祺(1810—1866),字卫生,号维摩室居士,武进(今江苏常州)人。道光二十年(1840)进士,为二甲第二名,授翰林院编修,历任湖北布政使、福建按察使、浙江布政使等。庄氏以词林起家,喜论兵法,善识别将才。著有《枫南山馆遗集》八卷,其事迹见光绪《武进阳湖县志》。居官及致仕期间,作有多封训诫子弟的家书,后由其子怡孙分类摘录、其孙钟济编辑为《维摩室遗训》。其名"维摩室"乃庄氏致仕后自题所居之室名。《维摩室遗训》共四卷十二类,分别为性理、学问、经世、治家、时事、家事、吏事、艺事、训诫、评论、医学、禅学,凡政事、文学、治家、处世之道均有涉及,内容丰富,恽彦彬、金武祥、李宝淦等序。今常见版本有清刻本、1913年毗陵刻本,《中国历代家训集成》(清代编六)有整理本。

维摩室遗训(节选)[1]

学问

阿二来信,言在京与尔谈八日夜。近来学问见识,原本经术,切近易行,绝无偏执,比前数年不啻长十数倍。闻之甚喜。我见尔耐心录经学之书,是有志为实学矣。愿终身存此志,并以此教诸弟及尔子焉。

怡孙阅《三国志》,求其识见所在。陈承祚有何大识[2]?莫妙于实事求是。以我身置于其间,试问能如此否?便是实学。且所谓学问者,不能舍是而求,如世间所云史法之类,是文也,非学也。学则不外于事,书中之事,其善者皆可学也,其恶者皆可诫也。若舍是而言文,则年已三四十,何必耽此哉?所谓事者,凡天下兵农、礼乐、地理、人事古来沿革之道，凡见于书者，一一求其本源而别其是非，合以今时之可行与否，会通而贯穿之，便是绝大见识，岂于文字屑屑求之耶？

【注释】

〔1〕选自庄受祺撰《维摩室遗训》(1913年毗陵刻本)。

〔2〕陈承祚：陈寿(233—297)，字承祚，巴西郡安汉(今四川南充)人。为同郡史学家谯周弟子，撰《三国志》，当时的人认为他善于叙事，有史才。《晋书》有传。

尔于历朝疆域辨清，详其用兵之法，此诚有用之学。但据《方舆纪要》[1]，恐不足尽之。张石舟殚毕生精力[2]，欲释《北魏·地形志》，尚未能成书，因求之于《水经注》，遍览《水经》所有注本不下十余种，又几成书矣，而不永其年。盖学问之难如此！

【注释】

〔1〕《方舆纪要》：全名《读史方舆纪要》。作者顾祖禹(1631—1692)，字景范，江苏无锡人，为明末清初历史地理学家。

〔2〕张石舟：张穆(1805—1849)，字石洲，平定(今属山西阳泉)人。精通天文、算术及地理之学，尤重史学，倡导经世致用的思想，著有《蒙古游牧记》《殷斋文集》等。

读书从经学入手，此我之至愿，但须先行其言，而后从之。我年二十四，始知词章；三十四五，方识读书，然已无及；四十余，方知性理，然亦不能躬行君子。此所大疚心者耳。尔如能读书，身体力行，是直补我之愆[1]，何止自洁一身而已。

【注释】

〔1〕愆：失掉、错过，有延误之意。

治家

家中总以和睦为上。多有旧事,皆不置于心中、出于口中,则和家第一方也。

家谱总须觅得一部,藏书充栋而更求家谱,亦反本之仁也。

今日之贫,皆人多为累也。尔当食时,须念我藜藿之苦[1];当衣物将就时,须念我终日训蒙,专为省俭。

住乡之苦,家人无不攒眉[2],惟我安之。岂不念华膴[3]?清贫固所宜。盖自知分应如此,尔决不可过于享用,渐渐及于佩饰衣服。我服茧绸袍、呢马褂如二十许时,尔须自省学问功德如何俭约也。

【注释】

〔1〕藜藿(lí huò):泛指粗劣的饭菜。

〔2〕攒(cuán)眉:谓蹙眉。攒:聚集。

〔3〕华膴(huá wǔ):美衣丰食。

阿七毫无长进,其妇则心地甚好,待其夫为诸妯娌之冠,从无一毫鄙薄之见形于心口,而其所知所能皆大胜于其夫。

家中月费,千万不可裁去,何人无零星之用?减之可也。裁之太过矣,令人心怨。

穷苦亲戚,必须量力助之。我意当家人每日聚钱百文,置于他处,万不可作别用。有告贷者[1],酌量赠之,断不可一毛不拔。我家吃粥,人来乞者,即与之以为方便。衣服等亦可以赒济人[2]。盖我能救人,则我到穷时,人必救我也。此为天理。假如尔从此立心,逢人方便,将来他人方便于尔处甚多。

【注释】

〔1〕告贷:借贷之意,此处指请求他人借给钱款。告,请求。

〔2〕赒(zhōu)济：接济，救助。亦写作“周济”。

阿五许字蔡君，甚善，入赘亦佳，惟事事宜从俭朴，不可效京中习气。衣饰不必全，无取贵物，不求华丽，便不侈矣。蔡氏亦系旧族，方今江浙涂炭[1]，京民无不穷困，我辈幸得丰衣足食，尚可不力求节省乎！不但惜福之道应如此，并消灾免祸之法，亦不外此也。

【注释】

〔1〕涂炭：泥淖和炭灰。借指陷入灾难，处于困苦处境的人民。

艺事

八八之文，平满条直，嫌其太无笔意，气亦不流畅，究竟墨卷而气足[1]，不更为墨卷之佳者乎？书断不可不看，如《史记》《汉书》《文选》，要紧之文，并不可不读。

【注释】

〔1〕墨卷：明清科举制试卷名目之一。《明史·选举制》记载乡试、会试时，应试者用墨笔书写试卷，称墨卷。誊录者用朱笔誊录试卷，再送考官评阅，称为朱卷。

现于教初学作文之法，稍广见识，盖直写易于对偶，而行气易于腔板[1]，如七七不能作对偶，更无腔调[2]，又安能先习其难哉？譬之写信，墨卷则禀启一路也[3]，气机则家信一路也[4]。家信易于禀启明矣，非薄禀启而不为也。

【注释】

〔1〕行气易于腔板：行气，指行文的气势。郭绍虞《中国文学批评史》中介绍曾国藩“取于义理者，乃在文章行气之法”。《曾国藩日记》中言及：“奇辞大句，须得瑰玮飞腾之气，驱之以行。凡推重处，皆化为空虚，乃能为大篇：所谓气力有余于文

之外也。否则气不能举其辞矣。”腔板,原指乐曲的调子和节拍,引申为花招。这里指的是行文时,气势容易符合既有的调式、格法。

〔2〕腔调:诗词、文章中的声律与格调。

〔3〕禀启:禀、启为两种文体,均指对上报告,此处泛指奏疏、公文、书函等。

〔4〕气机:指行文的气势。阮元《书梁昭明太子〈文选序〉后》曰:“弘治、正德以后,气机始畅,篇幅始长。”此段中“行气”与“气机”义同。

两孙作文,但与之讲分层次,理会上下文语脉〔1〕,文自清楚。

八八之文,朱雪岑谓须一线到底,本是如此,总须多看文方佳。我少年时,于游万集殆不离手,故能知各家文境。雪翁改本至松美,讱斋师所谓必发之路也。唐荆川《广右战功序》为有明一代大作〔2〕,在归震川之上〔3〕。

【注释】

〔1〕语脉:古代文学理论术语,意指语言的脉络、文理。明代胡应麟《少室山房笔丛》:“凡读古人文字,务须平心易气,熟察上下语脉,得其立言本意乃可。”

〔2〕唐荆川:唐顺之(1507—1560),字应德,一字义修,武进(今江苏常州)人。隐居宜兴,因雅好荆溪山水,故自号为荆川。博学多才,嘉靖八年(1529)会试第一,授翰林院编修。擅长古文,为文取法唐宋,为唐宋派古文领袖。著有《荆川集》。

〔3〕归震川:即归有光。

墨卷只要调熟,专记录新调数百,自然用之不竭,有气有明暗之分,无气则必不可耳。八、九勤须课诗,亦在知其用意层次,便易为矣。

八八为文速,讲走机〔1〕,分层次。分层次有一诀说,此层掩住,彼层不可微露。如两下合说,仍是不分矣。

星星为人既忠厚和平,则文理亦不难长进。文理尚清顺,不妨令其放开笔机〔2〕,多生发意为妙。澂澂文心思颇能锐入,最易长进。徐士安文则可以必中。两小孩尚未能得其益也。八八、九九使士安教下场工夫最妙。墨卷所争,在生与熟。

【注释】

〔1〕走机:即注重行文的文势与创作的技巧。走,趋向、走势,这里是指文势、笔势。机,机巧。

〔2〕笔机:创作的文思与灵感。

自湘回,忽欲写分书〔1〕,见有《史晨碑》〔2〕,姑学之而不成字,亦遂弃去。自阿四行后,再取《史晨》学之。临完一通,居然大气盘郁,不似专学邓派者〔3〕。继思习分者,必习篆书,方有根柢,而篆书更所万不能学。试取为一二,殊不佳,三五日乃大进,更胜于隶,反之真行书,亦大胜。始知包之言运转〔4〕,何之言用力〔5〕,皆不为无功。

【注释】

〔1〕分书:汉字书体名,即"八分书"。字体似隶书,但体势多波磔。关于八分的命定,历代说法不一。有人认为其字体二分似隶书,八分似篆书,故名八分。也有人认为汉隶的波折,向左右分开,"若八字分散",故以八分名之。近人认为八分非定名,是以汉隶为小篆的八分,小篆为大篆的八分,今隶为汉隶的八分。

〔2〕《史晨碑》:东汉时期的隶书碑刻,前有刻于东汉建宁二年(169)的《汉鲁相史晨奏祀孔子庙碑》,简称《史晨前碑》;后有刻于建宁元年的《汉鲁相史晨飨孔庙碑》,简称《史晨后碑》。《史晨碑》传说为蔡邕所书,字体方正,适合初学。明朝郭宗昌称其为"分法复尔雅超逸,可为百代模楷,亦非后世可及"。

〔3〕邓派:即清代篆刻名家邓石如开创的篆刻流派。邓石如(1743—1805),原名琰,字石如,号完白山人,为清代碑学、篆刻、书法大家。其书法成就以篆、隶二书为最,而篆书尤善小篆,稍参隶意,字体微方,大气浑厚,为清代篆书典范。

〔4〕包之言运转:包即包世臣,"运转"是指包世臣所作《完白山人传》中提及"悬腕双钩,管随指转"的运笔方法。完白山人即邓石如。

〔5〕何之言用力:何即何绍基,"用力"指的是何绍基《跋张黑女》中所言:"每一临写,必回腕高悬,通身力到,方能成字。约不及半,汗浃衣襦矣。"

八八固不望其中，而其文除前八行外，颇有中理。墨卷不过如此，不必再加功。所加功者，宜在用意运笔耳。

八八场后须将四书五经字字玩其白文[1]，注解以笔点出，所明之理既多，作文自有意矣。即使不学作先正之文，其各名家大家之文，亦不可不看。课文、读文之外，每日看书功不可辍也。

七、八等作文，已走歧路。先从字字拆开，走熟气机，再图别样做法，则笔自活而心思亦灵，断无迟钝之理。再将书理口气彻底讲求，便有佳样，亦不背时，只须平仄韵谐，双句稍多而已。七、八之文，病在不知行机，更苦不分层次。说了又说，翻了又翻，改本实无错，失在不端其本也。我令全多将七、八文另誊，欲重加批改，把笔方知其难改得至好，不过如原改而已。其文欲长，须仍从层次、气机入手也。

【注释】

〔1〕白文：有注解的书的正文。

尔之文笔，如不从古文着手，必平缓无进境。古文之法，具于八家[1]。八家以姚选为上[2]，而其大旨不外乎说理明透。故性理尤为星宿之源。尔切须记我之言也。

【注释】

〔1〕八家：唐宋八大家，即唐代韩愈、柳宗元，宋代欧阳修、曾巩、王安石、苏洵、苏轼、苏辙。

〔2〕姚选：指姚鼐所编《古文辞类纂》，其中选唐宋八大家文颇多。

七、八作文速，教其分拆层次、股头股末、点清题字，所谓六面用意，乃是说第一层，不以第二层混说，方见眉目清楚，无颟顸之病[1]。

【注释】

〔1〕颟顸(mān hān):糊涂而马虎。

训诫

赔累至深,伊于胡底[1]!从今后,心欲为廉吏,得乎?诸事听命运。此为从前各事循理者言之。今时事变迁,苟不大声疾呼,且将坠于深渊,身在尘海,而云不足登公卿之门,心益厌科甲之辈,亦无谓也。

【注释】

〔1〕胡底:指到什么地步。胡,何。底,到。《诗经·小雅·小旻》:"我视犹谋,伊于胡底。"

久不以言诰诫尔等矣,思之实为惘然。犹记前在福建时,手自督教,不止望其科名而已,冀其为通人,愿其为贤士。阿二资性颇钝,初不以远大期之,但觊其为笃实长者,于愿足矣。迨后,怡孙先以八股变我之法。十余年后,凡事几显与我背道而驰。近年,尔亦苦极矣。心之多违,因及于事,事之多僻,仍反于心,迭相循环,瞬息百年,其可不自反乎?即以处境而论,我年三十受家事,亦复仰事俯育[1]。贫者士之常,贫而不致大困,则亦有术。不外用之有节,假之有道,与世周旋,而以信义自持,不为过当之举,则亦有路可行矣。

【注释】

〔1〕仰事俯育:与"仰事俯畜"同义。《孟子·梁惠王上》:"是故明君制民之产,必使养足以事父母,俯足以畜妻子。"后以此泛指维系全家生活。

尔作事第一谨慎勤快,第二自用件件省钱。我官湖北缺[1],比尔胜十倍。应酬日用,不过如尔。至今尚悔其费,尔须省之又省。

尔言生平未得道义之交,此志甚善,愿终勿替,将来必有逢者。我生平惟陆四先生、范西翁可与言道矣。若为尔择交,则又须有见识、学问,患难与共,则更鲜焉。

【注释】

〔1〕缺:泛指官员的编制、职务等。

爱子之心,日形寤寐[1]。愿尔德行高,文学进,慎交游,谨言语。吾愿慰矣。

不得科目,遂若颓唐,于世事漫不留意,以善谈经济为戒。此又何苦!人生无时不可奋勉,无日不可长进。

阿二处分究无事否,固然命运由天,然事处万难,有非官不可之势,又不能不恋恋于鸡肋矣。总之,存心不外“天理良心”四字。顺此者昌,悖此者亡,亘古不爽者也。

【注释】

〔1〕寤寐:本义指醒与睡,引申为日夜思念、渴望。此即思念之义。

八八、九九知之,为人在世,官可不做,人不可不做。凡生性桀傲,绝不知孝弟者,皆不得为人也。尔辈何德何能,一事无知,已得皇家五六品官,但讲求衣食,快乐过一生,岂不可耻?况八八之吐血,九九之哑声,于法皆不能长寿,如不归向根本,力求清静敦笃,将何以从少而壮,从壮而老?他事不必言矣。要返归根本,则《论语》曰“言忠信,行笃敬”,守之足矣。又曰“孝弟也者,其为仁之本与”,此外更无他事矣。长长正在童年,务当开导书理,使知四书五经皆是为人之法,句句当依而行之,并非为作文之用,特作文亦不过发挥此理耳。使于童年立定为孝弟忠信之行,将来易于劝导。如吾诸子,皆失早谕诲也[1]。

【注释】

〔1〕谕诲：犹“谕教”，晓谕、教诲之义。

阿四读书，第一教其正心为主。其文理之不达，则以道理充之。盖多知一理，便能多作一文也。

初入宦场，但须埋头吃一二年苦，断不可便望好处。即使早得好处，亦万万无益。须知闲寂无称之中，自有乐趣。能得此乐，则无入而不自得矣。

观阿二之任用门印及不善节省〔1〕，殊为闷闷。阿二之审案，我原深虑其为下人作活计，而今信矣。忠厚人最易为人欺，而不纳良言，亦所罕见。遍观史册，愎谏人无有不偾事者〔2〕。我当月以信晓之，其不听，亦任之矣。我所虑，惟恐儿辈有累及我之事。如尚不累及我，则他事亦只可听之。

【注释】

〔1〕门印：旧时官员的亲随。

〔2〕愎（bì）谏：坚持己见，不听规劝。愎，任性、执拗。谏，谏诤，规劝。偾（fèn）：毁坏，败坏。

怡孙于科名无分，于世事则日明，即便外放无期，随行郎署〔1〕，亦复无甚不好。科甲中亦有败类，不明世事，出绾铜符〔2〕，更非美事。况今患难未平，外官甚为可忧。吾家子弟无出众定乱之才，不如安分为上。吾少时最慕南斋〔3〕，彼时南斋有声者，张小浦、何根云尤所心契〔4〕，今皆殒于非命。为封疆而败事，不如退隐之为愈也。不欲儿辈显达，亦是此心。

身列郎署，而不求笔墨有以胜人，则虚誉何可恃也。文字宜作古文，骈俪之作亦不可荒。

【注释】

〔1〕郎署：宿卫侍从官的公署。

〔2〕绾（wǎn）：系挂，佩戴。铜符：借指官印。

〔3〕南斋：南面的书房，此处指清代南书房。南书房在故宫乾清宫西南的角落，是康熙等读书的地方，后供翰林出身之官在里面当值。

〔4〕张小浦：张芾（1814—1862），字小浦，陕西泾阳（今陕西咸阳）人。道光十五年（1835）进士，选翰林院庶吉士，入值南书房。太平天国期间，被清廷派往陕西协助办理团练，抵抗农民起义军。后在与回民起义军首领谈判时，与随从人员一并被逮捕后处死。何根云：何桂清（1816—1862），字根云，云南昆明人。道光十五年进士，授翰林院庶吉士，历任兵部侍郎、礼部侍郎、吏部侍郎、浙江巡抚等。任两江总督时，爆发太平天国运动，何桂清率军出逃，后被清廷处决。张芾与何桂清同年登第。心契：志同道合。

阿二常为京兆延入问案[1]，惟宜虚公勤慎，以期不负委任。暇则务宜留意人材，所谓精明干练者，须内考之，而外不露臧否痕迹。京师人海之大，必须结二三性命学问之交。吾甚愧，在湖北十年之久，而未尝得一人。举其所自愧，而愿尔等补吾过矣。

【注释】

〔1〕问案：审问案件。

我万不愿尔得科名，愿尔绳趋尺步[1]，留心理学，以补少年之过。

【注释】

〔1〕绳趋尺步：此为循规蹈矩之义。

在部与人同事之道，外和而内守其正，貌恭而事守于法，切不可以非义非分之说相为标榜[1]。大凡胸无主宰，寻常日行事件，徇情听请者，无论相与比附，即懔然不敢相犯。而一事同为画诺[2]，波及是非不少。京师事不犯则已，犯则如火燎原，不可向迩。不能斟酌于未事之先，欲求全于既事之后，则必甚难。惟有恭敬守法，刻刻小心，求免罪戾[3]，庶不失怀刑之意[4]。若随波逐流，从而附和，吾将为晁错之父矣。部事我不甚晓，故略言之。

【注释】

〔1〕标榜：夸耀，称扬。

〔2〕画诺：旧时指主管官员在文书上签字，表示同意照办，今泛指同意、赞成。

〔3〕罪戾：罪过，过失。

〔4〕怀刑：畏刑律而守法。《论语·里仁》："君子怀刑，小人怀惠。"

到署以恭敬少言为主，容止威仪，须从容大方，自不相狎侮[1]。

官事须以官言之，不可涉一句私语。而非我应管之事，则万不可与闻，与闻即涉私矣。以此应世，其寡过矣。

署中公事颇认真否？此事只宜自尽己心，不可有意讨好，反遭人忌，尤大忌不可与人争闲气。言语须极老实，切勿学尖薄习气。尔向不作顽笑话，便当自率其真，毋为习染所移。

【注释】

〔1〕狎侮：轻慢侮弄。

署中之事，第一虚中秉公，不可稍有偏执，尤不可略存鄙浅之心。交友之道，则外圆内方。办事之道，则始勤终勉，孳孳焉以此为身心性命而已[1]。

阿二言："任以患难而不辞，与以安乐而不喜，屏以闲散而不怨[2]。"能具此志，则本已端矣。再须勇敢任事，精密应机。阿二之病，闲时苦于畏葸[3],有事转觉粗暴,切宜戒之。

【注释】

〔1〕孳(zī)孳:勤勉,努力不懈之义。孳,同“孜”。

〔2〕屏:放逐,摒弃。

〔3〕畏葸(xǐ):畏惧,胆怯。

【评析】

本书仅选学问、治家、艺事、训诫四类,因篇幅所限,每类之中亦有删节,多去其含义重出的条目。正如金武祥所说:“谓之家训可,谓之治谱亦无不可。”(清金武祥《维摩室遗训序》)此书为家信结集而成,故庄氏对各子的称谓给人以亲切之感,较寻常家训更少板正严苛的训诫意味,更多人伦之下的谆谆情意与体己之言。在读书作文上,庄氏讲究读书要身体力行,作文须重层次,雨孙、七七、八八、九九等人皆被反复叮嘱注重行文层次。在居家行事上注重勤俭和睦,而在性别上不拘泥于封建传统,如批评阿七“毫无长进”,而称赞其妇“心地甚好”,言及阿五婚姻,则曰“入赘亦佳”。与其他家训撰者相比,庄受祺有做官的经历,且“哲嗣众盛,历任京外各官”,故在家训中为官从政之道格外生动,亦是《维摩室遗训》的特色所在。庄受祺提倡做官需谨慎勤快,自用资费应当节俭,刚入官场当埋头吃苦,恭敬少言,且特别重视为官之责,如“惟宜虚公勤慎,以期不负委任”的嘱托,另外也提倡继续锻炼文笔,曰“身列郎署,而不求笔墨有以胜人,则虚誉何可恃也”。相比叮嘱子孙做事之勤,在科名与功名上,庄受祺较为疏离,持有“不欲儿辈显达”的从容态度,更是弥足珍贵。

常州盛氏家族

常州盛氏始祖为元末明初武将盛庸，其长孙盛睿自金陵迁入常州龙溪，为第一世。盛氏一族起家虽早，然直至第十三世盛康(1814—1902)于道光二十年(1840)登进士第，才开始走向兴旺。盛康长子，晚清著名的实业家盛宣怀(1844—1916)，在洋务运动中崭露头角，盛氏至此成为常州的重要家族。自乾隆二十八年(1763)至1943年，《龙溪盛氏宗谱》先后经历7次增修，其中宣统三年(1911)盛宣怀增修未成。是书24卷首1卷末1卷。卷首谱序、谱例、宗规、家训、教约，本书所录内容选自卷首“家训”。

家　训〔1〕

一、入孝〔2〕

人不论富贵贫贱，试问身从何来？儿子长一日，父母老一日，每日间常想父母恩大，我不能常有父母，孝心自然发动了。事富贵之父母易，事贫贱之父母难；事康健之父母易，事衰老之父母难；事具庆之父母易〔3〕，事鳏寡之父母难〔4〕。为人子者，以父母之心为心，则可矣。故孝有三：一曰体亲〔5〕，一曰立身〔6〕，一曰承家〔7〕。

【注释】

〔1〕选自《龙溪盛氏宗谱》(光绪十九年敦睦堂活字本)卷首。

〔2〕入孝：指在父母跟前，就要孝顺父母。《论语·学而》：“子曰：‘弟子，入则孝，出则悌。’”

〔3〕具庆：父母俱存。

〔4〕鳏(guān)寡：老而无妻或无夫的人。

〔5〕体亲：体贴、亲爱父母。

〔6〕立身：立足，安身。指掌握为人处世之道，能在社会存身。

〔7〕承家：承继家业。

一、出弟[1]

父母而下，惟有兄弟。孩提时无刻不追随相好，长各有室，或听妻子言语，或因财帛交易，多致参商[2]。况妯娌和睦者少[3]，异姓相聚一门，计短较长，而以长舌婢妇交斗其间，丈夫入其浸淫，鲜不骨肉为雠矣[4]。殊不思兄弟为同气连枝[5]，及患难相临，虽至厚亲朋，终不若至薄之兄弟。兄弟不睦，则宗族不附[6]，宗族不附，则奴仆相窃为雠。故人家笃爱兄弟，非但出于天性，亦事势宜然也。

【注释】

〔1〕出弟：指离开自己的家，就要敬爱兄长。《论语·学而》："子曰：'弟子，入则孝，出则悌。'"

〔2〕参商(shēn shāng)：参星和商星，分别位于西方和东方，此出彼没，永不相见。指兄弟手足间彼此对立，不和睦。

〔3〕妯娌(zhóu lǐ)：兄弟之妻相互的称呼。

〔4〕雠(chóu)：视为仇敌。

〔5〕同气连枝：比喻兄弟之亲，骨肉相连。

〔6〕附：亲近。

一、睦族[1]

《书》曰："以亲九族。"[2]《诗》曰："本支百世。"[3]族之当睦，圣王且尔，况凡众人乎？睦族之要有三：曰尊尊[4]，曰老老[5]，曰贤贤[6]。名分属尊行者[7]，尊也，则恭顺退逊[8]，不敢触犯。分属虽卑，而齿迈众老也[9]，则扶持保护，事以高年之礼。有德行，族彦贤也[10]，贤者乃本宗桢干〔11〕,则亲炙之〔12〕,景仰之。每事效法,忘分忘年以敬之。善乎!范文正公之言曰:宗族于吾固有亲疏,自祖宗视之,则均是子孙。人能以祖宗之念为念,自知族之当睦矣。

【注释】

〔1〕睦族:宗族和睦。

〔2〕以亲九族:《尚书·尧典》:"克明俊德,以亲九族。"指发扬美德,使家族内部亲密和睦。

〔3〕本支百世:指子孙后裔,世世代代繁衍绵延。《诗经·大雅·文王》:"文王孙子,本支百世。"

〔4〕尊尊:尊重辈分、地位高或者年纪大的人。

〔5〕老老:以敬老之道侍奉老人。

〔6〕贤贤:尊崇有德行、有才能的人。

〔7〕尊行:长辈。

〔8〕退逊:退让谦虚,恭顺有礼。

〔9〕齿迈众老:年纪超过大部分老人。这里指宗族内辈分虽晚,然而年龄较大者。

〔10〕彦贤:贤士、俊才。

〔11〕桢(zhēn)干:筑墙时所用的木柱,竖在两端的叫桢,竖在两旁障土的叫干。这里指重要的起决定作用的人。

〔12〕亲炙:直接得到贤者的教诲。

一、勤俭

勤与俭,治生之道也。不勤则寡入,不俭则妄费〔1〕,寡入而妄费则财匮,财匮则苟取。愚者为无耻之事,黠者入行险之涂〔2〕,生平行止于此丧〔3〕,祖宗家声于此坠,而生理绝焉〔4〕。能远虑,能耐烦,能吃苦,晏眠早起,则勤矣〔5〕。勿使气,勿求胜,勿轻称贷〔6〕,量入为出,则俭矣。务本业,惜福命,保身家,胥是道也〔7〕。

【注释】

〔1〕不勤则寡入,不俭则妄费:不勤劳,收入就很少;不节俭,就会导致奢侈靡费。

〔2〕黠(xiá)者:聪明而狡猾的人。涂:同“途”,道路。

〔3〕行止:行步止息,此处指品行。

〔4〕生理:即“生计”,此处指产业、财富。

〔5〕晏眠:晚睡。晏,迟。

〔6〕称贷:既指向人借钱,也可以表示借钱给别人。

〔7〕胥是道也:都是正确的方法。胥,都。

一、治家

妻虽贤,不可使与外事;仆虽能,不可使与内事。三姑六婆,勿令入门。此辈或称募化,或卖簪珥〔1〕,或假媒妁〔2〕,或治疾病,专一传播各家新闻,以悦妇女,暗中盗哄财物,甚至诱为不端,魇魅刁拐〔3〕,种种非一。至娼妓更是不祥秽物,出入卧房,尤为不可。近时恶俗,妇女有结社讲经不分晓夜者,有朔望入寺烧香者〔4〕,有春节看春、灯节看灯者,有纵容妇女往来搬弄是非者。闲家之道一切严禁,庶无他患。

【注释】

〔1〕簪珥(zān ěr):发簪和耳饰,指女性的饰品。

〔2〕媒妁(shuò):在男女两家之间说合婚姻。

〔3〕魇(yǎn)魅:用法术使人受祸或使人神志迷糊。刁拐:诱拐、欺骗。

〔4〕朔望:农历每月初一日称“朔日”,十五日称“望日”。

一、义方

古人有胎教〔1〕,有能言之教,尚已〔2〕。为父兄者,宜于童子时延以正师〔3〕,试以正事,助以正友。毋饫口体而生骄佚心〔4〕,毋纵藻饰而生奢侈心,毋任刚愎而生暴戾心〔5〕。慈以育之,严以纠之,防其傲而抑以谦，防其华而示以朴，防其嬉游而督以勤慎。再者，子弟自十七八以至二十三四，尤为学业成废关，嗜欲渐开，人事渐广。父母见其长成，师傅视为侪辈[6]，酬应交游，侈然大雅，博弈高会，自诩名流。不数年间，儿女累多，生计迫蹙[7]，蹉跎潦倒，可不惧哉！

【注释】

〔1〕胎教：在婴儿未出生以前，孕妇谨言慎行，心情愉悦，给胎儿良好的影响，称之为“胎教”。

〔2〕能言之教：开始说话之时接受的教育。

〔3〕延：引进、聘请。

〔4〕饫（yù）口体：指贪图口腹之欲。饫，饱食。

〔5〕刚愎：固执己见。

〔6〕侪（chái）辈：同辈，朋辈。

〔7〕迫蹙：穷困窘迫。

一、择交

语云：“要做好人，须寻好友。”人生二十内外，知识大开，性情未定，脱有淫朋匪友[1]，阑入其侧[2]，朝夕浸灌，鲜不为其所移者。“于今道上揶揄鬼，原是尊前妩媚人”[3]，盖痛乎其言之矣。故言语最要谨慎，交游最要审择。多说一句，不如少说一句；多识一人，不如少识一人。与其绝之于后，何如慎之于初。君子交绝，不出恶声，[4]有以也。

【注释】

〔1〕脱：连词，表示假设，万一。

〔2〕阑入：混进，擅自闯入。

〔3〕于今道上揶揄鬼，原是尊前妩媚人：清人张茂稷语。张茂稷早年好玩乐，无意仕进，结交了一群逢迎谄媚之徒。等他穷困潦倒时，那些曾经讨好他的人，转而嘲笑、戏弄他，于是有了“妩媚人”变“揶揄鬼”的感慨。

〔4〕君子交绝,不出恶声:君子在与别人断绝交往的时候不会讲对方的坏话。《战国策·燕策二》:“臣闻古之君子,交绝不出恶声。”

一、读书

天下事利害常相半,惟读书则有利而无害。不问贵贱、老幼、贫富,读一卷便有一卷之益,读一日便受一日之益。读书变化气质,即资性愚钝,多识几字,习他业,亦觉高人一等,非止拾青紫[1]、取荣名已也。故论人品必推大雅,问家声则说书香,凡我子孙须延一脉。

【注释】

〔1〕拾青紫:汉代卿大夫之服,绶带为青紫色。拾青紫,指获得高官显位,与后文“取荣名”意思相同。

一、惜字

字乃天地间至宝,或以裹物,或以糊窗,读书者终无发达,经管者永不生财。子孙下愚,一字不晓,此有形之字当惜也。尤宜惜无形之字,下笔关人性命者惜,关人名节者惜,关人功名者惜,属人闺室阴事及离婚者惜,唆人构怨[1]、代人架词者惜[2]。故《因果录》云:“取淫秽邪书焚化者,得子孙忠孝节义报;翻刻淫秽邪书贩卖者,得子孙娼妓下贱报。”

【注释】

〔1〕唆(suō):怂恿。构怨:结怨。

〔2〕架词:凭空捏造,构陷他人。

一、戒讼[1]

讼者不过一点争胜心,捏无影之词,架空中楼阁;设阴险之计,起平地风波，丧心孰甚焉！故君子愿受所诬不辨，不失足于公庭；愿引过自归[2]，不较量于群小。况留此闲钱做人家[3]，趁此光阴勤职业，亦是自家讨便宜处。《易》曰："君子以作事谋始。"[4]始能忍，终无祸。始之时义大矣哉！圣人于《讼》卦曰："惕，中吉，终凶。"[5]此是锦囊妙策，须是自作张主，不可听讼师棍党教唆，财被人得，祸自己当。省之省之。

【注释】

〔1〕讼：控告。

〔2〕引过自归：把过失归于自己，并自我检讨。

〔3〕人家：家业，这里指将争讼的钱节省下来经营家业。

〔4〕君子以作事谋始：君子做事之初就要有谋划。《易·讼》："《象》曰：天与水违行，讼。君子以作事谋始。"

〔5〕惕，中吉，终凶：《易·讼》："《彖》曰：讼，上刚下险，险而健，讼。'讼，有孚窒惕，中吉'，刚来而得中也。'终凶'，讼不可成也。"《周易》以为争讼一事，过程有可能看上去吉利，然而最终结果仍是凶险的。

一、禁博

博者，游手好闲之活计也。里或有之，其风必坏；家或有之，其业必倾。故一失足于其间，则沉湎莫醒，赢则望奢，败则思复，辗转无已，不几何时，而家业尽为乌有，可不痛哉！况一入赌流，亲戚耻之，兄弟怨之，妻妾诟之，父母不欲子之，而道路且目笑之，招祸速衅[1]，无不由此。犯者宜重惩于家庙，无少假[2]。

【注释】

〔1〕招祸速衅：招来祸患，增加争端。

〔2〕假：宽容、饶恕。

一、遏淫

一念之差，万劫莫赎。守此戒者，宜从洗心涤虑始。万恶淫为首，削科名，减禄寿。自来戒淫因果之说，详哉言之。甚至争妒斗杀，荡产亡身，可叹也。近更有鸦片遍行海内，此物来自外洋，其始用之，原借以助行淫之药，久而染之，虚气上腾，下元寒冷，视为不可一日无矣。近日破家丧命之事，莫大于此。

一、改过

人欲求福而远祸，未论行善，先须改过。古人有一生作恶，晚年悔悟，发一善念，遂得善终者，故过以改为贵。第一要发耻心〔1〕。思古圣贤与我同为丈夫，彼何以百世可师，我何以下沦禽兽。第二要发畏心。吾过难在隐微〔2〕，天地鬼神，实明明鉴察。且被人看破，不值一文，何得不惧。第三要发勇心。如毒蛇啮指〔3〕，速即斩除，毫无疑顾。善改过者，欲禁其事，当明其理，力制其心。过有千端，惟心所造。吾心不动〔4〕，过从何生。勿以畏难而自便，勿以恶小而苟为。一心忏悔，昼夜惺惺〔5〕，久之必有效验。普愿我族子孙，人人自爱，毋自弃也。

【注释】

〔1〕发耻心：即培养自己有知耻之心。发，发生、产生。

〔2〕隐微：隐约细微，犹隐私。这里指人的过错难以被完全掩藏。

〔3〕啮（niè）：啃、咬。

〔4〕吾心不动：《孟子·公孙丑上》："公孙丑问曰：'夫子加齐之卿相，得行道焉，虽由此霸王，不异矣。如此，则动心否乎？'孟子曰：'否，我四十不动心。'""不动心"指思想、情感不会因外界事物影响而波动。

〔5〕惺惺：保持清醒。

一、积善

临事让人一步,自有余地;临财放宽一分,自有余味。善须是积,今日积,明日积,积小便大。现在之福,积自祖宗者,不可不惜;将来之福,贻于子孙者[1],不可不培。现在之福如点灯,随点则随竭;将来之福如添油,愈添则愈久。作好人,眼前觉得不便宜,总算来是大便宜;作不好人,眼前觉得便宜,总算来是大不便宜。善根有浅深,福报有远近。若略行数事,偶值坎坷,即谓天道难知,前功顿废,皆欲速之心自误也。凡济人当殷勤迫挚,省心必笃实不欺[2],一念之诚,可动天地。要之,积善之事无尽,随时随事随心而行之,则得矣。

【注释】

〔1〕贻:留给。

〔2〕省(xǐng)心:内心自省。

【评析】

《盛氏家训》包括入孝、出弟、睦族、勤俭、治家、义方、择交、读书、惜字、戒讼、禁博、遏淫、改过、积善十四条。其中许多条目在其他家族宗谱中亦屡见之,因此我们可以借阅读《盛氏家训》了解清人撰写家训的模板。不过在相似的内容之下,也可以窥见家族为应对时代变革对家训的改写。如“治家”一条,尽管核心思想不脱封建时代对妇女与仆从的限制,然其所谓“妇女有结社讲经不分晓夜者,有朔望入寺烧香者,有春节看春、灯节看灯者”的描述,可见晚清时妇女已经开始开拓自己的生活空间。又如“遏淫”一节,结尾云:“近更有鸦片遍行海内,此物来自外洋,其始用之,原借以助行淫之药,久而染之,虚气上腾,下元寒冷,视为不可一日无矣。近日破家丧命之事,莫大于此。”揭露出清末鸦片泛滥、为祸民间的现象。

南通张氏家族

张謇(1853—1926),字季直、处默,号啬庵,晚清民国间通州(今江苏南通)人。光绪二十年(1894)状元,授翰林院修撰,著名实业家、教育家,主张“实业救国”。自光绪二十一年起,先后创立大生纱厂、通海垦牧公司、大达轮船公司、复新面粉公司等企业,并创办通州师范学校、女子师范学校、通海五属公立中学、农业学校等。他还曾参与发起立宪活动,成立预备立宪会。博学多闻,著述颇丰,有《张謇批选五经新义》《张謇批选四书义》《张謇日记》《张謇自订年谱》《思旧集》《通州兴办实业章程》等。《家训录》收录于《通州张氏宗谱》卷十九,由张謇纂修,卷前有张謇《四修族谱序》,现存光绪二十九年通州文德堂杨闻龄汇刻本。

家训录(节选)[1]

父母

训曰:水有源,木有本。凡物尽然,况吾一身所从出乎?无论父母之恩如天罔极[2],固人子所不能报其涓滴[3]。独念吾今日而为子,他日即为父。吾为子,而废父母之业,伤父母之心,为人所切齿,固不具论。及吾为父而复生此等子,以己视之又何如?抑不肖一俦[4],每蒙面丧心,日趋下流,反快其子之习于比匪不形己短者,亦往往有之。然不思一人立志,而高车驷马填塞闾门[5],五鼎三牲填塞墓门,紫诰丹书、珠履黄盖填塞国门[6],彼独非人子,何以至此?于斯时而复有衣不充体,食不充口,伛偻匍匐[7],踟蹰不前者[8],而亦杂沓于其中。其子固狐鼠一辈,非人议论所及,而其父从旁睨之,得不为之向隅而呜咽哉?嗟乎,人各有父,人各有子,以父母栉风沐雨求之者而乃泥沙掷之,以父母胼手胝足收之者而乃瓦砾弃之[9]。人独何心至此极哉?至于过惜馂余[10],薄于承养,甚或身为人后,于生父母之生死葬祭置若不闻,此又出乎人而入乎兽矣。于此而复希钱谷丰盈,子孙昌大,吾未之前闻。

【注释】

〔1〕选自《通州张氏宗谱》(光绪二十九年通州文德堂杨闻龄汇刻本)卷十九。

〔2〕罔极:无穷尽。

〔3〕涓滴:此处比喻极少的回报。

〔4〕一俦(chóu):一辈。

〔5〕驷(sì)马:同拉一辆车的四匹马。

〔6〕紫诰:即诏书,古时诏书封袋用紫泥封口,上面盖印。丹书:朱笔写的诏书。黄盖:皇帝专用的黄色车盖。国门:泛指国境以内。

〔7〕伛偻(yǔ lǚ):腰背弯曲。

〔8〕踧踖(cù jí):徘徊不进貌。

〔9〕胼(pián)手胝(zhī)足:手脚都生了茧子。形容劳作十分辛勤。

〔10〕馂(jùn)余:残剩的食物。

兄弟

训曰:天下无不是的父母,世间最难得者兄弟。人有兄弟,固指臂相联者也。今之俗有缔亲友则极厚,而谋兄弟殊落落者,此无他,以兄弟不吾责也。抑思余披重裘而兄弟犹捉衿,即亲友见之亦不雅;余乘金车而兄弟犹担荷,即亲友闻之亦不平。至于兄弟之贤不肖,以父母视之均子也。倘一子终年甘脆而有余[1],一子一朝草糗而不足[2],在父母必忧之。父母忧而己独乐,于天理安乎?于人情顺乎?吾则以居让席,行让畔,此固其文也;善相勉,过相规,此尤其分也。独是节吾之饮以分一杯羹,俾余兄弟果腹,而余仍不饥;解吾之衣以袭同人裸,俾吾兄弟增燠,而余仍不寒。此现在人情,眼前天理,有何高远难行?而乃隔一膜,如涉万里哉？况余之有资衣食，天地与之，祖宗与之也。岂天地可与余，祖宗可与余，而余转不可与兄弟？其兄弟贤，吾以贤事之，其左提右挈者尚居多。兄弟不贤，必至诛求无厌，责备无已，吾如之何？亦姑听之而已矣。然其中惑于妻言者居多，嫉忌生于妯娌，嫌疑遂起于兄弟，此又不可不慎审详察者。

【注释】

〔1〕甘脆：美味、佳肴。

〔2〕糗：干粮。

田宅

训曰：求田问宅，此不可为之事也。吾约略言之，有五不善焉，不可不扪心自问也〔1〕。五不善者何？夫求田，惟求田之肥腴，及田之水道，此上务也，乃舍此而必欲求其阡连。抑求宅而惟求宅之整齐及宅之方向，此正务也，乃得此而复欲求其方员〔2〕。至亲蜜友为争前占后而成仇，大家小户因拔树起坟而构讼，此一不善也。至于人之售田宅者，每每出于急迫，而我故为缓之；又每每易为迁就，而我极力克之，甚至厚贿旁人，使少年荡家子竟全执笔而不能自主，重权利债，俾居乡良善人终复吞声而不敢出言，此无论触天地之怒，犯鬼神之忌，而以此行事，恐亦难塞日后之人口，此二不善也。若夫田好则税重，屋大则差重，此必然也。乃遇奸宄一辈〔3〕，赂其资于吏，俾上作中，中作下，竟避重而就轻，分其利于人，使去城夫，飞总甲，欲移多而派少，苟一发觉，身家徇之，抑知此等衙门中人，尽皆蛇蝎之类，而遽引为心腹，何愚至此？此三不善也。田故有旧疆，宅亦有定址，此言谁不闻之，奈一入己手而忽蒙欺诈于我，田中筑高坝、凿深渠，使他田不利于我；宅中辟楼窗、泻檐水，使他宅不安，窥其意，不过欲侵占少许，或谋买若干。讵意天道好还〔4〕，数十年后，沧桑倏易〔5〕，在我家之子孙,偏拱手而甘授于他人,此四不善也。凡事各有分数,听其自然,我亦不劳。每见人求田宅,其垂涎已久,至于售者忽至而反,坚拒再四,故倩人以说价[6],再挽人以平值;或延其时日,未免他有成者,必至交易已就,始百计以阻挠之力败彼之成谋,以入我之局套,迨至互相争竞,虽灭尊长、弃亲友而不恤。此则心之惨刻[7],虽狗豕不若此者,此五不善也。

【注释】

〔1〕扪(mén)心自问:摸着胸口问自己怎么样,指自我反省。

〔2〕方员:周围。

〔3〕奸宄(guǐ):坏人。

〔4〕讵(jù)意:哪里能想得到。

〔5〕倏易:快速变化。

〔6〕倩人:请托别人。

〔7〕惨刻:狠毒,残暴。

赌博

训曰:赌博之遗害,大矣哉!其始由于嬉戏,谓诸人曰消闲。其继实是贪财,美其名为角智[1]。一次偶赢,既赢而必求再胜,日复一日而莫歇;一次偶输,既输而又思翻本,年复一年而不休。张三失,李四得,左来右往,都是开场家倾囊脱去;钱甲胜,赵乙负,东扯西曳,总被抽头人一担挑回。小而典衣鬻器,大而卖屋分田。以祖宗父母积竹头木屑而成者,敢云一掷千金浑是胆;以妻儿子妇历朝昼夜磨而求者,讵言家徒四壁不知贫。鼠窃狗盗,久且形容改变;忍饥受饿,必致疾病缠绵。不择地,不择人,日习下流,亲朋觌面而远避;无分昼,无分夜,柴米全无,妻孥牵袂而呼号[2]。填沟饿殍[3],舍此子而谁归;白日魍魉[4],欲埋头而无地。还不了一身赌债,定负累弟兄子侄;养成了一副面皮,反指诈郊友[5]亲朋。好男子识不破这千层圈套,大丈夫跳不过这一路机关。况吾家世守耕读者也,苟一犯此,而倾家丧命,鬻妻卖子,亦转眼之事已。甚矣,赌博之遗害大矣哉!

【注释】

〔1〕角智:较量才智。

〔2〕妻孥(nú):妻子与儿女。袂(mèi):衣袖。

〔3〕饿殍(piǎo):饿死的人。

〔4〕魍魉(wǎng liǎng):鬼怪。

〔5〕掯(kèn):刁难。

田宅

训曰:田宅,浮物也[1]。浮而欲实,惟求诸心而已矣。心有福地,必广种焉,以遗子孙,子孙庶几可耕;心有广居,必无旷焉,以启后人,后人庶几可安。不然,如永叔公所云[2]:“机械变诈[3],谋占成井,沧桑倏易,等诸浮云。”昔日之高原大厦,雄甲一时,而为富不仁[4],遂至一败涂地,能勿惧乎?

【注释】

〔1〕浮物:指动产。

〔2〕永叔公:张九锡,张氏九世祖。

〔3〕机械:巧诈;机巧。

〔4〕为富不仁:为了发财致富,心狠手毒,没有仁慈心。

劝学

训曰:四民之中士为首,三教之列儒居先。古今来尊荣贵显,莫非文人学士之流;孝子忠臣,尽属敦诗说理之子。吾族玉璜公,成进士,登仕籍,固从读书中来,嗣是举乡榜,入黉序,列成均,相继而起者纷纷矣[1]。

倘世家子弟，不潜心于斯道，偶遇缙绅先生，手足莫措，龌龊跼蹐[2]，几无容地矣。吾子孙诚奋发有为，不自暴弃，以古人为法，今人为鉴，咸知诗书滋味之长，庶上不负祖宗，而下不负吾劝论之意焉。

【注释】

〔1〕黉(hóng)序：学校。

〔2〕龌龊(wò chuò)：品行卑劣。跼蹐(jú jí)：局促不安。

课农

训曰：祖宗传家至宝，惟有“耕读”二字，后世子孙，既不克口诵心维，对诗书而研悦；自宜沾体涂足[1]，历春夏以耕耘。自汉以来，重农贵粟，勒有成书，诵读以外，舍耕奚业？情知土膏脉动[2]，胼胝之苦无穷；抑思万宝告成，丰盈之乐谁似？况用一缓二，朝廷之爱恤有条；耕九余三[3]，农家之温饱常适。半载辛勤，半载安逸，何让文人之清闲？丰岁固足，凶岁亦周，堪笑浪子之飘薄[4]。若三时蹉跎，即一年匮乏，所谓“少年不努力，老大徒悲伤”也。吾非止为农者设，特为农者警也。

【注释】

〔1〕沾体涂足：身体被沾湿，脚沾上了泥土。形容耕作劳苦。

〔2〕土膏：肥沃的土地。脉动：像脉搏那样周期运动或变化，此处指农田的生机运转。

〔3〕耕九余三：耕作九年余留三年的粮食，表示粮食储备有余。

〔4〕飘薄：行止不定。

盈满

训曰：《诗》言“温温恭人”[1]，《易》言“谦谦君子”[2]。夫人而可有一盈满乎哉？为士盈满则矜张自弛，目空一世，纵学问有余，而天必为之遏抑[3]；为农盈满，则温饱自娱，心荣华靡，即丰盈有素，而田必为之荒芜；为商贾盈满，则资囊自大[4]，任意荡废，将时命偶乖，而本必为之折失。甚至富者盈满，居大厦，衣华美，纵奴仆，豪势压人，不怜贫穷之苦，势必转盼而贫穷及身矣；贵者盈满，缘高爵，希厚禄，虐小民，罔上行私，不顾朝廷之法，势必瞬息而朝廷勘问矣。甚矣，盈满之为灾也，讵浅鲜哉？故人无论尊卑贵贱，凡处己接物之间，务以和蔼可亲，抑然善下，言不苟发，行不苟举，谨遵古训，求为恭人，勉为君子，则受益无穷矣。

【注释】

〔1〕温温恭人：《诗经·大雅·抑》："温温恭人，维德之基。"意指温德恭顺的好人，其品德根基深厚。

〔2〕谦谦君子：《周易·谦》："谦谦君子，卑以自牧也。"意指品行好的君子，总会谦虚待人且严以律己。

〔3〕遏抑：抑制。

〔4〕资囊：钱袋。

十四世楚白公秉弟训

恤贫

训曰：我家村居，可读可耕，每念先人以"清白"二字垂训，可见治家为人，要皆以是为本。我祖芳秋公易箦前有言曰[1]："冰渊惕厉完吾事，清白传家望汝曹。"后馥堂公于乾隆五十六年见郡庙改造门房，孤贫露处，爰在上真殿后买地起屋，俾孤贫得所，迄今六十余年，未尝失修。嗣后，尔等轮流修理，一经倒坏，量力共起，切不可推诿计较。昔李孺人守节时，余甫七龄，其治家茹苦，教子有方，母兼父职。迨余弱冠，家业小裕，皆母勤俭之力也。而润族恤邻，又无不安详周洽，三党称贤。居恒尝诏余曰："人当立志，亦贵知足。身健休嫌瘦，家安莫说贫。"

【注释】

〔1〕易箦(zé):临终。

崇实

训曰:为人贵崇实务本,作事须量入为出,而处世谦和,待人忠直,尤其要焉者也。余涉世久,于人情无不备悉,曾忆文中子以“无辩、息谤、不争、止怨”诏门人贾瑗曰[1]:“闻谤而怒者,谗之囮也[2];见誉而喜者,佞之媒也。”[3]观此数语,非深于学问者不能言,亦非参透世情者不能言。

【注释】

〔1〕文中子:王通,字仲淹,称文中子。隋朝教育家、思想家,著有《续书》《续诗》《元经》《礼经》《乐论》《赞易》,现皆已失传,现存其弟子姚义、薛收所编《文中子说》。

〔2〕囮(é):用来诱捕同类鸟的鸟,此处可理解为诱惑、陷阱。

〔3〕语出《文中子说》,大意指听到别人指责自己的过错就恼怒,是谗言发生之端;一受称扬就沾沾自喜的人,是产生阿谀逢迎小人的原因。

【评析】

《家训录》是张謇在重修《通州张氏宗谱》时保留的先辈箴言,本篇节选的家训,其作者为张氏九世祖永叔公张九锡、十一世祖尊五公张希宗、十四世楚白公张秉弟,故所选条目有两条与“田宅”相关。张氏家训重人伦、教育,有明显的书香世家家风,强调“清白传家”与“耕读传家”,宗族内部和睦互助、手足相怜,方能使家族家业源远流长。张氏家训条目名称大致相似,教导内容大同小异,皆为教育后人忠孝纯良、不忘为人之本,多引《诗经》《周易》等经典之语用以勉励后世,其中“劝学”“恤贫”“崇实”这几点家训在张謇之后的实业、教育事业中得到了彰显,这是优秀的家训家风滋养后代的最好例证。

泗阳徐氏家族

泗阳徐氏家族始祖为徐光祥、徐光远,在明隆庆初自徐州迁桃源(今江苏泗阳),徐光祥居朱陈窪,徐光远居毛家湖。《徐氏宗谱》由泗阳徐氏第十三世孙徐子阳、徐步礼等纂修,该谱参考了光绪、咸丰间的徐氏宗谱草本,现由泗阳县新华印刷所承印。谱前有宿迁廪贡生汪兰舟《徐氏族谱序》、徐氏后人《徐氏宗谱序》和跋语若干篇,其中徐子阳、徐步礼各撰一篇。据宗谱序可知,《徐氏宗谱》共有8卷,《家法》列于卷一。现存上海图书馆藏1934年南洲堂石印本。

家 法[1]

凡子弟以孝悌为天职,敢有忤逆父母、侮辱伯叔兄长者,其父母伯叔兄长或力不能制,准告由房族长公送法庭惩治。

本族或有宠容后妻、虐待前妻子女者,准由房族长数责其夫,勒令改过,如不遵从者,公请法庭惩罚。

本族或有不务正业者,甘于为非者,准由房族长公送法庭从重惩治。

本族或有欺凌孤幼、侵夺产业[2],或有屡控亲属、致累倾产者,准由房族长公请法庭。除本案依法苛治外,处以三百元以下罚金,半充司法经费,半入祠堂香火,以为好讼家务者戒。

族有公款公产,或倚豪猾[3],或恃穷狠[4],吞没强霸者,准由族众公请法庭,照侵占私产罪加一等判治。

田产本有界限,不可越址。倘有侵占,无论公产与族中产业,占一分罚钱五千文,罚款充入祠堂公用,而所占亦即凭众立退。

公产虽多,承手不得私相典卖。倘有犯者,一经察出,族众立追赎回外,再公同议罚。

族长承管公项,每年终凭各支长清算一次,倘私自中饱、任意开销、于理不符者,归承管人偿补。

设立博局希图头利、勾积成群[5],不仅以博陷人,而盗贼且能混入,致生他变,犯者议责。

举立族长必须公正廉明、品望服众者,果能才德兼优,年至三十外者,即班次甚卑,亦公推立之。又须择一贤能以副之。

求学子弟或受族有资款培植者,俟毕业后应计母金若干,并照二分行息,按年结算,将所得薪金、饷俸分年清还。如有延宕狡措情事[6],准由众公请法庭照私债罪加倍判治。

春秋二季必须崇祭祖宗,以报本源,以展孝思。

与祭礼毕,公享祭余,务以班次列坐,毋得混乱坐定,饮食亦不得过量,每席仅与酒四两,违者议责。

【注释】

〔1〕选自《徐氏宗谱》(1934 年南洲堂石印本)。

〔2〕侵夺: 侵占、抢夺。

〔3〕豪猾: 强横狡猾而不守法纪的人。

〔4〕穷狠: 穷困潦倒但凶狠的人。

〔5〕博局: 赌博的场地。

〔6〕延宕: 拖延。

【评析】

徐氏《家法》年代较晚,其内容亦能体现时代变化特色,家法较为严厉,甚至多次提及上缴罚款、送至法庭,一改前人避免"诉讼"的家训家风。由此可见家族规矩向法治看齐,法律与公堂成为家族内道德伦理教育的得力辅助,儒家教育在徐氏家族显然让步于族治管理。较为先进的是,家法中"资款培植”一条，类似于当下的助学贷款，一方面集合宗族力量保证后人求学谋生，一方面又以“贷款”方式激励后人经济独立、早日立足，如有延期不还者，加倍处罚，此条可见徐氏家风明理恤仁、务实尚诚。受时代变迁影响，徐氏《家法》并不谈及谋求功名、仕途等，但如春秋二季祭祖这类传统仪式，《家法》仍保留前人教诲，并强调众人须依次就坐、不可过量饮食等，以期后人不忘本源、孝思绵延。